中宣部 2020 年主题出版重点出版物

中国作家协会
脱贫攻坚题材报告文学
创作工程

國家溫度

蒋巍 著

作家出版社

目 录

前 言

千年等一回

1

曙光初现，一张木犁静静伫立在东方地平线上。

它以锋锐的犁铧——开始是石片、后来是青铜、再后是钢铁，在中华大地留下 5000 多年的年轮，裂纹中全是风尘、汗水与歌哭。它有着父亲般坚强的形象和母亲般美丽的曲线，所有涌向它的记忆都是一个民族的牵挂。每天朝阳穿它而过，喷出光芒万丈。

犁，5000 年中国的神圣图腾和伟大动力。历史由它而起，梦想由它而起，革命由它而起，改革由它而起，中国共产党的初心使命由它而起，人民群众对美好生活的向往由它而起，全面进入小康社会的磅礴进军由它而起。它朴实得像一头躬身耕作的牛，始终奋力向前。它英勇得像一张巨大的弯弓，将中国人民的憧憬射向远方。无论多么现代的大机械代替了它，它永远在，中华民族的灵魂之弓！

2

贫困是世界上最可怕的毁灭性力量。它可以毁灭和平，毁灭文明，毁灭生态，毁灭家国，毁灭梦想，毁灭生命。故而，消除贫困是全人类面对的共同挑战。

党的十八大以来，以习近平同志为核心的党中央，以宏大而精密的顶层设计和坚定决心，领导和指挥了一场波澜壮阔的脱贫攻坚大决战。目标是在2020年，全国各族人民一个不落，携手同步迈进小康社会，实现中国共产党第一个百年奋斗目标。迄今已过去7年多，7年多的风霜雨雪，总书记考察调研最多的是贫困地区：六盘山区、秦巴山区、武陵山区、乌蒙山区、大别山区……14个集中连片特困地区的山山水水，刻印下人民领袖与村庄心心相连的深情足迹；走进贫困群众家中，嘘寒问暖，摸被看锅，细算民生账，探讨脱贫路，殷殷叮嘱当地干部要看真贫、扶真贫、真扶贫……

这是人类史上前所未有、中华民族千年等一回的"人民战争"。7年多来，全国280万扶贫干部奔赴战场，近千名扶贫干部倒在冲锋路上。如今，这场举国总攻战的磅礴伟力和涓涓暖流，正在抵达大江南北每一条山路、每一间农舍。困扰中华民族千百年的绝对贫困，正在从中华大地上一片片抹去。全面的、决定性的胜利即将到来。时针正在接近那个激动人心的时刻。

3

事实就是力量，事实就是温度。下面的数据就刻写在中国960万平方公里的大地上：

——改革开放40多年来，8亿多人口已实现脱贫。

——全球范围内每100人脱贫，就有70多人来自中国。

——党的十八大以来，贫困人口由9899万人减少到2018年底的1660万人，连续6年每年减贫都保持在1200万以上，相当于欧洲一个中等国家人口规模。全国农村贫困发生率降至1.7%。

——至2018年底，全国832个贫困县有436个摘帽，12.8万个贫困村有10.2万个脱贫。

——进入2020年，全国扶贫攻坚战已经取得决定性胜利。

一切行动，一切成果，一切意义，归于人民至上，归于人民共享。

是偶然的巧合也是时代的必然。2018 年 12 月 18 日 10 时许，我专程前往延安梁家河村，去寻找一颗年轻的崇高而激越的心，一条为乡亲们不息奋斗的山路，一盏照亮了很多夜晚和很多经典名著的油灯……与此同时，在北京，庆祝改革开放 40 周年大会正在人民大会堂隆重举行，习近平总书记代表全党和全国各族人民，发出在新时代新征程上奋勇前进的豪迈宣言："高举中国特色社会主义伟大旗帜，不忘初心，牢记使命，将改革开放进行到底，不断实现人民对美好生活的向往，在新时代创造中华民族新的更大奇迹！创造让世界刮目相看的新的更大奇迹！"

4

小康的梦想犹如一轮朝阳，已然升起在新时代的地平线上。

能够成为这场伟大进军的参与者、见证者和书写者，是令人激动的。毕竟，我经历过那些艰难困苦的岁月，经历过上山下乡的迷茫，经历过改革开放的洗礼。如今目睹大江南北的泥草房被扫荡一空，千百万贫困户的脸上荡起舒心的笑容，一座座美丽乡村拔地而起，我为社会主义中国的强大力量和国家温度深感温暖和自豪。这是初心的温度，是誓言的温度，是热血的温度，是幸福的温度。

为感受和传递这个温度，我出发了。整整 10 个月，我绕了中国一圈。

5

本书产生于广泛的田野调查，来自陕西省、新疆维吾尔自治区、贵州省、上海市和黑龙江省数百位基层干部和农民的口述。因此我宁愿称它为报告而非文学。这些陈述全部是在村委会、农家炕头、田间地头或驻村干部的农家院完成的，其真实性无可置疑。中国扶贫大业的进程和成效，中国农村的现状与变化，广大扶贫干部的艰辛与努力，就在本书里。中国的国家温度，就在本书里。中国就这样，中国就在这儿。

对于人类的创造力，历史的想象力是永远不够的。

对于中国共产党和中国人民的创造力，世界的想象力是永远不够的。

只要有梦想，一切不可阻挡。

序 篇

阳光落地的声音如此宏大

—— 国务院扶贫开发办公室的前世今生

这里的办公室很挤，这里的空间极大。

清一色键盘侠，他们和她们眉宇间有一种英雄气，表情严肃，十指纷飞，隔板两侧声息相闻，其边缘直抵 960 万平方公里国土的每一座界碑。

这里流量汹涌，巨浪排空，波澜壮阔，却保持着蓝天大地般的安静。时时刻刻，来自全国各地的数据流、信息流汇总于此，显示出"大江东去，浪淘尽，千古风流人物"的雄心与意志、豪迈与壮阔。全国每一个村寨，每一缕炊烟，每一个普通农民，还有他们的猪马牛羊鸡鸭鹅，以及每一片耕地、每一座大棚、每一片水塘、每一个果园，都以数字方式闪耀在电脑的巨大空间里，灿若星海，横亘山河。

这里的工作人员没有加班意识，因为加班就是他们的日常。一天四餐，半夜一顿盒饭，天天如是。男士们很高兴，不用半夜让妻子做夜宵了；女孩们很惆怅，怕吃胖。不过也有一样好处，因为天天不见阳光，俊俏小脸雪白如玉。

他们昼夜鏖战，不计代价。他们的表情很平静。他们的内心很沸腾。他们的眼神很昂扬。党的十八大以来，在以习近平同志为核心的党中央的坚强领导和指挥下，他们直接参与着、引领着、推进着中华民族历史上前所未有的一场必将彪炳史册的伟大战役——中国脱贫开发攻坚战。

这，就是国务院扶贫开发办公室的同志们。

在中华民族实现伟大复兴的磅礴进军中能留下自己的一行脚印，是光荣和幸福，更是责任与担当。他们知道，他们懂得，走廊里自己匆匆而过的脚步声，穿过的是"千年等一回"的磅礴时代。

走进国务院扶贫开发办公楼，一块倒计时电子显示屏醒目地挂在前厅的墙上，黑底、红字，无声无息，闪闪发光。进入大厅的人看到它，思绪无不凛然一震。

这是一块有着特殊意义也有着深刻使命感的显示屏，宽 1.52 米，高 3.8 米。它以闪亮的数字和倒计时方式，显示着一个伟大目标的接近。其上端是"扶贫攻坚倒计时"7 个红色大字，中间是"427 天"（我看到的那一天）——即距离 2020 年 12 月 31 日还有 427 天，再下边是以秒为单位的当天时间进度。它标识着当今世界举世无双的一项宏大民生工程——中国扶贫攻坚战的进程和节奏。

它快速闪动着，犹如无声的号角，显示着以习近平同志为核心的党中央向全党全国人民发出的新时代动员令，分秒不差地催促着全国扶贫干部奔波的脚步和激越的心跳。抵达 2020 年 12 月 31 日那个壮丽时刻之后，它将以更高昂更激情的节奏，直奔中国共产党成立 100 年的历史坐标。那时，中国将向世界宣布：中国共产党"两个一百年"的奋斗目标之一，实现中华民族伟大复兴的奋斗目标之一——社会主义中国全面进入小康社会的伟大进军，取得决定性胜利！

在时间的钟表上，永远写着两个大字："现在！"

国务院扶贫开发领导小组办公室，是国务院的议事协调机构，国务院扶贫开发领导小组下属的工作部门，副部级单位。领导小组由汪洋同志兼任组长，负责政策制定以及领导、统筹和协调国家相关部门的扶贫工作。领导小组成立于 1986 年 5 月 16 日，时称国务院贫困地区经济开发领导小组，1993 年 12 月 28 日改用现名。很多人大概不知道，党中央国务院最初决定成立这个国家级领导小组，与贵州省赫章县一个遥远的少数民族山寨有关。

一场大饥饿，震动中南海……

一 被历史遗忘的深山"部落"

1985 年春，史称"天无三日晴"的贵州遭遇大旱，草黄林枯。

在毕节地区赫章县海雀村，那天早晨，一双脚趾很嚣张的大黑脚穿着"轮胎鞋"登上山顶，土布烂裤脚被寒露打得湿漉漉的。这双"鞋"是用废弃的三轮车轮胎切成的，翘起的边缘钻了 4 个小洞，用麻绳系在脚上。麻绳七八天就磨断了，再换，轮胎底则可以穿几十年——现在还在。麻绳勒在脚面上不会磨出血吗？不会，因为脚面的茧皮和脚底一样厚，脚底的茧皮和石头一样硬。

大旱连月，庄稼苗出来得又晚又稀，蔫头耷脑。为了浇地，海雀村村支书、彝族汉子文朝荣牵牛驮着两桶水上山了。他生于 1942 年，长得很英气也很古老，犹如一尊刀砍斧凿的石雕：浓眉深目，鼻梁挺直，皮肤黝黑粗糙，衣服下兜揣着一本巴掌大的工作手册，上兜插着一支圆珠笔。上了坡田，文朝荣吃力地把两只水桶从牛背上提下来。突然间，一群渴极了的雀鸟扑打着翅膀，箭一般射进桶里抢水喝。"滚球的！"文朝荣挥挥手一声大吼。

在海雀村，老头子一向醒得比鸡早，叫得比狗凶，一只铜哨子吹得呜呜响，逼着村民早起干活。一听他的哨子疯响，全村鸡飞狗跳，村民们立马出门集合，否则文朝荣的炸雷嗓子能把人轰到地缝儿里去。年年月月，海雀村跟着这只铜哨子日出而作，日落而息，仿佛老头子的哨子响了，太阳才会升起，苞谷才会结棒，生活才会继续。

毕节，地处黔西北的乌蒙山腹地，被称为"三极之地"，即自然条件极为恶劣，生产力极为低下，人民生活极端贫困。全市 2 万多平方公里，平地只有8%，其余皆为山陵。这里山高坡陡，河谷峻切，地形破碎，喀斯特地貌占全地区三分之二以上。早年，联合国有关专家曾到毕节考察了一圈，结论是"这里不具备人类生存的基本条件"，建议中国政府对住民实行大规模外迁。当地人满脸苦笑，中国这么多人，往哪儿迁啊？

海雀村地处乌蒙山深处，海拔 2300 米，属高寒地区。全村辖 5 个村民组，分散在几个相连的山头。共 168 户 730 人，其中苗族 162 户 702 人，彝族 6 户 28 人，有小学文化的只有 5 人，中老年基本不会讲普通话。绝大多数村民住的是茅草房、权权户，人畜混居。境内山高坡陡，坡田占 90%，耕地贫瘠，支离破碎。村子无电、无路、无学校、无卫生室，饮用水就靠收集雨水。上学、看病、打电话，需要步行下山到 12 公里外的乡政府所在地。整个村庄几乎与世隔绝，用当地人的话说，这里"吃饭基本靠讨，喝水基本靠手，走路基本靠找，治安基本靠狗"。在海雀村世世代代的记忆中，从未有过吃饱的感觉。因为土地瘠薄，耕作艰难，收成低微，"洋芋没有鸡蛋大，苞谷不如巴掌长，老鼠也要跪下啃，种下一坡收一箩。"骨瘦如柴的老村民王学芳告诉我，他长到十四五岁还没穿过裤子，"山上只要没毒的都找来吃，大便像小便一样稀""一袋炒面、十个鸡蛋就能换回一个媳妇"。

那些年代极"左"思潮泛滥，干部怕错，群众怕饿。似乎看不到尽头的穷困，像千年铁钳一样死死掐住了海雀村的命运。美丽的苗族姑娘罗荞花（当年我见到她时，是独自带着两个女儿的寡妇了）这样唱道：

> 一朵朵的红杜鹃哟，开在心里头。
> 一根根的山花蔓哟，缠着女儿手。
> 出门隔山望哥哥，
> 妹妹有情难开口。
> 锅里断了粮，灯芯没了油，
> 下雪草当被，雨过没路走。
> 山里的日子眼里的泪，
> 哪年哪月流到头？
> 哥哥你有心喊一声，
> 妹妹这就跟你走，
> 跟你走，死在外乡不回头！

后来罗荞花真的走了，被穷困与饥饿逼走了。那是"踩花山"（苗族节日）的一个夜晚，山下寨子一位开矿男人指挥一群乡党，以当地风行的抢婚方式，高举火把将她捆到马背上掠走了。当地还有一个风俗，洞房花烛夜，新娘新郎上床时要厮打一番——其实是假打，好让窗外的青年男女和小崽子们听听热闹。那个新婚夜，罗荞花是真打，哭嚎着打，茶壶碗盘摔了满地，因为她不情愿，因为她在海雀村有一个相爱的小伙子。但小伙子家太穷了，没房没粮没衣裳，根本养不活她，罗荞花不得不认命了。4 年后，她离了婚，领着一个女儿抱着一个女儿，凄凄惶惶回到海雀村——因为她没给那个男人生个男娃，被吼出家门了。

仔细想，少数民族传统文化的核心其实就是"一切为了生存"。比如，苗族的称谓出于"田中多禾苗"的期望；彝族的称谓则来自毛泽东的一个建议，意思是上面有房，下面有吃有穿，但经过漫漫岁月，这个愿望一直没能实现。

海雀村高悬群山之上，村民们很难看到县乡干部，因为那里根本收不上公粮，反而年年吃救济粮，干部们只好躲着走。文朝荣是党和政府在海雀村的唯一代表，有人戏称他是"一个人的政府"。就这样，海雀村仿佛是被世界遗忘的山中"部落"，无人问津，苦甲天下。

二　来自中南海的三个"！"

1978 年 12 月 24 日，那个寒冷而饥饿的冬夜，安徽小岗村 18 个农民代表全村 20 户人家，在一张分田到户的协定书上按下了红手印，成为"中国改革第一村"。同年，贵州顶云公社几个生产队秘密实施了"定产到组、超产奖励"的政策，成为"中国改革第一乡"。中国农村改革的大幕就此拉开，亿万农民的劳动积极性获得空前解放，粮食产量连年递增，农村大多数人的温饱问题得到初步解决。1985 年，全国各地乡镇政府组建完成，人民公社彻底退出历史舞台，农村发展形势越来越好，全国人心大畅。

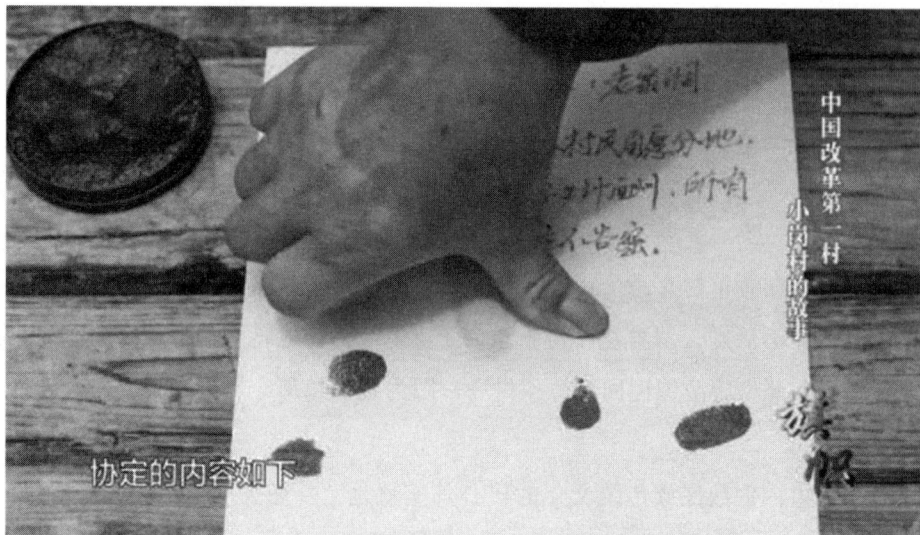

协定的内容如下

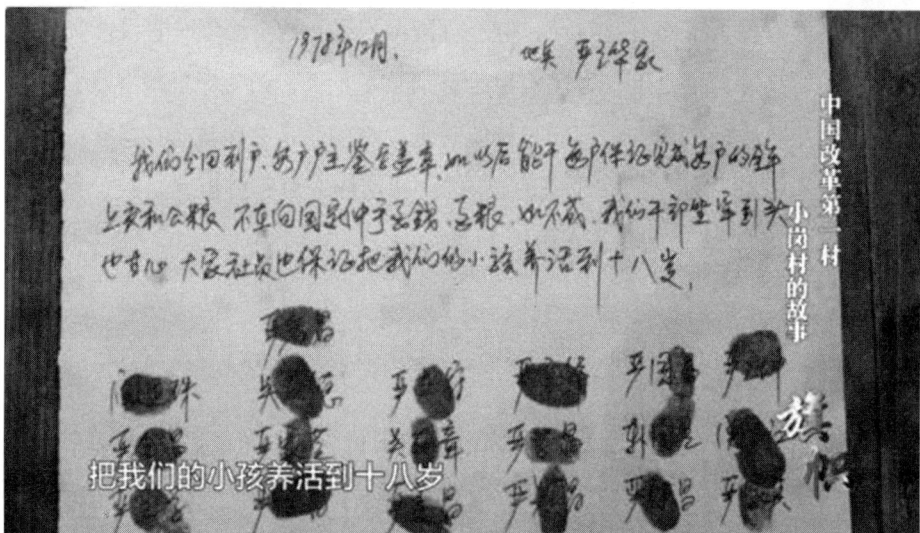

把我们的小孩养活到十八岁

　　1985年是牛年，俗话说"牛马年，好种田"。但是，很多人没有注意到，在经济社会发展严重滞后的贵州，生产生活依然非常艰难。尤其在毕节地区，在赫章县，在山高路远的海雀村，因去年遭遇冰雹和早霜，苞谷和洋芋大幅减产，很多人家的粮食只够两三个月吃的，全村陷入断粮困境。村支书文朝荣忧心如焚，不得不踏上无休止的"讨饭路"，一次次跑到乡里县里要救济粮。

在一些地方领导和坐机关的小青年看来，文朝荣的行为与全国农村发展欣欣向荣的大好形势显然很不协调，甚至很让人不快。结果，要救济的文朝荣心急火燎，发救济的领导干部越来越烦。有人气呼呼地说，海雀村是"填不满的无底洞"。还有人说，文朝荣在农业学大寨时是"一面红旗"，改革以后跟不上形势了，"除了要吃要穿，别的都不会了"。彝族汉子文朝荣做事果决，脾气暴烈，村民送他个绰号叫"火神爷"。他在乡区机关多次跳着脚吼，吼得声震屋瓦，眼睛直冒火星。但不管用，救济粮迟迟要不来。文朝荣只好穿着那双沉重的轮胎鞋，一次次下山上山来回跑，去时满怀希望，回时眼里含着泪。

终于有一天，村里来了一个外人。

1985 年 5 月下旬的一天，新华社贵州分社的青年记者刘子富为调查反映农村改革的大好形势，兴致勃勃来到著名的贫困地区——毕节地区赫章县。5 月 29 日晨，县里派了一辆老式北京吉普把他送到恒底区。听说海雀村是少数民族村，他很感兴趣，便决定攀山而上，顺便拍一些风景照和花卉照。临近中午，翻过山头，穿过一片杂树林，海雀村出现在他眼前了。

有那么一瞬间，刘子富呆若木鸡。后来他回忆说："当时，海雀村给我的第一印象是死气沉沉，家家户户住的是茅草房、权权房，一副摇摇欲坠的样子。""进了屋，都是人畜同居，残破不堪，根本无法避寒。那时我还年轻，走上工作岗位不久，对贵州农村的贫困情况了解不多。改革开放六七年了，看到海雀村民还住着这样的房子，我非常震惊和痛心。后来我挨家走挨家看，情况严重得更是超乎想象。"

——苗族村民王永才家的饭甑子开裂发霉了，炭火上支着砂锅，揭开锅盖，里面煮的是野菜，要仔细看才能发现里面掺有少许的苞谷面。爬上阁楼看看箩筐，筐底仅剩 27 个鸽子蛋大小的洋芋……

——安美珍老大娘家，老人瘦得三根筋挑着一个头，眼窝深陷，麻布裙和床上的被子破烂得像渔网……

——又看了几家，已经断粮了，有的小娃娃饿得耷拉脑袋了，连哭的气力都没了……

刘子富急切地问，你们村支书呢？

妇女主任吴秀琴说，到县上要救济去了。

刘子富又问，村里困难成这样子，上头干部没来看看啊？

村民说，村里没电话，啥事情都是我们村支书来回跑。

刘子富心急如火，匆匆下了山，当晚赶回赫章县。第二天早晨，县委书记王国兰来看他，刘子富简要介绍了海雀村的困境并问起全县缺粮情况。王国兰沉重地说："你头天来我为什么没见你？因为我不知道说什么。我担心你让我介绍农村改革大好形势，可我说不出口啊！实际上现在全县缺粮非常严重，濒临断粮的总计已达 12000 户、三四万人以上，靠我们自己的力量根本无法解决。我们已经向上头再三反映过，可时间不等人，老百姓的肚皮不等人，我们快愁死了！希望你尽快帮我们向上级反映反映……"

王国兰走后，刘子富久久无法平静。几年来，有关农村改革"形势大好，粮食连增"的报道连篇累牍，欢声四起；一些基层官员习惯了报喜不报忧，使上级机关难以了解到基层的真实情况，更难听到大量饥民的急切呼声。思之良久，刘子富决定写一份《内参》报道——这是饥民呼声抵达中央最快的路径。但是他不能不有所顾忌，作为贵州分社初出茅庐的年轻记者，这篇"负面"报道报上去，从分社编辑、主任、主编，再到总社编辑、主任、主编，究竟能不能通过层层审查直达上听？如果审稿过程时间拖得太长，海雀村乃至赫章县的饥民无论如何等不起啊！人命关天，刻不容缓，刘子富做出一个大胆决定：为避免节外生枝，就在赫章县完成文稿，不经过贵州分社，直接电传新华总社。显然，这是违反工作程序的，但他顾不得那许多了。

县城晚间停电。刘子富向招待所服务员要了两支蜡烛，连夜挥笔疾书至凌晨 1 时许，写出一篇近 2000 字的报道。第二天即 5 月 30 日，他到县邮电所买回一沓电报纸，把报道稿一字一格抄写完毕，然后以加急电报方式发至北京新华社总部。一个字 2 分钱，这份加急电稿花了自己 20 多元钱，80 年代，这是一笔不小的数目。

总社的同志大都是老新闻人，反应敏快，懂得分量轻重，他们在第一时间把稿子送到新华通讯社社长穆青（《县委书记的好榜样——焦裕禄》作者）的案头。读过后，穆青深为震动，批示："速发！"

两天后，即 1985 年 6 月 2 日，新一期的新华社《内参》送到中共中央政治局委员、书记处书记习仲勋的写字台上，立即引起这位老革命家的关注。

刘子富的报道全文如下：

赫章县有一万二千多户农民断粮
少数民族十分困难却无一人埋怨国家

贵州省赫章县各族农民中已有 12001 户 63061 人断炊或即将断炊。

5 月 29 日，记者到这个县的恒底区四方乡苗、彝族杂居的海雀村的 3 个村民组，看了 11 户农家，家家断炊。彝族社员罗启朝家生活属于中等水平。记者走进罗启朝家，只见他的妻子梁友兰满脸愁容地待在家里。她对记者说：去年因低温收的粮食本来就不多，又还债 200 斤，现已断顿了。她丈夫只好外出借粮，至今不知有无着落。她家去年卖了 5 只鸭、200 多个蛋，收入 31 元，买盐买油就花得差不多了。她还说：当着区乡干部的面，还不敢讲没吃的，讲出去担心受打击。记者看了她家的全部家当，充其量值百把元。

记者走进苗族人家，安美珍大娘瘦得只剩枯干的骨架支撑着脑袋。她家 4 口人，丈夫、两个儿子和她。全家终年不见食油，一年累计缺 3 个月的盐，4 个人只有 3 个碗，已经断粮 5 天了。

在苗族社员王永才的家里，王永才含着泪告诉记者：全家 5 口人，断粮 5 个月了，靠吃野菜等物过日子更谈不上吃油、吃盐。耕牛本是苗家的命根子，也只得狠心卖掉买粮救人命。一头牛卖了 250 元，买粮已经花光了。耕牛尚且贱卖，马、猪、鸡就更不用说了。在他家的火塘边，一个 3 岁多的孩子饿得躺在地上，发出"嗯、嗯、嗯"的微弱叫唤声，手中无粮的母亲无可奈何。

记者在海雀村民组一连走了 9 家，没发现一家有食油、有米饭的，吃的多是玉米面糊糊、荞面糊糊、干饭菜掺四季豆种子。这9户人家没有一家有活动钱，没有一家不是人畜同屋居住的，也没有一家有像样的床或被子；有的钻草窝，有的盖秧被，有的围火塘过夜。

离开海雀村民组，不远就是学堂村民组。记者走进苗族大娘王朝珍家，一下就惊呆了，大娘衣不蔽体，见有客人走来，立即用双手抱在胸前，怪难为情地低下头。她的衣衫破烂得掩不住胸肚，那条破烂成线条一样的裙子，本来就很难遮盖，一走动就暴露无遗。大娘看出了记者的难堪，反而主动照直说：“一条裙子穿了三年整，春夏秋冬都是它。哎！真没出息，光条条的不好意思见人！”大娘的邻居是朱正华家，主人累得上气不接下气地说：“早在去年年底就把打下的粮食吃光了；几个月来，找到一升吃一升。”

苗族青年王学芳一边带记者一家家看，一边告诉记者：目前，全组30户，断炊的已有25家，剩下的5家也维持不了几天。组里的青年下地搞生产，由于吃得差、吃不饱，体力不支，一天只能干半天活。加上主要劳动力都得外出找吃的，已经影响生产的正常进行。

这些纯朴的少数民族兄弟，尽管贫困交加，却没有一个外逃，没有一人上访，没有一人向国家伸手，没有一人埋怨党和国家，反倒责备自己“不争气”。这情景令人十分感动。

据了解，1984年，赫章县粮食产量是1.833亿斤，人均占有粮食396斤，纯收入110元。全县89个乡中，贫困乡有88个。全县贫困面大，钱粮缺口大。从春节过后就陆续发放救济钱、粮，但仍不能解决问题。值得注意的是，有一部分区乡干部对农民的疾苦不关心，麻木不仁。不少人由过去的“怕富爱穷”转向“爱富嫌贫”，缺乏起码的工作责任心。比如海雀村距恒底区委12公里，区干部对这个村的贫穷状况也知道，但就是没有认真深入调查了解，真心实意帮助农民脱贫。

习仲勋，来自陕北大地的极富传奇性的革命元勋。毛泽东曾称赞他"年轻有为，炉火纯青"，是真正从人民中间走出的"群众领袖"。21 岁当选陕甘边苏维埃政府主席，32 岁担任中共中央西北局书记，46 岁成为国务院副总理。"文革"后他赴任广东，以极大的政治勇气率先举起改革大旗，对外开放，对内搞活，经济发展显著，使一波又一波的"逃港潮"渐渐止息下来，这件事给邓小平留下极深的印象。习仲勋一生忠诚人民，坚持倾听群众心声，他曾深情地说："我们党的一切事情，就是群众的事情。""江山就是人民，人民就是江山。"（见《习仲勋传》）

读罢报道，习仲勋很难过也很激愤，他挥笔在文稿右上角做出如下批示：

有这样好的各族人民，又过着这样贫困的生活，不仅不埋怨党和国家，反倒责备自己"不争气"，这是对我们这些官僚主义者一个严重警告！！！请省委对这类地区，规定个时限，有个可行措施，有计划、有步骤扎扎实实地多做工作，改变这种面貌。

习仲勋在批示中用了三个并列的"！"，这在历届党和国家领导人的批示中是极为罕见的。显然，习仲勋以这种特别加重语气的方式，对贵州部分人民群众过着如此贫困的生活表达了严重关切，同时直言不讳地对各级党政机关存在的官僚主义作风提出尖锐批评。

6 月 2 日当天，中央有关部门即将习仲勋批示和相关报道电传贵州省委。贵州省委省政府立即行动起来，时任省委书记朱厚泽连夜召开了各地、市、州负责人会议，传达了习仲勋重要批示精神，全面部署了救济工作。省委省政府迅即抽调了上百名干部，分成 8 个组，由时任省长王朝文带队，分赴各地调研，指挥组织救灾，妥善安排群众生活。此时恰逢胡锦涛同志被中央任命为新任贵州省委书记，临行前，习仲勋特别找他谈了话，向他介绍了贵州毕节地区遭遇的严重自然灾害，需要立即开展救济工作。胡锦涛到任第三天即奔赴毕节地区赫章县等地，深入农村，走村串户，查看缺粮断炊情况，要求当地政府立即开仓放粮。因遭遇暴雨，道路中断，他没能亲往海雀村。这期间，国务院紧急拨给贵州救灾款 3600 万元，从外省增调粮食 5 亿斤。一时间，贵州毕节地区弯弯曲曲的山路上，运送救济粮的车马川流不息……

数千斤救济粮呼呼啦啦运进海雀村，海雀村得救了，家家升起了香喷喷的炊烟。

三 "石头硬不过骨头，山头高不过脚头"

村支书文朝荣出身贫苦，小时候，是来到这里的土改工作队送他上了学，从此他的上衣口袋一直插着一支圆珠笔。从新中国成立前到改革后，他亲历了家乡的生态环境的演变：因为人口增多，乱砍滥伐，水土流失严重，曾经的青山绿水渐渐变成荒山秃岭，粮食产量也越来越低。国家救济粮的到来，让全村欢声雷动，可文朝荣想得更动情也更长远。他在村民大会上说，党和政府救了我们的命，但海雀村不能年年靠国家救济活着，我们得懂得感恩，努力减轻国家负担。全国 7 亿农民都在给国家做贡献，我们也是种地的，却要年年吃救济，愧不愧呀？今后，我们要闯出一条自力更生、丰衣足食的自救道路！

村民问，怎么闯啊？

文朝荣说，第一，要大力发展养殖业，多养猪马牛羊，用牲畜和咱们拉的屎给地增肥，今后大家一定要把屎拉在家里，不许肥水流了外人田！

全场大笑，说这个做得到！

文朝荣接着说，第二，要大力发展种植业。大家看看周围这十几个山头，几十年来全让我们砍成了"和尚头"，没草没树挡着，山洪一来庄稼全毁。既然党和政府保了我们的命，我们不能闲着，一起上山种树。等树木长成林子，水土保持好了，收成高了，我们就不用年年吃国家救济了！

全场笑得前仰后合。说文书记你做梦吧？十几个光头山，你以为吹口气儿就变出大森林啊？

文朝荣吼道，我们绝不能天天坐吃国家救济！石头硬不过骨头，山头高不过脚头，我死了你们接着干，你们死了儿子孙子接着干，明天就开干！

第二天，文朝荣领着一群破衣烂衫的"叫花子"，冒着寒风扛着铁锄铁锹上了山。没钱买树苗怎么办？文朝荣决定当一把"江洋大盗"。一个风高月黑天，他领一帮年轻村民悄悄潜入县城，从县林业局苗圃偷回上千棵松树苗。转天林业局长气呼呼告到县长那里，要求把文朝荣抓起来治罪。县长笑着说，要是各乡老百姓都来偷树苗，我一定给你发个大奖状！

山高路远，天天爬山下山谁都扛不住。为节省体力，不耽误节气，文朝荣和村民们天天盖着烂衣睡草窝。连续三个春节大年夜，村民们都是在山上过的。青年男女火力旺，经常饿着肚子围着篝火载歌载舞，烂布衫烂裙子像火苗一样飘飞：

> 太阳出来照半坡，
> 哥和妹来栽树多。
> 哥在前面挖坑坑，
> 妹在后面盖窝窝……

为了感恩也为了自救，海雀村真是拼了。那时还没有退耕还林的说法和政策，但在文朝荣的领导下，村民集体上山植树还是一年年坚持下来了。这是贵州省第一个自发、自觉、自费发动的"村办绿化运动"，应入史册。1986年，海雀村造林800亩，接下来的三年共造林13400亩。进入新世纪，国家制定了退耕还林优惠政策，村民们能得到补贴粮款，积极性更高了。十多年拼下来，周围几十座石山秃岭变成了郁郁葱葱的林海。绿化率由原来的5%提高到70%以上，人均拥有林木15亩，全村每年享受退耕还林补贴24.8万元，林业价值逐年上升，进入新世纪总值已达4000多万元，人均5万多元。我前往海雀村采访时，站在高坡上纵目四望，四野群山云雾缭绕，青翠如盖，傲然挺立着一片片高大的华山松和马尾松。那是文朝荣带领全体村民共同奋斗留下的毕生心血。

当地人称文朝荣有不离身的三件宝：镰刀、背篓、轮胎鞋。2000 年，59 岁的文朝荣退休离任，可他还是天天蹬上轮胎鞋，拎着镰刀，背上背篓，四处爬山巡查守护着那片青山绿海。每天都这样，来回数十里，"出门天不亮，回家月亮上"，身边只有家里那只小黑狗跟着他。

有一天，文朝荣昏倒在林子里，那只小黑狗疯狂地跑回村子报信。他累倒了，再没能站起来。2014 年 2 月 11 日，73 岁的彝族老支书文朝荣与世长辞，全村失声恸哭。安葬之日，周围几个村子的数千名老百姓都赶来了。大家强烈要求，每村出 8 个人，一村抬一程，送送敬爱的老支书。跟在后面的人群排起长队，泪洒一路。

生前，老支书要求把自己葬在林海对面的高坡上，他要永远守望那片浩瀚的林子。前往采访时，我特别来到老人的墓前瞻仰并致悼念。墓呈 "U" 形造型，刷成白色，没有名字，含清白一生之意。老人家穿的那双轮胎鞋永久保存在海雀村展览馆里，世界上唯此一双。

中组部追授文朝荣为"时代先锋"。

老人与林海　永不分离！迄今并且永远，在海雀村的青山绿海中，在村民的记忆中，依然走着这位白发苍苍的老愚公。

文朝荣生前肯定没有想到，海雀村因断炊惊动中南海，从而引发国家和贵州省对毕节地区以及赫章县灾民的大规模援助，这成为中国扶贫史上一个重要节点。1985 年 6 月 2 日习仲勋同志在新华社记者刘子富报道上做出的重要批示，也成为改革开放新时期中国开展大规模扶贫开发的强大动员令。经多方酝酿，1986 年 5 月 16 日，中央决定成立"国务院贫困地区经济开发领导小组"，该小组成立了专门工作机构，制定了扶贫标准，设立了专项扶贫资金，划定了重点扶持区域，确立了开发式扶贫方针。

这无疑是中国扶贫开发的重大提升！1993 年 12 月 28 日，该领导小组办公机构改称"国务院扶贫开发领导小组办公室"，从此中国扶贫事业从民政工作层面上升为国家行动，有组织有计划大规模的开发式扶贫在全国持续推进。

四 "一、二、三"——前进、进！

党的十八大以来，习近平总书记站在全面建成小康社会、实现中华民族伟大复兴"中国梦"的战略高度，把脱贫攻坚摆到治国理政的突出位置。以习近平总书记到河北阜平看真贫和提出精准扶贫为起点，以中央扶贫开发会议为标志，中国扶贫开发进入更加广阔、更加迅猛、更加坚实的新阶段。党中央把贫困人口脱贫作为全面建成小康社会的底线任务和标志性指标，对扶贫体制、政策、方式等进行全方位改革创新，在全国范围打响了扶贫攻坚战，此战力度之大、规模之广、影响之深前所未有。人类反贫困史上的伟大篇章，在中国大地波澜壮阔全面展开……

怎样才算脱贫？标准是什么？党中央国务院从国情出发，从实际出发，制定了一个明确、具体、指标明晰的"一、二、三"标准：

"一达标"：即农民人均年收入达到国家现行扶贫标准；

"两不愁"：即不愁吃，不愁穿；

"三保障"：即实现义务教育有保障，基本医疗有保障，住房安全有保障（包括饮水安全有保障）。

自工业革命以来大大落后于世界先进国家的积贫积弱的中国，自鸦片战争以降饱受西方列强宰割、欺凌、掠夺的中国，在拥有14亿人且大半为农民的人口大国，这个"一、二、三"虽是基本保障，但要全面落实、一个不落，把小康生活送进每个农户家里，是何等伟大又何等艰巨的历史使命啊！千年等一回——人类史上空前规模的扶贫开发工程，就这样摆到新时代的中国共产党和社会主义中国面前！

这是当代中国的头等大事和第一民生工程，是以人民为中心的社会主义中国的本质要求，是以习近平同志为核心的党中央对全国人民，也是对世界做出的庄严承诺。

"一、二、三"，犹如新时代雷霆进军的号令，正在激励我们奋勇前进、前进、前进——进！

此刻，国务院扶贫办门厅高悬的那块电子显示屏上，红色数字正在不断闪动——举国上下，决战正酣！

榆林篇

万里长城第一台

有一个地方叫神圣，这里。

长风掠过黄土高原，犹如打开中华民族最古老的回忆录。漫长而悲壮的历史走过这片皇天后土，冲决出纵横交错的千沟万壑，给岁月留下一道道文明的足迹，给记忆留下层层年轮。

黄土高原是中国的一座黄金台，坐北朝南，雄浑壮阔，层峦叠嶂，气象万千。放眼望去，中华始祖黄帝的陵墓矗立在这里。古铜色的母亲河——黄河深情依依蜿蜒在这里。横卧群山、犹如龙脊的万里长城始建于这里。秦始皇统一中国、统一文字、行郡县制、定度量衡的霸业始创于这里。大汉帝国开疆拓土，西域36国归并中华版图的伟业发生在这里。连接亚欧大陆的丝绸之路起始于这里。"万国衣冠会长安"的大唐盛世诞生在这里。毛泽东带领红军历经二万五千里长征，最终落脚在这里。在举国奋起、救亡图存的抗日战争和横扫千军如卷席的解放战争中，毛泽东和他的"世界上最小的统帅部"设置在这里。饮马黄河挺进中原，夺取全国革命胜利的出发点在这里……

漫漫五千年，这么多波澜壮阔、气壮山河的历史故事发生在这里，这么多中华文化的象征集群在这里，一定不是偶然的。黄土高原，以它的雄峻高远勾勒出中华民族弯如天弓的脊梁，以它的沉实坚忍养育了中华民族百折不挠、愈挫愈勇的英雄气质，以它威武出演的一幕幕壮剧铸就了今日傲立于世的大中国。一百多年前，一位西方传教士抵达这里后曾写下这样的感言："我们生活在一个有着永恒过去的地方，中华文明进程中几乎所有重大事件都与这个地方密切相关，有些甚至具有世界性意义。对于这个地方了解越多，敬畏也就与日俱增。"

黄土高原，是中华民族伟大精神的源头和根基，是一部悲歌慷慨、气势如虹的伟大史诗。

那一刻，迎着破云而出的旭日，系着白羊肚毛巾的高原汉子们吸了一口喷香辛辣的旱烟炮，然后敞开古铜色的胸膛，威风凛凛从曙色中站立起来。千村万户的母亲们点燃了灶膛，也点燃了千古以来的梦想。一缕缕蓝色炊烟，从扛起犁杖的村庄袅袅升起，支撑起挂满鸟鸣的群山和天空。

那一刻，我登上高高的黄河岸，深谷中的母亲河尽在眼底。我的心贴近了她温暖的胸膛、深沉的情感和不息的脉动。那一刻只听陕北汉子一声吼，大河上传来一曲信天游。

> 你晓得天下黄河几十几道湾哎？
>
> 几十几道湾上，几十几只船哎？
>
> 几十几只船上，几十几根竿哎？
>
> 几十几个艄公来把船来扳？
>
> 我晓得天下黄河九十九道湾哎，
>
> 九十九道湾上，九十九只船哎，
>
> 九十九只船上，九十九根竿哎，
>
> 九十九个艄公来把船来扳。

黄河就是过去、现在、未来。黄河就是精神、力量、热血。凡我炎黄子孙，都渴望来看看黄河，看过黄河，所有立志高远的人都会平添一种念天地之悠悠、感苍生之不易的家国情怀。

是偶然的巧合也是时代的必然。2018年12月18日10时许，我正行走在延安梁家河村平整而宁静的山路上。与此同时，在北京，庆祝改革开放40周年大会在人民大会堂隆重举行，习近平总书记代表全党和全国各族人民，发出在新时代改革开放新征程上奋勇前进的豪迈宣言："高举中国特色社会主义伟大旗帜，不忘初心，牢记使命，将改革开放进行到底，不断实现人民对美好生活的向往，在新时代创造中华民族新的更大奇迹！创造让世界刮目相看的新的更大奇迹！"

中国历史，确实到了这样的时刻。

一　杨家沟巨变

榆林，中国历史文化名城之一，古称上郡，早年是长城脚下重要的军事要塞。黄河和长城皆穿城而过，号称天下第一的烽火台便坐落此地。榆林地处陕西省最北部，北连内蒙古，东与山西相望，南与延安市接壤。北部为毛乌素沙漠草滩区，南为黄土高原，境内多风少雨，土地贫瘠，沟壑纵横，丘陵交错。当地人说，榆林是"一半建在黄土、一半建在黄沙上的城市"。人们还说，这里"庄稼不收年年种，黄土高原上生长最旺盛的，只有贫穷与饥饿"。

那些日子很久远了，如今80多岁的杨家沟老汉蒋志明依然清晰记得，当年毛泽东转战陕北时，穿一身灰蓝旧军装，骑着白马和一群战士路过他家窑洞门前的情景。因为雨后路滑坡陡，马走不动了，毛泽东翻身下马，笑呵呵和年轻战士们一起推着马屁股前行。后来人们知道了，当时这片黄土高原和人民张开深情的怀抱，悄悄守护了一个与中国命运紧密相关的秘密。1947 年 3 月 19 日，胡宗南率 23 万大军长驱直入，占领了空城延安，国民党的电台报纸一片欢呼雀跃，以为彻底消灭共产党军队已是指日可待的事情了。但是，国军们拉着大炮扛着机枪，在陕北高原上转来转去，就是找不到"朱毛"。乡亲们很严肃地说："你们一来，猪都吓跑了，哪来的朱（猪）毛？"

毛泽东任何时候都不会忘记他的幽默感。离开延安时他给自己起了个化名

"李得胜"。他弹弹烟灰笑说，"李得胜"，谓之占得天下公理者必胜也。很长一段时间，毛泽东和中共许多高层领导就住在米脂县的杨家沟村。这里土丘连绵，山路崎岖，在一个绿林掩映的山窝窝里，坐落着几片豪阔的大宅院，黑瓦砖墙，气势非凡，周围散布着上百户农家的窑洞和茅草房。这些大宅院属于在米脂县赫赫有名、威震四方的马氏家族，历代诗书传家，名士层出不穷，到民国时候共有 72 户大地主。毛泽东入住此地时，以"不问政治、只讲修行"著称的老族长马祝平表示了诚挚欢迎，特意腾出一片闲置的宅院以供使用。时常，工作累了，毛泽东便夹着一支烟缓步踱出，找些村民坐在山坡上谈笑风生，一副神闲气定的样子。

初冬的一天傍晚，大宅院的一孔窑洞中，毛泽东光脚蹲在炕上，一手夹烟一手提着马灯，正在仔细研看铺满大炕的军事地图。这时西北局书记习仲勋领着一位穿黑棉袄的年轻人走进窑洞，他介绍说："主席，这是佳县县委书记张俊贤，他来杨家沟开会，特意来看看你。"

毛泽东赶紧下炕蹬上鞋，笑说："小张同志，你领导了我几十天，管吃管住，真是好县委书记哟！"张俊贤不好意思了，紧紧握住主席伸过来的大手说："哪里哪里，是主席领导得好！"

毛泽东没有忘记，他率部转战到陕北佳县时，最后三天，大军断粮了。习仲勋找到张俊贤，要他一定想想办法。张俊贤问，要多少？习仲勋说，12 万斤。

对于只有不到 10 万人口的佳县来说，这可是天大的数字啊！张俊贤想了想，说："把全县坚壁的粮食都拿出来，够一天；把地里的苞米谷子青稞都割了，能吃一天；把全县的羊和驴都杀了，还能对付一天！"

毛泽东听说此事，落泪了。三天后，党中央总部顺利转移到米脂县杨家沟村。此后的很多天，佳县人民吃的是树皮草根观音土，千村万户看不到一只驴一只羊；也正是在佳县的黄河岸边，穷苦汉子李有源唱出了中国人民的伟大选择："东方红，太阳升，中国出了个毛泽东……"

红色记忆就是血泪记忆！中国共产党及其军队为人民求解放，付出巨大牺牲，烈士尸体能堆成山；亿万人民群众为支援革命，最后一碗米送去做军粮，最后一尺布送去做军装，最后的老棉被盖在担架上，最后的亲儿郎送到战场上……

1948年3月21日，毛泽东率中央总部离开杨家沟，东渡黄河，挺进华北。解放全中国的伟大号角，从此响彻大江南北……

69年后的2017年7月1日，陕北汉子朱兆飞站在杨家沟的高坡上，望着山上山下一排排古老的窑洞，抚今追昔，心潮澎湃。受上级指令，他将参与中国另一场伟大的"人民战争"——脱贫攻坚大决战。这是中国共产党的百年誓言，是党的十八大和习近平总书记对全国各族人民的庄严承诺。

1. "第一书记"临危受命

2017年6月29日，榆林文化旅游产业投资公司的会议室，气氛莫名地有些紧张。此前，书记朱兆飞主动报名参加扶贫，经市领导同意，委派他出任米脂县寺沟村（后与坡上的杨家沟合并为一个行政村）第一书记——他也是榆林市唯一的正处级第一书记。董事长李军召开了公司全体员工会议，他说，扶贫工程的伟大意义大家都知道的，但长年扎根农村帮贫扶弱肯定是个苦差事，朱兆飞书记能够做出如此大义凛然的选择，我们大家都很感动："全公司愿意做你的坚强后盾，要人要钱你说了算，点谁是谁，不干的就辞职走人！"公司里大都是城里长大的小白领，让他们长年累月钻山沟沟，的确有些让人畏怯。会场上，研究生出身的冯文瑞低头瑟缩着眼神，心想自己是公司的"笔杆子"，工作离不开，怎么也不会选到他。"冯文瑞！"朱兆飞一声喊，小伙子吓了一跳，心里那个沮丧啊！

冯文瑞、崔伟两个青年助手选定。当天上午10时，三人乘车向80公里之外的杨家沟出发了。那天大雾，崎岖的山路在雾中蜿蜒升起。车上，朱兆飞给两个小青年作了一番激情洋溢的"动员报告"，讲了许多使命、责任、担当，还特别强调咱们不要像以往的某些扶贫干部，提一点米面油菜送上门就完事，一定要扶真贫、真扶贫，打不赢这场攻坚战决不收兵！可两个小青年心里忐忑不安，基本没听进去。

朱兆飞，1965年生，英眉朗目，白面长身，当过兵，做过《榆林日报》记者、榆能集团党委副书记、五星级宾馆榆林人民大厦老总。许多年来，他天天西服领带，气宇轩昂，迎送着气宇更加轩昂的各级领导、煤老板和四海宾朋，过着精致、风光和按部就班的日子。但是，当看到媒体上热火朝天、连篇累牍地报道着遍及祖国大地的扶贫壮举时，他的热血被点燃了——就像在军营中听到了激昂的军号。这是决定中国前途命运的大事啊，这是实现中华民族伟大复兴的关键一招啊！他去过很多乡村地方，年轻人大部分都走了，剩下的老弱病残孤守着贫困与寂寞，境况凄惨，无力回天，这让他的心隐隐作痛。他还看到有些地方的扶贫工作浮光掠影，搞点热闹和宣传，扔下老乡就走了，一切江山依旧。这些人没感情，他很生气。2017年，朱兆飞在会上遇到一位市领导，主动提出愿意下村去当"第一书记"。

正处级干部要下去当村书记，榆林市尚无先例。

市领导眨眨眼睛审视他一番，问，你是认真的吗？

朱兆飞说，绝对！

很好，你想去哪儿？我安排。

我是当兵出身，听组织安排，指哪儿打哪儿。

杨家沟，那里的扶贫工作太重要了，当初共产党的初心就在那儿，今天共产党的使命就在那儿！

批文一下来，公司同仁、亲朋好友和妻子儿子孙女莫不大吃一惊。

榆林人都知道，在全国各省市区扶贫工作中，陕西连续数年排名一直靠后；省内排名中，榆林市也经常"打狼儿"；全市排名中，米脂县作为"国家扶贫开发重点县"，又是连年倒数第一。两个月前，该县扶贫办领导干部被集体免职，上了央视《焦点访谈》，全县干部受到极大震动。不久前，榆林市委领导班子做了重大调整，对扶贫工作"重整山河"并立下军令状，要求全市必须在2019年全部摘帽——这不是新官上任三把火，也不是"大跃进"。毕竟，榆林有煤有油有气，财大气粗，又是革命老区，应该把扶贫工作做得更好更快。

此时，52 岁的朱兆飞奉命去杨家沟村当第一书记，无疑是临危受命。妻子忧虑重重地对他说，如果你干不好，丢盔卸甲地回来，一世英名可是毁于一旦啊！

爬坡过沟，颠簸了一路，小车驶进杨家沟的寺沟村。头天刚下过雨，地面泥泞不堪，朱兆飞干脆卷起裤腿把鞋袜脱了，赤脚上阵——那是他作为泥脚第一书记的第一个"姿态"。站在高坡上纵目四望，远近的高塬深沟裸露着层层黄土，破败的窑洞透着穷困与无奈。年轻人大都出去打工了，村里大都是老人，面色黝黑，衣衫陈旧，暮气沉沉，有的在坡田上劳作，有的在闲逛。一些泥头花脸的娃娃围拢来，好奇地瞅着他们。呵呵，眼前的一切就像一张发黄的老照片，显得那么苍凉、沉寂和令人忧伤。走进灰暗的村部，镇村干部在那里忙成一团，都在按上级要求填写村民家庭经济档案表格，项目细化之多，比办理户口复杂一百倍。大数据时代，这是他们很烦又不得不做的工作。看村干部们太忙，朱兆飞和村支书蒋志格、村主任刘伟周等几位村干部进行了简单交流，便下去走访农户。

据统计，寺沟村共 98 户，其中有 24 个贫困户（即人均年收入低于 3015 元）。走进他们的窑洞，村民的神情和荒凉的山坡一样冷漠与麻木，眼神里充满不信任。他们看惯了那些花架子。以往一茬茬来过许多扶贫干部，给每个贫困户发下 5000 元扶贫金，说几句鼓励话就走人。拿上钱，老乡们小酒一端，好吃好喝"脱贫"了几天。上级来检查时，他们跟亲朋好友借来几只羊或一头驴，往圈内一拴装装样子。转年再统计时，他们还是贫困户，而且户数越来越多——白拿 5000 元，天上掉下的馅饼谁不要啊？此前我曾去甘肃某地采访，那里老乡家里穷得没有碗，便在炕沿上挖了几个洞当碗用。县政府给村里拉去许多羊，每户两只，让村民们好生喂养，代代繁殖。没想到村民们一窝蜂上前，把路上死掉的羊抢走了，为的是晚上啃羊腿下酒。

朱兆飞走进寺沟村坡上一孔窑洞，只有 71 岁的刘尚富一人。朱兆飞说，过几天我送 5000 元扶贫金来，你买上两只猪或羊养着，日子很快会好起来。

老人家冷冷地摇摇头说,我连腰都直不起来,哪有力气侍候那些牲畜啊。一句话把朱兆飞顶南墙上了。如今刘尚富的日子好多了,我对他说,要是朱书记不来,你的名字就白叫了。刘老汉不好意思地说,那是那是,爹妈当年给我起这个名就是盼着这一天呢!

杨家沟是毛主席和党中央战斗过的地方。这里的人民群众曾为革命付出重大牺牲,让他们过上幸福美好的生活,是共产党人义不容辞的责任。面对贫瘠的山村、贫瘠的思想、贫瘠的积习,怎么办?沉甸甸的使命,山一样压在朱兆飞的心头。

2. 老奶奶的"摇钱树"和第二回"红手印"

2019年10月,我到杨家沟村采访,和朱兆飞、村主任刘伟周坐在路口的石头上聊天,随便叫了几位路过的村民一起聊。胖胖的主妇王建华,一头白发的刘锦卫,年轻人马亮亮,92岁的蒋志明,黑得掉地上找不着的王树元,穿迷彩服的刘世宏,一身运动服的何亮,等等。我对年过六旬的张万金说,你的名字好富贵呀!他说,这是没文化的老奶奶给他起的。父亲那辈四兄弟,奶奶分别在他们的名字中嵌入"荣华富贵"四字;到他这辈儿,名字中分别有"钱金银喜"四字,他是老二,故名张万金,老奶奶还给他起了个乳名叫"摇钱儿",即"摇钱树"的意思。此外,老奶奶还给张家万字辈的另一个孩子起名"万年"。老张说,这样,我们一家两代的名字连起来就是"荣华富贵钱金银喜万万年"。我大笑不已,同时眼眶悄然湿润了。中国老百姓辛勤劳苦了数百年上千年,盼的就是有一棵"摇钱树",盼的就是能过上富足美好的生活,而这盼望熬过何等漫长、何等坚忍、何等崎岖、何等苦痛的岁月啊!

"摇钱树"难道只是神话?不。为人民找到种下"摇钱树""幸福树"的方法,这就是伟大的"中国梦"。52岁的朱兆飞来到杨家沟,要办的就是这件事!

这也是毛泽东离开杨家沟时留下的一个心愿。

很快,朱兆飞走遍了沟沟坎坎、家家户户,他召开的第一个征求意见的会是全村党员会，第二个是村民代表会。老乡们七嘴八舌，意见纷纷，一个严峻的现实呈现在他眼前：改革初期分田到户，极大地解放了农民的劳动积极性，温饱问题很快得到解决。但这种个体的分散的生产方式，也使得贫富差距迅速拉开。贫困户大都因孤寡、老弱，因病、因残致贫，靠"大水漫灌"、家家送钱的方式，根本无法完成总书记提出的"不能落下一个贫困家庭，丢下一个贫困群众"的严格要求。

深山朗月，一灯如豆，连续几个不眠之夜，朱兆飞把自己埋在烟雾中，苦苦思考着杨家村的脱贫之路。贫困户靠自己的力量难以翻身，就像那位刘尚富老汉，喘气都费劲了，还怎么奋斗？那么，能不能把男女老少都拢到一起，让大家各尽其力、干点大事呢？黑暗之中，思想的光芒才会格外明亮。蓦然间，他的脑子里跳出一个创想：利用杨家沟的自然资源，实行"红色旅游＋绿色经营"的双轮驱动，把一家一户的扶贫金集中起来投入新产业；把土地、圈舍、基础设施折合成集体资产，实行集体控股、个人分红，这样就可以避免以往"政府有钱就发，村民拿钱就花""大水漫灌、水过地干"等弊端了。

找到新思路，朱兆飞振奋不已，思绪如潮，在扶贫日记里连篇累牍对这个创想进行了一次次论证和一次次丰富，字里行间，火花四射！

历史的发展道路常有惊人的相似之处。在朱兆飞的新思路中，一个曾被遗忘的伟大力量——集体经济，霍然闪现出夺目的光芒，照亮了山村的夜晚。

以朱兆飞数十年主管企业和酒店经营的经验，他聪明地选择了一个如今令村民惊喜过望的绿色产业——养殖本地特有的黑毛土猪。

没资金怎么办？政府投资需要层层考察、报告、审批，可时间不等人啊！他的好战友——榆林文旅公司董事长李军对朱兆飞兴办集体经济的创想大加赞赏，当即决定公司先投10万元！

朱兆飞和助手再次走进贫困户窑洞，热情宣讲"双轮驱动"方案。哪想到老乡们还是冷脸如霜，眼睛望着窗外，颇有些"生活在别处"的哲学意味。是啊，一茬茬扶贫干部走马灯似的来来去去，啥事都没干成，你们是不是又给杨家沟画了个"大馅饼"啊？再说黑毛土猪生长慢，存栏时间长，成本高，卖不上价钱还不亏个底儿朝上啊?

朱兆飞郑重表态:"赚了大家分,赔了算我的!"

中国农民奉行的生存哲学只有一条:耳听为虚,眼见为实。他们不听口号,只看行动。好吧,那就干起来看!文投公司的10万元扶助资金到账,4000平方米的养殖场地点选定(多为推坡平整之地),建筑工程队的数台挖沟机、推土机、运输车,轰轰隆隆进村开工了——为节省资金,养殖场以及规模宏大的通路、通电、通水、办公区和饲料加工间等设计方案,都是朱兆飞在扶贫日记上一笔笔勾画出来的,连门窗大小、台阶尺寸都标得一清二楚!有些原材料一时买不起就东借西凑,200根钢管就是从陕建一公司借来的。一时间杨家沟成了一片大工地,到处机声隆隆,热火朝天。千百年来,杨家沟人第一次听到现代化建设的巨大轰响。

朱兆飞天天在工地上摸爬滚打,满身土两脚泥,一块砖砌歪了都吼得震天响。他患有严重的痔疮,几乎天天便血,干活儿多了或站久了时会掉出来,需要用手指按回去。开始,村民们都远远地看着;后来,几位老党员、老村干部被感动了,默默进场帮着干这个那个;再后来,全村男女老少带上铁锹扁担水桶都拥来了。钱不够了,老支书巩玉智、村支书蒋志格、老党员姜建生先后送来1万元现金,说这是他们自家的积蓄,先拿去用吧。70多岁的老贫困户王有冻(起这个名字是因为他落生不久差点儿冻死在窑洞里)也送来5000元,说要入股,其中2000元是他的多年积蓄,2000元是低保费,1000元是他卖掉了家里唯有的一只羊。老人家真诚地说:"你们实打实干起来了,我放心。"

村里有个聋哑青年蒋磊磊,整天闲着没事东逛西看。他与人交流的唯一方式就是微笑。走访蒋家时朱兆飞了解到,磊磊还有个弟弟叫蒋雄雄,因偶尔过失犯罪蹲了监狱。兄弟俩感情很深,磊磊每每看到弟弟的照片便泪流不止。朱兆飞想,帮贫更要帮心,2017年10月31日,他开车拉上磊磊和父亲,去榆林监狱探望蒋雄雄,兄弟俩见了面抱头痛哭,朱兆飞和在场狱警也不禁流了泪。朱兆飞对蒋雄雄说,现在国家对杨家沟展开了大规模的扶贫工作,期望你在狱中好好改造自己,争取立功减刑,早点儿回村创造自己的新生活。蒋雄雄抹着眼泪说，谢谢朱书记对我的关心爱护，今后你看我的行动吧。

杨家沟的变化和朱兆飞的所作所为感动了蒋磊磊，此后每次见到朱兆飞，他都笑呵呵地举起两个大拇指哇哇叫。不同的季节，他还会从山上带来不同的水果，青苹果、红苹果、黄梨、核桃、红枣等送给老朱。因为聋哑，他从没上过学，只会写自己的名字。有一天蒋磊磊比比画画把老朱拉进办公室，在一张纸上认认真真写下"朱兆飞"三个大字，然后指指院子里的公示板，开心地大笑起来。显然，这是他从公示板上一笔一画学来的，他想牢牢记住杨家沟村大恩人的名字。数天后，工地上一个焊工病倒了，蒋磊磊操起家伙就干，朱兆飞和村民们这才发现，蒋磊磊竟然有一手焊工手艺！老父亲说，那可能是他少年时候流浪到县城，默默帮人干活儿学来的。

这是聋哑青年蒋磊磊第一次在全村人面前亮出自己的绝活儿。

那天我坐在村部，蒋磊磊突然闯进来。小伙子又黑又壮，指着朱兆飞对我边笑边比画。朱兆飞说，他是在表扬我呢，只要看到有外人来，也不管多大干部，他就进来比画一阵。

我们有多好的老百姓啊！光芒四射的时代，每个有梦想的心灵都会光芒四射。

朱兆飞的果决行动，犹如一张新时代的大犁，翻开沉寂的高坡，让穷困枯黄的旧日子大片倒地，让乡亲们看到了阳光、希望和美好的明天。

没想到，村民们的一堆新意见又冒上来了。7月18日，几位非贫困户找上门说，养殖互助合作社要成立了，国家给贫困户的5000元扶贫金可以入股分红，而我们和贫困户的生活水平其实差不多，确定贫困户的红线是人均年收入低于3015元，而我家恰好是3016元或者多一点，就划在红线外，入不了合作社，我们不高兴。更何况村上的土地、基础设施等资源本是属于集体的……

真是智慧来自群众！朱兆飞顿时脑洞大开，兴奋得差点儿起身给这些老乡作揖了。是啊，完全应该把非贫困户吸收进来，请他们自愿入股。这样合作社就可以做强做大，以强带弱，互帮互助，尽快实现共同富裕。在当天的日记上，朱兆飞写道："通过合作社模式，使当地资源变资产，扶贫资金变股金，农民变股民，个体生产变集体合作，让村民自选劳动岗位，人人有事做，真是皆大欢喜啊！"

过后通过广泛征求意见，全村热情高涨一呼百应。村民大会上，所有股民在合作社协议书按下庄严的红手指。老支书巩玉智激动地说："改革那年，我领着大家按下了分田到户的红手指，这回又按下了合作互助的红手指。我看这是实现共同富裕的光明大道，今后我们就在第一书记的带领下，骑上黑毛猪，脱贫奔小康吧！"

全场哄堂大笑，张张笑脸像阳光一样照亮了古老的黄土高坡。

过后，村民们商议制定了合作社章程，选举了理事会成员，朱兆飞当选监事长。2017年8月29日上午，寺沟村红旗飘扬，锣鼓喧天，举行了隆重的"亨亨养殖合作社"挂牌仪式——这个名称倒很有音像效果，显然是朱兆飞学着猪的样子哼哼出来的。全体村民到齐，100多头黑毛土猪进圈（包括40头母猪）。市有关领导发表了热情洋溢的讲话，称寺沟村"闯出了一条扶贫攻坚、脱贫致富的新路子"，市扶贫办主任说："关键是杨家沟有一支能扑上去、沉下来的工作队！"

自此，杨家沟村获得榆林市"脱贫攻坚示范村"等多项荣誉，朱兆飞也捧回省市县"脱贫致富带头人"等一堆奖状。2017年12月19日下午5时30分，新华社发出一则报道《山沟沟的"第一书记"让贫困村发生蜕变》，各大门户网站纷纷转载，一夜之间点击过百万。朱兆飞在日记中写道："杨家沟一下红遍大江南北，我也成红人了。但我问心无愧，我们付出了，没有一点儿夸张，怎样做的就是怎样说的。"最初的年轻助手冯文瑞因公调走，后来换了新来公司报到的研究生程锦飞。他也颇有成就感，自称"我是新时代的知识青年"。

3. 我吃了一把猪饲料

年底，寺沟村与杨家沟村合并，贫困户增至125户。在朱兆飞的强力推动下，"红色旅游＋绿色经济"的双轮驱动，在这片热土展开更宏大更热烈的战场。从2017年到2019年，一条条道路全部硬化并安装了太阳能路灯。一孔孔破旧的窑洞重新装修并恢复旧貌，毛泽东、周恩来、张闻天、任弼时、彭德怀、习仲勋等老一辈革命家的旧居，中央下属的政治部、西北局、新华社、公安处、情报局、广播电台、解放日报社、战地医院、印刷厂等多处旧址，统一改建为红色遗址展览馆，院落中央高高矗立起中年毛泽东的塑像，让历史光辉重现新时代，每到年节，车辆如潮游人上万。黑毛猪养殖场、佳米驴养殖场通过自行繁殖，规模越来越大。天网式小动物园里，孔雀、驼鸟、鸳鸯、野鸭、鸽子、各色观赏鱼共处一园其乐融融。坡上坡下的一片片良田两侧构筑了近1米深的水泥泄洪渠，基本上永久解决了山洪冲毁庄稼的历史性灾难。

2018 年，养殖业大获成功，黑毛猪供不应求，年底户均分红 4000 元。2019 年 6 月二次分红户均 3000 元。不过一年半时间，村民的本金就全部收回还赚了 2000 元。今年碰上全国性"猪荒"肉价大涨，杨家沟人肯定又能大赚一笔了。提起当初第一书记铁心发展绿色养猪业，大家心服口服，说真是神了，你能掐会算啊？朱兆飞笑说："没啥奇怪的，我本来就姓朱嘛。"眼下，来村里抢购黑毛猪的应接不暇，门庭若市，村民们高兴得眼睛眯成一条缝儿，老朱却坚决扣住一只不卖，"等着过春节吧，"他说，"大家的腰包就会鼓鼓的了！"当然，那些对杨家沟脱贫有过帮助的"关系户"和好友来了，老朱批张"条子"还是好使的。

2018 年 10 月 18 日，杨家沟召开了贫困户脱贫退出民主评议会，78 户主动要求退出的全部符合标准。这真是民心民风民意的大转变大提升！过去争着抢着当贫困户，现在个个长了志气有了自尊。老乡们说，这年头你总戴着贫困户的帽子，儿子连媳妇都找不到啊！

历经三年砥砺奋斗，杨家沟村发生了翻天覆地的大变化。2019 年实现整体脱贫，合作社总资产翻了 6 倍多，好日子到来了！

我前来采访时，朱兆飞领我参观了焕然一新的村貌。养殖场里干净整洁，500 多头存栏的黑毛猪大的有 300 多斤，小的也有上百斤。近 200 只长耳朵大眼睛的佳米驴皮毛发亮，欢实可爱。进入饲料加工间，两位村民正在用机器粉碎饲料。朱兆飞从地上抓了一把原料，一是苞米，二是黑豆。他一边嘎嘣嘎嘣咬着，还分了一半给我，说放心吃吧，没一点儿添加剂。我吃了一小把，倍儿香！不仅是好粮食，还是炒熟的——杨家沟的猪和驴，待遇太高了！

上级规定，驻村干部每年驻村不得低于 220 天。三年来，朱兆飞年年驻村在 320 天以上，总共写了 6 本 40 万字以上的扶贫日记。他以勇敢的担当精神和深切的爱民情怀，把自己全身心地交给了杨家沟。在授奖大会上，他动情地说："杨家沟是毛主席待过的地方，不忘初心，牢记使命，就是我全部工作的出发点！"

2020 年 6 月 7 日上午，胡春华副总理专程来到榆林和杨家沟村考察扶贫工作，详细听取了朱兆飞的汇报，并仔细翻阅了他的扶贫日记。胡副总理对朱兆飞的工作和担当精神给予高度评价，随行的国务院扶贫办副主任陈志刚特别给陕西省扶贫办打了电话，要求他们全面总结杨家沟村的扶贫工作经验。

恰在这天下午，我与朱兆飞通了电话。我问他驻村工作 3 年早已期满，是不是已经回榆林市工作了。他说，这 3 年和杨家沟老百姓结下的深厚友情真是难以割舍，我还在杨家沟，这辈子不想别的了，就是干扶贫，干到底……

（本文发表于 2020 年 6 月 9 日《人民日报》，收入本书略有修改）

二 倒车！一个犹豫的开始

1. 路边有泪

我问张雷威，爹妈怎么给你起了这么威武的名字。

他笑说，大概因为老爹上过战场吧。

沙尘暴遮天蔽日，沙砾抽在脸上，刀扎般生痛。这样的天外出干活，让人心情恼火。

1976 年春，米脂县拖拉机站的青年拖拉机手张雷威戴一个防风镜，开着胶轮拖拉机驶进横山县（现为榆林市横山区）郊区一个供销社，准备装一批农产品运往米脂县城。时近中午，肚子饿得咕咕响，他缩在驾驶室里等着工人装车完毕，好赶紧回站里吃口饭。自古以来，陕北人养成一天只吃两顿饭的习惯，上午9点多一顿，晚上五六点钟一顿（直至今天，当地很多人家仍然保持这个习惯）。张雷威起大早出发，临近中午水米没打牙，肚子饿得咕咕叫。

车装完了，驶出不远，前面路口有一辆大货车挡住了去路。原来是一位穿白大褂的公社女医生领着一个抱着孩子的年轻母亲匆匆跑来，拦住了那辆车，意思好像是想搭车进城。女医生说了半天，但那位司机摆摆手，兀自把车开走了。随后张雷威踩下油门准备开走，可那位女医生不由分说站到车前，分开双手拦住他。张雷威探头问，什么事？女医生焦急地说，这位母亲在窑洞外干活儿时，锅里煮着小米粥。1岁多的孩子因为饿，自己爬到锅台那儿想喝点粥，结果一头栽进锅里，头部和手部严重烫伤，生命很危险，求你行行好，把母子俩赶紧拉到米脂县医院吧！

当时，米脂县医院是周边各县条件最好、医疗水平也较高的医院。

张雷威的第一反应是不行。一是他很饿，急着回拖拉机站卸货吃饭，回去晚了就"颗粒无收"了；二是拉上这对母子去医院，后面的麻烦事肯定很多；三是看那个母亲怀里抱着的孩子，用烂衣破褙包着，满脸紫药水，肿得没人样了，孩子万一死在路上，他担不起责任。

张雷威摇摇头，说自己任务紧急，耽误不得，你再找别的车吧。

女医生无奈地让开了。张雷威开动拖拉机突突响着上了路。开出十几米，他从后视镜中看到，那位乡村女医生抱住孩子母亲，仿佛在说安慰话，大风把她的白大褂刮得扑扑乱飞，孩子母亲不断抹着眼泪……

那一瞬间，张雷威心软了。他犹豫了一会儿：走还是不走？管还是不管？唉，那终究是一条人命啊，反正自己也是回米脂县，顺道拉上算了。终于，他挂上倒挡把拖拉机退回到路口——这一退，其实是人生境界的伟大一进。女医生赶紧把母子送上驾驶室，感激万分地对张雷威说："你真是大好人啊！"张雷威听了，暗自觉得有些羞愧。

拖拉机加大油门紧急上路，半道上孩子突然不呼吸了，母亲吓得一个劲儿哭喊"康小飞"。当地隔县不同音，张雷威听成了"咖啡"。他说，你拍拍孩子后背，能缓过来。母亲赶紧拍了几下，孩子轻咳几声，果然又有了鼻息。两个小时后，拖拉机停在米脂县医院门口。眼瞅着年轻母亲抱着孩子进了医院，他才开车回到拖拉机站，汇报，卸货，吃饭。午时已过，食堂只剩半碗剩饭了，他狼吞虎咽吃光，又灌了一瓢凉水，才觉得肚子充实多了。自己的事儿消停了，他又想起那个"咖啡"，现在不知怎么样了，是否安全了？既然拉人家来了，就得关心关心。好在县医院不远，张雷威匆匆跑到医院，老远就看见那位母亲抱着孩子坐在台阶上，正在不停地抹眼泪。

张雷威陡然一惊："孩子怎么了？"

"挂号排队太长……"母亲说。

"天哪，你真是不懂！孩子伤成这样，挂急诊就不用排队了。"张雷威说，"走！咱们进去！"

中午12点，是医院的午休时间。张雷威带着母子闯进急诊室，一位男医生正躺在病床上睡午觉。他懒洋洋地起来看看孩子的情况，说伤得很严重，需要住院治疗，最少也要花上200元。母亲从衣袋里掏出一个脏手帕，哆哆嗦嗦打开，里面只有50元。"我家只有这点积蓄，全拿来了，"她说，"求求大夫救救我孩子的命吧！"

医生说："那不行，你交不上费用，我跟院里没法交代。"

张雷威火了，眼珠子一瞪吼道："钱要紧，还是人命要紧？"

医生白了他一眼："谁家孩子都要紧！可收不上费，医院没法干啊！"

张雷威伸手掏掏自己的兜，一共50斤粮票、48元零3角。他啪地往桌上一拍："不管多少，你得先救孩子的命！"接着他又把驾驶证拍到桌上，"一台拖拉机够不够？驾驶证押在你这儿行不行？"

其实张雷威说了大话。拖拉机是公家的，他一分钱也换不出来。

医生没话说了，立即安排娘儿俩入院。

回头，张雷威跟同事借了点钱，跑到商店买了两罐炼乳、两包玉米面饼干送到医院。那位医生正在给孩子上药，见张雷威回来了，问，你是孩子爹吗？

孩子妈脸红了，赶紧解释："我们不认识。他是开拖拉机的，大好人，路上碰到给我们拉来的。"

一句话把医生感动了："哦，是这样。小伙子人性不错，就凭你这仗义救人的精神，我一定想办法把孩子治好！"

张雷威问明母子的住址和孩子姓名，当天给横山县武镇人民公社康庄大队打了个长途电话，说你们那边有个叫康小飞的孩子，因为严重烫伤，在米脂县医院入院治疗呢，母亲带的钱不够，你们通知家人赶紧送钱来。

这是 1976 年的事情，张雷威 21 岁。

过后，他开着拖拉机东奔西忙跑运输，再没去医院。有时他会想起这个孩子，也不知命保住没有。但他不想多问，怕人家以为他惦记还钱的事情。萍水相逢，救人一难，过去就过去了。

40 多年过去，张雷威竟然和这个长大的孩子康小飞奇迹般地相遇，这是后话。

张雷威是老革命的后代，1955 年出生。父亲 15 岁参加了陕北红军，天天赶着骡马车在边区内外跑运输。国共分界线上的国民党兵见这个脏孩子赶着大车，车上堆着几十垛草捆的粗瓷大碗，看看没啥禁运物件，骂一声"小兔崽子滚吧"便放行了。回到部队上，战士们兴高采烈把大碗卸下来，原来，碗底的凹坑处藏着许多急用药品。解放后，父亲成了西安的干部。1970 年张雷威初中毕业后，带头响应毛主席号召下乡插队，成了知青点"点长"，因为任劳任怨，表现优秀，后来调入拖拉机站当上拖拉机手，再后去了延安大学成了"带薪学生"，毕业后被推荐去县委宣传部工作。但张雷威不愿意干，还想继续当拖拉机手。当时他一个月拿着 38.6 元工资，跑运输还能带点儿土特产回家，也算让人高看一眼的"富有阶层"了。

后来他调入国家电网陕西榆林供电公司，退休时干到工会主席。

2. 天下唯一的官称："扶贫官"

2000 年，45 岁的张雷威受供电公司委派，赴神木县芹菜沟驻村扶贫，为期3年。

那时压力不很大，工作业绩高低、村子变化大小没有严格考核。时限到了，打道回府做个汇报就行了。

张雷威不这么想。1976年救助烫伤孩子康小飞那件事，他一直深深铭记在心。"有人说英雄3分钟热血，而那会儿我是狗熊3分钟。"老张说，"孩子命悬一线了，我还不想拉，犹豫了3分钟才倒车回来把母子两个拉上。后来每每想起这件事我没有一点儿光荣感，一直很自责。"

这件事成了张雷威一生的警示。

芹菜沟村，顾名思义，大概老早时候这片沟里长了些野芹菜吧。村里离城很远，不能车来车去隔三差五跟老乡打照面就回，必须找个住地。他发现村口有3孔废弃的土窑，没门没窗，老鼠满洞窜。村支书解兰兰说，这里原是村小学，现在孩子都去乡小学读书了，窑洞也就废弃了。老张说，你派人把这儿装上门窗打扫打扫，我就住这儿吧。解兰兰怀疑地瞅瞅他说，你真住下呀？当然！老张说。

几位老村民不干了，说早年那是咱村的土地神庙，后来改成小学，不能动，动就坏了咱村的风水。

张雷威笑说，你们村世世代代受穷，光棍儿满村走，年年饿肚子，外边人说"有女不嫁芹菜村"，这风水好在哪儿？我看把它装修改造好了，我带着党的扶贫任务住进去，风水才会好起来。1921年共产党成立的时候，全国只有50多个党员，后来把天下打下来了，你们说共产党的风水好不好？

老百姓一听是个理儿。

窑洞修好了，老张把铺盖扛来睡了进去。头几晚他基本没睡好。窑洞几十年没动过火，头顶冰凉冰凉的。他不得不把枕巾包在头上，扮起了羊肚子手巾三道道蓝的放羊装，穿上绒衣绒裤睡。好在农村空气好，也安静。

住进"风水宝地"的第一天晚上，张雷威开了两瓶家里带来的老白酒，请村干部和几位老党员上炕，聊聊扶贫应该从哪儿开始。听完大家的意见，他说，这些天我了解了一些情况，芹菜沟村人少地多，这是你们的一大优势，但村民只种些玉米谷子杂粮什么的，辛苦一年不赚钱是个大问题，也是村里贫困的根源。我建议，现在有了政府资金支持，村里应该大力发展种植业和养殖业，一是种枣二是养羊。特别是实行退耕还林政策以后，山上植被恢复很快，牧草长势旺盛，养羊既可增收又可肥地。村干部一听脑洞大开，而且有政府资金做后盾，大家当然高兴，掌声把"风水宝地"的老墙震得直掉渣儿。

第一批 200 多株枣树苗从神木县拉回来了。约定第二天全体劳力上山种树。没想到当晚刮起了沙尘暴，一出门满嘴沙子。解兰兰建议改变计划，等风停了再说。拖后一两天当然不是大问题，但张雷威坚决地说，不能改！这些年一些干部来来去去，说了不算，算了不说，让老乡们对扶贫干部产生很多不良印象。再说村民们平日都在附近的小煤窑打工，一天能赚十多块钱，把他们集中起来不容易。我们不能失信于民，这点小困难我们就停工，我张雷威以后还怎么干？第二天一大早，他和村支书解兰兰、村主任解礼兴带头，冒着猛烈的沙尘暴，扛着树苗铁锹、担着水桶上山了。忙了整整一天，200 多株枣树苗齐刷刷站在山坡上了，村民们第一次看到城里来的扶贫干部跟他们一起下地干活，心里觉得特别温暖特别踏实，想到以后红枣挂满山的景象，真是打心眼里高兴。张雷威吃了满嘴沙子，但他很高兴。他甚至感谢这场沙尘暴给了他走近村民的机会。他相信沙子不会白吃的。

千百年来封闭于世界之外的偏乡僻野，传统观念像大地一样结实牢靠。张雷威发现，芹菜沟村民历来有养骡子的习惯。骡子体大劲大，拉车耕地一阵风，很受村民喜爱。但骡子是一代而终的"绝户"，只能使用七八年，买时一头好骡子近 8000 元，淘汰时只能卖 1000—2000 元。于是张雷威向他们大力推荐秦川牛，拉车耕地样样行，只是速度慢些，喂养方式都一样。但母牛每年可以产一头小牛犊，养 3 个月能卖 3000 元，8 个月能卖 8000 元钱，可持续发展，年年增值。张雷威还带上村民到外地养牛场、养牛户参观，然后召开村民大会，让考察回来的村民讲看到的好处，给大家算细账，说收益。

从第一批购进 7 头牛开始，现在的芹菜沟村变成牛气冲天的"牛村"。

在村里，老张很快发现，年轻人经常咳嗽不停，吐的全是黑痰。他立即召集在小煤窑打工的村民开了个会，他说，自古以来下井挖煤是最苦最累也最危险的活儿，人称"干的是阴间活，吃的是阳间饭""两块石头夹一块肉"。你们现在只顾眼前利益，到年底能拿个十万八万的，可到老了大病就会找上门来，你存的钱都得给医院送去。万一出了事故，后果就很难设想了。我建议你们还是下决心回村发展自己的种植业和养殖业，政府还会给予很大扶植，这多好啊！

老张说得条条在理。消息传开，青年们都怕了，那一带的小煤窑很快出现"用工荒"，而一向沉寂的村里分外喧哗起来。

从神木县西沟去往芹菜沟，必经"胶泥圪崂村"的村头——村上老祖宗给自己的住地起了这么个古怪的名字，显然下雨时那里的黄土特别粘脚吧。这个村有个哑巴青年，20出头。张雷威为了给芹菜沟村更换水泥电杆，领着村民修路，包括为村民买回小尾寒羊和秦川肉牛等一些事，他都看在眼里，于是比比画画向芹菜沟的村民打听这个陌生人是谁，为什么给芹菜沟人办了那么多好事。弄清楚以后，有一天他在村口拦住本村的煤老板石开河，一个劲哇哇叫着对他打手语，弄得石老板莫名其妙不知所以。有年轻人在旁解释说，哑巴的意思是说你那么有钱，为什么不给村里请一个像张雷威那样的扶贫干部。哑巴一边点头，双手还在比画着，并模仿着牛羊的模样和叫声。石老板大笑不止，他告诉哑巴，扶贫干部不是花钱请的，是政府派来的。

风掠过哑巴青年不动的身影，他愣愣地站在那里，脸上有点惆怅。

有一次，芹菜沟村一位村民按当地习俗为儿子举办成人礼（即从小挂在脖子上的小银锁在12岁生日那天正式开锁），招待各方亲友宾朋，张雷威应邀参加。席间，一位西装革履的老板突然走过来向他恭恭敬敬敬酒，村支书介绍说，这位老板叫石开河，胶泥圪崂村人，听说你就是名气很大的扶贫干部张雷威，把我们村的哑巴都感动了，他特意过来表示一下敬意。

扶贫不仅要扶贫扶弱，还要改变村风。

芹菜沟村民刘爱田有两个儿子，大儿子刘小平从部队复员回村，娶媳妇成了老大难。花钱请媒人带女方来家里相亲，来了四五拨没结果，都嫌刘小平没个正式工作。刘爱田不得不来找张雷威，求他帮着给儿子找个工作。张雷威说，这事儿太好办了，我一个电话就能解决，不过我有个前提。大喜过望的刘爱田赶紧问什么前提。老张郑重其事地说，第一，你作为家里的老大，要率先孝敬老人，给你弟弟做好榜样；第二，要处理好弟兄二人的家庭关系，不能见面不说话，背地里还相互讲对方的坏话，在村里造成很不好的影响。你老爹耳朵聋，体力差，独自生活没人照顾，可你们兄弟二人不管不问，村民都看在眼里。你是军人的父亲，光荣军属，怎么能让村民在背后指指点点呢？只要你能做好这两点，刘小平的工作我包起来！数天后，刘爱田兄弟两家坐在一起，把老父亲和张雷威请来吃了一顿酒席。两兄弟相互敬了酒、道了歉，两家还共同向老父亲道了歉，表示今后一定好好孝敬老人家，给孩子做个榜样。老泪纵横的老人家心里一定很纳闷，两个不懂事的儿子咋一夜之间像变了个人呢？

不久，老张把刘小平安排到供电公司当一名农电工，还给他介绍了一个好姑娘。两人很快结婚成家，刘家老少三代日子过得和和美美。

这件事感动了全村。

2006 年，张雷威提升为榆林市供电公司工会主席。6 年里，除了处理公司公务，他把扶贫当成自己的"第一要务"，无论寒冬酷暑，张雷威爬山过沟，走村串户，有贫必扶，见弱必帮，帮扶必成。有一次他雨后爬山摔下悬崖，脚部 3 处骨折，27 天后就拄着双拐偷偷溜出医院，继续忙他的扶贫。因骨伤尚未完全愈合，脚部自此留下残疾。张雷威的名声和村村户户的口碑传遍榆林大地，老百姓不知道他是什么官，也不懂他的级别，干脆称他为"扶贫官"。从中国到世界各国，享有这个官号的肯定只有张雷威一个。扶贫工作一期 3 年，两期 6 年，上级觉得老张年纪大了，别再这么吃辛苦了，要把他调回去。各县领导和广大村民听说都急了，纷纷向扶贫办要求把老张留下来。组织上征求张雷威的意见，他说："小车不倒只管推，就让我干下去吧。"自此，老张先后在几个县任驻县扶贫干部、挂职副县长，管得面更宽了，跑得路更远了，吃的风沙和手擀面更多了。吃着吃着，他发现了一家村民做的面条很不错。

——老霍家的手工挂面

然沟村的老霍家祖孙三代做手工挂面,手艺高超,挂出的面粗细均匀,下锅不糊汤,吃着筋道,远近闻名。但是霍家的现有设备过于原始,产量很低,经常供不应求。张雷威建议村委会大力支持霍家,办一个手工挂面合作社,扩大生产规模,带动更多村民脱贫致富。霍老汉对此很感兴趣,老张还建议他改进包装,缩小把数,再加进民航飞机上那种现代调味品小包装,走精致发展道路。这个好主意让霍老汉大为振奋。不久,"吴堡县老霍家挂面厂"注册成立,在政府支持下建起占地120多亩的漂亮厂房和生产流水线,安排就业职工50多人,年产挂面300吨。老张的一个建议,成为吴堡县的一个创新产业。

——车家塬村的一根丝

前不久,我刚刚写过湖州,当地存有指甲盖大小的一方4300多年前的古丝片,是世界上发现的最早丝制品,故那里被誉为"丝绸之源"。我由此写下一句非经典之言:"蚕宝宝在吐丝的时候,没想到它会吐出一条丝绸之路。"更让人想不到的是,在气候寒冷干燥的陕西黄土高原,吴堡县竟然有种桑养蚕的传统。查查县志,没有答案。我猜想,此地叫吴堡,在古代为北部边境重要军事要塞的榆林(万里长城最高的烽火台就矗立在这里),一定是来自江南的吴地之人来此服兵役,把种桑养蚕的习惯带来了并就地扎根落户,繁衍成今天的吴堡县。县境内有个车家塬村,全村桑园面积450亩,桑叶肥厚,丝质优良,一根丝能扯出10公里,遂被陕西省定为"一村一品"示范村。当地气候偏冷,过去家家户户都专备一孔窑洞或一间房做育蚕室。但蚕宝宝太脆弱了,这种传统方法常发生煤烟中毒,也难以保持恒温。从而导致蚕宝宝死亡率较高,蚕茧质量不高,直接影响了蚕农的收入。张雷威听闻,又来"打雷"了。他和农业站技术人员张武云多次深入车家塬村调研,后经县政府批准,投入了3万元购买电暖加热器,为全村修了一间小蚕供育室,又投资12万元建起烘茧炉、收茧室、成品室、集雨窖等,该村的养蚕业一下子大大兴旺起来,蚕农收入成倍增加。如今,该村建起蚕丝加工厂,丝绵被、丝绵衣裤、丝绵枕头等产品大量销往外地,村民的腰包鼓鼓的,村貌也焕然一新。

3. 女儿眼中的爸爸

2015 年，为庆祝张雷威 60 大寿，女儿写了一篇自述《有感我的父亲》：

他个头不高，体质不强，却叫了一个那么威武的名字。

他 15 年如一日的帮扶工作，足迹遍布榆阳、清涧、神木、吴堡、佳县、米脂六个县区的贫困农村，被村里人亲切地称为城里来的"自家人"。这就是我的爸爸，而我对这个真正的自家人却不是很了解。

——惊讶中的感动

2000 年，我爸爸开始了他的扶贫之路，也正是从那时候开始，我就很少见到他。为了了解帮扶村贫困的原因，拿出有效办法，父亲将所有节假日都耗费在村里。我经常问妈妈，爸爸去哪里了？妈妈每次给出的答案都是"去农村了"。每当爸爸回来时，我都会兴奋地告诉他最近家里家外发生的好多事情，而爸爸却在我的唠叨声中熟睡过去。他的忙碌，带给我越来越多的困惑。一次假期，我向他提出了我的疑问，问他到底是什么在吸引你，为什么节假日都不陪我和妈妈呢？爸爸笑说，你愿意去看看吗？我说当然愿意。就这样，我跟着他去了神木县的芹菜沟村，在那里看到的一切让我开始心疼爸爸。书上说的穷乡僻壤应该就是这样的地方吧，羊肠小道，房屋破旧，还有散发着臭味的猪圈羊圈，我一声不吭跟他转完了整个村子。他热情地跟每个村民打着招呼，询问着家里的情况。我惊讶地发现，爸爸竟然知道村里每家每户的情况，能叫出全村村民的名字，甚至养多少牛羊都清楚。而他却不知道我当时上几年级。到了下午吃饭的时间，他笑眯眯地说，今天老爸给你露一手！我根本不相信，因为他在家里什么都不干也没时间干。但我的表情逐渐变成吃惊了，只见他熟练地和面、切面、煮面，加上拌料，一碗香喷喷的手擀面就出现在了我的眼前。我从未见过他做饭，这碗面条我吃到满满的感动，当然，也有一点点伤感。

——拄着双拐的 Superman

2006 年，爸爸在吴堡县水利工程建设检查中滚下山崖，脚部 3 处骨折。放学回家看到这个情况，我心里又疼又有点暗暗的小欣喜，爸爸受伤了，他就不会再去农村了。可我低估了爸爸的执着，趁我去上学，妈妈去买菜，脚部石膏裹上刚刚 27 天，他又偷偷跑回了吴堡县。妈妈打电话给他说："你不要命了，伤筋动骨一百天呢！"老爸在电话那头笑笑说："没事，这里几个工程都到了关键期，我不多看着点儿不放心，工程一完我就回来。"挂了电话，我看到妈妈低头擦了一把眼泪。因为错过了治疗期，他的脚至今还留有残疾。后来我问他值得吗？他告诉我，当然值得，下次你跟我去吴堡，看看现在发展得多好，看看老爸做的事情有了效果，就会知道老爸这样做多高兴、多安心。我没告诉他，在我心里他已经是 Superman。

——靠不住的爸爸

腊月二十五了，我和妈妈去超市采购年货。超市的人好多呀，处处洋溢着节日的喜庆，我和妈妈费劲地挑完我们要的东西。回家路上，我们手里提着满满的年货，路越走越长，手上的东西越来越重。我哀怨地看了妈妈一眼，妈妈笑着对我说："你还没习惯？你又不是不知道你爸根本靠不住，累了咱休息一会儿再走。"是啊，每年都这样，不到年三十见不到人。我有点生气地给他打电话，电话那头的爸爸语速飞快地说："没什么事就待会儿再说，老爸正在给老乡送慰问款呢。"没等我回话，电话挂断了。好吧，你送你的慰问款，我走我的年货路。

——村里朋友进城啦

难得这个周末老爸在家，我提议全家去吃自助烧烤。爸妈同意后，我和妈妈开始讨论该烤什么吃，准备什么东西，好兴奋的感觉。突然，老爸手机铃响了，我顿时莫名地紧张起来。随后，一阵凌乱的敲门声。我跑去开门，门外的人我没有见过，一张黝黑的脸，手上提一个布袋子。我问，你找谁？那人还没答话，就听老爸说："来来，赶紧进来，媛媛，你去泡杯茶。"后来我才知道这是爸爸帮扶村的人，因为家人生病要来城里住院，找不到门路所以来找爸爸。最后，我的烧烤自然泡汤了。这次我好像没有理由埋怨他，村民治病是大事。

——旅行计划只是计划

学校放假期间。"老爸，你看，这是我同学他们一家出去玩的照片，是不是很好，我们也去玩吧。""好啊，等我把手上的事情处理完，我们就去，你好好想想我们去哪儿。"我开始全心全意地研究旅行攻略。"老爸，我的假期要结束了，你的事还没处理完吗？""老爸最近要给村里建标准化羊舍，还要办砖厂，实在走不开，要不明年？"于是，我等了一年又一年，直到现在一起旅行都存在于我的想象中。退休后的他一心扑在精准扶贫的工作上，走访调研、讲课开会，甚至比以前更忙。老爸，我再计划计划。

——有人问我，你觉得你爸这样做为了什么？升官吗？我淡淡地说，我爸现在已经退休了。我记得，爸爸曾经对我说："我在农村插过队，我知道农民受的苦。他们勤劳、善良、质朴，只因为没有正确的引导，没有让他们脱贫致富的项目和资金，一直守着黄土过苦日子。我现在还有一点能力可以帮助他们，我愿意这样做，因为我对农村人民有感情。"我觉得这就是他的目的。唉，老爸在我心中其实是一个不称职的父亲，他将他的所有精力都用在工作上，对于家庭，他不能更好地顾全。他坚持了15年的扶贫工作，他将他的爱分散给了更多的贫困乡村和农民。如今，我看到了他所做出的成绩，我看到了新建的羊舍、新修的水窖、改造的学校、崭新的道路、有规模的香菇大棚等，老爸这种"不称职"早已化成我的骄傲。他舍弃了我们一个小家，投入到建设大家的事业中，帮助更多的人走出贫困，我的怨气也逐渐变为支持他的勇气。随着年龄增长，他已退休，但扶贫的名气

却越来越大，电视上能看到他的身影，报纸中能读到写他的报道，我渐渐理解了他的这条扶贫路，理解了他 20 年坚持背后的酸甜苦辣。

老爸，我为你骄傲。

从 2000 年到现在，张雷威参加榆林市社会扶贫工作整整 20 年，先后在 6 个县区、19 个乡镇、56 个贫困村驻村帮扶，帮助 12000 名群众脱贫。2015 年 6 月退休之后，他继续担任驻村第一书记，坚持义务扶贫、自愿扶贫。2016 年，因超龄他又退出第一书记序列，成为一名编外的驻村帮扶干部。从黑发干到白发，一直干到现在，现在还在干。

还要说一个小小的温馨的尾声。

2016 年夏，有位女记者来采访张雷威，聊天时她说起横山区那边有一家康姓农户，20 年来一直在寻找一位大恩人，那会儿康家 1 岁多的儿子因为饿，爬到锅台那儿探头喝粥，结果一头栽进锅里烫伤了，是一位路过的拖拉机手把母子俩拉到医院的。儿子得救了，可紧急之下母亲忘了问这位恩人的姓名，他们一直在找……

老张笑说，那个拖拉机手就是我呀！我记得特别清楚，当时我听当妈的一路管孩子叫"咖啡"，我还挺奇怪，怎么起了这么怪的名字？

女记者大笑说，人家叫康小飞，现在长成一条壮汉了！

人民是永远懂得感恩的。消息传到康家，全家盛情邀请大恩人前往做客。张雷威到达的那一天，全村人倾巢而出，都在等着看康家苦苦找了 20 年的这位大恩人。老张一下车，掌声欢呼声顿时响彻山谷。康小飞果然长成一条壮汉，膀大腰圆，黧黑的脸膛和手上稍有些伤痕，并不严重。老张在康家吃了一顿丰盛的土特产宴席，认了个干儿子，拎着自家酒瓶子来敬酒的村干部和乡亲络绎不绝，这是历史上康家最热闹的一天。

这一天，世界如此温暖。

三 好汉与山河一色

1.铁匠说：我把你的裤裆抹点黑灰吧

秋天哗哗响着，像树叶一样落在自己的影子上。

车穿过一片苍黄而宁静的原野，路两边的田里站着一片片枯黄的东倒西歪的玉米秆（这是冬天用来喂养牲畜的饲料）。榆阳区扶贫办副主任付继平原是这个镇的干部，他说，许多年前这里的河水很丰沛，路两边都是亮晶晶的稻田。现在河瘦了，水少了，农民都改种玉米和谷子了。

车抵达榆林市榆阳区郊外的柏盖梁村。四下一望，道路宽敞，粉墙红瓦的房子一排排，干净清静，井然有序。走进宽敞明亮的二层楼村部，村支书高治宏不在。这大概是付继平没想到的——看来他事先没打招呼。高治宏住市里，打了电话后，他说我马上开车往村里赶。

一层的办公室相当宽阔，两个足有3米多长的豪华老板台和两把黑皮大转椅，赫然摆在两头，气势非凡，显然是村支书和村主任的办公设施。这让我看着十分眼红——我写作时要摆的各类资料太多了，经常要铺一地。随行的市扶贫办干部刘利虹模样清秀，热情开朗，反应敏快，我在榆林的采访，大都是市扶贫办副主任贺小林和她陪同前往。访谈时，刘利虹经常帮主人公做些提示，甚至能补充很多生动的细节，看得出她对他们的事迹相当熟悉，了如指掌，甚至比主人公讲得还精彩。这证明她的工作作风很深入，是尽锐出战中的一锐。优秀的干部我一定会在文中表扬几句，这是必需的，不能让人家白干。不过，我也有些不满：她工作得太勤快了，勤快得有些"残酷"。每到一地，她把采访对象——那些扶贫干部啦，村乡干部啦，村民啦，一个接一个往屋里领。我"愤愤"地说："你还让不让我解个手喘口气了！"后来我特别向榆林市扶贫办主任告了她一"刁状"。

此时刘利虹见我一直盯着那两个豪华老板台，嘴里啧啧有声，她赶紧解释说，这本是上级领导机关定做的，八项规定下来以后，领导不敢用了，扔了又可惜。村支书高治宏乘机抢上前说，我的村委会刚改建完毕，正缺摆设呢，反正我是村官不在线内，我敢用！于是两个锃明瓦亮的大写字台搬到柏盖梁村。天上掉下大馅饼，白捡的。

看来八项规定真是"高压线"，绝大多数干部确实不敢碰了。

高支书还没到。我顺手打开后门进入一个宽敞院落。后面有一排窑洞式的蓝色建筑，墙上挂着"幸福养老院"的牌子。院中摆放着两张乒乓球桌，球网是漆成蓝色的铁网，可以50年不用换——刘国梁们要是用了这样的球桌，肯定打遍宇宙无敌手。我进了养老院的几间房聊了聊，都是七八十岁的老人，最大的87岁。有的是孤寡，有的是一对老伴儿。老太太都戴着爽白的圆布帽，这是当地的传统习惯。老人们正在吃早饭，土豆泥青菜拌面条外加酸菜，食堂做的。我问，日子过得好吗？老人张开缺牙的嘴笑说，好着呢，管吃管住，有人照顾，一天3块钱。出了门，我才明白水泥地大院里为什么有一畦绿油油的青菜，那是管理员给老人们种的，又省钱又绿色。

少顷，高治宏到了。47岁，寸头齐整，高大壮实，脸部很有棱角，皮肤黑而粗糙，一看就知是北方汉子。深秋的天气很凉了，他外面套一件颇有品位的高级黑呢立领，敞着怀，里边一件雪白衬衫。下边长裤笔挺，皮鞋锃亮。看着英气逼人，够帅！我一向自认为年轻时很帅，这位村支书比我还帅，而且看着很阔。

不大工夫，62岁的老村主任高月鹏也到了。

一部苍凉的柏盖梁村史渐渐在我面前打开——

早年，附近山上林子很茂盛，有一百多棵柏树，故而这个村叫柏盖梁村。后来因为烧饭喂羊什么的，树都砍光了。榆林有个民间传说，一个干部下乡工作到村里吃派饭，主妇给下面条，可面条没煮熟呢，柴火没了。主妇一着急，脱下一只布鞋塞灶洞里了——老百姓的一只鞋，煮熟了干部的一碗面……

那时，柏盖梁村收下的玉米和谷子除了交公粮和集体提留，如果能剩下一些，总要拿出一部分卖掉，以买点盐巴、灯油，再交孩子的学费。村民们的

"主粮"是把带粒的玉米棒子、带皮的高粱、带皮的谷子用石磨碾成粉，这样可以吃得长久一些。冬天没青菜，就靠腌酸菜，因为肚里没油水，一人一冬能吃一大缸。但问题跟着来了，人把谷糠都吃了，猪没的吃了，结果村里养的猪只能长到六七十斤，除了过年吃一顿肉，大部分卖了。

那时，穿的更甭提了。老村主任高月鹏说，他从小到大穿的布鞋后跟儿磨没了，就用麻绳把鞋帮捆到脚上，趿拉着走，大冬天脸上手上脚上全是冻疮。村里男孩子长到六七岁十几岁还穿着开裆裤，其实是烂裆裤，家家兄弟大的传小的，裆都穿烂了。当时高治宏家住坡上土窑，一个铁匠铺在坡下土窑。有一次8岁的高治宏站坡上望天，铁匠抽着旱烟坐在坡下朝上看看，笑说娃儿你下来，我给你裤裆抹点黑灰吧，要不啥都看到了……

那时，"有女不嫁柏盖梁，光棍儿老汉满村逛"。本村的姑娘，100斤谷子两袋面，父母就送人了。即便有嫁到柏盖梁的，因为撑不下去，有的扔下男人和孩子跟别人跑了……

那时，有一次公社召集各生产队干部开"学大寨"会议。会没结束呢，食堂做饭的大惊失色跑进来叫，刚蒸出来的几大锅玉米馍馍被老乡们抢光了……

高治宏家劳力不足，父亲患有严重癫痫症，有时一天发作五六次，满地打滚儿。故而这个家在村里很没地位也很受歧视。生产队把父亲归入半劳力，每天记6个工分（满分10分）。爷爷年纪大了给7分。村上妇女还给7.5分呢，这让全家特别是少年高治宏深感耻辱，但没办法。爷爷奶奶、父亲母亲，再加三个孩子，一年到头7口人只靠那点工分活着，饥贫之苦可想而知。全家吃饭时，母亲天然晓得"原始共产主义氏族部落"的生存方式：吃食不够，只能均分，大人的糠窝窝大一点，孩子的糠窝窝小一点。但我很奇怪，从小饿到大的高治宏怎么会长得这么壮猛？他笑说，关键我有一个牛皮胃，见啥吃啥，饿急了能把桌角啃下来。

有一次，生产队让高治宏的母亲削洋芋种，说好削1斤到秋天给3斤洋芋。这报酬也太可怜了！可到了秋后队长反悔了，说3斤洋芋不给了，给你家3分钱挂在账上，年底再发。少年高治宏忍不住了，跑到队部发了大脾气，说你们太欺负人了!

队长把他轰了出去。

1988年7月,改革多年了,穷困的柏盖梁村没见什么起色。为拯救全家也为节省费用,性情刚强的高治宏决定弃学不念了。跟父母打个招呼,第二天一大早,他背个破烂的行李卷直奔神木县城,找到一个工地。工头见他一脸学生样儿,不屑地说你会干啥呀?高治宏反问他,你这么大时会干啥?都得从头学啊。工头扑哧笑了,说你这个娃娃还挺能叨理!民工住的大棚、流的血汗、吃的清水白菜汤不用说了。从7月到10月,埋头苦干的高治宏挣了270元。回家时他把厚厚的一沓10元票、总共200元交给母亲,全家的眼睛都湿了。后来,敢作敢当的高治宏当了工头;再后来,买了一辆机动小四轮跑运输,没黑没白拉石头拉沙子,一年挣下1.8万元;再后来,当了包工头,到西安修高速公路,三个月挣了10万元;再后来,机敏过人的高治宏成立了建筑劳务公司,为各地工程组织民工队伍,柏盖梁村以及全乡镇很多青壮农民成了该公司的重要劳力来源,乡亲们都跟着他水涨船高了。金钱不是万能的,但没有金钱是万万不行的。自此,高治宏家威望大增,成了全乡镇乃至榆阳区的第一大户和首富。以往那些受欺负的日子就像废弃的土窑一样,留在岁月深处的记忆里。

也因此,开着霸道越野车风驰电掣赶到村部的高治宏,一身笔挺帅气的时尚装,证明高老板不差钱了。

2. 农妇说:不是我的名字好!

2012年春,一位乡上老领导打给高治宏的一个电话,让他瞬间回到以往所有的记忆。那个穿"开裆裤"的少年,那个自称"能把桌角啃下来"的饥饿少年,那个对生产队长大发雷霆的愤怒少年,那个抹着眼泪外出打工的悲伤少年,那一刻仿佛回来了并对他说,你好好想想吧,该怎么办?

电话的内容是:柏盖梁村班子要换届,根据走访和民意调查,绝大部分村民希望你回村干,当村委会副主任。

对生养自己的热乡热土,高治宏当然满怀深情,没问题!从那以后,高治宏一边继续发展自己的企业，一边拿出精力帮助村里开放搞活，提出很多好建议，每逢村里研究大事，必赶回参加。一个大老板，天天操心的是几十万上百万的事业，村里的事情再大，也不过是"芝麻开花节节高"的小事。但高治宏的热心投入以及他的魄力和智慧，赢得村民广泛信任和夸赞。2014年12月5日，村支部换届，高治宏以98%的高票当选支部书记，会议主持人就是时任副镇长的付继平。乡亲们的热切期望让高治宏深感责任重大，以前当村委会副主任，公司村里两头跑，两不耽误。现在当一把手了，他不能不好好想想，一是村支书该怎么干？二是自己的企业怎么办？

我问，你犹豫了吗？

高治宏说，没犹豫。我当即决定，为了全村1074位乡亲，为了全身心投入柏盖梁村的脱贫致富事业，不做生意了，干脆关闭劳务公司，员工全部遣散！

我的天！我惊呼，这是壮士断腕、背水一战啊！你婆姨同意吗？她是哪的？你俩是怎么认识的？

高治宏说，你问到我的痛处了！我婆姨是另一个村的，别人介绍认识的。她跟我一样受过大苦，听说我要回村，她很不高兴，说你好不容易从泥坑拔出脚来，还想再陷进去啊？过后她连衣服都不给我洗了，说你让村民给你洗吧。但我还是下定决心回去，早前过的那些凄惨日子我不能忘，为了3分钱我都跟队长吵得一塌糊涂。我现在有经验了，能办成一点事情了，应当回去帮帮乡亲们。

当了老板离村多年，有些情况不熟悉了。上任后，高治宏拜访了一些老党员老干部，走遍了全村的坡上坡下沟沟坎坎。小时候，这些地方他走过无数遍，只是为了找吃的。如今再走，他则是以村支书的身份和企业家的头脑，细细思考着重整山河、带领全体村民脱贫致富的构想了。这是当代"中国奇迹"诞生的动力之一：让活力竞相迸发，让智慧如泉涌流，哪怕仅仅是小小的村支书！

整治秩序、整治村风是必须做好的基础性建设。当老板时说一不二、一锤定音的习惯，让他在上任之初犯了一个小错：一个游手好闲的小青年违反规定，在村部门前广场扔下一个烟头，被高治宏当场逮着。他生气地教训了几句，小青年不服，还顶了几句嘴。高治宏怒不可遏，一个拳头擂过去，小青年仰面朝天倒了下去。广场上的村民大惊失色呆若木鸡，哪有干部动手打人的？太凶了！

事后，高治宏在村委会上做了检讨。

陪同前来的刘利虹在乡镇工作过8年，她笑说，村里人散漫惯了，啥人都有。在村里工作光会苦口婆心不行，有时得来点硬的，否则镇不住歪风邪气。

也许她说得有些道理。高治宏这一拳打出一个大震动。从此全村人都知道高支书说话办事是动真格的，容不得半点含糊。

上任第二天，一位叫席随喜的中年妇女哭哭啼啼跑到村部。高治宏说，你的名字叫得这么喜兴，怎么哭成这样？

席随喜的哭声更高了。她说，家里男人患了脑梗不能动，天天吃饭喝水要我喂。女儿出嫁了，儿子觉得这个家又穷又破没指望，出门没脸见人，天天缩在家里什么也不干。我让他出门买点东西，他骑摩托买上就回，吃完睡睡完吃，没有一点儿社会来往，不见任何人。这个家就靠我一个女人扛着，我真是扛不动了，不想活了……

席随喜越哭越伤心。

这是高治宏上任碰到的第一件事。这件事一下子勾起了他的痛苦回忆：小时候他家也是柏盖梁村最叫人瞧不起的贫困户，他也不愿见人，放学就闷在土窑里不出门。他想，救这个家就像救当年的自己，只有把这个小伙子从绝望中拔出来，让他勇敢地走向社会，才能顶起这个家。他是母亲唯一的指望了。

高治宏对席随喜说，现在党制定了非常好的扶贫政策，习总书记说，奔小康的路上一个贫困户也不能落下，你一定要有信心，村委会不会放着你不管的，回家等消息吧。

席随喜抹着眼泪，半信半疑地走了。

恰好，榆林市一位市委副书记负责挂钩帮扶柏盖梁村。副书记来村时，高治宏向他做了专门汇报。不久经副书记亲自安排，小伙子进城在一家保安公司当了保安——那天是高治宏亲自开车把他送去的。一晃4年过去了，小伙子现在长得壮壮实实，一个月能挣四五千，还处了一个城里女朋友。前几天他回村看望父母时，兴致勃勃地跟高治宏商量着买什么车、什么房，他已经计划结婚了！

小伙子兴奋地诉说着自己的计划和梦想，高治宏欣慰地听着。是啊，赶上一个好时代，赶上党的扶贫好政策，什么事情都是可以改变的，任何困难都是可以解决的！后来见到席随喜，高治宏打趣说，你这个名字叫得不错吧？席随喜不好意思地说，不是我的名字好，是党的政策好！

人民是懂道理、懂感恩的。

3. 奶奶问：你是哪天长大的？

市委副书记的认真负责、亲力亲为，让高治宏很感动也很受教育。高层领导都扎到基层一件一件办实事，自己还有什么说的！

进城当过老板的人，思路确实广，手笔确实大。在时代大潮的冲击下，眼下的村经济"空壳化"、村子"空心化"日趋严重。要实现脱贫致富、乡村振兴，靠一家一户的力量显然力不从心，贫富差距也难以缩小。高治宏想，应当把全体村民团结起来，集中力量兴办合作社，搞绿色产业，这样大家都有钱赚了。

——第一个大动作。村合作社成立了，高治宏出任董事长。他动员了两个老党员，加上他共投资45万元，在村里建了107个保温大棚，贫困户免费种10年，村合作社负责销售。高治宏等3位投资者通过销售逐年回收成本，贫困户通过劳务获得收入，还可和其他村民一样入股参与分红。那个妇女席随喜免费包了一个大棚，年年有上万元的收入。当保安的儿子出息了，多年卧床不起的丈夫心情好了，竟然也站了起来，能慢慢走路，在大棚里从事一些轻微劳动了。村民们惊叹，高支书的扶贫工程让残废人站起了，奇迹呀！我说，也许那个脑梗男人本来可以走路的，因为看这个破家没指望，啥也不想干了，干脆躺炕上等死了。这几年看到党的扶贫政策下来了，生活有希望了，自然站起来了。

高治宏恍然大悟，笑说这条我倒没想到，有这个可能。

我说，我多狡猾呀！

——第二个大动作。在政府扶贫资金的支持下，蓝盖、灰墙、地面硬化的大型养殖场盖起了，数百只黑毛猪、湖州羊引进来了，经营方式仍然是村民投资入股分红。

——第三个大动作。经高治宏一手张罗，通往全村耕地、设施、园区的通水工程正在建设当中，分田到户后被遗忘多年的水库投放了大量鱼苗。前往参观时，高治宏兴致勃勃地说，将来他要搞几只游船，再在岸边高坡建一个悬崖式宾馆和几排窑洞式的情侣屋和餐馆，钓鱼、划船、游乐、吃饭，要啥有啥。望着秋阳下碧波荡漾的水面和连绵起伏的远山，我都被他说得无限神往了。

——第四个大动作。随着改革深入和创新，经过耕地流转和多年大规模平整土地，全村已形成合作连片经营和定单生产。登高远望，坐落在连绵群山中的1160亩坝田气势浩瀚，随风轻摇的红高粱发出海洋般的喧响。高治宏告诉我，这是按照协作单位五粮液酒厂的订单种植的，村民可确保有可观收入。

——第五个大动作。按照新农村建设规划，111栋二层别墅式住宅倚坡而建，拔地而起。镀铬铁栏，红瓦白墙，每栋197平方米。村民拿出12万元成本费就可以搬进去。我惊呼，在北京，只有部长级干部才能享有这么大住房面积呀！走进第二排头一家，只有两位老人，儿子去外面打工了。四下一望，窗明几净，一尘不染，水磨石的地面亮得能照见人影。客厅铺着大红地毯，沙发冰箱彩电应有尽有，装修水平与城市别无二致。呵呵，当年那些穿着"开裆裤"的黑瘦少年，那些穿着没后跟儿破布鞋的村民，那些为几分钱和半个工分吵得天昏地暗的社员，都哪儿去了？他们还在，记忆还在，但今日的他们享有了梦都梦不到的美好生活。

我问那位老汉，新日子怎么样啊？

72岁的高老汉张着一口齐整白牙（是儿子花钱给装的假牙）笑着说，好啊！以前哪能想得到啊！

2018 年，柏盖梁村脱贫摘帽，走在全县前列。

高治宏小时候又淘又野。当了村支书，村里事业操办得如此精彩，乡亲们常跟治宏的奶奶夸她孙子是大能人、大好人，托你老人家的福了！奶奶笑得合不上嘴，心里也觉得孙子变化好大。有一天奶奶问，你小时候那样淘，我想不明白，你是哪一天长大的？

高治宏想想，认真地说："2015 年 12 月 5 号，我当选村党支部书记的那一天。"

4."爱心超市"的奥妙

我乘车刚到柏盖梁村村委会门前时，在墙上看到一块告示板，分为红榜和黑榜。红榜上写着：

> 刘佃喜、高大岗等 8 人在魏小山帮着灭火，每人奖励 20 分
> 志愿者席随兰等 6 人家中卫生保持良好，每人奖励 30 分
> 高兰兰、高榆延等 14 名学生在爱心课堂表现较好，每人奖励 20 分
> 大学生高梦帆、高梦园等 4 人主动报名为留守儿童辅导作业，每人奖励 20 分

黑榜上写着：

> 村民高××在马路上乱倒垃圾，扣除积分 20 分
> 刘××在山上抽烟引燃林地，扣除积分 50 分
> 志愿者刘××卫生保持较差，本月扣除 10 分，下月再差就换人

我不明白这是什么奖惩。等到和高治宏、老村主任高月鹏谈完，进入院落中的"爱心超市"，才知道它的意思。

超市里的商品琳琅满目，有些是村委会采购的，有些是村民接受亲朋好友的礼物或吃不完用不完的日用品，折价卖给超市的。"爱心超市"的所有商品不收现金，村民可以用受奖励的积分换取自己想要的商品。这意味着，只要你道德品质高尚，劳动表现积极，职责完成好，或做好事肯助人，或有诚信，或家庭个人卫生保持好，总之，只要你认真践行了社会主义核心价值观的各项要求，就可以用积分换商品，可以省下很多钱。

优秀品质顶金钱、换商品，这真是新颖的创造！它正应了传统的"好人有好报"的俗语和期许，对提高人们思想觉悟、道德品质，引导地方精神风貌转变，起到长期有效的推动作用。我对这个创新之举大为赞叹。高治宏说，这是他们从兰考学来的。我上网查查，没见兰考那边有什么报道，各地倒是有一些。我想，爱心超市如果能够更多地推广开来，一定会发挥满满的正能量。

扶贫扶出了智慧，扶出了创新，扶出了温度，扶出了正气，扶出了社会主义核心价值观！

此后高治宏举一反三，又办了一所特殊的"爱心辅导学校"。他知道现在上学孩子假日补课花费极高，家长们叫苦不迭却又无可奈何。柏盖梁村的这所"爱心学校"的主要任务是，号召本地出身的大学生和文化教育人士，在学生假日和假期期间，志愿回乡为村里孩子和留守儿童免费做辅导。

扶贫扶到这份儿上，足见高治宏对老百姓的细腻关爱和深厚的人文情怀。

2018 年，高治宏做村支书满 3 年，柏盖梁村又到换届时候了。他想，率领全村脱贫的任务已经基本完成，现在完全可以走人，重打鼓另开张，把自己的公司再办起来，或者也可以回家享享清福了。但是，党员大会选举时，他差一票又一次当选村支书——丢的那一票是他自己的。

村民们说，你要是走了，走哪儿我们跟哪儿！

老百姓的期望重如山，别无选择，再扛 3 年，高治宏决定。

作出这个决定确实不容易。以往当老板时，月收入以几万、十几万、几十万元计。当村支书，每月领 2000 元国家补助，看起来特别像贫困户。

我问，你家婆姨态度咋样了？

高治宏说，我当支书一年后就转弯了，看我不仅没陷进泥坑，反而把贫困户都拔了出来，她也很高兴，觉得脸上特别有光，不用化妆品了。我大笑。

如今，省市区各种荣誉纷至沓来，高治宏出名了，经常被别的单位、别的地方邀去讲党课，讲"乡村振兴战略"。高治宏受宠若惊，他说："哪怕我是个亿万富翁，谁能知道我呀？现今能出去讲党课、作报告，全场掌声哇哇的，多光荣啊！"

5. 成长，就是被迫离开原地

在另一个地方，另一位好汉，高家沟村支书高鹏程和我一起上了山。他不像高治宏那样威严、气派，特别像一个有幸福感的朴实农民，乐呵呵地笑着，虽然两人同样不差钱。

1975 年，高鹏程生于绥德县四十里铺镇的高家沟村，这里地处米脂县、子洲县、绥德县三县交界地带，山大沟深，沟壑纵横，耕地碎小。周围很多村子是贫困的，高家沟村是最贫困的。老百姓去一趟县医院，上坡下坡要走 27 公里。以往没车没路的日子里只能听天由命，大病急病只能等死。延安时期，习仲勋曾担任绥德地委书记，对这里的人民群众怀有深厚感情，他经常卷起裤腿上山下地，和农民一起搞生产，唠家常。我在长篇纪实《红色福尔摩斯》（上海学林出版社出版）中写过这段。由习仲勋同志亲笔题写的书名复印件现展于公安部警察博物馆和"绥德地委遗址展览馆"，原件珍藏于我家。

那一代老革命家走了，但他们的心愿留在这里，依然滚烫。

高鹏程读高中时，改革开放的春风滋润了这里的沟沟坎坎，生活有所改善，小高可以骑一辆破自行车，周六回家、周日去县城上学。但日子还是苦，每周他要带足自己的粮食——一天两个窝头和一点酸菜，因为他吃不起食堂。能够考进县一中，可以想见他的学习成绩是不错的。但高三毕业时，他决定放弃考大学，为的是给父母减轻一些负担，让妹妹继续上学。很多天，高鹏程拿着自己的高中毕业证，躲在土窑外偷偷哭，泪水怎么也流不完。他知道这个决定将影响自己的一生，前途变得一片茫然，"鹏程"这个名字算是白叫了。但他不得不这么做，为了这个家。访谈时，高鹏程兀自反复说着这个话题，"我决定不考大学了""其实我上高二时就想这件事了""我也犹豫过，可犹豫有什么用呢……"足见他内心痛之深、痛之久。

我静静地听着他的倾诉。我能体会到他内心至今不能平复的创痛。我知道这件事影响了他的一生。我也能猜出他父母那些日子默默无言的无奈和悲哀。但是，历史和现实决定了，在一个贫穷落后的国家，出生地往往是命定的不公平。

过后，高鹏程擦干眼泪，像所有农民工一样，扛起行李卷，怀着忐忑的心情，踏上进城打工之路。这是中国农村的改革之路，也是贫苦农民的一条活路。

他有高中文化，这在农民工队伍中是很了不得的。高鹏程走遍了榆林各县，各县的高楼都含着他和弟兄们的汗水。他和高治宏一样，历经多年苦斗，成了榆林建筑业名声赫赫的老板，手下有精兵强将的工程队，还养着十几台大型机械，其间帮家乡办了很多好事，由此成为县人大常委、市人大代表——看来"鹏程"这个名字还是起作用了。

2015年，高家沟村村委会换届，乡亲们从小看大，知道高鹏程是好孩子，强烈呼吁他回村竞选。乡亲们的情感和愿望感动了他。一颗心总是向着温暖处走的。40岁的高鹏程没有犹豫，听从召唤，高票当选。

从此高家沟村历史上前所未有的大规模改造开始了。为改变村容村貌，高鹏程经常自掏腰包。自己的大型机械免费为村里使用。工程招标自己的公司从不参与。至今他没在村上报销过一分钱。就像他爱憎分明的个性一样，一切分得清清楚楚。"为了家乡，为了乡亲，啥都值得！"这是他的口头禅。父母生来没见过大钱，所以也不在乎钱，特别支持他为老百姓谋福利，做奉献。

中国有这样好的老百姓，有这样无私的无数奋斗者，还有什么事情做不成呢？

高家沟村先后成立了3个农民合作社，土地进行了大规模流转，整合土地达4000余亩，准备大上山地苹果、葡萄、药材、温室大棚等。除了政府的大力支持，高鹏程个人投资达 800 多万元。靠老传统种地的一些村民不理解，抱着玉米谷子不放。高鹏程自费雇了几辆大巴，拉上村民去周边各县农业开发园区参观学习，村民们都心服口服了。2018 年，在合作社务工的农民年收入人均达 5760 余元。村前广场灯光灿烂，水泥山路宛如飘带，幸福养老院其乐融融。革命老村终于实现了老革命家的心愿："楼上楼下，电灯电话"了。

我随高鹏程驱车登上一个高高的山顶，山头已经推平，周围几座大山也全部平整成层层梯田，大部分种上了苹果树。高鹏程自豪地告诉我，两三年之后，这里将成为榆林最大的苹果园，高家沟村也将成为美丽的花园，那时你再来看看吧！

从北京往这边看，原来这就是"诗和远方"。

刘利虹告诉我，榆林这样的好支书很多，你还想采访多少？我提供名单。她的意思是别的地方不用去了，榆林就够一本书了。

四　内动力：高高站起的梦想

历史的活动永远生机勃勃，气象万千，归根结底是人民的活动。人民，只有人民，才是推动历史前进的根本动力。

在 2015 年中央扶贫开发工作会议上，习总书记强调指出："脱贫致富终究要靠贫困群众用自己的辛勤劳动来实现。没有比人更高的山，没有比脚更长的路。要重视发挥广大基层干部群众的首创精神，让他们的心热起来、行动起来，靠辛勤劳动改变贫困落后面貌。"

1. 一个古村的故事

在去佳县的路上，我路经黄河岸边的一个村庄泥河沟村——听这名字土得掉渣，无可救药。县里的同志说，这里有几棵千年枣树，值得一看。果然，走进村子，几棵高大壮猛、需两人合抱的枣树巍然屹立在一片果园里。其中有两棵已经半枯，但斜刺里伸出的生机勃勃的巨大树干和枝丫，在高空张开着华盖般的茂密树冠，其间挂着密集的红枣，像群星一样在秋阳下闪烁着光亮。相比之下，近代人种下的那些枣树就显得细瘦而羸弱，像缺了营养和志气的孩子一样无精打采。时值深秋，满地的草已经枯黄，树叶也半青半黄，飘零一地，许多熟透的大红枣落在草地上没人捡，我说，太可惜了，拿到北京就几十块钱一斤啊！村民们笑笑，没吭声。

我绕着那几棵千年枣树转了转，村外的黄河涛声阵阵，秋风穿过果园树叶哗哗作响，让我的思古之幽情悠然而来。村主任告诉我，这个村的人家全姓武，据祖上传下来的说法，我们都是大唐武则天家族的后代。因为武则天特别爱吃枣，但进贡来的枣她大都不喜欢，于是指派一个族人带上一包品质最好、堪为极品的枣核，沿黄河岸边寻找一块土壤肥沃、气候适宜的风水宝地，专门为她种枣。此人读过书，生性放达飘逸，特别喜爱祖国大好河山，他知道种枣缺不得水，于是乘舟顺流而下，一边观山赏水，一边寻找种枣之地。那天舟船漂流到此处，河边恰有一个年方二八、红裙绿衫的小女子在洗衣。不想船过之处，一个激浪把她的一件衣服卷进河里，小女子急得直蹦，大叫："请官人帮帮忙，把奴家的衣服捞回来，要不然奴家免不了娘亲的一顿打了！"那官人定睛一看，小女子柳眉杏眼，樱唇一点，细腰如握，端的是难得的天姿国色，那官人顿时春心大动，命下人把姑娘的衣服捞上来，然后让船靠岸，朝小女子深深作了个揖，口称："美人有令，小生岂敢不从！"他再放眼一看，此地背靠青山，前临黄河，不远处的一座高峰上还有一座香火鼎盛的寺院，实乃吉祥通达之地。他高喊："小的们下船吧，咱们就在这里开荒种枣吧！"过后他娶小女子为妻，年年精挑细选，把一箱箱黄绫子包裹的红枣运至长安，一支武氏家族从此在这里繁衍开来。

村主任讲完，我问，你是照西施的故事编的吧？

村主任递过几颗大枣，笑说，反正八九不离十，不信你尝尝。

果然，肉厚核小，柔嫩细腻，满口甜香，回味绵长。

我说，你们村的枣应该大大发展，搞个极品开发。我建议此枣应该起名叫"女皇御枣"，并配个说明书，言明此为武则天专供，有滋阴壮阳、延年益寿之功效，武则天能活到 82 岁，此枣功莫大焉！不过因品质极优，营养充分，不可多食，每日吃 8 粒即可，多了即口鼻蹿血。包装宣传到位，你们武家就等着赚大钱吧！

周围的村民们纷纷鼓掌叫好。县里同志说，以后我们就照这个金点子干！

这是个花絮，值得一说。事实证明，扶贫开发起于敢想，一个点子就可能打开一片新天地。

2. 活着还是死去？

夕阳下，深秋的黄土高原，像黄河滚滚而来的雄涛巨浪，排山倒海却又凝然不动。一切都是古铜色，像我们永在的祖先。

在榆林的一次扶贫表彰会上，一个细瘦的年轻农民刘建贵，挂着双拐从幕后走上台。我注意到，他移动自己太困难太吃力了，每走一步，浑身都在剧烈颤抖。

是的。曾经，他躺在土窑炕上，望着数步之远又等于千里之遥的窑门，泪如雨下。

是的。曾经，无数个白天和夜晚，他像哈姆雷特一样无数次问自己，活着，还是死去？

是的。曾经，不——他没有曾经也没有未来了。

我决定赴佳县和他聊聊。傍晚，驱车来到黄河之边、高踞山顶的佳县。站在悬崖边上，俯瞰沉雄而凝重的黄河，历史波涛一次次拍击着我的心扉。呵呵，我已久闻佳县之英名了！在这里，全县老百姓曾倾其所有，把坚壁的余粮、田里的青稞、家里的驴羊，全部拿出来支援毛泽东和西北野战军转战陕北；在这里，牧羊汉子李有源第一次吼出中国人民的伟大选择："东方红，太阳升，中国出了个毛泽东……"

出乎意料，高坡之上的县城很狭小却很热闹，入夜灯火辉煌，充满现代的色彩与喧哗，行人和私家车像蜂巢一样拥挤。更让我震惊的是，相对于许多拔地而起的高楼，县委县政府依然坐落在山顶的一个大院里，从县领导到各部门，都在挂着白布帘的窑洞里办公，颇像当年的老延安。门口无人把守，百姓进出随便。大概，全国唯此一县。

第二天清早，车行数十公里，抵达峪口乡。再爬上一个高坡，便到了谭家坪村的刘建贵家的土窑。建贵和父母早迎候在门口了。他特意穿了一件深色西装，拄着两拐，满面含笑，艰难地朝我迎来。我赶紧上前说，走，进屋谈。

1989 年，刘建贵呱呱坠地，1 岁会爬，2 岁会走，3 岁会跑。上学后活蹦乱跳，给父母添了很多欢乐。穷人的孩子早当家，高中毕业后，刘建贵在乡上当了一名汽车修理工，整天乐呵呵的，满脸满身油污，深得老板和同事的喜爱。2010 年初，建贵肩膀后起了个粉刺且有点发炎，他没在意，随便抹点药就外出打工走了。没想到几天后背部疼痛难忍，走路能疼到脚后跟上。建贵赶紧跑到当地医院检查，诊断为"硬脊膜外脓肿"。医生说，这是一种罕见的病，治不好后果严重，随即把他转到西安交大附属二院做了手术。可他还是没能跑过病情恶化的速度。手术后他昏迷不醒。第二天醒来时，他头部麻木，下半身插着尿管，但已全然失去感觉——瘫痪了。

我的天，一个粉刺状的小东西怎么会引起如此严重的后果！

如果从小瘫痪，不知道行走和奔跑的乐趣，也就认命了。品尝过爬山走路的汗水，懂得了"诗和远方"，享受过风一样奔跑的快乐，21 岁——正当青春开花的季节，建贵咣当一声倒下，再也站不起来了，这是何等残酷的打击啊！好几次，他拉着大夫的手哭泣不止："大夫，求求你让我站起来吧？如果不能，还不如让我死了！"母亲抱着他哭说："儿啊，你千万不能这样，你要是走了，我们也只好随你去了。"

手术做完，前前后后已经花了十几万。这对于一个普通农民之家来说，实在承受不起。病床边，听父母商量着要卖掉家里的窑洞，继续给儿子治病，争取恢复双腿功能，建贵坚决不同意并要求立即出院。他说，你们把窑洞卖了，我的病要是还治不好，你们住哪儿？你们养育了我，我不但不能尽孝，反而让二老欠下一大笔债，连住的地方也没了，养我这个儿子还有啥用？不如让我死了！

父母只好同意出院。

可怜天下父母心。一个活蹦乱跳的儿子一夜之间变成瘫子，老人无论如何接受不了这个现实，不惜举债借民间高息贷款，一次次背着儿子，到西安医大、北京协和医院、首都医科大学、解放军医院求医。奔波数年，建贵的残腿仍然没有一点点改观。一位70多岁的老教授说，脊髓损伤是世界性难题，被称为"不死的癌症"，小伙子只能终生躺在床上，坐在轮椅上了。一位民间老中医给出的结论是活不过半年。母亲不死心，跑到白云山道观抽了一签，最后两句是："灾来本是去西天，汝有阴德尚可延。"道士解释说，孩子本来活不了，但你家祖上做了许多好事，积有阴德，故孩子还能活下去。母亲又高兴又难过地回来了。

躺在窑洞里，望着日短夜长，刘建贵痛不堪言也苦不堪言。回想父母亲抚养自己的不易，看着老人忧伤的日渐憔悴的脸庞，再想自己今后完全成了家里的负担，他几次想趁父母外出干活儿时自决了事。但父母知道他的绝望和心思，总是把家中一切利器藏得严严的。那就跳崖自杀吧，门外10步之内就是丈高悬崖。可建贵连纵身一跳的能力都没有了。

乡政府闻讯，给刘家送来500元救济金，残联主任送来300元慰问金。危难之际，雪中送炭，关怀就显得特别温暖。建贵流泪了，他想，父母没放弃自己，党和政府没放弃自己，我为什么要放弃自己呢！他决心走康复之路，通过锻炼让自己重新站起来！父母很高兴，一起帮他。后来的日子里，每天母亲用肩膀扛着他，父亲用头顶着他的膝盖，用手一次次用力拉他的腿，努力使他日渐萎缩的腿部肌肉能变得结实点。但为了生存和还债，父母还得忙地里的活儿，建贵就让父母把他用绳子捆在树干上练习站立。再后挂着双拐学走路时，没几步就会摔倒，爸爸妈妈每当看到他要摔倒时，便抢先趴在地上，让儿子扑倒在他们身上。

多么伟大的父爱母爱啊！

麻木的无知觉的双腿软得像面条，重学走路太难了。建贵无数次想放弃了，但在父母一次次鼓励和帮助下，勇气终于战胜了怯懦，信心终于战胜了绝望。他慢慢地自己能拄着双拐行走了，再后还学会了开腿部残疾人专用的车。

党的十八大以后，刘家被确定为贫困户，每年都得到政府的帮助和救济。能够坐收天上掉下来的"大馅饼"，有些村民争着抢着当贫困户。但是，坚强的刘建贵总觉得，甘当贫困户不是一件光彩的事。在电视上，他看到好多残疾人创业成功的事例，他想，别人能做到的，我为什么就不能呢？如果找到一个好营生好项目，他就可以成为家里的顶梁柱，帮助年迈多病的父母，担起男人应当负起的责任。但是，他不像城里残疾人。他身处远山孤村，能做些什么呢？后来，看到互联网经济活动越来越活跃，他的思路豁然开朗：我行动不便，对外交流不便，可以在微信朋友圈做个推销本地土特产的"小微商"啊！

2017年春节前，佳县县委刘书记下乡看望贫困户来到刘家，听了刘建贵的想法，刘书记大加赞赏，鼓励他大胆自主创业，努力通过自己的劳动脱贫。数天后，驻村工作队给他送来了封口机和真空包装机。自此，建贵和父母把村民种的红枣、小米，自制的手工挂面等土特产收过来，经过筛选、分级、包装后在朋友圈里推广出售，并自创出"红枣夹核桃"等特色产品。2019年在扶贫工作队的帮助下，他又开始生产纯绿色手工挂面。慢慢地，刘建贵赢得很多客户，北京一位大妈吃了他邮寄的小米后回信说，我好多年没有吃到这么香的小米了，让建贵定期给她寄，还热情介绍给她的亲朋好友，随之而来的客户越来越多。2017年，刘建贵足不出户，网上销售纯收入6000多元；2018年达2万多元。这一年，刘建贵主动要求摘掉贫困户的帽子，他感觉一身轻松，又自豪又光荣。

2019年初，刘建贵创建了佳县首个残疾人农村电子商务服务站和佳县残疾人联盟微信公众号，为全县残疾人提供了一个相互交流学习的平台。他还成为县志愿者，跟随志愿者队伍去乡下看望留守儿童、空巢老人，先后50多次深入贫困村做义务宣讲。他说："俗话说得好，救济救不了命，靠人靠不上劲。习总书记说，好日子是干出来的，幸福生活是靠奋斗得来的。我们不能把贫困当借口，而要为致富找出路。精准扶贫为我们提供了千载难逢的好机遇，咱们有什么理由不勤奋、不努力！"

走的时候，刘建贵和父母送到门外。我们下坡走出好远了，回头一看，挂着双拐的刘建贵满面笑容，还在向我们频频招手。老实巴交的父母站在他身边……

眼中，是中国劳动人民最典型的朴实样子。

3. 折断的生命

折（读 zhé）明明，圆圆脸的阳光大男孩。看着他可爱的笑容，你无法相信，他的生命在 6 岁时一瞬间突然折断。

折明明的家在绥德县石家湾镇沙滩坪村，门前是 307 国道，运煤车日夜轰鸣着疾驰而过，扬起满天烟尘。2002 年春的一天，父母都在忙，在门口玩耍的 6 岁折明明跑过公路，一辆机动三轮车把他撞倒，生命保住了，双腿没知觉了。

如今他家的货架上摆满姑娘和孩子们喜欢的彩珠编织品。有小装饰盒，玩具盒、小画框、影照框，色彩缤纷，琳琅满目。折明明用心编串着孩子们的彩色童年，而他的童年和青春曾经一片灰暗。

在他家，折明明向我忆起那场车祸，其实他什么都不记得。不记得是哪月哪天，一瞬间只觉得，一座山似的黑影向他冲来。他没有痛感，好像只是睡了一觉。醒来，发现自己躺在医院里，双腿不听使唤了。从此，明明下不了地，爬不上炕，也上不了学。放在稍远稍高一点儿的东西，他都够不到，只能叫爸爸妈妈。

小小生命，静止在那黑暗的一刻。小时候不懂，一个玩具就能让他忘却一切乐半天。"在院子里，我在轮椅上坐着，一群小朋友在玩捉迷藏、丢沙包的游戏，看着他们玩耍，我也觉得很快乐。"长大了，渐渐地，一种被毁灭的痛苦与绝望跟着来了。

折明明的家离学校很近，但残疾让课堂成了他到不了的远方。学校里传出的琅琅读书声，操场上奔跑嬉戏的少年，让他深感神秘又无比向往。12 岁时的一天，学校放学后，不会写字也不识字的折明明一个人摇着轮椅进了校园，空荡荡的校园只有他一人。他回忆说，当时独处在宽敞的校园中央，他激动而又难过，觉得自己与这里格格不入。自此，他没有再进过校园，也很少出门，他用无尽的忧伤和自卑，将自己深深封闭起来，整天躺在床上，不出门，不说话，独自忍受着残酷的命运。无聊时，他开始认字写字，跟母亲学着做一点儿手工，但只是浅尝辄止，想到没什么出路也就算了。不过他还是很珍视自己的劳动成果。明明房间墙上挂着两幅他用彩珠串起来的画框，一幅是十字绣，一幅是剪纸，都是他的第一次尝试。他正在小心翼翼向外面的世界探索出路。

2015年，母亲患了重病。明明很伤心，这让他突然意识到，自己已经失去了很多，不能再失去母爱了，不能再像以前那样一切都依赖母亲，让母亲为他操心吃辛苦了。他想找一条可以自力更生活下去的出路，他在电脑上搜寻着思考着，但一直没想清楚。

2017年6月，沙滩坪村来了第一书记刘新国。刘新国是绥德县医保中心副主任，头发灰白，性情沉静，我来采访时，他陪坐一旁，并不多说话，并且从不说自己。2015年，他主动请缨下乡扶贫，先后在董家庄、徐家坪、沙滩坪、史家湾等村任第一书记，留下很好的口碑，两次被评为绥德县优秀第一书记。

刘新国给明明讲《钢铁是怎样炼成的》，鼓励折明明发愤图强。

明明说："我这样子能干什么呢？"

刘新国言简意赅："一切坐着的活儿你都能干！"

一句话把明明的激情点燃了。

过后，刘新国逛了好几天商店，不是去买东西，是琢磨折明明能干什么。

彩珠编织品就这样进入明明的眼界。第二天，他网购了第一批原材料，做出了第一个串珠小挂件、一个红色小灯笼。自此，明明用一颗颗珠子一根根线，串起了他的人生希望，打开了光彩四溢的人生之路。一个小灯笼的成本是12元，经过他几小时编织后卖15元。3元钱，这是他给家里挣的第一笔款，却让他有了从未体验过的成就感。

"3元，是我人生的第一桶金。"折明明骄傲地说。

村里人看明明手艺好，生意也好，很多男孩女孩都想跟他学学。折明明当仁不让做起了师傅，不足 20 平方米的房间里，常常挤进十几个徒弟。明明感慨地说，他从来没想过自己也是有价值的人，而且也能帮到别人。2018 年 4 月，在第一书记刘新国的帮助下，折明明创办了"绥德县晨星民间工艺农民专业合作社"，有了十几个人加入。8 月，在榆林市"幸福扶贫·光荣脱贫"讲故事比赛中，折明明获得一等奖。这是他第一次坐着轮椅到榆林。10 月，他又获得"陕西省脱贫致富先进个人"荣誉。2019 年 6 月，折明明作为全国残疾人脱贫典型进行了多场巡回报告。2019 年 10 月，又在陕西大会堂举办的全省脱贫攻坚奖表彰大会上作了事迹报告。

轮椅上，新时代新生活赋予他的梦想高高站起来了。

4. "落凡尘"的意思

秀发过耳，红色绒衣，半长的银灰裙，白色高跟鞋——中国陕西大山深处的一位村支书，"80 后"高琼。

她静静坐在沙发上，肤色白皙，细眉秀目，说话轻轻的，笑声轻轻的，生活中的一切对她而言也是轻轻的。

这是一个轻时代。一切人类用品因为科技元素的加入都变轻了；一切梦想、追求、选择、意义，因时代变化节奏太快也变轻了；所有的感情和感受，包括爱情、友情、欢乐、不幸、苦难、离别都变轻了，因为也许明天就会改变，一切从头再来。微信上，我看到高琼给自己起的网名叫"落凡尘"——能在风轻云淡的空中飘来飘去，最后落在地球上，可以想见她活得多么轻盈。不过"落凡尘"似乎还有一层意思，我笑问："姑娘，看这网名，你是九天仙女落凡尘呗？"

高琼微微一笑，没言声，表示默认。

山里长大的乡间姑娘，就这么自信。现在中国人普遍都这么自信。

1986 年，高琼生于子洲县（以革命先烈李子洲的名字命名）周家硷镇一个干部家庭。说是干部，父亲打交道的几乎全是农民；说是镇上，不出门就可以看到黄土高坡上一个个寂静的村庄。她从小和乡亲们来来往往，爷爷奶奶、叔叔姨妈地叫着，感情很深。大学毕业后，高琼回到家乡，地方不大，可供选择的职业不多。作为家里的"千金"，父母不希望小鸟远走高飞，天天看在眼里才放心才高兴，娇娇弱弱的高琼也恋着父母恋着家，不想去京沪深广打拼，去测试自己建功立业的能力。"我一向喜欢自己静静地待着，或者坐窗台上看风景，看人们匆匆来去，猜想他们的命运；或者拿一本书，从 29 页或 58 页往后看。"大概天下无所事事的小资都这样吧。不久，高琼去本地一所学校当了两年老师，教语文教英语，再当班主任，一个大孩子和一群小孩子打成一片。都说教师是"太阳底下最神圣的工作"，但是有一天她突然想，年纪轻轻的，在父爱母爱里一直像长不大的孩子——自己的人生就这样定型了吗？三尺讲台，青春白发，不变的教材，这太简单也太平淡了。想了 3 分钟，她决定投考大学生村官，因为这是个新鲜事。父亲笑女儿是"3 分钟热血"，但他很支持。帮帮老乡，锻炼锻炼，不离开他的视线就好。2010 年 9 月 1 日，像大学开学、新生报到一样，24 岁的高琼到车家沟村拟任党支部副书记。离家 3 公里，开车 5 分钟就到。一个熟悉而又陌生的世界在她眼前打开了。熟悉是因为她从小看到的全是村庄，陌生是因为她从未深入了解过村庄。第二天她就开始逐户走访，窑洞、路口、院落，坐下跟村民们聊，问生活问生产问家庭成员问收入，还拿着小本本记。乡亲们看这样一个漂亮女娃顶着大太阳跟他们拉话，问你不怕晒黑了呀？高琼说，黑了健康。村民们大笑，都把她看成自家女娃。

3 个月后，村支部正式换届，高琼满票当选副书记，分配给她的主要工作是管计划生育。天哪，这可是当时中国"第一难"的工作，让一个尚未结婚成家的女娃管这件事，更是难上加难。经过走访一看，车家沟村没有"超生游击队"，而是"超生大本营"，村民家没男孩要生，有男孩还生，一窝一群的。生下来的孩子也不能塞回娘肚子啊，高琼只好"以劝说为主，以放风为辅"。也就是说，一旦上级机关有人来检查，她立即通知村民们抱着拖着孩子上山躲起来——这是没办法的"办法"，以免老乡受罚。

凡是超生的孩子都是"黑孩子"，没户口没身份证，长大了无法去外地打工。"说实话，那时我很同情村民们。"高琼说，"家家一窝孩子，收入很低，生活很难，就靠种点儿地、养几只羊。我的工作也没啥热情，就是为了应付上级检查。"

党的十八大之后，2015年全国进行了一次人口普查，中央要求必须逐户核对查实，"一个不能少"。高琼高兴了，每户人口都如数报了上去，她说："习近平总书记把这个老大难的历史问题一次性解决了。"是啊，一个国家如果不能准确地掌握自己的人口数量，经济发展、社会分配、基础建设等国计民生问题，科学性和合理性更无从谈起——这太危险了！

据我所知，中国第一次人口普查在东汉末年，由时任大司马的王莽主持和组织的，查实人口为4000多万人，长安、洛阳等各市、各郡有多少户、多少人查得清清楚楚（《汉书》有详细记载）。因此我对史家们把王莽说得一无是处很不以为然。这是题外话。

2016年，高琼经组织考核正式转正，成为编制内的干部。此前她不算正式干部，每月拿一点补贴，可以想干就干、想走就走。转正了，原本轻轻松松的高琼忽然意识到肩上的责任了。受人口普查的启发也出于扶贫工作的需要，她想，应该做一些长远的基础性工作。她决定为车家沟村逐户登记建档：人口、岁数、田亩、种植养殖情况、在外打工情况，多长时间、收入多少等，从爷爷到孙子，个个登记在册，比户口详细多了。她掌握的是最真实的情况，是这几年她入户聊天时得到的第一手资料，当时聊得很亲切，村民们也不防备她。高琼还创新设计了各种表格，村民生活、生产数据详尽得一览无余。等到扶贫调查工作正式展开，有些村民为争得扶贫政策的种种好处，就很难说实话，透露自己的真实收入了。

当时的镇党委书记丁峰在干部大会上表扬高琼，说车家沟村村民的经济情况，谁家都瞒不过高琼。

车家沟村是当地有名的软弱涣散村。老支书工作了几十年，精力、能力、水平都跟不上时代发展的需要了。村主任在外面有生意，很少回村，高琼一年也只能见他两三次。因此车家沟村的实际情况，上上下下都是一本糊涂账。历时整整一年，在高琼的努力下，车家沟村的真面貌终于"大白于天下"，有史以来最齐全、最翔实的农户档案全部整理成册，在村部堆了半屋子。我不知道全国各地的情况，但在榆林市和子洲县，高琼是农家"一户一档"的首创者，车家沟村由此成为全县精准识贫、精准扶贫的典型和示范村，功莫大焉！

2017年7月下旬，子洲县一带连续下了几天百年不遇的大雨。全县启动应急预案，安排所有低洼处的老百姓速向高处转移。果不其然，26日，上游的水库突然溃堤，丈高的山洪冲决而下，县城楼房一下子淹到一二层，全县断路断电，人民群众遭遇空前的灾难。之前的那几天，高琼一直在镇上，协助镇领导落实应急预案有关事项。26日那天，她看到雨越下越大，镇边的大理河波翻浪涌、水位暴涨，想到地势最高的村口那儿还有一个大鱼塘，高琼心里很紧张，一次次打电话给村支书，让他赶紧通知村民撤到山上，还给每个党员打了电话，让他们各自负责一个区块，招呼村民一起撤，上山后还要特别注意土质疏松的地方，防止发生山体滑坡，有什么情况立即向她汇报。

听口气，平时一个文文静静、娇娇弱弱的姑娘，好似立马变得坚决果断了。

大约晚7时许，洪峰冲进周家硷镇，各村很多房子像纸牌一样倒塌。幸亏镇书记丁峰早已严令撤离，没有造成严重后果。高琼说，当时上级领导都很着急，一个接一个来电话，要求镇上做这个做那个，但丁书记基本不听。因为他最了解镇上和各村实际情况，他坚定地按照应急预案和自己的想法办，结果证明他指挥处置得当，面对百年未遇的大洪水突袭，全镇无一人伤亡。

晚10时许，老村支书来电话了，口气很烦，说好些老百姓跑到他家避难来了，挤得满满登登的，怎么办啊？高琼火了，这是她有生以来第一次发大火，她冲电话大吼："作为村支书，救人救命是你的天职啊！"那边把电话摔了。再打，线断了。高琼的心一下提了起来。她向丁书记说，村里电话不通了，我担心村口那个鱼塘，得去看看。

丁峰坚决制止了她："这么大的水，你一个小姑娘能行吗？我去！"说着，他开门冲进瓢泼大雨和漆黑的夜色中，一位司机跟上他也去了。

半个多小时后，高琼给司机打手机，问情况怎么样。

司机说，鱼塘的水已经漫坝了，但还好，没垮。

高琼说，你赶紧让丁书记回来吧，太危险了！

司机说，我说不动。现在他一个人站在鱼塘边，说要继续观察一会儿。

电话这边，高琼落泪了。

夜色如漆，大雨滂沱，巨浪滔滔，丁峰在村口站了很久。

一个小时后，他浑身透湿回来了。

午夜时分，汹涌的大理河漫水过岸，汇入村口鱼塘，堤坝垮塌，洪水顺沟而下，前两年投放的3万尾鱼苗毁于一旦。

第二天雨停了。丁峰带上高琼和几个镇干部前往车家沟村检查灾情，通村道路全部毁坏，一块块破碎的水泥板交错支棱着，惨不忍睹。走到地势较高的村口，村部还立着，里外站了很多避难村民。高琼要冲过去看看屋里存着的那些村民档案，被丁峰一把抓了回来。他怕她看了里面的惨状受不了，派了两个干部过去看看。少顷，两个干部回来了。高琼急问，档案怎么样了？两个干部不吭声。那一刻高琼怎么也控制不住了，顿时放声大哭！那是她整整一年的心血，天天夜里加班整理制作出来的呀！

丁峰想了想说，干脆你自己去看看吧，早晚得看到。

高琼擦擦眼泪跑了过去。村部的门窗都没了，地面是厚厚的泥，墙上齐身高的地方都是泥。堆在地上的档案东倒西歪糊在泥里，全毁了。桌上堆着的因为泡水以后很重，尚能观看。高琼强忍着不让自己哭出来，她知道自己一哭，村民们的心就乱了。

一夜之间，女孩儿长大了。此后高琼一直住在村上，一边忙着发放县上运来的救济物资，一边指挥村民们重建家园。鱼塘里的3万尾鱼全死在村下边的沟滩上，正值酷夏，恶臭扑鼻。为防发生疫情，高琼带头上阵清理鱼尸。那些日子她满身泥水，脸上晒得起了泡，确实真的"落凡尘"了。

事后，周家硷镇因大灾中应急指挥处置周到安全，全镇无伤亡，受到县上通令嘉奖，高琼获"抗洪救灾先进个人"称号。不久，她的脸突发肿胀，疼痛难忍——显然是在清理鱼尸时中了毒，遂紧急转往西安医院治疗，数十天后才恢复过来。

两个月后，车家沟村老村支书递上辞呈，高琼被任命为村支书，带领全村踏上脱贫攻坚的新征程。

前往车家沟村，我看到，一孔孔整修一新的窑洞、一栋栋新农舍排列在向阳坡上。道路重新硬化了，路灯安上了，文化广场建成了，新产业发展了，满山的核桃树挂果了，引进的白绒山羊肥肥壮壮，饮水到户工程正在进行时……2017年受灾当年，车家沟村即被评为"县级产业带头示范村"。

这就是一个文文静静的女大学生做的事情。

我似乎理解了高琼的网名"落凡尘"更深一层的意义。一个青年、一个干部，只有真正走进"凡尘"，走到人民中间，才能让人民的梦想落地开花，也让自己的梦想落地开花。

5. "兔司令"起义

回到子洲县城，我见到丁峰。高高的个子，黑瘦，语音厚重，走路很快，举止果决。他出身于普通干部家庭，当兵复员后到周家硷镇工作，因为能吃苦，有魄力有胆识，一年后即破格提拔为副镇长，后任镇党委书记，现任子洲县扶贫办主任。我本想和他聊聊，他却带来一个"兔司令"——牛圈湾村村民贺汉雄。村名如此之土，人名却如此之雄，怪哉！

小伙子很帅气，以外出打工为主要生活来源。2000年结婚后有了一个女儿，日子过得和和美美。2003年，厄运像阴影一样突然降临并挥之不去了。第二个女儿生下27天后夭折；第三个女儿生下发现患有先天性心脏病，两个多月后夭折；唯一的儿子生下后也患有先天性心脏病，做了一个大手术，花了12万元；一次在工地上劳动，贺汉雄从棚顶摔下来，昏迷不醒，人抢救过来了，却发现同样患有先天性心脏病。前前后后，为治病为保命，贺汉雄倾家荡产并且欠了40多万元外债，一个青年农民之家就这样因病致贫，垮了。

国家的温度、社会的温度，在你遭遇大灾大难时，才会感受得更加温暖更加深刻。子洲县计划生育协会常务副会长李晓瑛来了——她本是来批评贺汉雄的，听了这番苦难的遭遇，她到处奔走呼吁，动员善款，给了贺汉雄许多雪中送炭的帮助。扶贫干部乔洋来了，根据国家扶贫政策，为他办下许多补助。子洲县委宣传部常务副部长张生刚来了，送他一台电脑。贺汉雄感动地说："党的十八大以后，我是享受习大大优惠政策最全的，有扶贫金、无息贷款、大病报销、教育扶贫，还有过年过节各级政府送来的慰问金和生活用品……我自己都说不清了！"

温暖让贺汉雄重新燃起了希望和决心：我不能这样躺在国家身上一直等靠要，应当利用扶贫的好政策努力自救！但先天性心脏病让他无法从事重体力劳动了，那么做什么好呢？贺汉雄上网到处搜索，一只只大白兔突然跳进他的脑海！对呀，兔子浑身是宝，繁殖快，饲养条件要求不高！县扶贫办给予大力支持，提供了5万元无息贷款。2015年冬，贺汉雄的兔场建了起来，120只比利时长绒兔像雪白的棉花团一样，欢天喜地跳进"新家"。从选种、喂养、防疫，贺汉雄像照顾病中女儿一样，日夜守护，一丝不苟。他说："我已经输不起了！"

如今，兔场存栏6000余只，每月出栏1000多只，远销多省区，纯收入1万余元，年收入10多万。为带动村民一起致富，贺汉雄又办起村民养殖合作社，不仅本村人纷纷加入，周边村民也有很多自养或投资入股。每天，前来参观和向贺汉雄学习技术的人络绎不绝，"兔司令"的名号传遍榆林大地。

历经4年奋斗，40多万元的外债全部还清，全家喜笑颜开。42岁的汉雄骄傲地说："我大女儿懂得家里的难处，非常自立，学习也非常优秀，现在是大学生了，我们家族第一个大学生！"

我对坐在旁边的丁峰笑说："贺汉雄真是好样的！面对苦难和压力的重重包围，'兔司令'率6000兔兵揭竿而起，成功突围！"

丁峰说："这是陕北人民的老传统。"

6."卫生球"干部

在榆林采访期间，我与市扶贫办主任王志强接触多次，他是个"矛盾体"。黝黑、壮实、质朴，特别具有农村干部的风度气质，其实他是城里长大的，鼻梁上还架着一副很文化的近视镜，看着特别不协调；工作中态度严厉，不苟言笑，说话凌厉，有时吼声如雷，发火时恨不得把你从窗口扔出去。但偶尔来一句幽默，逗得部下哄堂大笑，他却一本正经说："笑什么笑？干活！"

上世纪90年代初，大学毕业的王志强进入外贸部门工作，青春的梦想天天催他提前上班，打扫卫生，好好表现。但没想到，随着改革开放大潮的冲击，国家外贸体系渐渐解体。没事干，同事们便天天一杯茶一张报，海阔天空地聊，聊到下班人去楼空。人生大好时光就这样流水落花春去也，只剩一弯残月伴孤灯。

年轻的王志强很焦灼也很无奈，心想绝不能就这样放松和消沉下去。有一天整理衣柜时嗅到卫生球的刺鼻气味，他忽发奇想，便在衣兜里装了两粒。上班后，同事们天天闻到他身上发出一种强烈的卫生球味儿，问怎么回事儿。王志强从衣兜里掏出卫生球，半开玩笑半认真地说："我想用这东西时时提醒自己，不要受眼下环境的影响和腐蚀，思想上不要生虫子。"

大家一笑，其实人人都明白，王志强说的是心里话。

后来王志强在团市委、几个县工作了多年，刚正不阿，作风务实，为青年干部和基层干部群众办了很多实事好事。我看了他保存的一本纪念册，是他调离某县县委组织部时，部里一些同事和年轻人写给他的留言，读来很真诚也很动情。有的称他是"一生的导师和恩人"，有的感谢他"在人生最困难的时候，给了我勇敢前进的勇气"。

出任市扶贫办主任后，王志强面对全市脱贫攻坚被动落后的局面，一边深入思考，一边总结摸索，在明目标、厘责任、促规范、鼓士气、抓提升上做了大量工作。他反复强调的两个观点至今印象深刻。他认为，增加收入是脱贫攻坚永恒的主题，稳定收入是脱贫攻坚最大的难题。只要收入上去了，吃、穿、住、用、行，所有问题都会迎刃而解，可以说扶贫的核心和灵魂是收入问题。他还认为，干部驻村帮扶要有正确的帮扶思想，坚决纠正之前简单跑项目争资金、给钱给物的错误认识，不能将资金项目投入作为衡量扶贫成效的唯一标准，而是要紧紧围绕"一收入两不愁三保障"，认真落实好"八个一批"帮扶措施，坚持做到"六个精准"，扶真贫、真扶贫，切实维护好贫困群众利益。

我在榆林接触了很多基层干部和驻村干部，提到王志强，好评多多。有人说他有两颗大心脏，一是"冷酷的心"，一是"火热的心"。遇上工作不到位的干部，"他的手势如一把刀，想把你劈了"，让人敬畏三分；进了贫困户的棚屋窑洞，听了他们的困难，王志强就地办公，立即和村干部与工作队商讨怎么办，出主意想办法，限期脱贫，让人备感振奋。

王志强介绍说，2014年，榆林市共有建档立卡贫困户15.35万户41.56万人。迄今，全市共下派驻村工作队1333支，帮扶干部4.2万人。绝大多数同志能带着感情驻村，看真贫、真扶贫，基层涌现出很多先进人物和感人事迹。榆林市委市政府决定，要在2019年底，实现整市脱贫，一个县一个村不能少！他说："如果验收中发现有弄虚作假的，我这个扶贫办主任一定辞职谢罪，这根线上的干部一个都别想跑！"

经严格的考核评估，2020年2月，陕西省人民政府发布公告，同意包括佳县、清涧县、子洲县在内的29个县区脱贫摘帽，退出贫困县序列，至此，榆林市8个贫困县全部摘帽、902个贫困村全部出列，39.6万贫困人口脱贫，区域性整体贫困问题得到根本解决，脱贫攻坚取得决定性胜利！

新疆篇

新疆，中国最大的花手帕

新疆，是中国最大的花手帕。

新疆，是世界观察中国的窗口。

2019 年 11 月的一天，我飞往新疆。从机舱窗口望出去，雪山巍峨，大地壮美，气象万千。不知为什么，我忽然想起了 2012 年 12 月 22 日——即人们所传说的"人类末日"。那一天我一家恰好乘坐游轮经过美国的自由女神像前。天空乌云密布，海上波涛汹涌，海鸟像箭一样贴着浪尖飞翔，不远处能看到成群的白色海豚以整齐划一的动作不时跃出海面。事实证明，这一天世界上什么都没发生，人类一切平安。游轮上，我凭栏默默眺望着那尊高大的绿色女神像，出乎想象，我发现她的表情似乎并不那么庄严崇高，反而觉得她很忧郁。她在忧郁什么呢？

我猜想，她也许就在忧郁她的家乡——美国。

我记得，改革开放初期，很多国人认为美国的月亮比中国圆，我也不免如此。毕竟中国封闭得太久了，完全不知道世界究竟是什么样子，几十年间发生了什么。而且当时的中国太落后了，甚至广大人民群众的温饱问题还没解决。而自由、民主、平等、博爱……西方政治家们喊出的口号是那么诱人，电影电视中看到的美国又是那么富丽堂皇，光彩夺目。当时中美之间的差距，就是一个穷人和阔佬儿的差距。民众生活水平、国家实力之悬殊，完全不在一个等级上。我又想起，90 年代初我去意大利访问了罗马、米兰等 5 个城市，望着飞驰而过的高速公路，我心中暗自感叹，这辈子是看不到中国的高速了……

奇迹发生了。改革开放之后的 40 多年间，中国面貌焕然一新，"中国制造"遍布世界，中国一跃而成为世界第二大经济体，人民生活水平普遍提高，并将于 2020 年全面进入小康社会。这是世界文明史上前所未有的奇迹，所有地球人都应为之感到振奋和高兴。但是，一直高唱自由、民主、平等、博爱的西方某些政客，却对中国发出了狂犬吠日般的攻击，他们肆意诋毁、抹黑中国制度，一千次重复自己的谎言，拼命朝昂然崛起的东方大国吐唾沫，哪怕唾沫星子最后都落在自己脸上。他们站在华盛顿老旧昏暗的街灯下，总觉得距离他们越远的地方越黑暗。

在我看来，他们患了一种新病症——"恐龙症"。很难治，喝消毒水也治不好。

这让我想起了 2008 年北京奥运会开幕式上的一幕：当高大威猛的姚明作为中国体育军团的旗手，昂然走进鸟巢场内时，坐在看台上的英国记者凯文·加赛德感慨万千。他当即写下这样一句感言："姚明七英尺六英寸身高的每一寸都散发着威胁，这个大家伙代表了他的国家的全球新地位。"我以为，这句话代表了西方某些政客的共同心理。

当中国的伟大成就和光辉现实摆在世界面前，谎言、污蔑、诋毁有什么用途呢？有用途，可以教育中国人民和世界人民：有人在撒谎和欺骗。

到达新疆之后，我漫步在乌鲁木齐、和田等各大城市的街头，望楼群如海，车流滚滚，红男绿女们含笑蜂拥而过，一片祥和欢乐景象，不由得联想起近几年美国和西方某些政客对新疆的抹黑与攻击。

我想，我必须以目击者和作家的良知，写出新疆的真实，写出新疆正在做什么和怎样做的。让事实说明一切。

一　深情的访问

辽阔广大的新疆，离天三尺三，太阳伸手可及。

站在新疆大地上，你能敲响地球的天窗，声音清脆辽远，宛如天堂的晨钟。

新疆是中国最大的花手帕，舞动在手，飘飞在天，入云则化彩霞缤纷，落地则成丝路花雨。

半个多世纪以来，一首"我们新疆好地方啊，天山南北好风光……"唱响了神州大地，倾倒了亿万人民。

新疆的安全稳定和繁荣发展，一直牵挂着党中央和全国人民的心。

2014年4月，中共中央总书记、国家主席、中央军委主席习近平来到新疆考察，对做好维护新疆社会稳定、推进跨越式发展、保障和改善民生、促进民族团结、加强党的建设等工作进行调研指导。喀什地区的疏附县，是一个以农业为主的国家扶贫开发重点县。总书记来到该县托克扎克镇阿亚格曼干村看望干部群众，走进维吾尔族村民阿卜都克尤木·肉孜的家，喜笑颜开的主人按照维吾尔族款待贵宾的习俗，给总书记戴上一顶小花帽。总书记一一察看了起居室、厨房、牛羊圈、果园、农机具，详细了解全家生产生活情况。院子里停放着4台拖拉机，阿卜都克尤木告诉总书记，买这些拖拉机花了10多万元，政府补贴了2.6万元。"谁开？""表姐和兄弟都会帮着开。"

西瓜、草莓、核桃、杏、茄子……果园里种了不少瓜果蔬菜，阿卜都克尤木热情邀请总书记在果实成熟以后来尝一尝。院子里，总书记同乡村干部和村民围坐一起，拉起了家常。阿卜都克尤木的父亲肉孜是村里的老支书，老人激动地站起来，将右手放在胸前，以表达感激之情："党的惠民政策非常多，小孩上学有营养补贴，老人看病有医保。农业补贴也非常多，良种补贴、农机补贴等等，保障性住房也有补贴。补贴太多了，用双手十个手指头都数不完……"

接着，大学生村官伊斯拉皮力、文艺演出队队长努尔麦麦提、托克扎克镇镇长阿依古丽抢着发言，说变化，谈感受，道愿望。民间艺人佧伍力·麦麦提用新疆传统乐器艾捷克演奏起《最美还是我们新疆》。动听的旋律，优美的曲调，在这个维吾尔族小院里回响……

总书记对阿卜都克尤木说，看到你们家生活有这个水平，我很高兴。我来看你们，就是要验证党的惠民政策有没有深入人心，是否发挥了作用。凡是符合人民群众愿望的事，就是我们党奋斗的目标，我祝愿你们在党的政策扶持下生活得更加幸福。

2014年3月，新疆启动"访民情、惠民生、聚民心"活动，全疆20万名机关干部3年内轮换一遍，下到广大农村地区扶贫。总书记对这一举措深表赞许，在同和田、喀什、克州、阿克苏、巴州等南疆5个地州负责同志座谈时，他语重心长地说，南疆发展要因地制宜，粮食、棉花、果业、牧草业和畜牧业覆盖绝大多数农户，要教会农牧民先进生产技术和市场经营方式，帮助农民增加收益。丝绸、地毯、和田玉，都是发展方向，一定要抓出实际效果。一招鲜，吃遍天，一村一业，一乡一品，农民就会受益于此。

总书记来到疏附县托克扎克镇中心小学，了解双语教学情况。这所学校现有学生410名，12个班都是双语班。

校门上方挂着"一切为了学生、为了一切学生、为了学生的一切"的标语，总书记边走边念，称赞写得好。远处传来学生们琅琅的读书声。校长阿伊努尔·阿卜杜喀迪尔告诉总书记，教学楼是新建的，音乐室、阅览室，什么都有，条件很好。

总书记走进六年级一班教室。"起立！""习爷爷好！"全班同学齐声向总书记问好。

"你们好！"总书记也微笑着向同学们问好。

黑板上写着"做客喀什"4个汉字，同学们在老师指导下正在学习汉语课文。听了美合日阿依、如克耶两位同学用汉语分别朗读了课文的一个自然段，总书记夸奖她们汉语识字量大、发音准、读得好。

"上学之前会说汉语吗？"总书记问。

"不会，上学以后学会的。"如克耶用流利的汉语回答。

总书记又问坐在前排的再努然姆同学："你家离学校远不远？""不远。""长大想做什么？""当一名老师。"再努然姆的回答赢得在场所有人的掌声。

自古以来，多种宗教在新疆并存。怎样在新疆更好地贯彻落实党的宗教政策，是总书记一直非常牵挂的问题，他明确指出："新疆最大的群众工作就是民族团结和宗教和谐。"在疏附县托克扎克镇阿亚格曼干村，听说吐尔逊·马来提老人是村里清真寺的伊玛目，总书记随即向他详细了解清真寺管理和村民开展宗教活动的情况。吐尔逊对总书记表示，感谢党和政府对宗教人士的关心，自己平时在讲经解经时注意宣讲党的好政策，让群众更好地理解。"这种做法很好。"总书记高兴地说，宗教要与社会主义社会相适应，积极宣扬有益于社会主义建设的好的理念，让人民过上幸福美好的生活。在社会主义大家庭里，只有民族团结、宗教和谐，各项事业才能蒸蒸日上。

30 日上午 9 时 30 分，拥有近 120 年历史的乌鲁木齐洋行清真寺，迎来了一位特殊客人：总书记按照伊斯兰教的礼仪，脱鞋走进大殿。

"哪年修的？""能容纳多少人礼拜？""讲经一次多长时间？""来的外宾多不多？"……总书记同伊玛目穆合特热木·谢日甫江等亲切交谈，了解这座清真寺的来龙去脉和有关情况。寺管会理事长白克力·亚克甫对总书记表示："请您放心，我们以后会努力把清真寺建设和管理得更好。"为更多了解宗教界人士的想法，总书记同 20 位新疆宗教人士代表进行了座谈。在听取 3 位伊斯兰教代表人士和 1 位佛教代表人士发言后，总书记表示："作为一种文化，我很注意看宗教方面的著作，宗教在劝人向善方面有很多智慧，有很多有益的阐述。"

总书记对宗教界人士提出殷切期望："我们要把新疆建设得越来越美好，让新疆各族群众生活得越来越好，就不能让新疆陷入动荡，陷入倒退。这是党和政府的责任，也是新疆广大宗教界人士的责任。我相信，新疆广大宗教界人士一定能够深明大义，站稳立场，从自己的职责出发，为祖国和新疆改革发展稳定作出新的贡献。"

30 日下午，总书记在新疆迎宾馆礼堂主持召开会议，听取自治区党委和政府的汇报后，总书记指出，实现新疆社会稳定和长治久安，关键在党，根本靠坚强的干部队伍、严密的基层组织体系、管用的群众工作机制。抓好这 3 件事，切入点很多，当前一个重要载体就是党的群众路线教育实践活动。要从解决作风上的突出问题入手，落实到提高干部队伍素质、提高基层组织战斗力、提高新形势下群众工作能力上，落脚到做好改革发展稳定各项工作上。总书记强调，做好新疆工作事关全国大局，决不仅仅是新疆一个地区的事情，而是全党全国的事。全党都要站在战略和全局高度来认识新疆工作的重要性，多算大账，少算小账，特别要多算政治账、战略账，少算经济账、眼前账，加大对口援疆工作力度，完善对口援疆工作机制，共同努力，实现新疆社会稳定和长治久安。（见新华社 2014 年 5 月 3 日报道《习近平新疆考察纪实：民族团结是发展进步的基石》）

2019 年 11 月 25 日，我从陕西榆林飞抵乌鲁木齐。这一天，湛蓝的天空近乎无限透明。越野车疾驰在平坦如砥的大漠上，目光所及，犹如掀开以天山为书脊的一部大书，满纸长风呼啸而来，穿过千年不散的丝路花雨，穿过无数英雄壮士的慷慨悲歌，穿过系着故乡明月的一声声驼铃……

呵，蚕宝宝在吐丝的时候，没想到它会吐出一条丝绸之路。

我记得，1952 年 2 月 1 日，毛泽东主席向驻疆 10 万将士发出这样的命令："你们现在可以把战斗的武器保存起来，拿起生产建设的武器，当祖国有事需要召唤你们的时候，我将命令你们重新拿起战斗的武器，捍卫祖国。"在世界军事史上，大概没有谁会把一道军事命令写得这样富有激情和诗意。

我记得，那个夜晚，6 名近乎赤裸的战士身体弯成牛的形状，用血染的肩膀拉紧绳子，一人在后面扶着犁杖，把炮弹片打造的犁铧深深插进板结的石砾浅土。更多的战士没有犁杖，只能挥动砍土镘步步前移。一道道黑土溅着汗花向地平线延伸。整整十几个小时的拼命，疲惫的大兵们不再亢奋，天地间只有吭哧吭哧的喘息声和铁器碰撞戈壁的沉响。夜色渐浓时，一只飘着红绸的老军号吹响了，汉子们甩着大把汗水欢叫起来。

他们扛起砍土镘，准备踏上回"家"的路。大戈壁的夜空一尘不染，星光灿烂，脚下的石砾闪着银光。但很多人发现自己看不清路，看不清周围的一切，眼前只有蒙眬和无边的黑暗。开荒一个多月了，官兵们啃咸菜蘸盐水就辣椒面，很少见到青菜，愈来愈多的人患了夜盲症。老八路出身的连长瞪着不管用的眼睛大叫："谁能看清路？"一个年轻战士挺身而出："我！"

"好，你带路！"拉犁的绳子连接起来，三个排的大兵紧紧抓着绳子，一路跟跟跄跄向数里外的地窝子营地走去。开饭了，战士们欢呼起来——因为他们发现饭盒里的热汤漂着一些青菜叶！连长却一脸凝重站起来叫大家安静。他说，后方送来的青菜不多，缓解不了全连的夜盲症问题，为保证我们下工能找到回家的路，我建议把青菜集中给眼睛最好的年轻同志吃，大家同意不同意？

"同意！"天地间雷鸣般的一声大吼。

连长带头，战友们排着队，把汤里的青菜叶默默挑到那个年轻士兵的饭盒里，那位稚气未脱的战士捧着满满的饭盒哭出了声。

后来的大漠月夜里，总能看到一条绳子串起来的盲人般的军队在大漠上行进。他们衣衫破烂，肩头红肿，手脚上全是伤痕和血泡，他们脸色漆黑，肤色漆黑，眼前更是一片漆黑。但他们却扯着嘶哑的嗓子齐声高吼："向前向前向前，我们的队伍向太阳，脚踏着祖国的大地……"

队列最前面的那双眼睛，此刻充满泪水又无比明亮。

春秋七十载，风吹雨打去，如今，为和平解放新疆和建设新疆的10万大军已经长眠于戈壁大漠，所剩无几。但那双最明亮的眼睛依然明亮。这里的人们珍视历史的光荣甚于今天的光荣，这里的精神世界像天山之巅的银冠一样闪闪发光。

二 老兵，把军装的颜色留给了大漠

风卷大戈壁，映日军旗红，
军垦第一犁，弯弓射苍穹。
铁骨敲天山，昆仑响晨钟，
汗水洗明月，化作满天星！
我登上昆仑峰，再没下来过！
我走进大戈壁，再没出来过！

我举起砍土镘，再没放下过！

我种下一棵树，再没离开过！

我用一生，把军装的颜色给了大漠，

死也不占一块绿地，

墓碑上，姓名、籍贯，永远向东！

————摘自拙作《致敬老兵——为新疆兵团成立 60 周年而作》

1. 历史近在眼前

对于未来，历史永远近在眼前。记住我们从哪里来，才知道我们向何处去。

毗邻和田地区墨玉县的新疆生产建设兵团 14 师 47 团团部，多年前我曾来过，如今改名叫老兵镇。此刻大地苍黄，秋叶飘零，长风中似乎翻卷着万千士兵的血性呐喊。面对一座丰碑，我凝立良久，泪湿眼眶。

这是我第二次前来瞻仰长眠在这里的 47 团老兵。

1949 年，三大战役奏凯，中国大局已定，百万雄师高喊着"将革命进行到底"的口号，摧枯拉朽般跃向江南。此时，在中国解放战争的"最高统帅部"——河北省平山县滹沱河岸边那个宁静的小村庄西柏坡，毛泽东面对一大张全国地图，手中铅笔直指新疆。他加重语气对朱德、周恩来说，看来，解放新疆的事情要提前办了。

当时有情报称，西方某些国家和境外分裂势力正在密谋鼓动马步芳、马鸿逵等 5 个国民党败军之将，率部逃往迪化（现乌鲁木齐市）宣布"独立"，企图把占中国版图 1/6 的新疆从筹建中的新中国分裂出去。事态紧急，必须立即采取行动！

统帅部的电令传到彭德怀手上，第一野战军随即倾巢而出。为抢得先机，王震兵团（前身为 359 旅）没来得及准备棉衣就踏上征途，一路翻越祁连山，直叩玉门关。时值年首深冬，祁连山上狂风怒号雪深过膝，身穿单衣的战士只要停下来就会冻成站立的冰雕，仅 5 师就冻死 163 人。9 月 25 日，深明大义的抗日名将陶峙岳和新疆省国民政府主席包尔汉率驻疆官兵通电起义，但部分顽军不听指挥，蠢蠢欲动。我大军受命兵分两路，第6军急驰北疆，第2军直插南疆。王震所率先头部队乘坐从苏联租用的45架飞机（租金28万银元）和数百辆装甲车和运兵车，沿北线向迪化全速进发。意气风发的指挥员动员大兵时说："坐飞机不许把脑袋伸到窗外，不许把腿挂到门外！"上了飞机，大兵们一片哗笑："门窗关得死死的，伸个屌！"

1949年10月20日，胡鉴率领装甲车营长驱1000多公里，最先抵达迪化，与当地的民族革命军和国民党起义部队胜利会师，各民族群众倾城而出，欢迎解放军的到来。三军10万将士振臂欢呼的大手，共同掀开新疆历史最新的一页。不过，最初起义兵和解放军战士说不到一起，解放军讲红军二万五千里长征多么艰难辛苦，起义兵鼻子里一哼说，你们跑了二万五千里，我们在后面追了二万五千里，还绕了不少弯路，比你们更苦更累！众人大笑。

1950年初，新疆人民第一次见识了人民军队的本色。早年，国民党地方政府计划修筑一条流经迪化的引水渠，全长54公里，工程拖拖拉拉搞了几年还是个半拉子工程。王震率部入驻之后，决定立即复工扩建。工程人员为难地说，整个工程需要7000立方米石料，从数十公里之外运到沿途工地，起码得有100辆汽车拉运一个月，上哪里搞那么多汽车啊？王震大笑说，没汽车咱有拖拉机啊！

工程人员蒙了，拖拉机在哪儿啊？

王震拍拍肩膀，在这儿！

5天后即2月21日，大雪纷飞，上万官兵拥上迪化大街，拥上沿途工地。人人肩上拉着一个爬犁，在绵延20多公里的冰雪大地上排成一条运石的浩荡长龙，拉回的成吨片石沿水渠一字排开。迪化老百姓奔走相告，跑出来看热闹，听了道旁文艺兵动员士气的快板书，他们看明白了，"快看，那个棉裤上打着补丁的大胡子就是司令王震！"各民族群众从未见过这样的军队，他们深深感动了。"解放军，亚克西！"的赞叹响遍全城，沿途送热水送烤馕的络绎不绝，很多人跑回家牵驴车、坐爬犁，汇入运石大军。20天后，7000立方米片石全部运抵施工现场。从那以后，天山雪水年年流经这条花树成荫的"和平渠"，灌溉着两岸千家万户、片片绿洲，滋润着各民族的多彩家园。

新疆地广人稀，边境线空阔而漫长。为维护祖国统一，保障社会安宁，大军长期驻守是唯一的选择。1952年2月1日，毛泽东主席向驻疆10万将士发布了一道极富激情和诗意的军令："你们现在可以把战斗的武器保存起来，拿起生产建设的武器，当祖国有事需要召唤你们的时候，我将命令你们重新拿起战斗的武器，捍卫祖国。"但是，新疆经济发展极端落后，物资极端匮乏，难以保证军需给养。始终心系人民的毛泽东对爱将王震说，王胡子，为避免大军长期驻守给新疆人民带来沉重负担，你们既要当战斗队，也要当生产队和工作队，走自给自足的道路，绝不能与民争利。

1954年10月，新疆生产建设兵团宣告成立，10万官兵就地转业，编为十余个农业建设师和工程建设师。这是关系他们一生的决定。官兵们愿意吗？很多人不愿意。多少年来出生入死征战沙场，他们舍不得离开部队，更思念故乡的明月和温暖的家园，渴望回老家过上"二十亩地一头牛，老婆孩子热炕头"的小日子。驻守在这天苍苍野茫茫的大戈壁，哪年哪月是个头啊？摘下领章帽徽的那一天，他们跳脚喊过、骂过、哭过，但揩干眼泪之后，他们还是义无反顾地留下了，一留就是一辈子、几辈子！

中国屯垦戍边史上，一个前所未有的雄阔布局轰然展开！

"不占群众一分田，戈壁滩上建花园！"10万大军把青山碧水、耕地沃野让给人民，他们汇成一条条绿色洪流，沿荒芜的千里边境线一字排开，并团团包围了南疆塔克拉玛干和北疆古尔班通古特两大沙漠。"军垦第一犁"插进茫茫戈壁，成千上万的地窝子升起缕缕炊烟。在官兵血染的肩膀上，新疆大开发的浪潮以排山倒海之势，开始了铸剑为犁的壮阔进军。

那时的新疆一穷二白，无一寸铁路，无一家有规模的工厂，铁钉铁皮都不能造。人称"重工业"是钉马掌，"轻工业"是弹棉花，"第三产业"是烤肉串，1盒火柴能换2斤羊毛。1950年，10万官兵自制砍土镘、犁杖等农具6万余件，当年吃上了自种的蔬菜和粮食，第二年驻疆部队主副食全部实现自给。

要扎根要发展，必须办农场、建工厂。誓师大会上，王胡子大声问战士们："咱们要建设新疆，没钱怎么办？向毛主席要吗？"战士们齐吼："不！""向新疆人民要吗？"战士们齐吼："不！""那钱从哪儿来呀？"战士们傻眼了。

王胡子激情澎湃地说："只有一个办法，那就是从自己身上出！咱们都是穷光蛋，过惯了穷日子，一年一套军装改两年发一套行不行？没有资金，军装要那么多口袋有个屁用，改两个口袋行不行？在戈壁滩上开荒种地不用讲什么军人风度，把衣领去掉行不行？"

10万大军山呼海啸："同意！"

于是新疆出现了世界上最奇特的、没有衣领的一支光脖子大军。省下来的军装、衣领变成了拔地而起的十月拖拉机厂、八一钢铁厂、七一棉纺厂以及发电厂、水泥厂等一批大型工厂，新疆沉寂千年的历史第一次响起工业时代的激情轰鸣。后来这些企业大部分无偿移交地方，为新疆工业发展奠定了坚实基础。坐落在石河子市的军垦博物馆陈列着一件已变成铁灰色的破旧军棉衣，是老兵王德明捐赠的，数十年戈壁风尘渗进每根纤维，上面补丁加补丁共计146块。面对展柜里的这件"百衲衣"，我驻足良久，泪光盈盈。

一件老军衣，代表了新疆老兵的全部历史。

90岁的老红军赵予征对我说："其实，当时许多困难不是克服的，而是忍受过来的……"

2013年，我在新疆兵团采访近月，写了一篇报告文学《致以共和国的敬礼——新疆生产建设兵团的昨天与今天》，《人民日报》以两整版的篇幅刊发。今天，在47团团部的纪念馆，我看到其中一段文字高悬在一块红色展板上：

那是只有太阳的开始。十万雄兵铸剑为犁，开始了钢铁身躯与千里荒漠的大决战。放眼一望，大地上清一色的纯爷们儿，骨头撞得大戈壁叮当作响，粗犷的劳动号子震天动地。天哪！雄性的生活里好像缺了点什么？对呀，缺老婆！可10万光棍集中在人迹罕至的不毛之地，上哪里找咱们的七仙女啊？那时官兵一致，会上有话就说有屁就放。一次大会，王震刚讲完话，台下一位老兵沈玉富突然站起来大声说："报告首长，现在新疆解放了，天下也打下来了，你让我们留在新疆开荒种地守边防，没说的！不过等我们老了，你能不能在天山上修个大庙，让我们当和尚去？"

王胡子深深震撼了。是啊，没有老婆安不下心，没有孩子扎不下根。他大手一挥爽朗地说："你们放心，老婆问题会解决的！"全场大笑，接着是暴风雨般的掌声。据说王震回京后郑重请示了毛泽东，说必须尽快吸收一批大姑娘入伍进疆。毛泽东回答，那就从你我的家乡开始吧。

2. "老兵精神"——永远的光芒

新疆遍地是感天动地的老兵故事。

——为发展畜牧业，1956 年，农 6 师 104 团派出吴德寿等 4 名战士远赴青海，购买了 300 头牦牛。他们赶着牛群一路翻山越岭，风餐露宿，战豺狼斗风雪，途经 3 省 12 县，行程 8000 多公里，野外生活 400 多天。回到场部那天，战友们见他们衣衫破烂，乱发如草，满脸胡须，已经不认识了，以为冒出 4 个雪山野人。出发时他们带上的 100 发子弹只剩了 1 发，而一路生崽的牦牛从 300 头增至 420 头。

——站在著名的小白杨哨所高地上，161 团政委陈毅民给我讲了"扛膀子"的故事。"扛膀子"，我在内地闻所未闻，在新疆建设兵团却人人皆知——那是兵团人捍卫祖国领土的一种特殊斗争方式。1969 年珍宝岛事件之后，中苏双方在边境陈兵百万，稍有不慎就可能擦枪走火，因此双方边防军人十分谨慎，谁都不敢开第一枪。但那时苏联是超级大国之一，横行霸道惯了。西北两国接壤之处少有人烟，苏方趁机不断蚕食我国领土，动辄把铁丝网、边界标识物移进中国界内几公里甚至十几公里的地方。兵团人当然不答应，他们采取

"以民对军"的"人海战术",男女老少一拥而上,一夜之间把苏军搬来的铁丝网、标识物再搬回原处。苏军气急败坏,不时开来武装直升机、装甲车进行恫吓阻拦。兵团人知道他们不敢开枪,毫不在乎,喊着号子排成一堵墙,侧身同苏军士兵撞肩膀,俗称"扛膀子",一直把他们挤到边境线以外。陈毅民笑着说:"也怪了,吃黑面包的苏联兵就是扛不过啃窝窝头的兵团人。"几十年"扛膀子"扛下来,兵团人把国土保住了,中外划定边境的时候,全兵团总计扛回300多平方公里!

——农10师185团的沈桂寿,江苏支边青年。1979年,他见国境线对面的苏军哨所飘扬着国旗,心想我们这边也应该升国旗啊!他老远跑到县城没买到国旗,于是和妻子动手做了一面,然后在地头砌了一个石座,把一根高高的白杨木杆竖起来。以后每天清晨,他都跑到地头升国旗,雷打不动风雪不误,整整升了15年,直到1994年退休。后来团部派来新人,继续坚持每天升国旗。90年代,哈萨克斯坦与我国共商边境线时,对方一位将军充满敬意地对中方人员说:"你们那边总有个人天天升旗,开始我们以为是军队派下来的呢,没想到是个孤老头。我们愿意承认,这片地方是中国的领土!"

——47团的故事更为惨烈。1949年12月,我军获悉国民党顽军正在南疆和田阴谋策动叛乱,刚刚抵达阿克苏的第2军15团奉命前往平叛。阿克苏与和田之间隔着被称为"死亡之海"的塔克拉玛干大沙漠,为抢时间出奇兵,1800名官兵每人负重30公斤,在政委黄诚率领下一头闯进茫茫沙海,渴极了就喝马尿、嚼植物根,脚板打了血泡就用布裹上。寒风凛冽,狂沙弥天,战士们踏着流沙日行近百里,18天行程800公里。当他们横穿世界第二大沙漠——塔克拉玛干大沙漠,奇迹般出现在和田时,当地群众惊呼:"天兵天将到了!"闻风丧胆的叛乱分子不得不放下武器举手投降。一野司令员彭德怀、政委习仲勋闻讯大为感奋,特致贺电15团:"你们进驻和田,冒天寒地冻,漠原荒野,风餐露宿,创造了史无前例的进军纪录,特向我艰苦奋斗、胜利进军的光荣战士致敬!"

和田大局安定下来,15团奉命调往别处。两个营登上汽车已经出发了,彭老总的一道紧急命令忽然传下来："和田局势复杂，部队万不能调！"军令如山倒，15 团官兵就地转业，改编为新疆兵团 14 师 47 团，从此一生留在昆仑山下。

那以后，官兵们不再有呐喊冲锋的故事了：团长蒋玉和拉上妻子宋爱珍开始上街拾粪；开荒时，神枪手孙春茂被毒蜂子蜇死在大田里；副连长吴永兴夜里巡查时牺牲在水渠里；饲养员宋常生累死在牛圈里；战士文化学发高烧死在卫生队里；王毛孩负责给学校挑水，天天挑年年挑，一直默默挑到离休。几十年后，炊事员郭学成患了老年痴呆症，老伴儿孩子的名字都叫不出了。座谈会上，老人家怔怔地坐在那里一声不吭，当时我很奇怪，场领导把他找来能说什么？只听场领导一声问："你是哪个部队的？"老人腾地站起来敬礼高喊："15团 2 营 3 连战士郭学成！"

那时的他，只会说这一句话。

当年，30 多岁的甘肃老兵刘来宝娶了 17 岁的维吾尔族姑娘努尔莎汗，她自此改姓为刘·努尔莎汗。姑娘特别能吃苦，怀孕 10 个月了还跟着丈夫在地里干活，结果婴儿落生在沙棘丛中，半小时后夭折了。我问她，你和刘老汉过得好吗？努尔莎汗故作生气地说："他不听话，离休后我不让他去连队干活了，可他像老鼠一样总是偷偷溜出去。"全场哄堂大笑，白发老兵们个个脸上洋溢着骄傲幸福的笑容。

新政权成立之初，很多地方缺干部，47 团的津民杰、曹玉书奉命调往民丰县担任县委书记和副书记。面对全县严重缺水的艰难局面，县委经过深入调研和论证，决定动员全县人民轮番上阵，从昆仑山引一条"长流水"下山。从 1966 年 8 月 18 日宣誓动工，到 1971 年 8 月 18 日水到渠成，历经 5 年奋斗，人口不到两万的民丰县先后出动 30 万人次，白天凿山挖渠，夜晚住地窝子。靠着"一把铁锨一扁担、一把大锤一钢钎"，硬是在昆仑山下凿出一条长达 5656 米的石渠（加上两头引渠共 7120 米）。自此昆仑雪水从春到秋灌溉着民丰大地，从根本上解决了全县长年无水灌田的干渴历史。该水渠以开工之日命名，被称为"八一八工程"，建设过程中，先后有 3 位维吾尔族同志牺牲在工地。后来民丰县人民又多次上山扩建水渠，加建电站等等，前后耗时十余年，比河南林县红旗渠的建设时间还长。县委宣传部长司海涛特别领我到昆仑山下的"八一八"引水渠闸门处参观。半个多世纪过去了，嶙峋的山石和峭壁上，当年锤砸钎凿的痕迹依然清晰可见。仰望头顶高耸入云的岩壁，俯瞰深达数丈的淙淙流泉，回想当年全县党员干部和人民在"文革"动乱的冲击下坚守阵地，大干苦干，一年四季不下山，终于让这条通天清泉一泻而下，世世代代浇灌着民丰人的梦想之花。

我请县里找来几位当年参加过"八一八"工程建设的维吾尔族老乡座谈，他们个个肤色黝黑，满面沧桑：67岁的吾布力·买提克热木，15岁时上了工地，在山上整整干了9年；58岁的买买提·艾力木，17岁上了工地，因家穷娶不到媳妇，挣了150元工钱才结的婚；吾吉阿卜杜拉·阿西木18岁上山，干了10年；艾合买提江·买提图尔孙整整干了14年。

大漠老兵，哪个不是擎天一柱！

上世纪90年代，兵团首长到47团慰问这些老兵，问他们有什么要求。老兵们说，我们从进驻和田那天起，50多年了，没出过大沙漠，没坐过火车，没见过县城，绝大多数战友死在这儿了，趁我们还活着，能不能拉我们出去坐坐火车看看新风光？首长的眼泪下来了。经兵团安排，1994年10月，尚能行动的17位老兵终于坐上火车，到达他们早就听闻的"戈壁明珠"——石河子新城。面对广场上矗立的王震将军雕像，没有任何人组织，没有任何人命令，步履蹒跚的老军人自动列队，颤抖着老手向将军行了庄严的军礼，肃立在最前列的李炳清大声说："报告司令员，我们是原5师15团的战士，你交给我们的任务已经完成！"接着，老兵们扯开苍老而嘶哑的歌喉，唱起一支老军歌《走，跟着毛泽东走》。歌声中，老人们泪水纵横，围观者无不动容。后来，这些老兵又到了北京，上了天安门城楼。看到祖国大地一片繁荣昌盛的景象，回到团部老家，他们高兴地对儿孙们说："这辈子没白干！"

2013年，习近平总书记在给47团老兵及其后人的回信中高度赞赏了新疆的老兵精神："长期以来老战士们为屯垦戍边、建设边疆做出了重要贡献，谨向老战士们表示崇高敬意和诚挚问候，祝愿你们身体健康、生活幸福，以老兵精神激励更多年轻人为祖国边疆的长治久安和繁荣发展做出贡献。"

3. 人人车上有一个行李卷

2019 年 11 月 14 日，我从乌鲁木齐飞抵南疆重镇、地区行署所在地和田市。

和田市旧称"和阗"。南倚昆仑山脉，北临塔克拉玛干大沙漠，是新疆维吾尔自治区最南端的城市。人口近 40 万，少数民族占 88%，汉族占 12%，是维吾尔族、汉族、回族、哈萨克族等 21 个民族共同组成的多民族聚居城市。走在街上，美女如云，逶迤成行，孩子们花花朵朵，与内地都市相比，端的是一种别样风情。和田曾是古丝绸之路上的重镇，以盛产"老三宝"即艾德莱斯丝绸、手工羊毛地毯、和田玉著称。和田玉品质上佳，纯净温润，据说佩之可以养身怡神，温润性情，福寿双至，堪称天赐神物。我猜想那一定是西天王母娘娘晨起梳妆时不小心遗落在人间的一块玉饰，有幸掉在中国新疆，遂成和田玉之大业，畅销全国和世界。

在新疆，大量扶贫干部是"疆二代""疆三代"或留疆复转军人、援疆干部及入疆工作的大学生，还有很多少数民族干部。自治区扶贫办主任陈雷，1954 年出生在阿图仁市，祖籍为福建省晋江，父亲作为解放军战士于 1954 年入疆。陈雷的网名即为"晋江"，那一份深藏心底的绵绵乡情，尽在其中，令人感慨！

地处昆仑山下、沙漠之边的和田地区太远太偏了。在大漠上乘车数小时，睡着醒来一看，景色与出发时一模一样。我笑对司机说："看来这几个小时你根本没动！"年年从春到秋，这里常刮沙尘暴，当地叫"黑风暴"。严重时能见度仅为数米，大白天黑如夜晚，有民谣戏称："和田人民真幸福，一天要吃八两土，白天吃不够，晚上接着补。"

内地扶贫工作再难，比不上新疆难，和田则难上加难！

历经多年苦战，和田地区扶贫工作取得大幅度进展。但是至 2019 年，和田仍然面临着 34.97 万人脱贫、547 个深贫村退出、7 个深贫县市摘帽的攻坚任务。决战决胜的时刻已经到来。张张日历像落叶一样飘零——距离2020年底只有不到400天了。

和田地区行署副秘书长、地区扶贫办党组书记杨桦是一位风风火火的女性，说话快、脑子快、走路快。她委派和田市电视台驻扶贫办记者胡旭东做我的向导，一方面帮着做些联系工作，一方面还可兼顾拍些基层扶贫工作和成果的视频，一举两得。胡旭东是疆三代，原籍湖南，30多岁，个子不高，为人老实厚道。2019年8月，他被借调到地区扶贫办。听到这个消息，杨桦书记形容他犹如"遭遇晴天霹雳，五雷轰顶，万箭穿心，生无可恋！"我大笑不已。胡旭东也老实地承认杨主任说得对。确实，他知道扶贫是当下最难也最累的工作，从此别再想什么双休日、自驾游了。怎么办？当时小胡想了一招：反正横跨两个单位，那就"偷奸耍滑、能溜就溜"吧。最初，他找个借口就回电视台，不是开会就是编片子。但后来，他看到全地区上上下下的扶贫办废寝忘食，日夜奔走在大漠戈壁、偏乡远村，访贫问苦，实心实意地为各族乡亲们办好事，乡亲们的日子也变得越来越好，这一切让他深深地感动了，渐渐地，胡旭东也全身心投入到扶贫工作中埋头苦干，多次受到领导表扬。

有一次，胡旭东打开车后备厢，我惊异地发现里面塞着一个很大的行李卷，我这才知道：

——新疆所有党政机关、事业单位、地方国企的干部，从省级到最基层，都有包户住户任务，少则3户、5户，多则1组1村，这是铁律。

——规定要求，每人每月必须到包户家住一夜（这就是人人自带行李的用途），向村民宣传和讲解国家发展、党的政策、民族团结、扶贫任务等；了解农户家庭情况、思想动态，指导脱贫路径，帮助孩子就业。语言不通就带个翻译，一时找不到翻译就通过手机进行三方对话，费老劲了！过年过节，提着慰问品上门"串亲戚"更是必不可少的"自选动作"。

——早晨起来吃罢早餐，规定每人必须向农户交30元伙食费，如果有肉菜，起码要交50元以上。所有路费、饭费，一切自掏腰包。

——每人限期限责，必须带领自己的包村、包户按进度要求脱贫。和田地区许多县乡扶贫干部异口同声地对我说："包户就是你的亲戚了，你能看着自家亲戚受穷受难不管吗！"

为了维护社会稳定和长治久安，为发展经济造福人民，新疆各级干部就这样怀着火热的心，以"老兵精神"勇敢地扑向贫苦乡村，扑向大漠戈壁，扑向自己的使命与责任。家，对他们而言"只是换衣服和洗澡的地方"。他们的忠诚、信念、爱心犹如磁石，以强大的凝聚力团结起各族人民，在新疆脱贫史和发展史上写下前所未有的动人篇章。

三　神迹："五星出东方利中国"

哎呀勒……尼雅姑娘，美丽的姑娘！

白云般的牛羊是你纯洁的心房，

泉水的浪花是你明亮的目光，

甘甜的瓜香是你醉人的芬芳，

花园似的果园是你生活的天堂！

哎呀勒，我心爱的尼雅姑娘……

1. 一块花毯上的三大帝国

曾经，悠长的驼铃响彻民丰县的大地和天空。

曾经，这里的驼队逶迤成行，穿过大漠戈壁，来往于欧亚大陆之间。在这里，我第一次听说，民国期间还有西域驼队横穿东西，远抵哈尔滨，运走大量皮货和山货……

曾经，这里开设了许多驿站，一只只香气扑鼻的烤羊腿，一锅锅鲜美的羊肉汤，一匹匹华美绚丽的江浙丝绸，一箱箱晶莹剔透的中国瓷器，令各国行商心驰神往，蜂拥而至……

曾经，来此"走穴"的汉代长袖舞、唐代的横抱琵琶、宋代的歌伎舞女，让路过的客商错把他乡当故乡，让这里的小小驿站发展为一个个丝路古国。轻舞飞扬的彩裙、叮当作响的玉佩，牵连着一段段诗意的记忆……

历史证明，从炊烟袅袅的西域 36 国，到公元前 60 年西汉中央政府在西域设立都护府，使得丝绸之路成为世界上不同文明友好交往的多彩桥梁。当时世界上国力最强大的大汉帝国、波斯帝国和罗马帝国被丝绸之路串连到一起，它们各有各的文化魅力，各有各的发明创造，各有各的特色特产。相互的倾慕和发财的梦想，让它们的使节和行商相聚于丝绸之路上的驿站。他们盘腿坐在一块花毯上，或品茗畅谈，或会商货运，或沉醉歌舞，由此推动了三大文明体系的相互了解与共荣发展。可以说，没有丝绸之路，就没有今天的中华文明、欧洲文明和波斯文明。

民丰县，是新疆和田地区最远的县，维吾尔语称"尼雅"。翻过昆仑山，隔壁就是西藏的改则县。往北走，就是著名的"死亡之海"塔克拉玛干大沙漠。全县土地面积 5.8 万平方公里，人口 3.8 万——大概是中国最小的县了。年降水量仅为 30.5 毫米，年蒸发量则高达 2756 毫米，可见这片大地实在太干渴了。

西方探险家说："除了上帝，谁都无法在这里生存。"

在民丰县住了两天，我像骆驼一样，几乎把半辈子的水都喝进去了。

县委副书记、宣传部长司海涛问我，你想去哪里？

我说，最远的乡！

当天，一位维吾尔族兄弟开一辆越野车，在大漠公路上乘长风破万里尘，把我和司海涛拉到距和田 300 公里之外的民丰县安迪尔乡。一路是望不尽的漫漫沙丘，遍布枯黄的虬枝铁干的胡杨树和一簇簇骆驼刺。到这儿我才明白，所谓"大漠孤烟直"完全是诗人的想象——极目天地之远，没有一缕炊烟——即使有也被大风吹到九霄云外了。

不到新疆，不知道祖国大地的辽阔和蓝天的高阔。

车在沙丘中七拐八拐，蓦然间，眼前幻灯片似的出现一架高大的彩色门楼，上书"安迪尔乡欢迎你！"门楼后面的路两边，排列着一栋栋橘红色加鹅黄色（这是维吾尔族最喜欢的颜色）的新村民居，家家门前搭着统一的与房屋等高的宽大葡萄架，夏天可以乘凉，入秋可以尝新。来自乌鲁木齐的驻村第一书记谢国政、乡党委书记邹世音和乡长艾山江领我们直接进了枣园果地。放眼一望，遍地枣树果木，系着花头巾的维吾尔族妇女和姑娘们正在为丰收的红枣瓜果打理装箱。三五成群的白羊黑羊花羊们悠闲自在地游走林园，拣食着地上的狗头大枣——大的足有婴儿拳头大小。

我惊呼，这样的大枣在内地能卖到七八十元一斤啊，就这么喂羊了？

谢国政笑说："我们安迪尔乡的羊吃的是狗头大枣，喝的是昆仑牌雪山矿泉水，尿的是太太口服液，拉的是六味地黄丸，所以安迪尔羊肉名闻全疆、畅销全国，待会儿让你尝尝鲜！"

我的嘴里不由自主地发出一阵响动。

尤为令人惊喜的是，果园中矗立着一棵罕见的巨大胡杨树，五人才能合抱，据专家检测，树龄近两千年，被当地誉为"胡杨王"。可惜时值初冬，树干枯黄，叶子已经飘零。乡党委书记邹世音笑说："季节好的时候，丰盛的树冠就像一把巨伞，好看极了！你绕树走上 3 圈，祈福什么都能实现。"

我双手合十，老老实实绕树走了 3 圈。

民丰县充满传奇，古为西域 36 国之一的精绝国属地，后归入鄯善国。十多年前，为写作长篇历史小说《王莽与赵飞燕》，我着实对汉史做过一番研究。据《汉书·西域传》载："精绝国，王治精绝城，户 480，口 3360，胜兵 500 人。精绝都尉，左右将，译长各一人。"从文中所述，足见精绝国之小，规模不过相当于内地一个小村庄。《后汉书·班超传》则明确记载，东汉时候的皇家使者班超曾到过精绝国——即此刻我脚下所站之地。记得在喀什参观班超纪念馆时，一位维吾尔族导游小姐用标准的普通话介绍说："班超是东汉年间著名的爱国将领，在北部匈奴势力的打压和策动下，西域一些属国发生叛乱，班超率领 36 名将士长驱直入，所向披靡，为稳定西域局势，维护祖国统一做出重要贡献……"

公元前 60 年，西汉帝国在西域首设都护府，标志着新疆广大地域自此归属中央政府管辖。当时的民丰县地域建有精绝、卢戎两个城邦小国，户不过数百，人不过数千，皆为丝绸之路南道上的重要驿站，东汉时统归鄯善国。两汉之间历经王莽代汉之乱，中原狼烟风起，光武帝刘秀忙于南征北战，无暇西顾，西域许多属国遂被匈奴势力强占。公元73年，41岁的班超奉命出使西域，以期联络属国，重整河山。到了鄯善国以后，班超发现鄯善王的态度前恭后倨，后来竟然避而不见了。班超经侦察获知，数天前匈奴使节率数十名武士策马赶到，对国王施加了巨大压力，要求其斩杀汉使。入夜，班超对跟来的36位军士说："眼下我们的处境危在旦夕，与其坐而待毙，不如拼死一搏！不入虎穴，焉得虎子？今晚我们可趁其不备，突袭匈奴使节驻地。外面设人擂鼓助威，入内以火强攻。只有尽数斩杀匈奴使节，彰显我大汉神威，才可自救，使鄯善王再无退路！"

当夜奇袭成功，鄯善王闻讯，惊得魂飞魄散，赶紧赶到现场。火光中，血染铠甲的班超将匈奴使节的首级掷于鄯善王脚下，慨然说："匈奴在大汉属国烧杀抢掠，强取豪夺，我身为汉将，自当诛杀，以平君民之愤！"鄯善王见班超如此大义凛然，神勇超绝，内心颇感愧惭，当即表示愿意重新归顺大汉，并决定将王子送到洛阳学习兼为人质，以示忠诚。

此后十数年，东汉朝廷一直没有班超的消息，大家都以为他肯定为国捐躯了。后来，京城中忽然络绎不绝来了许多西域各国的进贡使节，或请求大汉皇帝授名赐印，或送君主之子入京读书。皇上这才知道，班超率36名军士历经十多年的巡察、安抚和游说，西域诸属国已然平定，重归大汉。皇颜大喜，多次昭令班超回洛阳受奖，但西域诸国和各族民众深恐班超一走，匈奴又会乘虚而入，屡屡上表中央政府，要求留下班超，称"我们依靠大汉就像依靠天一样可靠"。公元102年，鬓发苍苍、年老体衰、驻守西域长达31年的班超终于荣归洛阳，同年9月去世，享年71岁。

此次到了古鄯善国的地界，我自然很想去看看班超的游踪和古国风貌。当天下午，谢国政和乡干部驱车拉我去了数十公里之外的大漠深处，走过一段曲曲弯弯的漠上栈桥，一座座有着上千年历史的古建筑遗址赫然出现在眼前：

一段段片石和黏土堆砌而成的残垣断壁，较大的显然是当年君主的宫室，而较小的则是宫妃和卫士的住室了。

一扇布满岁月裂痕的厚厚木门依然威风八面地挺立着，门扇半开。仿佛当年的君主刚刚从这里走出，去巡视自己的弹丸之国，估计步行就可以抵达每一个臣民之家。

一个数米方圆的建筑有着密密匝匝的木墙，进入其中只有一个很小的门，这显然是当年的"司法部拘留所"了。

此外，还有许多房盖似的木架结构静卧在沙地上，想来岁月的黄沙已经掩埋了当年的繁华烟火，只剩房架在人间了。我注意到，这座古国城堡所有建筑用的都是胡杨木。胡杨号称3000年不死，死后3000年不倒，倒了3000年不烂。也因此，今人才能从这片阔大遗址中一窥古国丝路之丰采。

最令人称奇的是，民丰县还珍藏着一个神奇的千古预言。

1995年秋，新疆文化厅与日本方面组织了一个联合考古队，深入尼雅古城遗址进行考察发掘，在一座古墓中发现了一块色彩艳丽的织锦护臂，经鉴定此物约有2000多年历史，估计为

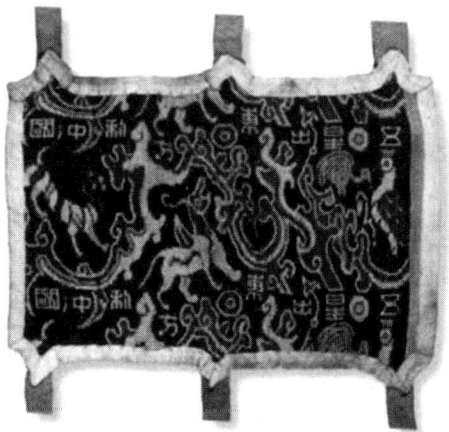

古代武士所用。该织锦为长方形，缀有系带，圆角、绢缘，长 18.5 厘米，宽 12.5 厘米，经线 220 根 / 厘米，纬线 24 根 / 厘米，织造工艺极为复杂，以宝蓝、绛红、草绿、明黄和白色等五色经纬线织出星纹、云纹、孔雀、仙鹤、辟邪、虎纹等祥瑞图案和动物，深埋古墓两千余年而不腐不烂不褪色。其花纹之间，从右向左绣着汉隶"五星出东方利中国"8 字。专家认定，此织锦为汉代织锦最高技术的代表，当为国家一级文物。如今原件作为镇馆之宝，存于新疆考古文物博物馆，被评为"1995 年中国十大考古新发现"和"20 世纪中国百项考古大发现"之一，列入中国 64 件严禁出境的国宝级文物之一。

"五星出东方利中国"一语最早见于《史记·天宫书》，原文为："五星分天之中，积于东方，中国利。"原意是指古人所称的金木水火土五大星辰，在某年某时共同出现在中原东部夜空，是大吉大利之天象，有利于中原地区平息战乱、安抚民生，发展经济。8 字织文不仅反映了中华民族先人丰富卓越的天文知识，也寄托了人们对大汉王朝兴旺发达的良好愿望。精绝国贵族（即古尼雅人）用这样的织锦随葬，反映了他们与中原人命运与共的梦想与情感，也体现了当时西域与中原王朝血脉相连、不可分割的同属一个中国的关系。

我一向以为，中国文字从洞穴象形刻痕到甲骨文再到青铜器铭文，一路发展到今天，当是中华民族古老文化的基因和载体，其中一定包含着许多难以解释的古人留下的神秘信息（包括少数民族服饰上的神秘符号）。其内含的意义可能远比今人的"说文解字"更为丰富和深邃。于今阅读两千多年前的"五星出东方利中国"8 字，再看看今天飘扬在祖国大地的五星红旗和已跃升为世界第二大经济体的强盛中国，我们不能不惊叹，这难道不是一个神奇而精准的千古预言嘛！

国外有天文学家推测，下一次的"五星出东方"的天象将出现于 2040 年，那不正是中华民族实现伟大复兴的辉煌时日嘛！

天道自在人心！

回安迪尔乡的路上，越野车突然陷在深沙中不能动了。举目四望，天地茫茫，黄沙漫漫，远处的昆仑雪峰刮起一股顶天立地的白黄色龙卷风。我们和维吾尔族司机一起忙着挖沙、垫道、推车，都不管用，车越陷越深。蓦地一阵大风袭来，把我的红色贝雷帽刮得不知去向，估计去找班超大人了。好在乡长艾山江的手机还有信号，在静候救兵的时候，虽然满嘴沙尘且口渴无比，我还是东跑西颠照了很多留影。大漠如海、残阳如血的微光中，我凝立于沙丘之上，仿佛一个青铜色卫士，手执胡杨长矛，守卫着过去、现在和未来，巍巍然。

两个小时后，一台大型红色胶轮拖拉机突突驶来，救兵来了。

2. 指纹的震撼

2017年正月初四，节假还没过去。这天清晨，寒风呼啸，白雪皑皑，一台大巴载着自治区科协党组成员、副主席谢国政和他率领的19人组成的3个驻村工作队和20个行李卷，从北疆的乌鲁木齐市出发，驶向南疆和田地区民丰县安迪尔乡。安迪尔早年是自治区科协所属的试验牧场，后移交地方。因为有这样久远的关系，根据自治区党委在全区开展"访民情、惠民生、聚民心"和挂钩扶贫活动的部署，谢国政受科协党组委派，率队奔赴安迪尔乡驻村工作。

民丰县距乌鲁木齐1230公里，大约相当于北京到哈尔滨的距离。车走了两天。头一天大家吃的是自己带的食品，第二天自带的吃光了，一路找饭店，结果因为大年初五，家家关门停业。大家饿了一整天，夜里到了民丰县城才吃上饭。

谢国政，身材高大，浓眉大眼，谈吐爽朗，言语中颇多情感和文学色彩，显见年轻时很有些文艺情结。1964年，他生于河北省兴隆县一个农民家庭，1985年大学毕业前，新疆科技干部局到河北招收科技干部，作动员报告时把大学生也召集在里面了。自古燕赵多慷慨悲歌之士，青年谢国政也有这样的一腔热血。报告结束后，他上前提了几个问题，新疆干部就把他记住了。毕业后谢国政去当地一所中学当了高中语文老师，前途命运似乎定型了，可新疆那边隔三差五就给他发一封电报："欢迎你到新疆来工作！""新疆大有希望，欢迎满怀希望的年轻人！"此前赴新疆工作的一位学友也来信劝谢国政，说"新疆是个好地方"，一是人少好干事，二是工资高。谢国政在承德月工资为 66.5 元，到新疆就是 110.5 元。在生活普遍贫困的 80 年代，多出的 44 元绝对是一个让人心跳的大数字——为了回报父母的养育之恩也应该走啊！

学校不同意，父母也不同意。谢国政一跺脚，背上行李卷就走了，气得承德市教育局十多年不放他的档案。到了新疆，谢国政从企业到机关一路干得风风火火，2012 年成为自治区科协副主席。

话说回来。此去民丰县，大巴一路奔波，望着车窗外的巍巍雪山、荒漠戈壁，谢国政的思绪也"波动"了两天。这种波动的中心点不是畏怯，不是为难，而是此次身负驻村工作 4 项重任，即"维护社会稳定，助力扶贫攻坚，做好群众工作，健全基层组织"，他作为工作队的带头人，应该怎么干？从何处着手？最终能否交上一份让党组织满意、让乡亲们满意的完美答卷？53 岁的人了，也许这是人生路上最后一个、也是最严峻的考验了。

出发时，妻子孩子那充满担忧的眼神，又浮现在眼前……

出发前，上级领导语重心长地对他说，科协里大多是搞科研出身的书生，你搞过企业，管过经济、行政，工作经验丰富，此战只许成功，不能失败，选你去我们才放心，相信你一定会不辱使命，等你凯旋……

路上，车上的年轻人个个小脸紧巴巴的，一改往常集体活动的热闹喧哗，更多的是沉默、沉思与沉重。他们大都是城里长大的孩子，对农村生活十分陌生，想想南疆的孤寂、酷热、干旱、沙尘暴，还有沉积千年的贫困，一切像塔克拉玛干沙漠一样难以改变，靠工作队这 20 个人就能把穷根拔掉？天方夜谭吧？谢国政知道，他们心里没底儿，压力山大；他们有些恐惧，开始怀疑人生。

路过一处红旗飘扬的工地，谢国政说，停车，我们下去活动活动吧。

工地上，很多头戴安全帽的建筑工人正在安装输油管道，显然，一条期待着喷光吐火的钢铁长龙正在向内地延伸。工地上挂着一条醒目的大红标语："只有荒凉的沙漠，没有荒凉的人生。"谢国政凝目良久，内心受到极大震撼。他点燃一支烟，大声对队员们说，看看这条标语，这正是我们要思考、要回答的挑战！只有下决心改变荒凉的乡村，才能为自己创造多彩的人生！

年轻人笑了。

安迪尔乡到了。几位乡干部帮他们把行李搬进已经备好的驻村干部住屋，信念、责任和决心就从这里上路了。

无数难处像沙尘暴一样迎面扑来。

——每年从3月到10月，和田沙尘暴隔三差五遮天蔽日，昼暗如夜，大白天对面看不清人影，开车要打大灯。无论你把自己包裹得怎样严密，头发里衣服里的沙尘永远洗不净，每天洗罢脸，脸盆底都留一层细沙，吃东西嘴里永远咯吱咯吱响，饭里菜里馕里茶里也永远掺着这些有声无味的"调料"。

——到了夏天，处于沙漠包围中的安迪尔，地面温度达六七十摄氏度，鸡蛋埋在沙子里，5分钟就熟了，10分钟就硬了。

——工作队员的家都在乌鲁木齐，要啥有啥，缺啥买啥，生活有亲人帮着打理。在安迪尔，等于走进"大漠孤烟直"的中心地带，要啥没啥，有钱没地方花，而且洗衣做饭打扫卫生等，一切要靠自己了。女孩子想染个时尚秀发也不用花钱了，火辣辣的毒日头早把她晒成"金发女郎"了。

——全乡88%是维吾尔族，语言不通、生活习惯不同，是扶贫工作的极大障碍。

第一步："访民情"开始了。工作队员在村、乡干部的陪同下挨家走访，调查研究，通过聊家常，仔细了解他们的思想动态、家庭成员和经济状况。同时积极讲解党的政策，宣传国家发展的大好形势，共同商讨脱贫致富、巩固提高的路径和办法。谢国政知道，大事要从小事做起，他让每个工作队员带上多套牙膏牙刷、毛巾香皂和一些双语小画册，进屋先从引导乡亲和孩子早晚刷牙、睡前洗脚、读书看画、增长知识开始。一本小图书就可以为乡亲和孩子们打开一扇窗，看到外面的世界很精彩，祖国的发展很繁荣。谢国政说："天下难关都有个钥匙眼儿，我们的牙刷就是一把钥匙，一下打开了乡亲们的心扉。"

在协助当地派出所为村民办理户籍和身份证时，有一次民警为难地告诉老谢，有 60 多个老村民无法录入指纹。

谢国政惊问为什么。民警说，你去看看老乡们的手指就知道了。

找到那些老乡，扳开他们黝黑僵硬的手指一看，手指肚就像胡杨的老树皮，光滑、干硬、裂纹重重。显然，因为年复一年的艰辛耕作，指纹早磨没了。

那一刻，谢国政的眼睛湿润了。

大漠深处的乡亲们为了生存，确实太辛苦太劳累了！

从那以后，谢国政向工作队员们提出一个坚决的要求："用心驻村，用情入户！"

还好，安迪尔乡的经济状况并不像想象的那样困窘。多年来在地方党委政府的领导和支持下，安迪尔乡组织农户大力发展瓜、枣、羊三大产业，于 2017 年正式脱贫摘帽。谢国政和工作队员松了一口气，觉得压力不那么大了。但在走村串户的过程中，他们了解到瓜农遭遇一个大难题：从 2014 年到 2017 年，一些甜瓜患了蔓枯病，先是叶子发黄，后是藤蔓枯死，而且传染面积越来越大，全乡减产减收严重。乡党委书记邹世音告诉谢国政，近几年很多乡亲不敢种瓜了，瓜田面积从原来的近 3000 亩锐减到 1300 多亩，多年扶贫成果近乎毁于一旦。

谢国政和队员们看着满地枯黄的烂瓜秧，和乡亲们一样心焦。

科协自有科协的优势。2017 年夏，谢国政请来新疆农科院、新疆农业大学的农业专家到安迪尔乡"把脉会诊"。经过现场深入考察和仔细向村民了解种植流程，龙宣杞、郭文超、玉山江·买买提等专家一致认为，安迪尔乡为抢市场，历年种的都是早甜瓜，其生长关键期恰逢当地的高温干旱期。专家们建议，安迪尔应当改种晚甜瓜，其种植期比早甜瓜晚 30 天，可以错开高温时段，避免病害大面积暴发，此外还可以解决红枣和甜瓜争水问题。

村民们有疑问，说晚甜瓜上市晚，人家的已经把市场铺满了，我们还能赚到钱吗？

专家笑说，早甜瓜是"金瓜"，能放一辈子啊？入秋之后，天气渐冷，别的瓜都吃光了，清凉可口的晚甜瓜独霸市场，价格更高，赚钱更多啊！

科学技术是一把金钥匙，一下把瓜农的思路打开了。从 2018 年初春开始，安迪尔乡全部改种晚甜瓜，专家团队多次到安迪尔现场指导，要求村民统一种子、统一种植、统一管理。以往，播种时村民为求保险，每个坑里都放四五颗种子，既增加了成本又浪费资源，专家要求每个坑里只放 2 颗种子。8 月中旬，瓜蔓要掐尖、打杈，农民也总是多留几个，结果收瓜时常常一个好瓜没有。专家则要求每个瓜蔓只留 1—2 个为最佳。此后，在专家的具体指导下，全乡大大加强了田间管理，还组织了巡逻队，发现病害及时根除、消毒，以避免交叉感染。到了甜瓜生长的关键期，很多村民经常晚上不睡觉，打着手电筒在地里转。

当年，全乡 2400 亩晚甜瓜喜获丰收，且品质更优也更易存放，不到 10 天就销售一空，"安迪尔甜瓜"由此名声大振，远销京津沪广深各地，广受欢迎。2019 年，村民们种瓜的积极性更高了，仅繁荣村种植晚甜瓜就达 3600 亩，人均 3.5 亩。村民麦提托合提·麦提如告诉我，以往安迪尔瓜卖一两块钱一公斤，现在卖到七八块，这年他种了 50 亩，收入 22 万元。

傍晚，我们走进一家场院，丰收的甜瓜已经装箱，摞成长长的一垛墙。谢国政给我切开一只瓜，笑说："保甜，不甜不要钱！"

天哪！在清爽的深秋，吃一口清爽之极的甜瓜，太爽了！

谢国政说，如今安迪尔甜瓜是全疆乃至全国最晚上市的品种，市场几无竞争者。仅甜瓜一项，预计今年繁荣村村民人均收入可达 1 万元，全部收入算进去可达 2 万元，全乡可实现产值近 2000 万元！

科学家的一个点子，为安迪尔乡亲打开一扇致富之门，堪称"点子一到，家家火爆；火车一响，黄金万两"。

我先后去了两位维吾尔族老农家探访，都是红毯铺地、花毯铺床，现代化用品一应俱全，灶具茶具锃明瓦亮，漂亮得让人眼花缭乱。我问了问收入——可惜他们的名字太长也太复杂了，匆忙之中没能记下来——但他们让人眼红的收入我记住了：那位年过六旬的老汉一家三代，种瓜、种枣加上养羊和农闲时子女外出打工，今年全家收入达 68 万元；那位中年人 40 万元。

乡党委书记邹世音笑说，和他们相比，我成贫困户了！

谢国政说，我也是。

3. 我给乡长改名"艾江山"

安迪尔的乡长是维吾尔族兄弟，叫艾山江·阿乌提。肤色黝黑，人很清瘦，话不多，脸上总是挂着开心的微笑，一副朴实可爱的样子。解放后，他一家三代一心一意跟着共产党干革命，爷爷当过乡党委书记，父亲是教师，他本人毕业于乌鲁木齐轻工学院，后来从政，去年调到安迪尔当乡长。临近傍晚，他和乡书记邹世音一定留我吃一顿烤串。谢国政说，安迪尔羊全疆闻名，天下一品，不吃白不吃。等我采访结束进了院子，艾山江已经用石块在地上垒起烤架，燃着炭火，20多支长长的铁钎架在上面，每支串着五六块红加白的蘸料肉块，正烤得吱吱响，散发着扑鼻的香味。

长长的宴席在院子里摆开了，我采访过的好几位乡亲被请来了。我一边敞开肚皮大快朵颐一边说，你们应该到北京开个店，店名就叫"天下第一串"。

闲谈中，我得知，谢国政率队驻村三年多来，在各级党委政府、自治区科协和社会各界的支持下，他们每年为安迪尔乡引入上百万元甚至数百万元投资，通村道路硬化了，太阳能路灯成串了，一排排鹅黄加橘红的安民新居入住了，庭院绿化以及生活区、种植区、养殖区"三区分离"实现了，环境卫生大大改善了，漂亮的学校大楼迎来花花朵朵的孩子，科协请来的医药专家组总计62人，前后7次前来为村民义诊，免费赠药达30多万元……

如今的安迪尔乡，被媒体誉为"大漠之花"。近3000村民生活富裕，精神快乐，一心向党，乡风清正，路不拾遗，多年来没有一人参与非法活动，没发生一起违法案件。大白天，家家无论有人无人，门户大开，路人想找点吃的喝的，客厅木案上就摆着瓜果、香茶和馕，随便吃，村民们已没有上锁的概念……

驻村工作队三年来大倡文明新风，努力充实村民文化生活，经常组织各类文艺活动。他们先后举办了村民冬季运动会、春节返乡学生联谊会、三八妇女节联欢会、红歌赛、广场舞大赛、普通话演讲竞赛、美食大比拼等。同时大力树立榜样标杆，评选民族团结模范、"好媳妇、好婆婆"、文明家庭等。并为孩子们举办了书画展、科学游戏、国家知识竞赛，等等。演出时，能歌善舞的维吾尔族姑娘把一筒花裙舞得如同孔雀开屏、天女散花、云霞漫天，赢得外来游客阵阵喝彩和掌声。谢国政笑说，安迪尔的"世俗化"程度和城市人没什么两样，和我们一样欢实！那些极端宗教主义、分裂主义思想，在安迪尔根本没有存身之地……

每周一早晨，是安迪尔乡各村最庄严的时刻：村民们全体集合，举行庄严的升国旗仪式，由乡干部、村干部用双语领誓，宣读以下誓词——

> 我是中华人民共和国公民，我庄严宣誓：
> 忠于祖国和人民，遵守国家法律法规，
> 做反分裂、反暴恐斗争的榜样，
> 做维护民族团结的榜样，
> 做维护社会稳定的榜样，
> 做遏制宗教极端思想渗透的榜样，做一名爱国敬业、诚实守信、团结奉献、勤劳互助的中国公民！
>
> 宣誓人×××

既懂维吾尔语又通汉语的乡长艾山江自然是最佳领誓人。我笑说，今后你干脆改名叫"艾江山"吧。

众皆鼓掌大笑。

这就是今日之安迪尔，这就是今日和田民丰之缩影！

往事越千年，今看新时代。大地焕新容，山河更多彩。如今，从昆仑山下到尼雅河畔，民丰县到处呈现出勃勃生机，经济持续快速发展，脱贫攻坚顺利摘帽，人民生活水平不断提高，各项事业全面进步。一个充满幸福感、获得感的民丰展现在世人面前。

——在这里，因为多年来加强了生态保护，尼雅国家级湿地公园的面积已然扩大到 50 平方公里以上，号称南疆最美丽的"绿洲明珠"。入夏以后，两三米高的芦苇荡气势浩荡，一望无际，成为阻挡沙漠推进的天然屏障和生态屏障。

——在这里，塔克拉玛干大沙漠竟然守护着一个总长 20 多公里、5 个小湖串成一体的淡水湖，盛水期湖区面积近 40 平方公里，水面呈弯月状，由北往南依次排列，宛如一串碧蓝的宝石项链镶嵌在沙漠怀抱之中，故有"沙漠之心"之美誉。

——在这里，民丰举全县之力，聚焦深度贫困地区和特殊贫困群体，在精准施策上出实招、下实功、求实效，成为自治区首批、南疆第一个脱贫摘帽县。

——在这里，我看到一群群结实、凶猛的尼雅黑鸡在广阔的养殖园里纷飞争斗。经理刘斌告诉我，尼雅黑鸡是民丰县古老的地方家禽，在西域三十六国时期就有养殖，是"国家农产品地理标志保护产品"。因为千百年来养成的习性，尼雅黑鸡特别争强好斗，经常以死相拼，一只公鸡能霸占数十平方米的"国土"和几十只"后妃"。其肉奇香无比，有滋阴壮阳之功效。刘斌所在的新疆昆仑尼雅生态农牧发展公司为打造地方名牌，投资近 22 亿元，建起一个巨大的养殖场，有大棚近百，占地面积 13 万亩，年出栏 5000 万只黑鸡和 4 亿枚鸡蛋，带动就业可达 6300 人，辐射民丰县及周边各县养殖户 5 万户。

——在这里，对口援疆的天津宝坻区为民丰县脱贫致富做出巨大贡献。2017 年以来，天津宝坻区向民丰县提供援助资金达 2540 万元，援建项目 15 个。天津三鹰农副产品公司在民丰展开大规模的特色甜椒种植，采取"公司 + 基地 + 农户"经营模式，有效带动了当地现代生态农业的发展。目前，民丰县甜椒种植面积为 6200 亩，受益农民 7000 余人。

——在这里，在一位维吾尔族教师家里，我看到维吾尔族兄弟欢舞的花帽，维吾尔族姑娘飞旋的彩裙，一张张幸福的笑脸，一个个背着双肩包的放学归来的各族孩子……

新疆的幸福之花、美丽之花、盛世之花和"中国梦"之花，正在粲然怒放！

很遗憾也很可惜，西方一些政客看不到这些，即使面对面也看不到，因为他们把脑袋插进沙漠里了。

4. 女儿的信

毫无疑问，驻村扶贫工作是非常艰苦的。但是，攻坚成功，有所成就，眼看着乡亲们的生活变得花红柳绿、喜笑颜开之后，那种自豪感、获得感和幸福感也是前所未有的。

谢国政率领工作队已经驻村3年多了。他们的生活就像他们在驻地院里开辟的一方菜地，从春到秋，年年常绿，平静而又充实，队员们骄傲地称自家院落是"小南泥湾"。

这里摘录谢国政的几篇日记，看得出他的心境相当惬意和轻松：

——沙漠腹地，天还未亮。一大早，距村里百余公里荒漠中的牧民打电话来，问刮这么大沙尘，工作队今天到他家去不去了。去！沙尘算什么？这位牧民倒很幽默，回话说，今天天气难得，好好体验一下，以后别忘了安迪尔！

——几场沙尘过后，沙漠里的春天悄然来了。桃花开了，柳树绿了，胡杨结出了紫红色如桑葚般的穗儿……春天的沙漠不再苍凉，沙漠的春天会放歌！

——大漠腹地安迪尔，一大早，悄悄下起了晚秋第一场雪，比去年来得要早些。雪中漫步，胡杨落叶，层林尽染，犹似童话世界，如痴如醉，令人惬意。看遍地干挂"骏枣"，欣喜中又生些许忧虑。再等几天红枣就该下树了，这场雪多多少少对收枣会有点影响。农民不易，怎故初雪风急？雪还是别下了吧，没有雪的安迪尔同样美丽！

——队友说，今天是驻村600天。今天是中国第一个农民丰收节，明天是中华民族传统节日中秋节。时光荏苒，在瀚海深处不经意间度过 600 个日日夜夜。个中滋味，几多收获，如小草遇春日萌动，似蝴蝶遇花蕊吸吮，像秋叶落地回归自然……

——年年中秋待月圆，每逢佳节倍思亲。在中秋佳节到来之际，驻村工作队今天采摘了一批今年试种的新凤凰甜瓜，给科协干部职工每人送上一箱，略表心意。感谢科协党组和各位领导、各位同事对"访惠聚"驻村工作的高度重视和关心帮助！甜瓜现已装车，18 日出发，19 日抵乌，20 日请办公室主任负责分瓜。我们自己在瀚海深处种的甜瓜很甜很甜，如个别不甜，纯属意外！

——沙漠腹地，驻村小院。种菜种地，自给有余。谁言瀚海无生机，自力更生有神奇。驻村年余，小院圈地。养羊养鸡，生活足矣。心神愉悦，此乐何及！

2018 年 2 月 15 日，自治区科协"访惠聚"驻安迪尔乡塔库木村工作队副队长何卫兵的女儿何佩卓（兵团二中高一学生）从乌鲁木齐来到安迪尔，同工作队和村民们一起过了个热热闹闹的春节。何佩卓回去后给爸爸写了一封家书，感悟深切，情感真挚，读来令人眼湿。全文如下：

亲爱的爸爸：

离开您已经 5 天了，昨晚和您通完电话后，我久久不能入睡。第一次同工作队的叔叔阿姨一起过春节的喜悦、第一次远离妈妈和她通电话时的哽咽……从没想过，我人生的很多第一次是在安迪尔完成的。这个远离城市喧嚣、位于沙漠腹地的南疆偏远乡村，这里淳朴、直爽、热情的村民，还有远离家人、与村民朝夕相处的工作队，以及与村民结亲的当地的叔叔阿姨们……一幕一幕的场景回荡在我的脑海中，成为我内心深处最深刻的记忆。

记得去年大年初四早晨和您拥抱告别时，我还没哭，您和妈妈就已经掉下了眼泪。那时的我对驻村没有任何概念，觉得仅仅是换了个地方工作，就是离得远了点儿，要很长时间才能回来一趟。我心里还暗自高兴：终于不用再听您的唠叨了。您离开后，每次和您通电话或是您休假回来，除了问我的学习，您说得最多的就是村里人：阿迪力·拜科日家的儿子乌瓦斯提江·阿迪力考上了大连汽车职业技术学院；麦提库尔班·麦提哈斯木家红枣剪枝剪得好，年底肯定大丰收；艾合买提·卡迪尔家羊已经达到 100 只了，还准备再养一头牛……我那时想：在您心中，妈妈和我已经成为您远方的牵挂，而您口中的村民们却成了您的家人。

我的心中开始波澜起伏，直到有一次我不耐烦地打断了您絮絮叨叨叙说村里的那些芝麻绿豆事儿。您沉默了一会儿说：暑假如果不补课，来安迪尔乡看看爸爸吧。

暑期我和妈妈陪姥爷去了北京看病，您让我去安迪尔的计划也就此搁浅。想着您年底就回来了，可能我不再会有机会来到这个沙漠里的小乡村了，心里还有些许的怅然。

去年 12 月底，得知您还要继续驻村时，妈妈和我有些难过，又要很长时间见不到您了，春节也不能同您一起过。我同妈妈说：我们去村里陪爸爸过年吧，他不能回来，我们就去看他。

临近春节，姥爷身体再次不适，妈妈陪姥爷又去北京住了院。在您和妈妈的万分叮嘱下，我只身一人来到安迪尔。

本应陌生的地方，我却感觉莫名地熟悉。我来到您经常提到的牧民艾合买提·卡迪尔叔叔家，看到成群结队的山羊；在麦提库尔班·麦提哈斯木叔叔家，我尝到了自产的特级大枣；在返乡学生春节联欢会上，我和乌瓦斯提江·阿迪力共同演唱了一首《回家》……这些您口中的人物在我眼前一个个鲜活起来。这些被您称为家人的人，见到我时腼腆而热情，热腾腾的手抓肉、金灿灿的手抓饭、厚实的库麦其……您的家人把他们认为最好的东西拿出来招待我，我有些受宠若惊，同时又感到自豪。

刚到安迪尔的那天晚上，和我同住的工作队敏丽古丽阿姨给我讲了一个发生在你们那里的小故事：村民帕提古丽·亚森在村委会办事时突发心梗，口吐白沫、昏迷倒地。村干部麦提图尔迪·艾麦尔见其情况危急，立即将其放平并实施了 CPR（心脏复苏术）抢救，所幸抢救成功并及时送往县医院治疗。后来工作队问麦提图尔迪·艾麦尔，从哪儿学会的 CPR。他告诉工作队，是从自治区科协制作的科普微电影《漠海枣情》里看到的。他还说，他专门把电影拷贝到自家电脑上，让老婆孩子都学一学。后来，恢复了健康的帕提古丽·亚森向麦提图尔迪·艾麦尔表达感谢，他认真地对帕提古丽·亚森说，你最应该感谢的是"访惠聚"工作队，他们不仅为我们发展生产、提高生活水平服务，也教会了我们有用的科学常识。自治区科协"访惠聚"总领队谢国政叔叔告诉我说，这里的村民心地淳朴，你对他真心，他也会用真心回报你；你对他敷衍，他也看得一清二楚。真心换真情是这里最真实的反映。我为工作队的叔叔阿姨自豪，我从村民的眼里看到了他们对你们的肯定和期望。

来这儿的第三天，也就是大年初一，我和您一起住到了您的结亲户艾合买提·卡迪尔大叔家里。刚进大门，就听到一声热情的"你好"！我在路上跟您学了半天的"亚克西木赛斯"没了用武之地。艾合买提·卡迪尔大叔的儿子，比我大几岁，虽然国语发音不很标准，但说得很流利，我同他开的玩笑他都能听懂。艾合买提·卡迪尔大叔的国语虽然不如图尔苏托合提·艾合买提说得好，但是我们的谈话基本能听懂。我感慨于这里人的国语水平，记得去年您刚来不久，跟我通电话时说，这里的村民国语水平不是很好，想和他们交流还得带个翻译。仅仅一年的时间，村民的国语水平就有了翻天覆地的变化。您告诉我，不光是艾合买提·卡迪尔大叔一家，90%的村民国语水平都有了很大的提升。

语言的畅通让夜晚不再漫长。第二天，您带我走遍了各村，一排排橘黄色的富民安居房、路两边的太阳能灯、崭新的学校大楼……在安迪尔乡小学，见到几个孩子在踢球，我也跑去凑了个热闹，学校操场虽然没我们学校大，但塑胶跑道建得真是很漂亮。您告诉我说，这是科协前年投资建设的，不仅是塑胶跑道，还给教室都安装了电暖器。去年，开西木库勒村建设了科技文化广场，科普电子大屏、塑胶篮球场和排球场一应俱全。一到晚上，广场上就聚集了很多村民，聊天、打球、看电影，别提多热闹了。听说今年在另外两个村也要建同样标准的科技文化广场……听着您的话，我看着这里，感觉一切都是那样生机勃勃，散发着生命的气息，也展示着这里的和谐安详。

这个春节的每一天，我感受着这里的一切：同村民、工作队以及和村民结亲的当地的叔叔阿姨一起包饺子，贴春联挂灯笼，享受大团圆的温暖；和您一起感受维吾尔族的农家风情，憧憬着来年的好收成；到红枣地里学剪枝，在劳动中感悟着村民的辛苦和不易……这些体验，比任何一本书里讲到的都更为真实和强烈。

还记得，春节赴安迪尔乡结亲的带队领导、自治区科协党组书记李叔叔在除夕夜饭说过的话："驻村工作重在点点滴滴，工作队每一份辛苦和付出，我们看在眼里，老乡们更看在眼里。"他还对工作队的年轻人竖起大拇指说，"你们都是好样的，都是儿子娃娃，你们尽管放手去干，单位永远是你们的坚强后盾！"

爸爸，我和妈妈为您骄傲！家里的一切您不用担心，有我在呢。

代我向工作队的叔叔阿姨问好，来年春节我还和你们一起过。

您的女儿：卓卓

2018 年 2 月 27 日晚

补记：

《北京晚报》编辑赵李红女士读了本章后很受感动，决定发表，为此她让我补一段结尾语。此时我已经跑到贵州，特在大山里补写如下：

2020 的春节越来越近了，我仍在贵州铜仁的十万大山里走村串户，奔波采访，一次次被激动，被泪湿，为乡亲们的欢欣，为扶贫干部的努力。他们说，还有什么事情比帮老百姓脱贫更有意义呢？新时代搭建了这个伟大平台，让我们有幸来做这件利国利民的大好事，何乐而不为，吃多少辛苦也值了，这是一生的光荣啊！

我来铜仁一个多月了，中间跨越两年，从 2019 到 2020。这里天天非阴即雨，只见过三次太阳天。在湿冷的房间里敲键盘，也要套上两层羽绒服。刚才，我的宝贝女儿来电话，问我什么时候回家，要早点儿订票。暖流一下涌满心间，她的幸福生活是爸爸妈妈奋斗来的，也是她自己奋斗来的（美国加州大学和英国伦敦政经学院双硕士，现在上海就职）。我告诉女儿，现在爸爸案头放着一小束绿得醉人的"碰碰香"，是一个农户送给我的。我把它插在玻璃杯里，底下放了些土。它平时很香，用手一碰更香，一个月来，孤独的它一直陪伴着孤独的我。工作累了，看看它或碰碰它，顿生一瓣心香。我说，碰就是做，做就生香。

女儿问，你能把它带回来吗？我说，当然。

四　在 359 旅的旗帜下

一轮暖暖的斜阳挂在窗口。

窗外是一望无际的塔克拉玛干大沙漠和呼啸而过的戈壁风沙，窗内是一间简陋的办公室。

这是世界上最独特的董事长办公室。

新疆策勒县，现有人口近17万，古时是《史记》中记载的西域36国之一，时称"渠勒国"，后被实力较强的"于阗国"吞并，再后并入大汉帝国版图，民国十七年（1928年）经中央政府批准立县。该县位于新疆最南部的昆仑山北麓、塔克拉玛干大沙漠南缘，越过昆仑山便是西藏地区了。地处如此偏远，又被沙漠环绕，策勒县早年的贫穷、寂寥与零落是可以想见的。借着改革开放的春风，加上全国各地对新疆的倾力支援，策勒县犹如一位维吾尔族姑娘披上绚丽的新嫁衣，嫣然出现在这座新城中。白天繁华似锦，入夜华灯齐放，丝竹管弦不时回荡在一片片楼群和社区中，沿街摊床飘出的烤串和烤馕的香味，令游人徜徉其间，迷途忘返，真个是世外桃源、大漠丽景。

出县城不到10公里，穿过一个个搭着葡萄架的新村和一片片枣园，便到了当地著名的沙漠枣业公司。

一个大院落，南边是一排平房，北边是生产车间。进入董事长的办公室，我着实吃了一惊。一张写字台，靠墙是比农家还杂乱的床铺，还有堆放在地上的锅碗瓢盆和一张既用来吃饭又用来待客的圆桌，再加几个吱嘎作响的木凳。大漠深处，一切就简，我都可以见怪不怪了，最让我吃惊的是，四周粗糙的水泥白粉墙上，贴着数百张白花花的大小字条，都是打印出来的名言警句和个人感受。其中有习总书记说的"撸起袖子加油干""幸福是奋斗出来的"等等，还有鲁迅的"世上本没有路，走的人多了，便成了路"。还有"细节决定成败""知识就是力量""科技是第一生产力""七旬不算老，匠心种好枣""一心为扶贫，壮志不怕老"等等。靠写字台的那边墙上，还贴着有关种植的一些"科技小知识"。哇，四下一望，这间办公室就像一台激励人生的"发动机"，瞅一眼就热血沸腾，又像一部包罗万象的"百科全书"，董事长李鹏就坐在这部"百科全书"里。

他是个矮墩墩、乐呵呵的胖老头，不修边幅，一脸风霜，一身黄尘，说话时而声震屋瓦，时而细声低语，和他的情感一起跌宕起伏。2019年11月19日，我俩凑在圆桌旁，长谈了近一天。我很庆幸不虚此行，把他传奇的一生从大漠瀚海中捞了出来！

1. 母亲送子当兵

山西省孝义县。

吕梁山起伏连绵如同一条卧龙，延伸到大月亮里。

这个夜晚，月光铺成一条小路，默默送他回家。

九曲十八拐的山路，今天最难走也最漫长。以往每逢周五下课，小李鹏揣着满堂红的成绩单，总是像快乐的小鸟飞着回家的。今天，他的眼泪掉了一路。半坡上的家，两间窑洞，一灯如豆。母亲问他怎么了。李鹏说，部队来学校招飞行员，我是班长，学习成绩优秀，体检也没问题。当时医生还敲敲我的胸脯笑说，好小伙子，你很健康，而且个头儿中等偏下，正好塞进飞机驾驶舱里。

母亲说，这不挺好吗？

李鹏说，可政审时咱家有一个亲戚，说他解放前在"民团"做过事，就这样把我开了。我跟招兵的解放军首长磨叽了好几天，再三央求他把我收进部队，他说政审不合格，一票否决，什么都不行了。

父亲当然舍不得这个独生儿子走得太远。他敲敲烟袋锅说，那就下决心考高中吧，将来读个大学，就是咱村的状元了。

不，我还是想当兵！说着，小李鹏的目光投向窗外那轮云遮月，迷离的眼神闪耀着梦一样的光芒……

吕梁山是革命老区，遍地都是英雄和先烈山崩地裂、赴汤蹈火的故事，刘胡兰就是山西省文水县人。当地老人还愿意讲古，岳飞、杨家将、梁山泊一百单八将，听得小李鹏如醉如痴，热血沸腾。从军当兵，保家卫国，做大英雄，从此成了他心中最强烈的渴望。今天在学校，招收的 2 个飞行员启程入伍，街上载歌载舞，走在队伍前面的唢呐，把有名的"孝义吹腔"吹得满天震响，云彩也开了花。2 个新兵胸戴大红花，站在卡车上跟乡亲们不断招手，脸上那个骄傲啊！小李鹏真想一个高儿蹦上去……

母亲是穷苦人家出身的烈性女子，小脚。年轻时模样俊秀，性情火辣，思想进步，虽然没上过学，却充满爱国心。1936年西安事变时，24岁的母亲秘密加入中国共产党，成为沁源县地下党员。她曾诧异地问上级，我没文化，又是小脚，能干好吗？地下党笑说，这恰好是你的优势！第一，过关卡谁都不会怀疑一个小脚女人是共产党；第二，你大字不识，情报交给你我们放心，不会泄密。母亲杏眼一瞪不高兴了，说我就是识字也不会泄密的！这以后，母亲隔三差五跟丈夫不辞而别，提着一双"三寸金莲"翻山越岭，跑出去送鸡毛信、接情报，给游击队带路。回家后丈夫问她干什么去了，母亲只回一句话："你别问了，我干正事去了！"至于啥正事，打死也不说。村里人不免风言风语，说这个婆娘不好好在家守着男人孩子，天天在外头疯，"不守妇道"要不得啊！两口子吵了好几年，母亲不得不带上女儿和丈夫离了婚，另找了一个李姓男人。不久新中国成立，母亲的地下党使命也结束了，回家继续当农民。1951年，34岁的母亲生下儿子李鹏，后来又有了两个女儿，一家5口的日子过得朴朴实实。

老革命出身的母亲十分理解儿子想当兵的心愿，她说，革命是干不完的，这次不行还有下次！

1966年，李鹏考进县城高中。不幸的是恰在那年"文革"运动开始，老师打倒了，学校乱套了，没课可上了，大学停办了，李鹏只好跑回家帮着父母春种秋收、打理家务。村子坐落在半坡上，每天最重要的任务就是到沟底挑水上山，下雨天、下雪天不知滑下去多少次，时常摔得伤痕累累，流血不止。1968年，听说部队又到孝义县招兵，李鹏立马跑到公社武装部报名。部长一查底档，说你小子怎么又来了？上次政审查出你家有亲戚在"民团"干过事，再说你是家里唯一的男孩子，按规定部队也不能收，这些条件你不知道吗？回吧！

李鹏一脸倔强，不！

当天他飞跑回家，让母亲给他蒸了一兜子玉米窝头，还要了几块钱和几斤粮票，说这次不管部队要不要，我死也要跟上走了！

母亲说，对！

第二天大早李鹏背上干粮到了县城，天天蹲在招待所门口等招兵干部。饿了啃个窝头，渴了跟路边人家要碗凉水或捧几口路沟水。每有解放军进出，他就拦住再三央求。夜里也不离开，找个背风的墙角或麦草堆一靠就对付了。招兵干部下到各公社检查工作进度、审查人选，李鹏千方百计打探到准确消息，立马想方设法跟过去继续蹲守，继续央求。县武装部和前来招兵的部队干部，每个人都认识他了，但在当时严峻的政治气氛下，谁都无能为力，爱莫能助。整整一个多月时间，小李鹏天天跟着部队干部跑，不洗脸不换衣服，蓬头垢面，浑身脏黑，几乎成了沦落街头的小"叫花子"。结果，两大车新兵招走了，李鹏仍被孤零零甩在街头。当晚，失魂落魄的李鹏一步步踩着铁道枕木往家走，一边抹眼泪。进了山，远远看到自家那个村子，他觉得没脸见母亲，在林子里一直坐到大半夜才回家。一个多月没消息，母亲以为儿子肯定跟上部队走了，听有人敲门，还问深更半夜的，谁呀？打开门的那一刻，看到又黑又瘦又脏的李鹏，几乎不认识自己的儿子了。

李鹏哭了，母亲也哭了。

灰心丧气的李鹏又在家干了两年农活、打零工。1970年冬，部队又来孝义县招兵。他想，这一年自己19岁了，再当不上兵以后就没机会了。他认真总结了前两次失败的教训，觉得靠自己单打独斗肯定不行了。他想起战争年代很多母亲送子当兵的故事，心里一动说，妈妈，这次得请你出山了，你是老革命，说话有分量，而且送子当兵是最光荣的事情，你亲自送我去，部队首长一定会感动的！

母亲的精气神儿一下来了，好像当年地下党的交通员又回来了。走！我跟你去，凭我的老资格，和军长师长都敢讲话！

第二天到了公社武装部，卫兵一见李鹏就笑了，说你还不死心啊？李鹏说，最后一把机会，我老母亲亲自挂帅出征了。卫兵感动地挥挥手说，进吧，首长正在二楼会议室开会，那个瘦瘦的大高个儿就是负责招兵的新兵团常团长。

李鹏跟着母亲的小脚，咯噔咯噔一路闯进二楼会议室。公社武装部长抬眼一见是李鹏，脸咣当一下撂了下来，说上次招兵你缠了我们好久没走成，又来干啥？

母亲拦住他的话头，很牛气地说，我来送子当兵！

坐一旁的常团长听了，眼神立刻亮了。他高兴地说，送子当兵是咱们老百姓的好传统，老人家请坐，说说你为啥这样做。

母亲说，我1936年入党，打仗时候当过地下党的交通员，给上级送过鸡毛信，给组织送过油印传单，给游击队送过疗伤药，路上好几次被鬼子和国民党兵拦住，不过一看我是小脚，都让我应付过去了。

常团长笑着说，想不到老人家还有这样一番英雄经历呢。

母亲说，我儿子跟我一样爱党爱国，从小就想当兵保家卫国，誓死保卫党中央，誓死保卫毛主席（"文革"中的习惯用语）。可前两次都被甩下了，这次再当不上，他死的心都有了！

常团长问，你家几个儿子？

就他一个，母亲说。

常团长很惊讶，说当兵打仗是要死人的啊，你舍得吗？

母亲说，当年为打鬼子闹革命，我都豁出去了，儿子有什么舍不得的？为国家牺牲了，那也是光荣！

常团长问李鹏，你什么态度？

李鹏抹着眼泪说，前两次我主动报名参军都给甩下来了，这次还当不上，我就拦住军车不让走，宁可撞死！

常团长笑了，说我管了好几年招兵，下这么大决心的还是头一回遇到。

李鹏说，我是一个热血青年，学习成绩优秀，还当过班长，身体很好。父亲是贫农出身，母亲是老革命，就因为政审时发现有一个亲戚当年干过什么"民团"，把我刷下来了，我就是不甘心！

接着他居然来了一句幽默，我妈凭一双小脚能当地下党，我一双大脚还当不了一个好兵吗！

室内哄堂大笑。

常团长思忖少顷，扭头问武装部长，你看怎么办？

部长说，招兵工作已到收尾阶段，体检、政审程序都走完了，我看算了吧。

常团长说，战争年代，正因为无数母亲深明大义，送子当兵，革命才能取得成功，和平年代同样需要这样的好母亲、这样的好儿子！他回头又问李鹏，你知道这次当兵要去哪儿吗？

李鹏说，不知道。

母亲说，只要国家需要，去哪儿都行！

常团长被深深地感动了。他说，就这样吧，政审免了，赶快上站体检，体检合格就行了。过一会儿体检单出来了，全面合格！常团长说，你们娘俩回家准备准备，冲着英雄的老母亲，这个孩子我要了！

数天后，传延800年的"孝义吹腔"再一次震撼全县。地动山摇的鼓阵，红绸飞天的秧歌，上百只响遏行云的唢呐，让整个县城欢声雷动。常团长率领600名新兵坐上黑咕隆咚的闷罐车，风驰电掣向西部开了四天三夜。下了车，李鹏才知道他到了新疆。

2. 泥鳅跳龙门

新兵集训一个月。有一天完成训练任务后，李鹏正坐在操场上休息，忽见常团长走过来。他一溜烟儿跑过去，立正敬礼说，首长，我有件小事不知当说不当说。

说！

李鹏说，我母亲特别感谢首长对我的帮助，临走时让我给您带了一点土特产，表示表示心意。

常团长正色问，什么东西？

李鹏说，我们家乡的核桃。

常团长莫名其妙地大笑起来，然后说，收！

李鹏赶紧跑回宿舍，把一小袋子核桃送到团长手里。后来他才明白常团长当时为什么大笑不已，其实新疆核桃比山西的核桃又大又好！

显见，常团长十分喜爱这个虎头虎脑的有追求的小青年。集训结束后，他特意把李鹏叫到家里吃了一顿饭。李鹏受宠若惊，规规矩矩挺着身板，屁股沾着凳子边儿，不敢吃也不敢喝。常团长亲切地对他说，小李子，你母亲送子当兵，等于把你托付给我了。集训中连长指导员说你机灵聪明，能吃苦，表现不错，看来我没看走眼。现在新兵快分配了，我特意嘱咐把你分到通讯连，在那儿能学到很多知识和技术，对你将来的发展会有好处。

谢谢团长！李鹏起立敬礼。

后来证明，常团长成了决定李鹏一生前途命运的大恩人。许多年后，常团长转业回到河南汝阳老家，从一个工厂的党支部书记一直做到县委常委、统战部长。李鹏当兵6年后复员到地方，两人失去联系。2004年，战友传来常团长因病去世的消息，李鹏大哭一场。转年，李鹏借出差机会专程去汝阳向老首长的家人表示慰问。岁月荏苒，其时李鹏头发已经斑白，团长老伴不认识他了，问你是谁呀？李鹏说，我是当年的小李子李鹏啊！当新兵时还在你家吃过饭，你亲手上灶，做了四个菜，你包的饺子真好吃啊……

团长老伴泪如雨下，李鹏也泣不成声。

入伍以后，李鹏才知道，自己所在部队的前身就是王震将军领导的大名鼎鼎的359旅718团，顿时，光荣感、使命感像烈焰一样在胸中燃烧起来。很快，他就在部队中脱颖而出：学雷锋标兵，军事技术标兵，思想过硬标兵，团结互助标兵，学毛著积极分子，还在部队立了三等功……各种荣誉联袂而来。部队放电影，都要先放映一段幻灯片，宣传李鹏的事迹。每到各地做报告，他经常说的最动情的一句话是："我是老359旅的一名新兵，正是这面光辉的旗帜，给了我——一名解放军战士的本色，也给了我无穷的力量和奋斗的决心！"中国人民对359旅的崇敬是永远的丰碑。每说及此，台下总是报以雷鸣般的掌声。

服役6年，士兵每月津贴从9元逐年升到23元。李鹏千方百计节省出一部分，分成两份，一份寄给父母，一份不告诉父母（怕他们给花了），悄悄寄给两个妹妹，让她们能交上学费继续读书。

复员时，部队领导问他想去哪儿。作为一名有贡献有作为的优秀士兵，输送到哪里都会受到欢迎。李鹏的回答是：留新疆！他在决心书中写道："既然我把青春献给新疆了，就让它在新疆大地上生根发芽吧！"

当领导的总是喜欢好兵的。李鹏被阿克苏地委机关接收，当了小车队司机。在当年，这显然是一个令人艳羡的好工作，天天拉领导，到处受欢迎，顺便弄点土特产，一个山里娃娃出身的复员兵能够得到这份差事，日子足够满足了。早出晚归，不辞辛苦，谨守纪律，这是李鹏在部队养成的一贯作风，年年评优落不下。忽然有一天，队长找李鹏说，咱们小车队天天早出晚归，还经常拉着领导执行各种任务，安全生产搞得也很好，服务态度年年得到大家的好评。可地委机关每年评选先进没咱们。小李子，你虽然没有什么文凭，总还是一个老初中生，好好给咱小车队写个年终总结，材料报上去，成败就看你了！

李鹏闷头写了一个晚上，材料报上去了，地委机关先进单位的大奖状拿回来了。没想到这件事改变了李鹏的命运。先进单位民主讨论，评委表决选定后，最后一道程序要上报地委办公室主要领导审批。那天，办公室主任看了车队的申报材料，一定有些意外和吃惊，于是挥笔给秘书科全体人员做了一个批示："此材料请全科同志传阅。材料写得怎么样？字写得怎么样？请每人做出公正评价，再查一下这份材料是谁写的。"大家的评价回来了，全说好，而且全是惊叹号！一问谁写的？小车队司机小李子！

主任把李鹏叫来，仔细了解了他的人生经历，看来有点似信非信，又让他抄了一段报纸，看了字体。第二天，主任拿着小车队的事迹材料和全科评价找到了地委秘书长，提议把李鹏调进秘书科当秘书。秘书长一头雾水问，是那个开车的小李子吗？一周后，李鹏脱掉蓝工装，摇身一变成了地委办秘书，这件事一时轰动了整个地委机关。回忆至此，李鹏笑说，我不过是山沟沟里的苦娃娃，只有初中文化水平，一夜之间从司机升任地委领导的秘书，同事们夸我是鲤鱼跳龙门，我说哪里呀？是泥鳅跳龙门！

当时文凭很吃香，知识分子有很多优惠，比如，书报费补贴、分房优先、提拔优先、浮动一级工资等等。因此，半年后李鹏想参加成人高考，找到了办公室主任，说出了自己的想法。办公室主任好似不认识他了，眯着小眼瞅了他半天，然后不客气地说，你刚刚当了秘书不久，写文章还可以，但高考不是闹着玩的，五门课程，你行吗？你还是好好工作吧，别好高骛远了！再说你已经30多岁了，我看就算了吧，考不上风声传出去，多丢人啊！

李鹏坚定地说，考不上也是一次学习，让我试试吧！

主任说，你小子还挺犟，好吧，你不怕丢人，我同意你报考。

李鹏经过几个月的准备，白天认真工作，晚上刻苦复习，把床也搬到办公室，一头黑发掉了一大半，模样老了一小半，以优异的成绩一举考上了自治区党校培训班，学习两年。大专毕业证如愿拿了回来。

这以后，李鹏的人生如同芝麻开花节节高，从秘书、副科长、科长、副主任、县委书记、地区行署副专员、大国企党委书记、董事长，一路干得红红火火。他还曾作为新疆优秀的年轻县委书记，被选送到中央党校中青班，学习一年。

2009年，身为副厅级干部的李鹏患上严重的腰椎间盘突出，身子一动疼痛无比，上班需要拄拐才能行走。这一年他58岁了，他觉得这样工作下去很不方便，也会耽误党的事业，于是主动向自治区党委申请提前退休，获得批准。老伴和两个女儿很高兴，说你辛苦一辈子了，该回家好好休息了。可家人万万没想到，时过不久，李鹏冒出一个"安度晚年"的特别设想，让亲友们大吃一惊。

3. 最后的选择："南泥湾"

李鹏郑重地对家人说，他在担任县委书记、行署副专员期间，因为财力物力等客观条件所限，很多老百姓的生活还在贫困线上，每每想起他深感愧疚。现在退休了，没那么多公务和会议了，他想发挥余生的光和热，找个贫困地方办点事业，为当地群众尽快摆脱贫困做些贡献。

老伴说，还是歇着吧，你一个孤老头子能干啥呀？

李鹏笑呵呵说，别忘了，我是359旅的兵，带动乡亲们一起干，说不定就能闹起个"南泥湾"！

说着，他哼唱起《南泥湾》小调，唱着唱着，眼泪出来了。

要做事就得有本钱。当兵的就是骨头硬，冲锋打仗不计代价。为了迈出这一步，李鹏豁出去了，他"一声令下"，把家里和女儿的多年积蓄凑了凑，凑了50万元；又让老伴住到女儿家，变卖了乌鲁木齐的住房；又跟老同事老战友借了50万元。就这样，李鹏把全家变成彻底的"无产阶级"，然后揣上100多万元，于2009年春顶着半头白发，拄着拐棍"离家出走"，孤身一人奔赴南疆。

他选定的创业地点在和田地区策勒县阿日希村。这里符合他最初定下的"一去两不去"原则：即去最艰苦的地方；不去自己曾经任职工作过的地方，不去老同事老部下担任主要领导的地方。这个老兵一辈子心系百姓、艰苦奋斗、一尘不染，他的心思是，一定要保持晚节！无论到了什么地方，要一心一意为老百姓谋福利，绝不能让别人说三道四，以为自己来占什么便宜了。

初来乍到，李鹏住的是一户农家只有几平方米的破旧房子，一夜沙尘暴，屋里能堆一层厚厚的沙子。吃饭要走沙土路，赶到1公里外的地方。有亲朋好友来看他，目睹他的生活惨状，无一例外都惊呼，你是不是疯了？李鹏笑说，要在艰苦地方实现自己的梦想，就需要一点疯劲！

阿日希村是深度贫困的维吾尔族村，全村被荒漠包围，生态环境恶劣，人均一亩三分地，只能勉强维持生存。而且很多青年男女不会讲普通话，外出打工有诸多不便，只能闲在家里东走西逛干点别的，既不利于当地脱贫开发，也不利于社会稳定。到达该村以后，李鹏冒着隔三差五的沙尘暴，带着他那乐呵呵的笑容，有时还得拄上拐棍，天天走村串户，发动村民和他一起开发红枣产业，男工月月拿工资，女工天天发工资。村民们怀疑地说，我们祖祖辈辈住在这儿，沙漠里倒上水都长不出庄稼，你老李想办枣园，是不是脑子进沙子啦？

老李哈哈大笑说，咱们到时候再看！

为防风、固沙、养地，李鹏豁出投资，用三年时间架线、打井、平沙丘、修路、架桥，栽防风林，种小麦改良土壤。资金不够，只好向银行申请贷款。

银行派人来考察多次，然后说"回去向上级报告"，又说"请专家论证"，再说"等领导审批"，最后没信儿了。李鹏问怎么回事儿，小白领不得不说了实话："你老爷子的奉献精神我很感动，可把贷款砸进沙漠里，银行不是等死吗！"

没办法，只好再找朋友借。10年来总共借了500万，现在还欠着200万。李鹏大笑说："几年来能还上300万，证明我的创业是有收益的！"

3年后，路通了，地养肥了，水渠来水了，枣树苗终于滋滋润润吐出一片盎然绿色。村民们看到希望，枣园务工的人数越来越多，按生产队的老习惯叫他"小队长"。

播种、浇水、培育、施肥、打药、剪枝，请来的技术员和翻译手把手教维吾尔族兄弟姐妹学习各项技术，叮嘱大家记住各个种植环节的管理要点。小队长也跟着学，拿本记。开春以后刮起沙尘暴，老李和村民一样，戴上帽子下地干活。与村民们朝夕相处，他发现维吾尔族没有洗漱刷牙习惯，年纪轻轻牙就坏得不成样子，于是让公司给全村贫困户每人赠送了一套洗漱用品，要求他们增强健康意识，每天早晚必须刷牙。

按照自治区党委的要求部署，李鹏尽管是退休老干部了，他仍然与当地贫困户、低保户、困难户"结对认亲"，给予具体帮扶。一位员工的男孩大学刚毕业就患上严重肾衰竭，治病花费数十万，家境极为困难，李鹏找了两位朋友共同捐赠了15万元并为其家办了低保。另一位员工突发心脏病去世，他的小女儿刚刚14岁，在克拉玛依市上初中。李鹏主动承担了女孩的生活和学习费用，直到她毕业找到工作。第三位是一个70多岁的老低保户，19年前捡回一个汉族女弃婴，老两口为她起名叫白热库·库尔班尼亚孜，一直把她当自家孩子用心抚养，2019年考上大学。可年初双目失明的老伴去世了，老汉的身体也大不如前。老人家想，不知哪天自己也走了，扔下这个汉族女儿实在不放心。于是逢人便说，希望把这个女孩托付给一个靠得住、信得过、不离开这里的人。李鹏闻讯上门，主动接受了老人的重托，资助这个姑娘上大学。在大学生的演讲会上，白热库姑娘含泪讲述了"我有维族和汉族两个爷爷"的故事，全场为之泪下……

——整整 11 年，每个春节李鹏都是在阿日希村过的。没办法，老伴和女儿只能像"走亲戚"一样来南疆看看老李。

老母亲去世后，李鹏把 90 多岁的父亲接到阿日希村。下班了，不忘给老人洗澡洗衣服，给他做喜欢吃的家乡饭。老人家特别支持李鹏的行动，97 岁去世前留下的唯一遗嘱是："把我埋在这里，陪着你。"

——整整 11 年，李鹏的沙漠红枣公司在当地累计用工 14 万人次，发放劳务费 1600 多万元，为群众捐款捐物 30 多万元，2020 年的疫情，给策勒县抗击疫情一线工作人员捐款捐物 15 万元。李鹏说："尽管我还贷压力很大，但宁可砸锅卖铁也不会欠群众一分钱。"

——整整 11 年，李鹏终于把阿日希村打造成策勒县的小"南泥湾"，春来花红叶绿，水波荡荡；秋来枣红瓜黄，人欢马叫。全村人均纯收入从 2009 年的 2173 元增加到 2019 年的 10425 元，增长了 4.79 倍，超出全县人均水平（9276 元）1149 元。2019 年年底，阿日希村全面脱贫，同时在新疆中泰集团的帮助下，公司建起一座万吨级红枣加工厂，可安排村民就业 300 多人，并解决全县 50% 以上红枣的初级加工。

不用李鹏说，看公司办公室里的陈设，就明白他已经把阿日希村当成自己的家。他不会走了。

"在阿日希村，我是一个永不退休的小队长，也是永不离开的扶贫工作队员。"他说。

2019 年，68 岁的李鹏获得"全国脱贫攻坚奉献奖"和"全国民族团结进步模范个人"的光荣称号。

有趣的是，2014 年，李鹏的红枣公司忽然闯来一位不速之客：又瘦又高的朱泰曾。1946 年朱泰曾生于江苏南京，下乡返城后当了干部，80 年代先后任连云港市海州区区长、灌云县县长、连云港市委常委。1997 年作为全国第一批援疆干部，赴新疆塔城地区任行署副专员，与两年后调来的副专员李鹏共事了一段时间。3 年后朱泰曾回到连云港，出任市人大常委会副主任。退休后赏花弄草，儿孙绕膝，日子过得悠然自在。有一天，他从电视中看到一则报道，称新疆老干部李鹏退休后不忘初心，带着全家积蓄来到南疆策勒县阿日希村，通过种植开发红枣创业扶贫，村貌民风为之一变。李鹏的壮举让朱泰曾深为感动，于是他不顾大病初愈，千里迢迢飞来和田，赶到策勒县阿日希村看望李鹏。两人朝夕相处了一段时间，朱泰曾也毅然改变了自己的退休生活。他一向特别喜欢搞摄像、玩摄影，于是特意从家里扛来一台摄像机，决心录下李鹏在阿日希村的奋斗历程。自此村民们几乎天天能看到，一位 73 岁的瘦瘦高高的"老摄像家"扛着一台摄像机，时时跟在 68 岁的矮矮胖胖的"小队长"后面拍镜头，时而侧拍，时而仰拍，时而跪拍……

知道我是来采访李鹏的，朱泰曾立即放下饭碗打开电视，让我观看他拍摄制作的三集纪实片《三年援疆路，一生新疆情》。我知道，这是两位副厅级老同志共同的情怀与牵挂。他们决定把一生献给新疆人民，至死不渝。

五　新疆小伙的人生环行道

1. 从新疆到上海

傍晚，17 岁的麦麦提敏像秋风中的一片梧桐叶，悄然落在大上海的街头。他背着几件换洗衣服，走出火车站，一双明亮的大眼睛畏怯地望着这个楼群林立、车流汹涌的大都市。他觉得自己卑微得像昆仑山上的一滴雪水，被大时代卷进这片光怪陆离的"海"，瞬间找不到自己了。他和这座大都市唯一的联系，是捏在手里的一张小字条，上面记着一位老乡的手机号。

1982 年，麦麦提敏·阿卜杜哈力克出生在南疆墨玉县喀尔赛乡库木西阔勒村。几亩薄田，两间草房，十几只骨瘦如柴的山羊，维持着全家生活的一线生机。他对家乡和这个世界的最初记忆，就是被父亲或母亲背在后背上，在玉米地里移动。父母累得撑不住了，只好把他放在地头再去锄草。他吓得大哭大喊，但消失在玉米地和风沙里的父母完全顾不上他。他从来没穿过新衣新鞋，都是哥哥姐姐传下来的，羊皮靴里的毛都磨光了……

1996 年，操劳一生的父亲去世了，家里的顶梁柱塌了。哥哥和姐姐相继成家，没能力也没时间照顾多病的母亲。刚刚读到初一的麦麦提敏意识到，今后他必须像一个男人一样，帮母亲撑起这个家。送别父亲之后，麦麦提敏用包袱皮儿裹上几张馕，告别母亲，离开家乡，开始游走四方到处打工。家乡附近的几个县，乃至阿克苏、库尔勒，他都去过，因为是半劳力，挣钱也少一半，饥一顿饱一顿是常事。遇上威力强大的沙尘暴，能把瘦瘦的他吹得满地乱滚，抱住电线杆或房柱才能把自己固定住。每隔两三个月，累得又黑又瘦的小麦麦提敏回家一次，把一沓血汗钱交给母亲。

90 年代，农民打工潮席卷大江南北，不少新疆青年跟随这股潮流闯进内地各大城市。满街飘香的烤肉串、甘甜的葡萄干、爽到舌尖的哈密瓜和库尔勒香梨，伴随着维吾尔族小伙快乐的叫卖声，很快成为内地小吃一道鲜美的风景线，风靡全国。1999 年春节前，库木西阔勒村的一位乡亲从上海回来了，西服革履，满面红光，一副成功人士的模样。他知道麦麦提敏是个聪明勤快的孩子，说入秋以后跟我去上海做生意吧，来钱比老家快多了！ 1999 年秋，17 岁的麦麦提敏和十多个本村小伙子跟着这位老板出发了。上路时他身上带了 300 多元，从南疆到了乌鲁木齐只剩 100 元了。老板不想替他拿路费，说我的生意很急，你自己慢慢走吧，到了上海再找我。此后麦麦提敏中途辗转 4 个城市，靠打工挣路费，20 多天后才抵达上海。老板把他安排到普陀区曹安市场附近的一间地下室。8 平方米的空间，挤下 10 个小伙子，每人一天交 7 元钱。

老板与麦麦提敏达成君子协议：卖 100 元他提成 15 元。从此他推着小板车沿街叫卖瓜果红枣葡萄干，两三年下来，麦麦提敏走遍大上海各个市区，磨碎了 5 双鞋。有些伙伴吃不了辛苦，劝他一块儿回老家另找活儿干，麦麦提敏拒绝了。他说："人生只有一条路，就是奋斗路。不奋斗，到哪儿都不行！"为了多挣钱，麦麦提敏白天推车卖瓜果，夜里还另外找了活儿。上海郊区有个大型批发早市，天不亮时各机关食堂、大小宾馆、饭店以及肉贩、菜贩们纷纷来此采购一天所需的食材。那个市场地处河边，地势较低，需要把货物抬到坡上的公路边才能运走。机灵的麦麦提敏发现了这个商机，每天下半夜便匆匆起床赶到这里，蹲在坡下等活儿，有货主需要有人帮着把成筐成箱的肉菜扛到路边，一次一元钱。到上午八九点钟早市散去，四五十元就挣到手了。跑生意时间长了，麦麦提敏晒得黝黑，坐在黎明前的夜色里，只有一双明亮的大眼睛闪着光，常把路过的人吓一跳。有汉族朋友笑他说："别人掉地上找不着，因为他和地一样黑；你小子掉地上能找到，因为你比地还黑！"

麦麦提敏心地善良，勤快热心。在集贸市场打扫卫生啦，主动帮别人搬运货物啦，谁和谁发生纠纷上前做调解啦，总之见活儿就上，见难就帮。而且平时很注意遵守市场管理制度，从没和人吵过架，市场管理人员、房东、同住的伙伴都很喜欢他。渐渐地，麦麦提敏看懂了做生意的门道，积攒了一些本钱后，2003年他和新婚妻子共同来到上海，决定自立门户。曹安市场副经理老汪当年是上海知青，在新疆生活了17年，能说一口流利的维语。在他的帮助下，麦麦提敏在曹安市场支起一个烤串炉，妻子兼卖鲜果干果，再请老家那边的哥哥帮着组织进货。小两口的生意越做越红火，后来发展出一个批发店、一个冷库和三个零售店，雇用同乡十多人，生意远及上海周边各县直至嘉兴等地。有媒体了解到麦麦提敏的奋斗经历和在当地的好名声，特意给他做了一个专题片《麦麦提敏在上海》在网络播出，引起不大不小的轰动。

麦麦提敏成了有钱的老板，在墨玉县老家和上海的维吾尔族人群中渐渐传开，有些心怀不轨的人，常约他一起喝酒打牌。不出数天，多年积攒的积蓄全输了出去，连进货资金和员工工资都拿不出了。牌友们见他再没油水儿可榨，于是一哄而散不知去向。麦麦提敏这才明白，他入了"哥们儿"的圈套。

数年心血汗水，一朝尽付东流，除了库里存货，生意几乎停摆。那些日子麦麦提敏想到自己一时胡作非为亏掉全部家产，真是对不起母亲、妻子和孩子，心情懊丧极了，性情温和的妻子没说一句责备话，却也天天以泪洗面。关键时刻，几位做生意认识的汉族和维吾尔族朋友来了，曹安市场副经理老汪也来了，麦麦提敏备感温暖。他们严肃地问："今后你能不能下决心不再玩牌了？""能！""能不能从头再来，东山再起？""能！"

朋友们筹措了一笔资金借给他，老汪在政策规定范围内给他免了一些费用。满怀痛悔之心的麦麦提敏发疯似的投入新的努力。人生有许多路，但只有奋斗之路才会通向梦想和幸福。果然，不出数年，麦麦提敏又成了一条好汉，每年收入近百万元。到 2017 年，35 岁的麦麦提敏在上海含辛茹苦奋斗了 19 年，把自己打造成一个千万富翁。

2. 从上海回新疆

2016 年年底，麦麦提敏带着妻子和两个孩子回到墨玉县老家。他对老母亲说，他准备在上海买套房子，然后把老妈接过去，就可以过上好日子了。老母亲摇摇头说，我不去，库木西阔勒村是生我养我的地方，全村人是我朝夕相处的好乡亲，我不能离开他们。老母亲还说，你现在有钱了，可村里乡亲们还过着穷日子，当年咱家受苦的时候，乡亲们没少帮咱们，今天这家送碗米，明天那家送块布，你难道不好好想想怎么帮帮乡亲吗？这是你妈的愿望，也是你爸爸生前的愿望啊！说着，母亲掉泪了。

麦麦提敏愣那儿了，也哭了。

后来几天，麦麦提敏带着礼物走了村里很多家，还到乡里、县里和附近的老 47 团团部看了看。看到一些老乡家依然一贫如洗的状况，他深感震动和沉痛，痛责自己在上海待了 19 年，几乎把乡亲们忘了；在 47 团展馆，他忆起上学时老师曾带全班学生来参观过，那些老兵"献了青春献终身、献了终身献子孙"的故事当时听得他热泪滚滚，事后还写了一篇作文，题目就叫《我爱老兵爷爷》；在县乡机关，一些当了干部的朋友激情洋溢地向他介绍，党的十八大以来，在习近平总书记的领导下，全国上下正在展开一场气势磅礴的脱贫攻坚战，实施精准扶贫，一个不能少，一户不能落。一直在上海生活的麦麦提敏虽然听说过这个伟大的民生工程，但从未关心过。听了家乡朋友的一番介绍，他那颗心蓦然间被点燃了，他问："我能为扶贫做点什么？"

朋友说："你能做的太多了！"

回家路上，激动不已的麦麦提敏做出一个重要决定。他对母亲和妻子说："我不回上海了，为帮助乡亲脱贫做点大事！"

妻子惊问："房子不买了？生意不做了？"

"是！"

母亲笑了又哭了，皱纹层层的脸上挂满了泪花。

随后，麦麦提敏把上海生意、店铺全数交给哥哥的孩子打理，自己重新回到人生的起点，从老板回归村民。不久，一家新企业——墨玉县沙漠绿果园农产品合作社在库木西阔勒村宣告成立，政府划拨土地 60 亩，投入扶持资金 1360 万元，麦麦提敏自筹资金 900 万元。合作社以生产地方特色产品"枣夹核桃"为主，建了 9 座厂房，分为筛选、清洗、烘干、加工、冷藏、分级、包装等车间，还建有党支部、工青妇、指挥部、食堂、幼儿园等办公区和生活区。目前合作社已吸纳员工 2000 余名，其中 1200 人为贫困户村民，月工资在 1500—4000 元不等，年加工红枣 4000 吨、核桃 6000 吨。采访时，麦麦提敏领我参观了各个车间和产品展示大厅，工作环境一尘不染，员工操作井然有序，麦麦提敏自豪地介绍说，如今合作社的主打产品"枣夹核桃"已经畅销乌鲁木齐、上海、哈尔滨、河北等地，年产值近千万元，纯利润在 500 万元以上。每个月最热闹的时候就是发工资的那一天，拿到厚厚一沓百元大钞，维吾尔族乡亲们几辈子都没见过这么多钱啊！

走进足有 200 平方米的产品展示大厅，宽敞明亮，极富现代气息。展台上摆着大枣、核桃、杏干、葡萄干等，一个个红艳艳的"枣夹核桃"里还有几粒晶莹的葡萄干，看着让人垂涎欲滴。紫红色的木案上摆放着许多奖状、证书和木雕、根雕、刺绣、花毯、瓷器之类的少数民族艺术品，真个是赏心悦目，美不胜收！

我问麦麦提敏，还想回上海吗？

麦麦提敏笑说，想回也脱不开身了！

晚上，墨玉县城华灯四放，扶贫办的同志陪我去逛了夜市。整个夜市灯火辉煌，东西南北跨了几条街，数百家小吃摊位热气腾腾，人流不断，红火非凡，桌凳后排了不少站客。吃货们有全家老小，有时尚情侣，有带着孩子的年轻父母，有操着各地方言的来疆游客，其中嗓音最响亮的当然是来自我的家乡黑龙江的糙老爷们儿。我和同来的朋友吃了 7 家摊位，美美地塞了一肚子新疆特色，牛羊鸡兔、鲜果干果们用手机一刷，全体集合，瞬间消失。

一位身高体胖的维吾尔族大厨头戴高高的白帽，肩头挎着白色围裙，不断挥动锅铲翻动着铁板上热烘烘、香喷喷的烤肉。我注意到，他的围裙左上方绣着一个金黄色中国地图，新疆部位处绣有五颗红星。我大声问："你的围裙在哪儿买的？"

大厨抬起红通通的脸膛说："我老婆绣的！"

我竖起大拇指，给他点了个赞。

面对如此繁华、和谐、幸福的新疆，我无比激动也深感幸福。

和谐是美丽的，安宁是美丽的，幸福是美丽的，生活于其中的人们更是美丽的。一路走来，我看到新疆各族人民正在向幸福出发。幸福在哪里？幸福在家里。中国是 14 亿各族人民共有的家，美好安宁的家是我们共有的幸福！

六　大爱援疆，举世无双

1. 孩子们决定未来

当你把欢笑的孩子高高举过头顶的时候，世界就多了一个太阳。

在和田墨玉县的那一瞬间，大地、雪山、阳光、花草，一切都忽然变得那么美丽，那么灿烂，那么令人沉醉！因为在一所宽敞漂亮的幼儿园广场上，我看到一片奔涌的花海！

我向正在做游戏的孩子们高喊一声："小朋友们，过来！"

花朵们欢笑着欢跳着朝我涌来。啪！我按下了手机快门。

我相信，所有善良的有爱心的人看到这些如鲜花盛开的孩子，都会发出会心的温馨的微笑。

我也相信，西方有些居心不良的人看到这张照片，会非常沮丧而且绝望。因为他们一直在抹黑、诋毁中国新疆，把新疆人民生活描写得"暗无天日"。这张照片明确无误地告诉他们：生活在新疆的各民族儿童享受着伟大祖国的深情呵护和关怀并受到良好的教育，他们必将决定新疆有着美好的未来；而那些敌视中国的西方政客也必将遭到历史的唾弃。

这个历史大趋势没有谁可以阻挡，没有谁能够改变。就像没有谁能阻挡太阳从东方升起，没有谁能改变伟大中国进军的方向。

这所大型幼儿园是北京市援建的"交钥匙工程"，投入资金2070万元，占地近10000平方米，绿化面积2700平方米，2018年9月开园。院长兼党支部书记马凌玉是个秀美清雅的和田姑娘，1992年生，大专毕业后经应聘考试，进入幼儿园工作。园内有30位教师员工，都是朝气蓬勃的年轻人，他们来自

北京、甘肃、山东、内蒙古、云南。墨玉县教育部门到当地招聘时，他们出于强烈的爱国热情和青春的热望，纷纷前往报名。经过笔试、面试，以十分之一以上的比例被幸运选中，其中有很多是独生子女。接到录取通知书后，他们毅然告别父母，像出巢的小鸟一样飞到新疆，飞进自己的梦想也飞进孩子们的梦想。

我问，为什么会在墨玉县建这么大规模的幼儿园？凌玉说，县委县政府以"着眼长远、培养新人、抓好教育、为民服务"的战略眼光，主动向北京援建部门提出这一建议，获得北京大力支持。

走进园区，是宽阔平坦的橘红色塑胶操场，各种游戏器械应有尽有，上百个孩子喊着笑着跑着，正在老师和保育员的守护下做游戏。大楼造型独特，富有艺术气息，前后墙以玻璃为主，楼内宽敞明亮。从走廊到各个教室，墙壁五颜六色，异彩纷呈，还画着许多特别适合儿童心理的充满稚气的图画，好似把我也拉回遥远的童年。教室内，钢琴、电视、电脑、玩具、小床、橱柜等一应俱全，厨房里摆着和面机、大冰箱、消毒柜、蒸车、电饭煲等，件件擦拭得一尘不染，锃光瓦亮。教室里，有的在教唱歌跳舞，有的在教画画，有的在上双语教育课或卫生保健课，有的在做"击鼓传花"游戏，孩子们的喧笑声响成一片，处处显现着祖国大家庭的温馨和中华民族文化的绚丽特色。呵，满眼的花朵，满眼的欢乐，满眼的幸福童年……

凌玉告诉我，家长们来接孩子时，园门前停着一大片私家车，拥挤不堪，从这个景象就能看出，墨玉县的居民和搬迁来的农民生活越来越富足了。前不久，幼儿园给所有家长发了一份问卷，每人都在"满意"后面画了钩……

许多年前我曾多次来南疆，走了不少地州县乡。大漠戈壁的荒凉，时断时续的公路，沉寂萧条的城镇，路边一片片破败的村庄和低矮的泥草房，还有黄沙弥天的阵阵沙尘暴，这一切让我备感凄凉和忧伤。毕竟，这里的自然环境艰难、基础设施薄弱，再加上地广人稀、资源匮乏、交通遥远等等，给经济社会发展带来极大的困难。改革开放以来虽然有了很多进步和改变，但与高速发展的东部沿海和内地相比，明显拉开越来越大的差距。

让贫困人口和贫困地区同全国一道进入全面小康社会，是我们党的庄严承诺。

这次来新疆，我振奋地看到，一座座城市旧貌换新颜，楼群林立，大街畅达，车流如潮，市场繁荣；一片片农民新村排列着红顶黄墙的新房，家家门前搭着宽大的葡萄架，道路硬化，路灯盏盏，一个个塑料大棚在周边比肩而立；一座座现代化企业落地开花，广大农民变身为产业工人，正在生产流水线上辛勤劳作……

党的庄严承诺，正在新疆大地上加快变成激动人心的现实！

2. 只有中国能做到！

巨变，来自党中央的果断决策和战略部署，来自全国人民的大力支援，来自新疆各族人民的努力奋斗。

2010 年 3 月，全国对口支援新疆工作会议在北京召开。会议提供的现状是：10 年来新疆民生财政投入增长了 10 倍，使民生状况大为改观，但问题依然突出，全自治区有 30 个贫困县，其中国家级贫困县 27 个，贫困人口 253 万。党中央决定，北京、天津、上海、广东、辽宁、深圳等 19 个省市承担对口支援新疆的任务。相关省区市要建立起人才、技术、管理、资金等全方位援疆的长效机制，把保障和改善民生置于优先位置，着力帮助各族群众解决就业、教育、住房等基本民生问题，支持新疆特色优势产业发展。

一场空前规模、气势磅礴的援疆大潮，在中华大地上呼啸而起！

——北京市对口援建和田市、墨玉县、和田县、洛浦县和兵团农 14 师。

——天津市对口援建于田县、策勒县和民丰县。

——安徽省对口援建皮山县。

——江苏、江西两省对口援建克孜勒苏柯尔克孜自治州阿克陶县。

——广东省和深圳市分别对口支援喀什地区疏附县、伽师县、兵团农 3 师、图木舒克市，喀什市、塔什库尔干县。

——浙江省对口援建阿克苏地区 1 市 8 县和新疆生产建设兵团农 1 师的阿

拉尔市。

——上海市对口支援喀什地区。

——河南省对口援建哈密市。

——黑龙江、吉林两省对口支援阿勒泰地区。

——湖南省对口支援吐鲁番市，等等。

随即，各省区市大批援疆干部告别家人，身负重任，分赴新疆各地；一家家中央企业、国有企业、民营企业潮水般涌来；一笔笔巨额资金注入社会建设和民生工程；一场场热火朝天的接力赛接踵而来，无数双温暖有力的大手拉住了各民族乡亲的手。与此同时，自治区党委政府全面加强了社会治理和边境管控，展开了深入广泛的爱国主义教育，坚决打击、抵制宗教极端主义和"三股势力"的罪恶活动，并努力推进教育，开办职业培训学校，让广大农村青少年能够学得一技之长，顺利走上就业岗位……所有这些数据是我无法统计的，所有这些故事是我无力全面描述的。但可以肯定地说，举国援疆的浩大工程展开以来，全疆扶贫攻坚打响以来，新疆迅速实现了民心大凝聚、思想大提升、社会大进步、经济大发展。如今的新疆正以惊世之变的崭新面貌，展开在世界面前！

毫无疑问，举目世界，这项宏大伟业只有中国能做到。

社会繁荣进步了，生活欢乐富足了，"超过两不愁三保障"逐村逐户逐人落实。天下太平，民心思定，2017年以后，迄今新疆全境再没发生过一起暴恐事件。在乌鲁木齐，有朋友约我去了一家电影院改成的豪华音乐餐厅，那里的舞台可以升降，来自俄罗斯、哈萨克斯坦的民间艺术团和少数民族青年男女同台起舞，陶醉了全场和上边两层包厢的来客。挤放着大批轿车的院子里，一句幽默的广告语特别引人注目："桃花潭水深千尺，不如今晚喝到死！"已经时过午夜，热烈多彩的歌舞仍在继续……

历史已经证明并将继续证明，小池塘是可以改变的，但大海没有任何人、任何力量可以改变。中国就是大海。大踏步走向全面复兴的中华民族，神圣不可侵犯的祖国统一大业，新疆大地的欣欣向荣，是任何人无法改变和阻挡的。

西方某些政客只能望洋兴叹。他们的谎言，不过是散落的一地鸡毛。鸡毛拔光之后，那形象也太难看了。

铜仁篇

"太阳洗脸盆"

贵州，开门见山。

一眼望去，云雾茫茫，岁月漫漫，沉梦悠悠……

突然间，那一轮火红的朝阳跃出大山，不知是谁挥动十万狂花，泼出赤橙黄绿青蓝紫的万千颜色，在大地上绘就一幅壮阔的山河图。这个地方叫贵州。

这里的民歌比语言多，舞袖比彩云多，爱情比鲜花多，梦想比山路多。

铜仁市，坐落于贵州东北部一个群山环绕的盆地中，风来了，云来了，雨来了，都不愿意走。我来此采访跑了一个多月，只见过3天太阳，端的是"一头雾水"。穿行在清爽的细雨中，我浪漫地想象着，这里一定是太阳每天出山前梳洗打扮的地方，纷飞的雨是她撩起的水花，流荡的雾是她拭脸的面巾，绚丽的云是她起舞的霓裳。故成小诗一首："青山拥铜仁，竟日雨纷纷。朝阳梳妆处，花乱洗脸盆。"

"天无三日晴，地无三尺平，人无三分银。"历史上人们这样形容贵州是有道理的。贵州为什么叫贵州？因为石多山多土地贵。贵阳为什么叫贵阳？因为雨多雾多阳光贵。

美丽与苦难造就了贵州。贵州人生下来就与山为伴。活在贵州，人生没有行走，只有登攀。活在贵州，所有的道路都千回百转，所有的命运都经历磨难。活在贵州，一生爬山又下山，永远看不到地平线。活在贵州，你只有两种选择：要么靠山吃山，要么走出大山。活在贵州，你必须对自己狠点儿，"扯上三尺遮羞布，脚板要当石板磨"。活在贵州，你必须小心翼翼守护着自己的梦想，因为左边是悬崖，右边是深渊。活在贵州，你必须让自己变得强大，具备百折不挠的意志和勇气，出了娘胎就大吼一声："喝令三山五岳开道，我来了！"

下面，是2015年6月22日新华社发出的一篇报道：

直面中国贫困角落

——来自扶贫攻坚现场的调查报告

中国最穷困的人口生活得怎么样？

在中国早已成为世界第二大经济体的今天，这个问题似乎游离于很多人特别是都市人的视野之外。

国家统计局数据显示，目前全国农村尚有7017万贫困人口，约占农村居民的7.2%。

半年来，新华社派出 9 支调查小分队，分头前往中西部贫困地区，实地体察父老乡亲的生活状况。一方面，通过 30 多年的扶贫攻坚，农村贫困面大幅缩小，贫困被赶进了"角落"里。另一方面，今后的扶贫不得不去啃最硬的"骨头"。那些最穷的地方，也正是底子最薄弱、条件最恶劣、工程最艰巨的贫困堡垒。

……"家徒四壁"常用来形容贫穷。可在贵州省荔波县瑶山乡巴平村兰金华的家里，连一面严格意义上的"墙壁"都没有。

他和母亲住的茅草房已有几十年历史，是用树枝、竹片拼成的，缝隙里抹着些牛粪，寒风和光线从无数孔洞透进来。

一盏昏暗的灯泡下，柴草、杂物、简单的农具堆在一起。长年烟火凝成的一条条黑毛絮从房顶、木架上垂下来。角落里篾片围成的两个小窝，就是母子俩的"卧室"。

前一阵房顶漏雨，兰金华只好到隔壁弟弟家打地铺。弟弟的房子是几年前政府补贴 2 万元建的砖房，但至今没有门板，只挡了块竹编的薄片。

在集中连片贫困带，经过党委政府、社会各界的持续努力，百姓"衣不蔽体、食不果腹"的时代早已一去不返。但记者看到，有些极贫户，衣食住行仍样样令人心酸。

在贵州省从江县加勉乡污生村加堆寨，记者去了乡人大代表、51 岁的村民组长龙老动的家。一只白色塑料桶里有五六斤猪挂油，就是全家 3 口改善生活的美食了，做饭时切一小块，在锅里擦一擦，就算是有油了。而大部分时间，就是清水煮野菜。

记者正在采访，忽然有人拎来一只大公鸡。原来是龙老动要留我们吃晚饭，他家没有鸡，就跟邻居借了一只，准备杀给我们吃。他家两三个月才能吃上一次肉，却要杀鸡给我们吃。谢绝时，记者的心情实在是难以描述。

他那台电视机是全寨 19 户 67 口人唯一的电器，不是买的，而是社会捐赠的。他的卧室没有门，只挂了块塑料布，被褥下铺的是一层散乱的稻草。

在西南一些石漠化严重的山区，仍有季节性断粮。政府给每月每人30斤救济粮，有些村民还是不够吃，只能跟亲友借，来年打了新粮再还上。

石漠化山区石多土少，土层瘠薄，土下是喀斯特地貌"漏斗"，存不住雨水。每年的收成都很微薄，一方水土养不起一方人。

贵州武陵山区沿河县思渠镇有个村子名叫"一口刀"，就是"建在刀背上"的意思。全村34户，只有1.5亩水田。各家只好轮流耕种，轮不上的就在贫瘠的旱地种点玉米。就是说，一碗饭全村轮着吃，轮一圈要几十年。记者去采访时，已经轮了10多户。

小七孔，中国南方喀斯特世界自然遗产地核心区，旅游旺季总是游人如织，甚至常常人满为患。然而，景区5公里外便是贵州省荔波县瑶山乡极贫区。

菇类村，全村357户，除一户开农家乐外，几乎再没有人依靠景区发家致富。当地特产瑶山鸡肉香味美，也一直没有打开近在咫尺的市场。

全村1200多人中，有1100多人是文盲、半文盲。多数村民至今不会找、也不敢找市场，只能靠种田维持温饱。

教育缺失成为一些困难群体脱贫的深层障碍。

九年制义务教育在全国各地都已较为完善，免学费、营养午餐等措施更让无数孩子受益。但是，孩子初中甚至小学便辍学的现象在贫困山区并不少见，一些家长很早就带着子女外出务工。对于那些最穷的家庭来说，上学本身就是一笔难以承受的大开销……"学费不收了，还有书本费、杂费和生活费呢？"

"最好的房子是学校"，的确已在大部分农村变成现实。但是，教育设施落后、师资缺乏，仍是贫困地区的共同难题。

这篇报道发表当天，我即把它存入电脑。我期望有一天这种状况能够改变，期望有一天自己能为改变尽一点微薄之力。这一天终于到来了，2019 年 12 月 17 日我飞抵铜仁。

铜仁位于武陵山集中连片特困地区腹地，是国家重点扶贫开发地区之一。如实记录铜仁的变化，具有重要的实证意义。

一　共产党"大请客"

1. 贵州为什么叫贵州？

长夜漫漫，火把照亮了曲曲弯弯的山路，山路尽头绵延着无尽的苦难。贵州为什么叫贵州？因为石多山多土地贵。贵阳为什么叫贵阳？因为雨多雾多阳光贵。也因此，在这里，人生别有一种铿锵的意义。活在贵州，所有的道路都千回百转，所有的命运都历经磨难。活在贵州，一生爬山又下山，永远看不到地平线。活在贵州，人生只有两种选择：要么靠山吃山，要么走出大山。活在贵州，你必须小心翼翼守护着自己的梦想，因为左边是悬崖，右边是深渊。活在贵州，人生只有一条路：登攀！

所以，贵州人寡言，因为说话要站在这山喊那山。

所以，贵州人勤奋，草帽大的地块也要种几棵苞谷。

所以，贵州人坚忍，因为翻不过大山就找不到出路。

所以，贵州人重情，一座山连着另一座山。

所以，贵州人勇猛，出了娘胎就大喊一声："喝令三山五岳开道，我来了！"

所以，贵州人悲壮，活过来就英雄一场！

贵州是全国唯一没有平原支撑的省份，八山一水一分田，60% 以上为千缝万窟的喀斯特溶岩地貌。望去重峦叠嶂，风景如画，其实一脚踩下去全是石头，土层不过十几厘米，几十厘米就算稀有的肥田了。亿万年来，贵州虽然雨量充沛，但地面很难存住水。滴水穿石，水流如刀，雨水冲刷着重重叠叠的溶岩，顺地缝涌流而下，地面的植被和庄稼遇雨就涝，遇旱就枯。在赫章县的海雀村，我听苗家女罗荞花这样忧伤地唱道：

苞谷没有巴掌长，种下一筐收一箩。

扯上三尺遮羞布，脚板要当石板磨。

贵州地处西南腹地，南接两广，西连云南，东邻两湖，北临川渝，战略地位极为重要。贵州归入中华版图，经历了漫长的文化交流和民族融合过程，但有3件"趣事"成为历史的节点：

第一件，一罐丹砂。雄才大略的秦始皇横扫六国后，威名天下皆闻，四夷之地人人震恐。战国时期，人们在贵州铜仁山区发现了一处罕见的丹砂矿（即汞矿，现万山镇），前往冶炼丹药的道士们蜂拥而至。当地酋长为保全自身统治，特向秦始皇进贡了一罐丹药，说吃了可以长生不老。那天太监用抹布把御案擦抹干净，将陶罐端上来，打开盖子，始皇兴奋地叫侍立在旁的宰相李斯过来看看。可疾步上前的李斯不小心被红毯绊了一下，一个趔趄把陶罐弄翻了，药丸洒出来，在御案上洇出一片丹红。始皇龙颜大怒，说你小子是不是让朕不能万岁万万岁啊？来人，拖出去砍了！李斯是天下第一等机灵人，他说且慢，微臣有一建议，说了陛下再砍我的头也不迟！

是何建议？说！

李斯道，丹砂如此鲜红，有朝霞之色、血色之威，过目难忘。陛下乃功盖天地的千古一帝，书写当与天下臣民有所区别。微臣以为，御批今后可改黑墨为丹红，才能显出天子一言九鼎的威力。始皇闻言大喜，遂挽袖提笔，蘸上朱砂水，在李斯刚刚上呈的一系列建国方略奏折上挥毫写下4个鲜红大字："照此办理。"之后，废分封制行郡县制；统一文字、车轨轮距和度量衡；修驿道，建长城，对鼓吹分裂的六国遗老遗少坚决实施"焚书坑儒"等等，一道道朱批诏令驰送各地，中华大帝国就这样定型。此后虽历经分裂与战乱，帝国定制却基本不动，历代 422 位皇帝的朱批也从未改变，一直延续到 2000 多年后大清王朝最后一个皇帝溥仪黯然下台。据说，历时 39 年建成的秦始皇陵墓中有一片"水银之海"，其中很大一部分一定是铜仁酋长们敬献的。

第二件，一句成语。西汉末年，汉成帝刘骜娶了"帝国第一舞娘"赵飞燕为皇后，日夜缠绵龙床，从此不问政事，一切交大司马王莽办理。当时汉帝国有北海郡、东海郡和南海郡，独缺西海郡。雄心勃勃的王莽觉得这是个遗憾，于是派出大队使节，带着金银财宝、美酒美女、绫罗绸缎进入西南云贵各地，一路广泛宣传大汉的强盛国力，并以重礼收买当地酋长，请他们在一纸文书上按个手印，即同意归顺大汉。就这样，王莽不费一兵一卒，在帝国版图上划个大圈，把云贵、湘西等地都划了进去，在上面标注了"西海郡"三个大字。王莽深知，光是立个地名还不足于稳固这片疆土，于是特别制定了一部法律，比如规定男女必须分左右道行走，上街必须衣冠整肃，不得随地乱扔垃圾、吐痰等等，凡有违反者，一律发配西海郡。史称有百万汉族移民因此进入西南，中华词典上自此有了"四海为家"这个成语。

第三件，一场宴席。明朝永乐十一年（1413），永乐大帝在贵州首设布政使司（军政主管首府）。主管首长到任后，特召各地首领、酋长们赴贵阳会宴，当场宣读圣旨，正式建贵州为第 13 个行省，要求酋长们跪接土司委任状和大印。这些首领原本都是山大王，这回受到大明帝国的正式任命，又收了皇帝赏赐的大量珠宝绸缎，个个喜笑颜开，跪地谢恩，欢声雷动。酒过三巡，贵州大局已定。此后虽有少许土司叛乱，但帝国铁骑一到，无不灰飞烟灭。

江山归于一统，民生依然艰难。据明弘治十五年（1502）统计，在全国 13 个布政使司中，贵州全年赋税只占全国税收的 0.7‰，秋粮赋税只占 2.8‰。到 70 年后的万历年间，也大体如此，少有增长。嘉靖年间，《贵州通志·财赋》称："贵州财赋所出，不能当中原一大郡。"贵州财政的 71% 自己无力解决，故而外省人到贵州做官者，其俸禄大部分需在原任职地支取，官职低、薪酬少者都不愿来贵州，"守令以下，授之官而不赴者，十之七八也"。官员在此升职，无钱做新官服，只好跟前任买旧的，领口、袖口有补丁也就不是什么稀罕事了。清王朝时，为解决贵州的财政支出及粮布不足问题，清廷硬性规定，由湖广、四川两省每年接济贵州粮 5 万石、布 6 万匹、银 51000 两。因贵州是出入云南的门户，又规定云南每年协济贵州驿站银 1500 两，等等。

岁月漫漫，苦难悠悠。抗战初期淞沪大战时，千里迢迢前来增援的贵州军队被称为"草鞋军"，枪支弹药远远不足。故而战况惨烈，大部牺牲，尸堆竟然成了防守工事，有日本记者称黔军固守之阵地为"血肉磨坊"。

新中国成立后，面对旧社会遗留的一穷二白的经济基础和亟待收拾的战争废墟，国家百业待兴，财力有限，很难对老少边穷地区给予更多的支援。那些年，在贵州偏远落后的少数民族地区，依然存在着封建地主经济和领主经济。后经土地改革，农民生活稍有改善，贫困问题略有缓解，但因耕地少，粮产低，生产力极端落后，上千万农民仍在饥饿线上苦苦挣扎。统计数字显示，到改革开放初期，贵州仍是全国贫困状况最严重也最普遍的地区。

2. 天下最大的"荷包蛋"

铜仁，坐落在一片盆地里，一圈大山是它的屏风。

山里有个万山镇，即出产丹砂矿的地方。

新中国成立后，当地成立了万山朱砂矿业公司，成为贵州最值得骄傲的国企之一。那里的工人收入比当地农民高出许多倍，特别受人尊敬，尤其受当地姑娘们的尊敬。上世纪 60 年代，中苏关系交恶，苏方逼债甚急，我国不得不忍痛拿出许多珍贵物产抵债，铜仁朱砂矿就是其中之一，故而周总理曾称铜仁朱砂矿为"爱国汞"。进入 80 年代，矿产资源日渐枯竭。到 20 世纪末，大山已被掏空，2001 年 10 月 18 日，万山矿业公司不得不宣布永久停产。公告贴出的那几天，工人们按工龄领回近万元或几万元的补偿费，从此失业。他们一步一回头地离开心爱的工厂，然后在小镇酒馆里喝得泪水横流，整个万山镇从此陷入前所未有的困境。

资源消耗殆尽，人们两手空空。从此曾经热闹繁荣了两千多年的朱砂古镇陷入沉寂，回响了近百年的机器声、火车声顿然消失。人们仿佛只是做了一个梦,醒来蓦然回到近乎半原始的刀耕火种的农牧生活。2015年,万山区引进江西上饶吉阳集团,投资20亿元,开发打造了"朱砂古镇—梵净山—凤凰古城"金三角旅游区。万山区为保护历史遗存,精心将迷宫般的矿洞与相连的地下溶洞开发成旅游点,沉寂的大山终于重新热闹起来。

沿着曲径通幽的木板栈道深入大山腹部,沿途的石壁上皆留有一道道凿痕。这是自春秋战国到2001年戛然而止——延续近3000年的历史年轮啊!一代代矿工使用的工具从石器到青铜器,再到铁具、钢具,直到最后的开掘机,等于再现了一部文明史、一部中华民族创业史。恍然间泪血可见,白骨成堆,坑道深处传来"路漫漫其修远兮,吾将上下而求索"的阵阵悲号……

感谢万山人民,铸成这伟大的祭奠。

万山区还重新恢复了上世纪60年代朱砂小镇的风貌和通往厂区大门的一条小街。漫步其间,旧时青砖黑瓦的粮店、商店、小饭店、供销社、简陋的工人宿舍,摆着一排排长凳的工人俱乐部,"工业学大庆,农业学大寨"之类的标语口号,"文革"时期的宣传画,一切历历在目,恍如昨日。一间老旧办公室的门外挂有一块小黑板,上面写着一则当年的通知:

> 请各位职工持供应证到后勤处领取四季度粮油票证。
>
> 粮票:每人每月28斤。
>
> 布票:每人每季6尺7寸。
>
> 油票:每人每月2两。
>
> 肉票:每人每月半斤。
>
> 豆腐票:每人每月1斤。
>
> 煤票:每人每月15斤。
>
> 厂后勤处　1967年9月15日

在这里我驻足良久,细细读来,回想起那些年的辛酸、饥饿、困顿和动荡不安,心头不禁掠过阵阵忧伤。即便上面所写的那些待遇十分有限,只能勉强

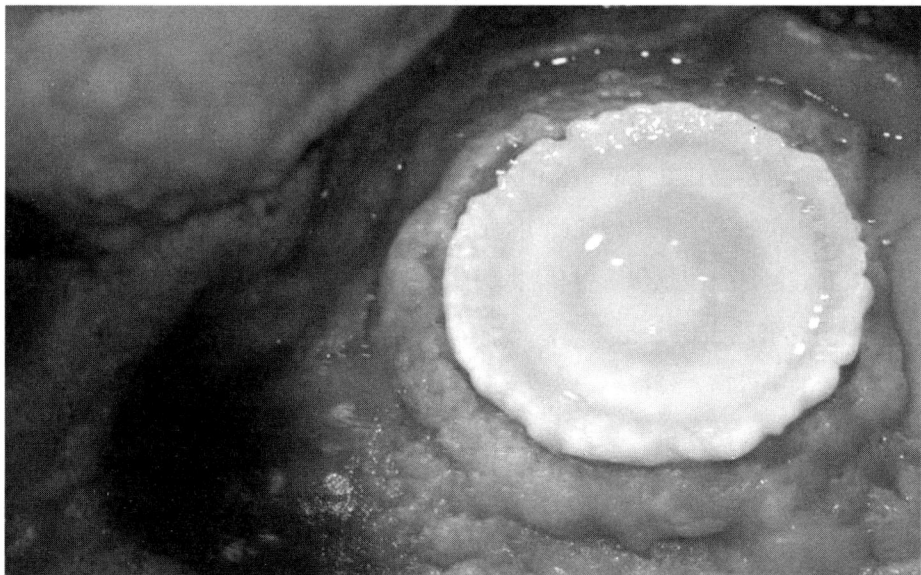

维持生存，可也比本地农民群众的生活水平好上许多倍啊！

后来到德江县，我又钻了一次山洞。那是一个深远而高阔的溶洞，里面大洞套小洞，弯弯绕绕，重重叠叠，其间遍布奇石异景、流泉暗河，在彩灯照耀下闪着梦幻般的光彩。下至数十米深处，拐过一道岩壁，突然间，天下第一"荷包蛋"出现在我眼前！呵呵，那半透明的金黄色的蛋黄，洁白如玉、半生不熟的蛋白，微微卷起的边缘，仿佛正躺在煎锅里冒着热气，很快就要煎熟了。大自然的鬼斧神工真的是难以想象，竟然造出这样一个令人垂涎欲滴的奇异景致！我俯身观赏良久，口中啧啧赞叹不已。同行的当地作家杨旭说，太像了！

我说，可惜它永远煎不熟，永远是一块冰冷的石头。

话音未落，心头蓦然掠过一阵感慨。穷困了千百年的贵州，被重重大山紧紧围困着的贵州，人们对于富足生活、美好生活的向往，难道就像这块永远煎不熟的"荷包蛋"吗？

3. 乌江，热血拧成的纤绳

那天攀上山头，纵目一望，呵呵，穿过群山逶迤远去的，就是铜仁的母亲河乌江！永远激荡在红军故事里的乌江！

阴云密布的天空下，她如此明亮而又丰沛，如此婉约而又锋利，如此深长而又缄默。但是，我仿佛看得到泥腿子红军弹痕累累的战旗仍在飞飘，铁索桥上的弹雨打得战士们血花飞溅，仍能听得到贵州"草鞋军"在群山中高喊杀声，雄壮的军号声在长征路上久久回荡……

在贵州，农民据以安身立命的田确实太少也太珍贵了，故而人们把山下的平坝称为"田"，把山坡上开垦出来的称为"地"，贵贱之分立见。随着人口繁衍，有些深度贫困地区"一方水土养不起一方人"，成为老天爷遗留给贵州的大难题。

2008年1月，正当铜仁遭遇严重冰冻雪凝灾害之际，时任中共中央政治局常委、书记处书记的习近平同志亲到万山区调研考察，访贫问苦。

2009年3月，万山区被列入第二批全国资源枯竭型城市，享受国家相关扶持政策。

2013年5月，习近平总书记对万山区做出重要批示，要求铜仁市和万山区用活用好国家政策，加快推动转型和可持续发展。

扶贫开发工程在全国展开以后，针对贵州山多地少、人多田少的实际情况，2015年6月，习近平总书记在贵阳召开集中连片特困地区扶贫攻坚座谈会时指出，对居住在"一方水土养不起一方人"地区的贫困人口，要实施易地搬迁，将这部分人搬迁到条件较好的地方，从根本上解决他们的生计问题。

总书记的重要指示为贵州扶贫开发攻坚战指明了方向。2015年是"十三五"的开局之年，经全省有关部门详细排查，到2020年，5年之内贵州需要易地搬迁的贫困人口总规模为188万人，为全国扶贫移民之最。哦，还记得三峡浩大的移民工程吗？当时被称为"世界水利史上亘古未有"，即三峡蓄水至175米水位时，移民将达120万人。此后三峡库区用了整整10多年时间，才完成全部移民任务。2002 年，央视评选"感动中国人物"，三峡"百万大移民"获得特别大奖。

而在贵州扶贫攻坚战中，需要易地搬迁的移民就达 188 万，大大超过三峡移民数量，而且到 2020 年必须全部完成，这更是亘古未有的大任务！其中，铜仁市是移民搬迁任务最重之地：作为全国 14 个集中连片特困地区之一，全市所辖 10 个区县均为贫困区县，共计 1565 个贫困村，其中 1 个深度贫困县（沿河县）、2 个极贫乡镇、319 个深度贫困村，2014 年建档立卡贫困人口 92.7 万。且大多数贫困群众居住在深山区、石山区和高寒山区，居住分散，耕地匮乏，用水艰难，基础设施、文化教育极端落后。总之，活在那里就意味着困在那里，老死在那里。别无出路，实现脱贫只能靠一个字——搬！

经逐村逐户摸排统计，到 2020 年底，全市总共需搬迁 29.33 万人，占全市人口近十分之一。其中需要跨区县搬迁的达 12.55 万人。一个地级市易地搬迁人口数量如此之大，全国独此一家。

动员大会上，市委书记陈昌旭慨然宣布："我们绝不能拉全省的后腿，只能为全省提供动力！"干部们反映，动员老百姓从老家迁出来，就像拔了他们的根，太难了！共青团干部出身的陈昌旭回了一句特别激昂也特别有形象感的话："我们就是把乌江拧成纤绳，也要把老百姓拉出来！"他要求各级党委和政府拿出"真情实意、真金白银、真抓实干"的精神，雷厉风行，尽锐出战。市委决定，市级领导干部每人联系指定区县并帮扶三个深度贫困村；县级干部每人包一个村；扶贫干部人人签下军令状，不脱贫不脱钩，脱贫也要常走动。在提拔使用、表彰奖励、待遇保障等方面，他们制定了对优秀扶贫干部给予正向激励的一整套新规新政，仅 2019 年就提拔重用了 91 人。与此同时，各级党委政府对工作不扎实、不作为、慢作为、乱作为的干部严肃问责，2019 年处分 452 人，移送司法机关 8 人，问责 165 人。

经过一段时间实践，铜仁市探索出一套独特的扶贫工作新方法，被称为"76554 工作法"，比如其中的两个"5"，第一个是"5 个看"：即通过看贫困群众"屋里摆的、身上穿的、床上铺的、柜里放的、锅里煮的"，就知百姓吃穿愁不愁。第二个是"5个一致"：即对照标准看"墙上挂的、袋里装的、嘴上说的、系统录的、客观有的"，以此作为验收扶贫成果的标尺，有效杜绝了"数字脱贫""虚假脱贫"现象。这个极具创新特色的"76554工作法"后被国务院扶贫办列入《脱贫攻坚典型案例选编》，《中国扶贫》杂志对此做了专门报道。尤其值得注意的是，很多扶贫干部都是城里人，对农村生活不熟悉，下村需要一段摸索时间才能摸清门道。有了这套工作方法，他们进入状态就快捷多了。和我一同下去采访的铜仁市文联副主席、女作家谭晓红是城里长大的，她也有包户任务。刚开始下去有点蒙，不知从何入手，当地土话也听不懂，坐老乡对面手脚都不知放哪儿。后来学了这个"76554工作法"，很快进入状况。"后来走动时间多了，"她说，"和老百姓亲近了，工作很快上路。不要说平时常来常往，帮着出主意想办法早脱贫，逢年过节红白喜事，我都是必到的。"

按照省委要求和市委决策，"四大战役"在铜仁同时打响，战果累累，人心振奋：

——农村基础设施建设改天换地。到2019年，以往的水、电、路、讯"四不通"现象得到根本扭转，全市共完成"组组通"公路12103公里，5982个村民组全面畅通，受益人口32万户124.3万人；同时全面完成了农村饮水安全工程，建成项目798处，自来水普及率达95%。以往农户天天挑水上山，每家都要付出一个劳力。一盆水从早用到晚，最后再喂猪浇地的历史，在铜仁一去不复返了。此外，所有行政村基本实现了光纤宽带、4G网络、广电网络全覆盖。

——易地扶贫搬迁进展神速。全市125个贫困乡镇、1565个贫困村，共规划建设安置点144个，总计搬迁29.33万人。其中跨区域搬迁至铜仁城区12.6万人，整体搬迁自然村寨1853个，到2020年底将全部完成。同时铜仁市特别注重做好扶贫搬迁的"后半篇文章"，在搬迁安置点配套建设了学校、医院、商超、工厂、市民活动中心、公共服务系统等。同时千方百计鼓励企业在安置点创办"扶贫微工厂"，让以前不得不远出打工的农民可以"增收兼顾家"，让搬迁群众"一步住上好房子，快步过上好日子"。

——产业扶贫处处开花。全市结合本地实际和优势，集中发展扶持生态茶、中药材、生态畜牧、蔬果、油茶、食用菌等六大主导产业，培育、组织专业合作社11365家，其中省市级以上的龙头企业达500多家，家庭农场1811家，带动和辐射贫困人口近32万人。一座座曾经光秃秃的山变成了茶园和花果山，一个个整修一新的村寨变成了旅游点和"农家乐"，一片片流转集中的耕地立起温室大棚，一代代只会种玉米洋芋的老乡学会了脱贫致富新手艺。

——教育医疗住房"三保障"全面铺开。全市严格兑现各项脱贫扶持政策，实现了贫困家庭学生资助和贫困人口住院报销全覆盖。全市彻底杜绝了因贫辍学现象，农村危房改造已提前完成，近30万的贫困人口通过新农村建设和易地搬迁，大部分住进漂亮的新房。

铜仁脱贫攻坚工作连续8年考核排在贵州前列，2017、2018年连续两年排名全省第一。

在扶贫开发工程中，跨区域易地搬迁无疑是人、财、物投入最多也最费气力的工作。如此大规模的投入，钱从哪里来？赴铜仁市碧江区移民安置点采访时，区生态移民局局长杨兴才告诉我，扶贫作为国家第一民生工程，党中央真正做到了"倾举国之伟力，成百年之功业"。在贵州，经过全面精准排查统计后，国家财政按贫困人口每人投入8000元、省市财政配套投入50000元、个人再自筹2000元，总共每人60000元资金，即可完成易地建房搬迁。例如，列入易地搬迁贫困的一家5口总共上交10000元，就可获得100平方米的三居室住房，而且搬迁农户在老家的宅基地和承包田仍然属于本人。

我惊呼，这简直是天上掉馅饼的大好事啊！

杨兴才笑说，共产党给老百姓办好事，别以为皆大欢喜。在那些一方水土养不起一方人的地方，党和政府给政策、给房子、给好处，让农民进城当市民，这是做梦都梦不到的好事，可很多贫困户就是不愿意搬！

为什么？我很诧异。

杨兴才说，一是因为故土难离，特别是老年人，他们苦惯了穷惯了，怎么也舍不得离开世世代代生活的地方；二是贫困户缺少自立能力，担心进城后花费大，吃水要钱，弄根葱也要钱，他们怕吃不消；三是一些农民害怕死后火葬。为动员这些人搬迁进城，我们扶贫干部天天上门讲政策讲道理，有的就像拉贞节寡妇上轿一样困难，不少人嘴上起了大泡，费老大力气呢！比如一位农家妇女生下孩子两个月就没奶了，山上一时买不到奶粉，一位抱着半岁大婴儿参加扶贫的女干部二话不说，抱起农妇孩子就喂。过年了，一位老农为表达心意，一定要给结对子的扶贫干部送块新鲜猪肉。干部再三推辞，老人生气了，说你要不收，等考评组来了我就乱说，说你工作"不合格"！那位干部只好收了。我不禁哈哈大笑。

几个月来，我奔波于全国各地乡村，跟着基层干部、扶贫干部走家串户，从炕头到地头，从门口到路口，村民和干部含笑相互打着招呼，很多扶贫干部能叫出一个个乡亲的名字，那种发自内心的亲切感、亲近感让我深为感动。广大扶贫干部在工作中，思想情感也受到深刻的洗礼。他们水乳交融般地同父老乡亲结合到一起，共商脱贫之计，共谋致富之路。铜仁市印江土家族苗族自治县于2019年4月正式退出贫困县序列。这一年的除夕之夜，一位扶贫干部有感而发，写了一篇感怀小赋：

献给我的兄弟、战友和同志们——

除夕感怀

爆竹声疾，辞岁如驹，过隙而逝。忆往昔，脱贫令举，旗之所向，如臂之所使。梵山脚下，印水之滨，白沙大坡，泡木梁上，挂榜山旁，何家梁下，两千战士驻村，六千健儿入户。以一（本书笔者注：即"一达标"）为标，二三（即"两不愁""三保障"）为准，识之治之。

路通乎？水净乎？行便乎？寨美乎？食洁乎？事顺乎？凡此种种，皆为所忧，俱为所虑。于是乎，走村有遇，执子之手，释尔之惑而推心。相约有命，入民之宅，俯身相就而置腹。每有民困，事难办者代之，房破者修之，屋漏者维之，路不通者修之，行不便者连之，水不净者引之。事之所具，为之所细。凡民有呼者必有所应，凡民有求者必有所行。渐行渐近，终为民心所向；始得干群一体，日渐功成，众心甚慰。

然，行之难，得之艰。欲诉难声，欲泪难下。驻村之行，帮扶之路，虽万苦而俱往。身体发肤，苦累不言。惟其煎熬，有老难孝，有子难教，有妻难慰。每有怨言，软语相谦，触其心之痛者，于无人处仰掩泪痕，于夜静时掩被而泣。最难情堪，稍有疏忽，民怨之；偶有小过，上责之。虽屈之在心，然未偿有怨。想组织之重托，百姓之冀望，更生赶超之切，拭泪而行，舔血而战。连心会竭尽声嘶，解小争破积怨，补短板赤膊上阵，伤而不退，病而不假，终年无暇。晴裹灰，雨滚泥，虽苦而乐矣。

天降大任，苦体肤，劳筋骨，磨心智。一路行来，纵苦难怨，甚或问之切，责之重。然，蚁行之你，蝼为之我，未有退缩之意，弃责之举。一如本来，毕其心智，攻其艰，战其难，终得众心所依。乃再现干群之鱼水之大局，苦也罢，累也罢，恨也罢，俱无悔也。

行百里，半九十。硝烟越浓，战鼓劲催。冀望来年，催尔曹，携君等，再接而励勉，再战而功成。脱贫之时，烧大锅，鼎牛羊，执大碗，捧烧酒，望天而袒饮，引啸诉衷肠，擂鼓摇旌旗，跨马奔新程。

2018 年 11 月 13 日至 2019 年 3 月 20 日，"伟大的变革——庆祝改革开放 40 周年大型展览"在国家博物馆展出。这是何等庄严隆重的国家级大展啊！印江人万万没想到，当地一位 25 岁的扶贫干部冉魏写给领导的一份文言文请假条竟然入选展出，令全县大为振奋。冉魏是凤仪村脱贫攻坚队最年轻的驻村干部，平日严守工作纪律，从未有过请假记录。2018 年 8 月 1 日，铜仁脱贫攻坚的"夏秋攻势"正在如火如荼进行时，恰逢他的妹妹大婚之日。一边是紧张激烈的脱贫攻坚战，一边是出嫁小妹的翘首企盼。冉魏思量再三，用文言文写了一张请假条，向组织请假：

> 余驻村之时日甚久矣，多承各级领导之关怀照顾，在此深表感涕。近日舍妹将要出嫁，忆童年趣事，余常捧腹开怀。已然二十春秋，不言青梅，常言手足情深。作其兄长，理应到场祝福，也表兄妹之情，并安抚嫁女之痛于二老，二三日足矣。奈何脱贫攻坚并无闲暇，未能早日到场团聚，对此，父母家人怨言颇多，余心亦深感不孝。故欲借此机会，归至家中，与家人团聚一番，尽子孙之孝道。合假三日，还望各领导予以体谅，成全之。待送舍妹出嫁，必快马加鞭返回。批准为盼！

冉魏的请假被批准。有趣的是，在请假条上签字的领导，均赋诗予以批复，这大概是扶贫工作高度紧张劳累之外的一种"小心情"吧。

凤仪村攻坚队队长批复："自古忠孝难两全，脱贫攻坚冲一线。而今小妹出嫁时，理应及时把家还。"

印江县委组织部批复："脱贫攻坚为人民，公私有顾应周全。于归之喜天作合，斯文如此太矫情。准假三日聚堂前，烛花开后赴一线。"

后来，不知怎么这张文言文请假条传了出去，如同一条"花絮"先后在官网"政前方""今贵州"、《贵州日报》、人民网、中国经济网等媒体发出，各界网友纷纷点赞，影响不断扩大，过后成功入选北京的"伟大的变革——庆祝改革开放40周年大型展览"。

一张小假条，激起千层浪。印江文风之盛，可见一斑；驻村扶贫之累，足可体味。他们用自己最朴实的文字，讲述着果敢与无畏的坚守，传递着爱心与奉献的执著。他们在酷暑中穿越、在寒冬里跋涉，他们用脚步丈量每一寸贫瘠土地，用汗水浇灌每一个脱贫梦想。他们克服重重困难，用辛劳和心血，用坚韧和坚守，演绎了一个个可歌可泣的感人故事。

在大山深处的一个脱贫出列的山村村委会门口，我还看到这样一副对联，是村支书写的：

> 哭了，笑了，胜利了，定被历史铭记；
> 苦过，累过，参与过，全是脱贫英雄！

4. 广场大了还是小了？

来到沿河土家族自治县的移民安置点官舟镇，那是一片巍然耸立的楼群。沿河县有 68 万人口，是铜仁市最大的也是唯一的深度贫困县。

正在这里调研的一位县移民局干部感触万千地说，你以为动员老乡搬进城里住好房子，过好日子，大家都欢天喜地吗？不，我都快要累哭了！

他说：让那些恋家恋土的老农搬出来，比修建新楼还难，我真恨不得拿条绳子，把人捆到新房去！

沿河县共有 51089 人需要易地搬迁，其中县内安置 24774 人，铜仁市区安置 26315 人。这项工作的基本方针是"政府提供，群众自愿"，不能来硬的。为了完成搬迁任务，移民局真是想尽了千方百计，说尽了千言万语。他们多次雇大巴拉着老百姓进城看房子看环境；请老乡的亲朋好友上门劝；请已迁住户回乡讲新居的好处，比如上学近、就医近、就业近等等。后来他们想出一招叫"小手牵大手"，拉着上学娃娃去城区看新房看学校，孩子们欢呼雀跃，回家就开哭开闹，爹妈爷奶立马"遵命"，这是中国通例。

全县 5 万多人一批批搬迁，移民局的干部们一次次跟着，经常是当天去当天回。数十公里的路程，可以想见他们多忙多累吧！不过他们也有很欣慰的时候。一次在铜仁万山区安置点旺家花园，有个扶贫干部遇到 3 个放学娃娃，都是沿河县来的。他问，进城上学好不好啊？娃娃齐声说，好！为什么？一个 12 岁的女孩说，在村小学我们只有两本书，语文和算术；进城了，我们还有音乐、美术，还能学唱歌跳舞，可开心了！另一个小点儿的男孩长得虎头虎脑，土话讲得很直很糙，他说，这儿的女老师特别漂亮，村里那个是"烂鸡巴糟老头子"（童言无忌，故保留原状），可难看了！周围老乡哈哈大笑。

还一次，几位干部把一批移民送到万山区。晚上6点多了，他们准备打道回府。这时路边匆匆跑来一位中年人问，你们车上几个人？干部说，加上司机4个人，你有什么事吗？中年人说，你们等等，我就来。只见他回身进了路边小超市，捧出4罐红牛饮料送过来，然后特别诚恳地说，我是从一口刀村搬来的移民，在这儿住两个月了。你们太辛苦了，我没有更多的东西，给你们每人买瓶水吧，算是我的心意，我只有这个能耐。

干部们的眼睛湿了。回程路上，一位在朋友圈发了一条微信："今天我们4人在车上喝了一位老乡送的4罐饮料，我觉得比在大宾馆喝茅台都幸福！"

晚饭后，我在官舟镇新社区转了转。社区主任告诉我，这里建了智能管理中心，监控全覆盖，孩子丢不了，小偷跑不了。住户有什么事情，可以立即与中心通话。此时夜色已深，四周高楼林立，灯光灿烂，各色各样的窗帘后面，生活着一个个安详宁和幸福的家。尽管秋风很凉，我依然觉得心里涌流着深深的温暖。走着走着，我发现这里的每栋楼都有一个名字，如勤俭楼、自强楼、感恩楼、知恩楼、廉政楼、公正楼等等。楼名下面还各有一副烫金对联，比如勤俭楼的名字下面是："勤以致富，俭以养德。"

我问，这些楼名对联都是谁想的？

主任说，移民局的几位秀才，为的是给老百姓一些提醒和教育。

恰好一位老汉路过。我问他，你知道勤俭楼是啥意思吗？老汉笑说，晓得，就是让我们过日子省一点，做工勤快一点。我又问另一位，你知道自强楼啥意思吗？老乡用土话说，就是让我们做事甲（方言，意为强）一点。

山区里的月色很亮。路过几家饭店、超市、鞋店、服装店——都是移民到此的年轻人办的。走到社区广场上，前面立着一座很有气势的巨大原石，像一头抽象派的雄牛。广场周围有一圈固定的圆石凳。社区主任说，当初老百姓来看房，都埋怨广场修大了，浪费地方。现在大妈们天天出来跳广场舞，又说广场小了。给老百姓把好事办好，实在众口难调不容易呀！接着他让我仔细看看每个石凳的周边，奇特的是，上面都刻有一句成语，但每句成语都少了最后一字。如"众志成城"没有"城"字,"饮水思源"没有"源"字,等等。我明白了,这是他用来考孩子的。

呵呵,这个月夜,月光真是很舒朗。

5. 世界上独一无二的"特训班"

广场上人山人海,红旗飘飘,欢声雷动。

当鞭炮的繁响和烟雾腾空而起的时候,一场激动人心的"广场盛宴"开始了。

总共三排近百张桌,近千人聚餐。吃的并不豪奢,不过是把一般的盒饭集中到盘碗里,再端给群众而已。吃饭的是刚刚搬迁来的移民,管饭的是共产党。移民们早晨从大山深处出发,拖家带小,到铜仁市碧江区、万山区的安置点已过中午,自家来不及做饭,党和政府就组织大家集体就餐,也算庆祝移民们的乔迁之喜。上菜送饭的服务员都是党政机关干部,有局长、主任、科长、扶贫干部,有跟来的乡长、镇长、村主任。不过乡亲们并不老老实实坐着,不时捧着饭碗到处看,看楼看路看绿化带,看广场周围的物业服务中心、爱心餐厅、幼儿园、图书室、文化娱乐室、超市等等,怎么也看不够。当然,最欢实的是那些村里来的娃娃们,他们的小脸蛋上挂着饭粒儿,在人缝里钻来钻去,一阵阵尖叫声直冲蓝天。

激动、感动的光芒,在每个人的心里、脸上、眼中涌流。是啊,看似一顿平平常常的集体餐,却有着分外喜庆的意义。对于扶贫干部来说,这是他们辛勤工作、万般努力的重大成果,值得好好庆祝一下。对于铜仁市和贫困群众来说,它创造了许多个极具历史意义的第一次:深山里的各少数民族乡亲第一次不再与牛羊同居,第一次成为市民,第一次住进高楼大厦,第一次站在高层阳台上眺望城市风景……无数个第一次,让乡亲们一步跨过上千年,一夜之间从农牧时代穿越到现代城市。他们犹如坐了一把疯狂过山车,下来已是万紫千红、光怪陆离的新时代了。

让移民们更为感动的是,党和政府、所有扶贫干部的心太细了,为他们考虑得太周全了。搬迁来的农户都是贫困户，很多人家没钱置办新房的家具和生活用具。扶贫办和移民局便广泛调动社会力量和爱心人士，尽力筹措资金，为移民户的新家送去木床、饭桌、衣柜、窗帘、电视、电磁炉、热水器，甚至还有米面肉菜，让他们拎包进屋就能开始新的生活。

沿河县有个著名的深度贫困村叫一口刀，从村名就可以想见那里的地势多么凶险和贫困：农户散落在乱石嶙峋的高峰深谷之上，山坡陡峭斜长，望去犹如一口刀，800米下就是滚滚滔滔的乌江。因人多地少，山路陡峭，村民生活极为贫苦。分田到户后，有一块1.5亩的丘田不得不分给34家种，收成下来，每家只能收半袋米，后来只好轮种，说定一家种一年。但谁家排前排后又成了大问题，村民们不得不用上中华民族最古老的办法来解决——抓阄。到移民搬迁之前，那些人家还没轮完。

在万山区，我随意走进一个一口刀村民家。听这家主妇袁新芝是河南口音，我问你怎么跑到一口刀去了？你老家再穷也比一口刀好啊。

袁新芝瞥了一眼老公朱永喜，说："是他给骗去的呗！"原来，两人年轻时在广东一个新建企业打工时相识，新芝见朱永喜干活勤勤恳恳，为人老实，感觉不错，行李搬在一起就算结婚了。没事儿聊起家乡，朱永喜把一口刀说得那个美呀，山下渔舟唱晚，山上花果飘香，家家住着漂亮的吊脚楼。袁新芝听得心醉神迷，每逢年节便催朱永喜带她回老家看看，但永喜就是不动。直到第一个孩子快到上学年龄了，一家三口才回到一口刀。一路风尘仆仆，乘车坐船，上山爬坡，七拐八拐，头一眼看到丈夫的家——半间残破的木屋，家徒四壁，一无所有，里面还躺着半瘫的老爹，袁新芝的眼泪唰地下来了。她哭了大半夜，但木已成舟，后悔也来不及了。

数月前，两口子带着3个孩子，搬迁到万山区安置点"旺家花园"，住进100平方米、3室1厅的新房。经社区安排，朱永喜当了保安，袁新芝当了保洁员。家里有了稳定收入，日子过得舒心了，袁新芝买了一套红绸衣裤，参加了社区舞蹈队，天天晚上去跳广场舞。可以想见，高楼之下，华灯齐放的广场上，和着优美热烈、节奏强烈的舞曲，50岁的她肯定收获了"第二青春"！

不过新生活也有"欢乐的烦恼"。初来乍到，摸了一辈子锄把的老乡们不会按电梯，不会开门锁，不会用电磁炉，进超市不会刷手机，到银行不知怎样取款。于是铜仁各个新社区纷纷创办了世界上独一无二的"特训班"，由工作人员把老年移民集中起来，一一教他们新生活需要的技术活儿。今天学会了，明天又忘了，那就再教。为了解决移民的后顾之忧，各区县制定了各种优惠政策，利用"人口红利"的优势，纷纷加大招商引资力度，如大名鼎鼎的农夫山泉，

在山东九丰集团援建万山区的农业园中

来自湖北的裕国菇业公司，来自山东的九丰农业集团，来自贵阳的好彩头食品公司，还有许多加工业、鞋业、服装业的中小企业，纷纷来铜仁建厂落户，大批移民可以就近就业。裕国菇业计划在碧江区建设 3000 个大棚，就可以解决 3000 个家庭的生计，目前这项工程正在建设中。

在一家超市，我遇到一位个子矮矮的老太太，名叫卢老婵（小时候一定不是这个名字），土家族，是从印江土家族苗族自治县搬来的。我问住新楼好不好，她连连摇头说不好。陪同前来的区宣传部干部张文娟问为什么，她说，楼太多了，长得都一样，我不识字，好几次找不到家。旁边的群众都笑了。老人家性情爽朗，说话直来直去，很可爱。我刚想去给卢老婵买点什么作为礼物，细心的文娟已经拎来一袋水果塞进她手里了。

老太太跟着人群走到门口那儿，突然回头冲我们喊了一声："感谢共产党！"

有一次和市扶贫办一名领导闲谈，她说，2019 年夏秋之季是移民搬迁的

高潮，上万移民搬进市区。据说一个月内，碧江区几家大商场的高跟鞋被抢购一空，断档了。

我笑说，村里的小芳们进了城，肯定想拧拧猫步了！

正如一口刀村民袁新芝所说："没想到幸福生活来得这么快！"

二　响彻一生的军号

1. 军号不断响起

乌江如弓，射出一江浩荡，奔腾在红军的铁血故事里！

太阳从山后一跃而起。王明礼双手叉腰，站在高高的山头，眺望着在群山中蜿蜒而去的明亮的乌江。秋风呼啸而过，卷起漫山遍野的黄叶，他屹立不动，犹如一尊山岩。

他是铜仁大山中的一支"老军号"——55岁的苗族老兵。历经九九八十一难，倒下很多次又决绝地站起来，死了很多次又侥幸地活过来。身高曾被弹片削去4厘米，后来又奇迹般地升高5厘米，如今干得生龙活虎，豪情万丈，踏遍青山人未老，时时吹响着一支激励人心的"军号"。

事实上，站在山头的这位老兵只有两只半条腿。

上午，我到了思南县大头坡村村委会。几位镇村干部迎出来。握手寒暄之际，有人指着后面一位矮壮汉子说，他就是王明礼。身穿黑羽绒、足登解放鞋的王明礼，肩上挎着一个褐色小皮包，大步走过来跟我握手。方圆大脸、宽额朗目、语音响亮，浑身散发着很硬朗很阳光的豪气……

不是说他腿有残疾吗？怎么走得这样雄健？我想。

交谈中，忽听一阵昂扬的军号声响起，我诧异地四下看看，山窝窝里只有几个村庄，哪来的军号声？回头一看，王明礼走到路边去接听手机了——原来是他的手机铃声。我心中凛然一震，呵呵，不愧老兵情怀！

"走，我们上茶山！"王明礼挥挥手机说。

前天刚下过一场秋雨，车行半路上不去了，我们只好徒步登山。鞋底粘着厚厚的泥巴，重如铅块，王明礼却一脸轻松，边走边介绍这座正在开垦中的千亩新茶山。期间他的"军号"不断响起，看来事务繁忙，又似催人奋进。瞧着他大步向前的样子，我愈发有些恍惚，县里介绍他是断了腿的退役军人，可他走路爬山如此矫健有力，怎么看不出一点异常？

山坡上，几台挖掘机正在平整土地，还有一些打理茶田的男女村民。王明礼和他们打着招呼，问这问那，像老朋友一样亲近。他告诉我，这些都是周围村里的贫困户，来茶山务工后，有了固定的工资收入，日子过得舒心多了。

看过新茶山，我们又驱车赶到他和战友们开发了整整10年的万家山观光茶园。这次不用爬山了，一条水泥路转了十几圈直抵山顶。这里整个山头被削平了，有围栏和观景台，有办公区、会议厅、品茶室，有通往各个景区的木板栈道，有造型优美的几座巨大白色凉棚。登高远眺，群山起伏连绵，云雾缭绕，一条条公路宛似丝带蜿蜒其间，串连起一个个粉墙乌瓦、错落有致的村庄，看去宁静而温馨。远近山坡上，遍布一排排齐整的绿油油的茶树，仿佛层层碧涛连绵不绝。时值深秋，山上很冷，我们入室围坐在"电热桌"旁（此为贵州特产：桌边围着棉帘子，里面放着电热器，脚可以伸进去取暖），从上午整整聊到傍晚。王明礼的半生经历带着战火硝烟呼啸而来，听得我热血沸腾，激动不已。我说，让我看看你的伤腿，都说你伤得很重，可看你走路健步如飞，怎么一点看不出？

王明礼把两条裤腿卷到大腿上——真实，残酷的真实，猝不及防地显现在我面前！

他的左小腿膝盖下有个皮带系扣，解开后，他把细瘦的小半截小腿抽出来，一只高约30厘米的假肢便赫然立在地上。我震惊不已，探头朝假肢筒里看了看，底层垫着纱布，有一点点猩红，显然是走路磨出的血迹。再看右小腿，皮肉看似正常却凸凹不平，有一条条浅黑疤痕。王明礼说，受伤时炮弹皮把右小腿的骨头削飞了，膝盖下只剩下一条皮肉连着脚。军医们想方设法做了十多次手术，最后用一条钢板做支撑，外面包上移植过来的皮肉，把膝关节和失去神经的脚连接到一起。我摸摸那条小腿，皮肤下森冷、刚硬、平直。王明礼指指左大腿上的一片伤疤说，包着钢板的右小腿皮肤，就是从这儿移植过去的。

近 8 个小时的访谈，王明礼回忆着诉说着，时而凝重，时而悲伤，时而大笑，期间他的"军号"不断响起。数十年来的血水、汗水、泪水，仿佛都已融在他那昂扬的军号声中。我和陪同来的同志全神贯注地听着……突然间我毫无思想准备——只见他拎起左腿假肢，"砰"的一声猛地甩到屋角，然后大声说："我现在能上能下，有什么怕的！"这简直是突如其来的"黑色幽默"，我不禁大笑起来，笑完，已是满脸泪水。

2. 战火把他打造成钢铁

> 哦嗬，哦嗬，大家使劲拉哦，
> 前面是险滩了，脚步要加快哦！
> 哦嗬、哦嗬、哦嗬，大家齐心拉哦，
> 大船要上滩了，脚步要用劲哦！

这是王明礼当场唱给我的乌江纤夫号子。

在悠远的岁月里，思南县曾是乌江边一个繁忙的水运码头。千帆竞过，商贾云集，居住在乌江边的青壮村民多以拉纤为生。这是王明礼唱给我听的乌江纤夫号子。

他唱着，我听着。纤夫们的呼吼声中，面前仿佛有一阵阵冰冷的浪花飞过……

拉运盐巴、煤油、布匹、粮食和生意人的木船或从思南乌江码头顺流而下入嘉陵江，至重庆涪陵；或从涪陵逆流而上至思南，全程约 300 华里。一条大木船连人带货可载 50 吨，需要 30 个纤夫，上溯航程一个多月，下来要 15 天。人民公社时期，王明礼的父亲是当地有名的纤夫头和老船长。船过急流险滩，时逢疾风暴雨，他是负责扳舵的掌舵人。遇到险处，他便把舵把交给副舵，自己用粗大竹竿死死抵住江边的石岸或礁石，以防木船撞上巨石，人与货的生死存亡，常常在他的竹篙点拨一瞬间。王明礼生于1964年，是家中的晚来之子，两个哥哥大他十多岁，两个姐姐幼年时不幸因病夭折。春节前，母亲一般做两双布鞋，先给两个哥哥穿到大年初四，以便他们出门串亲找媳妇，初四以后再给小明礼穿——寒冬里两个哥哥就光脚了。因为鞋太大，小明礼只能用麻绳系牢趿着走，拍得大地尘土飞扬，吧嗒吧嗒响，这让他很自豪。为给贫穷的家庭出点力，王明礼12岁时便跟上父亲和哥哥去拉纤，成年人每天记10个工分，小孩子记2个工分。风里雨里，惊涛骇浪，经常超载的木船很容易出事，湿滑的悬崖栈道也常有人滚落山崖，非死即伤。拉纤时，骨瘦如柴的小明礼和大人们一起裸着上身，穿着破布短裤，肩膀上套着线粗针密的布垫，打赤脚在栈道上深弯着腰，一边轰喊着纤夫号子，一边拼力拉着百米长的纤绳艰难前行。最初肩膀和脚底磨得血水淋漓，后来结出厚厚的茧子，和石板一样硬了。路途漫漫，白天拉纤，夜里睡船板，小明礼累得饿得直哭。后来不哭了，小小年纪的他学会了咬牙忍耐和刚强。父亲一直干到70岁才从船上下来，每到年底，从生产队分得10块8块就不错了。伟大的乌江就是这样在纤绳的拉动下滚滚向前的。

那些贫苦的日子，纤绳是他的生命，乌江是他的纤绳。

1981年，17岁的王明礼高中毕业，入伍当兵。家里很支持，母亲说："当兵才能吃饱饭。"父亲说："当英雄才能找到好媳妇。"说的都是真理。全村乡亲一分一毛地凑了3元8毛钱，送他当贺礼。进了新兵连，为增强实战能力，教官的"魔鬼训练"极其残酷。顶着毒日头挺直腰板立正3个小时，一动不动，昏倒就抬下去，不许回来了；热带丛林穿行10天，每人负重35公斤—40公斤武器装备，每天跑5公里，不许歇；每人发两斤大米，生米生吃，然后靠野果、草根、树叶，抓田鼠、兔子、活蛇填肚子；黑夜中，百米开外亮着100个不断移动的手电筒小灯泡，看上去就像暗红的烟头，早打完早回宿舍。打不完的接着打，实在完不成任务的坚决刷掉，派去种菜做饭喂猪。王明礼小时候经过大风大浪，练出一身虎胆和鬼机灵，练什么都高人一头。白天打靶5枪50环；夜里打小灯泡枪响灯灭；投弹近60米获新兵连第一。训练结束后，他获评"特等枪手"和"五好战士"，被分配到云南某野战部队任加强班班长，领导一个步兵班和两个机枪班，共 32 名弟兄，相当于一个排的兵力。1984 年 4 月 28 日凌晨，20 岁的王明礼率领他的加强班上了西南边境战场，道路崎岖且有很多陷阱，底部插着密密麻麻的竹尖。为防受伤，我军官兵不得不穿上一种特制的长筒铁鞋，鞋底是一块钢板，鞋筒是厚厚的水龙布。讲到前线生活，王明礼说，有一次一只小野猪掉进战壕，战士一把按住把它宰了，每人分了一小条生肉，大家欢天喜地像过年一样。

我问，生吃吗？

王明礼当场起身给我们表演：只见他嘴巴大张，大巴掌往伸出的舌头上一抹，想象中的肉就没了。这个动作他夸张地连做了五次，而且是真舔，巴掌上沾满了亮晶晶的唾液，好像真的吞下一条肉，逗得我们大笑不已。表演战士夜间吸烟时，王明礼起身抓起一支烟，嘴里吱吱有声地用手捂着假装猛吸一口，然后迅速把烟头猛地朝下一捅，塞进想象中的草丛。这个动作他重复了七八次，满屋人再次哄堂大笑，而他的表情却一本正经极其严肃，眼中凛凛生光。我深深体味到，这些动作今天看似"笑料"了，却深藏着他对战时生活刻骨铭心的记忆和对死难战友们的永久怀念。我的眼睛又湿了。

战斗打响后，冲锋在前的王明礼先后在炮火中救回三名重伤战友（那是一个长长的惊心动魄的故事），但他的左小腿被炮弹炸飞，右小腿被炮弹皮削去腿骨，爬回战壕便昏了过去。事后听说，当时战友们以为他不行了，在他的军衣口袋里翻出战前写的入党申请书，已被鲜血染红。指导员看了大哭不止，吼了一声："我批准王明礼火线入党！"

不知过了多久，王明礼醒过来了，发现自己躺在战地医院里。身上插着各种管子，十多个伤口包着厚厚的纱布，左小腿不见了，右小腿只剩一条筋肉挂着脚。他哭了，心想以后怎么活呀？如果一辈子成了父母的累赘，活着还有什么意义？军医告诉他："你整整昏迷了 5 天，我们进行了多次紧急抢救，现在生命已脱离危险。"

王明礼流着泪说："我伤残成这样，活着还有什么用？"

军医说："小伙子，你才 20 岁，活着就是幸福！"

"我救下来的三个重伤员怎么样了？"他问。

军医说："都活着！"

顿时，一股巨大暖流阳光般涌入他的心中。是啊，医生说得对，活着就是幸福！

王明礼住院治疗整整 11 个月，把伤腿算在内，身高整整缩短 4 厘米。第一次大手术长达 20 多个小时，医生从他身上取出 100 多个弹片。后来又进行了截肢手术、钢板植入手术、修整膝关节手术、植皮手术、食道穿孔修补手术等等……他已经不记得总共做了多少次手术，迄今头部、胸部、腋下、腿部，仍留有十多个无法取出的小弹片。半年后，靠着一条钢板、一只假肢和一副双拐，王明礼终于艰难地站了起来，他的身高因此又"长"出 5 厘米。因王明礼所在部队在战场上表现英勇，受中央军委通令嘉奖一次，他荣立个人二等功。作为英雄，他活过来了，但让我震惊的是，王明礼复员前做出一个出人意料的举动：他的加强班里有一位小战友罗金成，也要复员回四川农村老家。小罗在战斗中表现很好但没受过伤也没立过功。考虑到小罗的家境极为贫困，很需要一份拿工资的工作，王明礼毅然做出一个决定——把自己的二等功让给罗金成，自己只拿个三等功。

真是天下奇闻！王明礼为保卫祖国和救助战友，无畏无私得太彻底了！二十年后，罗金成专程从四川来思南县看望王明礼，生死战友情，两人抱头大哭。

3. 从双拐"邮递员"到转战 8 个村

1985 年 11 月，21 岁的王明礼怀揣四级伤残军人证，挂着双拐退伍回到家乡思南县关中坝乡扑龟塘村。母亲见当年走时活蹦乱跳的儿子归来已成残疾，抱着他落泪如雨。当了数十年老船长的父亲却很坚强，说哭什么？为保卫国家死了伤了都是光荣，值得！两个哥哥和弟弟慨然表态，你好好养身体吧，家里地里的事儿我们包了！

王明礼被安排到思南县总工会工作。领导看他行走艰难，特意分配他当收发员，天天坐在门房里收信发信分报纸，这样可以免走许多路。时间长了，王明礼发现，工会寄出的信件文件，大都是发给本县党政机关和各企事业单位的，路途并不很远。他想，虽然一封信只花8分钱邮资，可积少成多，长年累月加起来就是不小的数字啊！他决定自己送。从那以后，每天下午，王明礼拄起双拐，背上邮件，艰难移动着沉重的身体上路。无论酷暑寒冬、风里雨里，他上坡下坡，过桥坐船，走街串巷，把每封邮件及时送往各个单位。接件人看到他的样子都极为震惊和感动，说8分钱的事情，寄来就得，为什么派你来送呢？王明礼抹抹汗说，我是自愿来送的，给国家能省点就省点。接件人哪里知道，王明礼不仅拄着双拐，而且两条小腿一只是假肢、一只是钢板啊！走的路多了，左腿残端被假肢磨得鲜血淋漓。晚上回家，母亲帮他清洗包扎，禁不住老泪纵横。王明礼说，妈，不要哭嘛！我的好多战友都牺牲在战场上，我还能喘气，还能活着站在你的面前，多幸福啊！

王明礼从没对家人说过，送件上山下山，他不知摔过多少跤。一次凝雪天，他从一个陡坡摔下来，一直滚到乌江边，两支拐杖甩得老远，躺在那儿半天动弹不得。就这样，"义务邮递员"王明礼一干就是10年，送信十万多件无差错。同时他还获得一个意外的好处：走了10年"长征"路，身板硬了，两条大腿强壮有力了，王明礼把拐杖甩了！

回乡两年后，经人介绍，一位清秀的姑娘许大华爱上王明礼。最初姑娘全家坚决反对，但大华坚定不移，非他不嫁，父母只好认了。每次去看望未来的岳父岳母，王明礼都把双拐藏到隐蔽处，然后气宇轩昂、大步流星、满面笑容地进门问好。老人问你的伤腿怎么样啊？王明礼轻描淡写地说，不碍事，小问题！

王明礼有着炽热的部队情结。两口子一儿一女，儿子大学毕业后被明礼送进部队，立了三等功，五年后退役回乡，现在是驻村扶贫第一书记。女儿大学毕业后也当了兵，整个家族和乡里乡亲的孩子，先后有40多个听从明礼的建议参了军，现在还有20多个在部队。春节回家团聚，一大家子英武军人、爱国卫士！

1998年，全国兴起"建设新农村"高潮，王明礼主动申请驻村工作。这让亲友同事们大吃一惊：你一个双腿伤残的人，天天翻山越岭吃得住吗？王明礼笑说："活着干，死了算！"

第一站是高山上的石门坎村。残屋破门，漏风漏雨，没路没水没电。王明礼到县上各部门奔走呼号，讲得慷慨激昂，入情入理。有了投资，他又带领全体村民出义工，凿石开路，立杆架线，挖沟设管。奋战一年，所有困难粉碎于脚下，全村喜笑颜开。之后，王明礼又转到第二站：山腰上的花坪村。同样是水、电、路的问题和极度贫困，同样奋战一年，钢铁决心硬是把大山撞开一条路。接下来是宫寨村、筑山村、过天村……整整9年，王明礼转战8个国家级贫困村，修建水窖68个，筑路总计60多公里，再加上推动农副产品多种经营，请农业专家指导村民改善种植技术，大部分群众实现温饱。期间县总工会领导多次劝他回来歇歇，别太拼了。但王明礼一次次拒绝，他说，我的很多牺牲了的战友都生长在贫困家庭，我这样干，就是为了替他们做，帮他们的亲人！

2008年，乌江思林水电站开建，要求周边沿江村民全部搬迁。但是很多村民留恋老家，当地干部磨破了嘴也不搬。刚刚转战到柏杨村的王明礼出马了。他或拎一瓶酒或拎一条肉上门拜访，讲大局讲发展讲有利于孩子上学和医疗方便。酒过三巡，绝大多数农户很快同意，最后只剩下6个"钉子户"，村民杨春茂是其中最硬的。5月的一天，天降瓢泼大雨，王明礼听说杨春茂在对岸山上放牛，觉得这种天气很危险，便披上雨衣匆匆过江去找他。恰在桥上遇见牵牛回家的老杨，两人冒着雨一边过桥一边聊。那座桥是早年修建的老木桥，桥板已经破烂不堪。两人聊着聊着，突然间那头大黑牛踩断桥板，扑通一声掉进江里。王明礼知道，牛是农民的命根子啊，他似乎全然忘记了自己是残腿之人，立马甩了雨衣，纵身跳进风高浪急、雨雾茫茫的大江。王明礼从小拉纤练出一身好水性，但身上的假肢和钢板太沉，很快在急流中不见了踪影。杨春茂急得一边往桥下跑一边大喊，不好了！有人被水冲走了，快来救人啊！

很快，岸边集中了十多人，大家一起跟着杨春茂往下游飞奔去找人。到了下游200多米远的地方，只见王明礼抹着满脸的江水雨水，浑身湿漉漉地牵着大黑牛一步步走上岸。杨春茂上前紧紧握住王明礼的手哽咽着说，老王，你是没腿的人了还这样不要命，我哪样都不谈了，明天就搬家！

村镇领导说，最后的"钉子户"是老王拿命换来的！

4. 永不离身的"战友花名册"

驻村9年，让王明礼更加痛切地体验到，山区贫穷艰辛的生活必须加快改变，何况其中还有不少军人家属、烈士遗属和复员战士。我访谈时，座中就有王明礼的一位战友王芝前，他在战场上遭遇地雷炸伤后，肋骨处留有一块小弹片。退伍前，王芝前想到家里很穷，没钱娶媳妇，再拿个伤残证更找不到媳妇了，于是他放弃了伤残证，假装毫发无伤回到思南老家。后来媳妇是"骗"到手了，可肋骨处年年发炎，疼痛难耐，每年都住几次院，医护人员都认识他了，见面就笑说："王副院长又来了？"直到2018年，在王明礼的资助下，王芝前才下决心把弹片取出。每每听到类似的事情，王明礼的心都隐隐作痛，久久不能平静。让复转军人和他们的亲人不再流血又流泪，帮助他们过上好日子，成为王明礼魂牵梦绕的强烈意愿。驻村期间，他注意到农村青壮年大部分外出打工了，家中老弱病残爬不得高坡，干不动重活，很多坡田荒废了。他想，如果把这些荒山利用起来搞产业经济，让村民来做工，荒山就可变现，农民就可增收。2007年，经过长时间奔走谋划，王明礼下决心把自家房子卖了，和几位战友凑了一笔资金，开始筹建万家山茶场。

万家山海拔高，土地肥，日照充足，雨量充沛，是发展生态茶业的风水宝地。王明礼和战友们身穿迷彩服上了山，没有路，拿起铁锄柴刀边砍边刨；资金不够，向亲朋好友一笔笔借贷；住帐篷没有电，点煤油灯；没有水，一桶一桶背上去，一棵一棵浇，满山遍野的茶苗就这样种了下去。日复一日，王明礼的腿骨残端被假肢磨得长期发炎，脓血直流，他就靠消炎药、止痛药咬牙顶着。经过200多个日夜的艰辛劳作，1000多亩荒山终于变为绿油油的茶园。可没想到，第二年铜仁地区发生罕见雪凝灾害，大部分茶苗冻死在地里。还没见收成就亏得倾家荡产，44岁的王明礼坐在山头，泪弹子一颗颗砸在雪窝窝里。几位战友绝望了，想打退堂鼓。王明礼怒吼："咱们都是当兵的，冲锋号一响，不死就得往上冲！眼下这点困难算什么？"接着他又幽了一默，"如果我手里有枪，谁当逃兵就地枪决！"

一股惊天豪气顿时回到战友心中，在新疆当了8年兵的杨秀文笑说："班长枪下留人！只要你不撤，我们跟定了！"

通过银行贷款进行大面积补种茶苗后，第二年万家山又绿了，绿得汪洋恣肆，碧波接天。为帮扶周边老百姓脱贫致富和实现更广泛的辐射力，王明礼和战友们先后成立了鼎盛生态农业开发公司、晨曦生态农业专业合作社、退伍军人创业培训基地。全国各地凡有想来学茶业技术的退伍军人，都免费招待。

58岁的杨秀文在新疆当了8年兵，三个孩子在广东打工，老伴患有严重自闭症，不能劳动，耳朵天天塞着布条，见人就跑。他投奔王明礼以后当了管理人员，每月加绩效工资能拿到4500多元，家境彻底改善，老伴病情大为好转，王明礼进了门，她也知道给大恩人沏茶倒水了。

王明礼走村串户时，发现了土家族特困户许老奶奶，72岁，儿子儿媳在广东打工遇难身亡，留下一个小孙子，家中一贫如洗。王明礼把许奶奶请上茶山，干点喂鸡喂鹅的零活儿，包吃包住，每月发给2600元，小孙子从小学读到初中，所有生活费用全包，每周还给100元零花钱。节假日，小孙子还可来茶园采茶，周六周日两天就能挣七八十元。有个村有一男一女两个孤儿，王明礼把两个孩子从小学一直供养到高中毕业，直到外出打工。

多年来，王明礼怀着深切的情怀，把周边十个贫困村、数十个山寨走遍了。一次次请村干部召开村民大会，动员大家就近上茶山务工，每天工资80元并包三餐。仅2019年，合作社总共发放工资就达219多万元。

2020年春，新冠疫情突袭而来，王明礼迅速组织了一支由退伍军人及家属组成的志愿防控服务队，他又像当年领导"加强班"一样投入战斗，分班分组进行沿村巡逻、值勤路口，检查过往车辆，劝阻流动人员，为行人测温，并捐出3万余元钱物支援湖北和思南县抗疫斗争。周边老百姓非常热爱和感恩这个志愿者团队，称他们是"不是军人的军人，不是亲人的亲人。"

如今，万家山茶园面积拓展到5000多亩，精品水果基地300多亩，发展养殖鸡、鹅、羊4000多只。他们通过聘请专家精心打造的富锶"晏茶"，吸引了英国太古集团、立顿公司来思南落户，并投资建成驻中国茶叶销售总部。2017年，王明礼和战友们又在新茶山开荒种茶2000多亩，产业做得红红火火，产品销售逐年大增，村民收入越来越多。2019年年底，万家山茶园周边10个贫困村全部脱贫摘帽，新茶山周边4个贫困村脱贫摘帽。4000多贫困人口人均年收入近万元，80个土地入股极贫户分红近百万元。这是何等宏阔的影响力和辐射面啊！

一位双腿残疾的军人像钢铁一样站立着，托起了一个个贫困山寨的幸福与欢笑！

奋斗至今，王明礼没在合作社领过一分钱，他拿的还是县总工会发给他的那份工资。

访谈中，王明礼从褪了色的小皮包里掏出一本很旧的边缘有些磨损的战友花名册，纸张有些发黄，字迹一看就是当年的老打字机打的。而且每页纸都用透明塑料皮仔细包着，看得出主人的精心呵护。我一页页翻看着，数十个各地战友的名字赫然在目，有些还简要标注了他们的生活情况，其中恰好有我在铜仁市万山区采访过的老兵安景绪。王明礼说，这本花名册我背了几十年，天天不离身。每次翻看，战友们的模样、曾经的战斗情景和现在的生活状况就出现在我眼前。其中有几位牺牲了，有些人已经病逝。每次看，我都觉得为战友、为老百姓，自己有太多的事情要干，根本停不下来……

说到这儿，他流泪了，我也流泪了。

这就是王明礼！烽火战场上是英雄，回乡当"义务邮递员"是英雄，转战8个山区贫困村是英雄，卖房子开办茶山助力扶贫攻坚战是英雄，志愿组织抗疫服务队是英雄……贵州大山深处竟然藏着这样一位伟大的英雄——人民军队培养的普通一兵！

因为他，告别时我把自己的手机铃声也改为军号声。

三 把人生写遍青山绿水

1. 烈士委托的爱情

老兵安景绪，一个黑脸壮汉。从他口中我才知道，在对越自卫反击战之后发生的老山、者阴山战役中，我军前线战士个个身上都背了一条装尸袋，上面标明了姓名、年龄、籍贯。在后方的麻栗坡烈士陵园中，也预先挖好了许多墓穴。谁牺牲在战场上，立即放进装尸袋运回来，入葬烈士陵园。一个个年轻的生命就这样戛然而止，为祖国为人民留下永远的哀思和纪念。

我飞到贵州铜仁后，第二天去万山区移民安置点"旺家花园"采风，在那里偶遇56岁的安景绪。没想到十几天后去思南县访谈"老军号"王明礼，在他保存的《战友花名册》上竟赫然见到这个名字：安景绪。

又一个悲壮的老兵故事。

1984年4月30日凌晨，者阴山总攻战即将打响。班里的机枪手余勇（也在王明礼的《战友花名册》上）和安景绪同为思南县老乡，少年时同在一个中学读书，后又同时入伍，两人亲如兄弟。总攻那天清晨刚刚起床，不知为什么余勇突然有了一种不祥的预感，他猛吸着烟对安景绪说，我觉得这场仗我回不来了，有件事得请你帮忙。

安景绪说，别瞎想，有事就说！

余勇说，你知道我和苏德蓉已经订了婚……

苏德蓉是安景绪的同班同学，余勇比他们高一届，三人相熟得很。

余勇接着说，如果这仗我回不来了，你就把小苏接着，我知道你是好兄弟，不会让小苏受委屈，我太爱她了，舍不下啊……说罢他泪水长流。

这场恶战打下来，弹痕累累的八一军旗插上者阴山，余勇被一颗炮弹炸飞了，装尸袋只装了血肉模糊的几块。1985年安景绪退伍回到老家思南县天桥乡，找到苏德蓉，姑娘见他便放声大哭，安景绪也泪如雨下。等姑娘稍微平静下来，安景绪说，余勇牺牲前就有预感，那天早晨他对我说，如果他牺牲了，就把你委托给我，因为他太爱你了，不想让你受苦受委屈。我虽然很穷，但毕竟有一把子力气，这辈子一定会好好照顾你的！如果你愿意……

姑娘静默了一会儿，含泪说，为了不负余勇的心，我愿意。

但是，安景绪家是全村最穷的一户，只有立在石坡上的一间半草房，挤在石缝中的一点儿庄稼。当兵前的那年春天，有一次安景绪三天没见粮食粒儿，饿得瘫坐在路边喘气儿，幸亏一位邻居大娘送他一根白萝卜才挺过来。直到如今，逢年过节安景绪都要提上礼物去看看这位老奶奶，感谢她的救命之恩。安景绪和苏德蓉相好的消息传来，苏家父母坚决反对，全村人也反对，家里吵得鸡飞狗跳。但姑娘咬紧牙关，坚定不移，无论父老乡亲给她介绍谁都誓死不见。她说，这是烈士留下的心愿，就是受苦受穷一辈子我也不能变！

为了牺牲的战友也为了姑娘圣洁的心，安景绪下决心奋斗出一个样子给乡亲们看看。下煤窑挖煤差点儿被砸死，烧石灰天天弄得一身汗满脸花，可收入还是很惨，除了交给父母的所剩无几。他只好跟工友们和要好的乡亲们东借西凑，悄悄塞给苏德蓉，让她在家里免受一些委屈。后来乡里提倡种烤烟，安景绪决心打个翻身仗，借了一大笔钱开干。没想到夏天遇到山洪，烟苗被冲得稀里哗啦。债主们见事不好，纷纷冲到他家里逼债，安景绪躲到山里，连家都不敢回了。

一切都没了指望。一天夜里，他把苏德蓉约出家门，说，我现在身无分文，债台高筑，干什么都干不成了，只能跑，跑得远远的，找个地方重打鼓另开张。

姑娘说，你带我走，要活活一起，要死死一块！

安景绪说，那不成。咱俩一块走，人家都以为我逃债不归了，做人不能那样！你留在家里也算个人质，有人追债，你就说安景绪留下话了，只要还有一口气，一定会把债还上，一分不少！等我干出个模样，再回来娶你！

姑娘哭了，回家偷出几个馍，一直送他到山口。那个风高月黑夜，安景绪怕被乡亲们碰到，穿山林下陡坡，一个大兵自此亡命天涯。

广东是改革开放的前沿，所有农民工都向往着那里。安景绪跑了不知多少个大小城镇，干了数不清的活计。在广州搬砖运土，在东莞挖坑种树，在虎门码头扛包装船。挣了钱自己节吃俭用，一笔笔寄回老家，让苏德蓉替他还债。债主们见到回头钱了，心情都平静了，甚至纷纷夸赞安景绪不愧是解放军出身，有品质有诚信，"一句话扔下，天涯海角都不变"！

一个有追求有梦想有定力的人，再难再苦的命运也挡不住。有一阵子安景绪找了一家小餐馆给厨师当下手，他一边干一边盯着厨师怎样下料、怎样炒菜、怎样看火候。厨师是个年轻人，哥们儿朋友活动多，他见安景绪很用心，不时就让安景绪上上灶练练手艺，自己有社交活动时便偷偷让安大哥顶岗。不过半年，安景绪觉得自己成气候了，于是另找了一家餐馆对老板说，我来给你掌勺吧，只要厨师的一半工钱。老板大喜过望，他一上手，吃货们蜂拥而至，火得不得了。再后来，安景绪通过企业招标，当了一家砖厂的车间主任，他从老家招来30多个年轻人，个个生龙活虎，弟兄们人人有钱赚。

漂泊在外整整4年，老家所有的债务全部还清，且有了六七十万元的积蓄。安景绪打电话给苏德蓉，口气相当豪壮地说，现在你这个人质可以解脱了，来广东我们结婚吧！

数天后，姑娘像春燕一样欢天喜地飞来了。餐馆老板租给小两口一间阁楼房，苏德蓉在一家纸巾厂找了一份工作，一年后生了个大胖小子。此后安景绪雇用了几个员工，先后开了两家杂货店和一个果品店，一周杀3头猪还不够卖。收下的钱款往脚边的塑料桶里一扔，冒尖了就用劲按按，到晚上才有工夫细细数。因为他勤劳能干，诚信好，不抬价不掺假，又乐于助人，在当地赢得很好的名声，"我天天开车来来去去的，周围全是熟人，驾驶证都不用带了！"他笑着说。烈士委托的爱情，终于过上幸福和美的生活。尽管德蓉的选择当年遭到全家的坚决反对，婚后的每个月，安景绪都给妻子的父母寄去500元生活费。德蓉有一姐一妹，后来老人逢人便夸："我家三个女婿，二女婿是最孝顺的！"

一切看来都很美好。没承想2016年春，53岁的安景绪劳累过度得了一场大病，身体半瘫，什么都不能干了。家里积蓄全部花光又变卖了所有家当，也没见病好。没有收入，无法支撑城里生活了，全家只好迁回思南县老家——天桥乡大屋基村。家乡还是老样子，贫穷而闭塞，一家人的日子仿佛又回到当年极度贫困的岁月中。安景绪不死心，天天一瘸一拐地坚持锻炼，一年多以后身体渐渐有所恢复，但毕竟年岁大了，走路还是很吃力。

伟大的扶贫攻坚战开始了，阳光雨露洒遍村村寨寨。在大屋基村，经过扶贫工作队精准鉴别、村民代表评选投票、上级单位层层审核，安景绪一家被确定为易地搬迁的深度贫困户。2018 年 4 月，全家移民到铜仁市万山区"旺家花园"。安景绪感激涕零，他特别给社区党组织写了一封感谢信，并期望能在社区办一个小超市，一方面解决个人就业，一方面可以服务群众。

如今，安景绪在新社区办了两个店，一个超市，一个卖家用器具。心情大好，他的身体也奇异般地恢复了。

前几年他的大儿子在外打工，处了一个广西的女朋友，已经到了谈婚论嫁的程度并有了一个孩子。两人喜盈盈地抱着孩子回到思南老家看望父母，翻山越岭到了惨不忍睹的大屋基村，姑娘的脸色立刻变了，是吓的。没几天，姑娘扔下孩子跑了。搬迁到旺家花园，很有自立能力的儿子也开了一个店，很快遇上一个好姑娘，两人相约，2020 年春暖花开时节便外出旅行结婚。

为表达全家的感激之情，安景绪每周免费送社区保安和保洁员各一桶农夫山泉。

2. 飞进会场的那只鸟

只要一到夜晚，只要黎正芬闲下来，只要她停下手头的事情，文伟红就回来了。音容笑貌，历历宛在，尤其他那爽朗的笑，很大声但很静。

黎正芬泪水淋漓，手机轻响着提示音，一条条微信发给伟红。

——"看到现在所有人都在忙脱贫攻坚，一去一回的，就由不得我一天不去想你。我总是抱着侥幸的希望想，有一天你忙完了脱贫的工作，就一定会回来的。不知道你在天堂是不是也这样，天天想着人间的老百姓，惦念着他们的贫苦与劳累，惦念着做不完的工作。今天看朋友圈，有些地方下雪了，我就好想和你视频，问问你大坪村是不是也下雪了？冷不冷？会不会又要走路回来？让我一次次能从窗口看到你回家的场景……这些回忆都是你留给我一辈子的痛，你知道吗？"

——"曾经的笑容是那么幸福自然，现在却要努力去学着什么是笑。歌里唱着把悲伤带走，把幸福留下，可是对我而言，你却把我们共同的幸福悄悄带走……"

——"想你，是一种改不了的痴，你的好，你的坏，都令我着迷。真实的感受，刻骨的温柔，都萦绕在脑海里久久不肯离去……"

——"以前不想走的路，有你带我变道走。现在再难走的路，我必须硬着头皮往前走，我流再多的泪水也改变不了什么……"

——"哪里都有你的影子，唯独家里没有。有你在，再难走的沟，再难爬的坎，我们都一起可以走过来。现在，你把我一个人丢进了深渊，没有你的陪伴，我不知道如何从深沟里走出来。我已经迷失了方向，不知何去何从。我很想麻痹自己，什么都不去想，可那是做不到的，你知道吗？"

——"今天你离开我3个月了。今天在县委开宣讲会，我看到那么紧密的会场里竟然飞进一只鸟儿，飞了几圈就走了，那是你回来了吗？"

——"此时此刻，我很想打电话给你，发微信视频给你，但我知道你不会再有回音了，我真的有好多好多心里话想和你说。我又哭了，明早起来又会变成'熊猫眼'。大家都劝我别哭，要坚强，我也想那样，可就是做不到。你对我说过，说我什么都好，唯独就是眼泪多不好。你这么一走，留给我一身一生的痛，一辈子的回忆，你说我能不痛吗？女人不哭还是个女人吗？20年来的一切不是说放就放得下的，你当初要是对我狠点，可能我今天就不会这么痛了……"

——"亲爱的，今晚我努力控制了情绪，代替你把奖领回来了。你看看吧！这个原本应该是你亲自到场领的，结果却是我含泪站在台上……"

这是黎正芬向丈夫文伟红发出的微信。从2019年7月22日以后，被泪水淹没的正芬发出一条又一条，绵绵无尽，铺天盖地；而他那边寂静无声，仿佛月旁一颗亮亮的星，只有光，没有声，怀着深深的依恋在倾听。太遗憾了，世界上相爱的人们总是太忙，忙着工作和养家，生活中只剩下简单的"工作用语"。等到生死两茫茫，一个人在这边，一个人在那边，才发现那么多的爱只能用眼泪来倾诉了。

村民和扶贫的同事说，很不幸，那个雨夜文伟红不该迈出那一步，他就倒在那一步上。

不！文伟红在雨夜中、在另一个世界沉思着说，那条通往老乡家的路必须有人走，我不走，别人也会走，正如鲁迅先生所说："世上本没有路，走的人多了，便成了路。"

历史告诉我们，通往老乡家的路，就是承载南湖红船初心的路。

我决定去看看黎正芬，聊聊文伟红。驱车进入沿河县城，一条小街上立着一栋老旧的高楼。没有电梯，辗转爬上9楼，面带忧伤、脸色苍白的黎正芬裹着一件深灰色羽绒服，给我们开了门。房间里朴素、寂静、清冷。一张张文伟红青年时代的照片，一幅幅他和正芬的爱情留影，两口子加儿子的全家福，默默展开在我眼前。正芬清秀，柔弱，温婉，看得出是个小鸟依人的女人。因为伤心，几个月来她不敢碰丈夫的书籍笔记，不愿拭去桌上的微尘，因为那上面仍留有伟红的温度和痕迹。

窗里窗外的世界就从这里展开……

两家相距很远，都在大山里，都是土家族。只是因为一个偶然，两个年轻人的人生之路蓦然擦出一簇美丽的火花。两人小时都喜欢读书，但因为家里拿不出学费，文伟红读到中专，黎正芬读到初中。伟红后来当了沿河县经济开发区的干部。正芬是家中最小的女儿，备受娇惯，父母不放她出去打工，她便住到哥嫂家帮着照料小孩。有一天文伟红下乡搞开发工程项目调研，中午被村干部领到黎家吃派饭。第一眼看到秀美的黎正芬，就觉得老天给他派来一个"七仙女"。两个年轻人谈起小时候家境的艰难，辍学的痛苦，相互同情得不得了。别看文伟红长得斯斯文文，遇上心爱的女孩是很有决断力的。第二天，他托村干部给黎家捎了话。第三天，他把黎正芬约出门。两人并肩漫步月下，文伟红说："两个人分担一个痛苦，就只有半个痛苦；两人共享一个幸福，就有两个幸福。"这句话一下把黎正芬迷住了也感动了。那会儿她特别庆幸家里没钱，没能送她读高中考大学；也特别庆幸爹妈不放她外出打工，更庆幸哥嫂刚生了小孩，请她到家里帮忙。总之，一切曲折和苦难都是庆幸，让她遇上了文伟红。

沿河县有一座大山叫锯齿山，从山名就可以想见它的雄伟与险峻。文家就住在山下。婚后，文伟红给正芬讲过一件趣事。小时候，他最爱听父亲给他摆龙门阵，讲当年锯齿山里"闹红"和剿匪的故事，令少年伟红无限神往。有一次他瞪着小眼睛说，我要赶上那个好时候，一定当儿童团团长！父亲乐得前仰后合，说战争年代哪是什么"好时候"！天天打仗死人，苦得很哩。伟红说，为老百姓打天下，死也不怕！

这成了文伟红短暂一生始终不变的追求和品格。

2013年，党的十八大以后，遍及神州大地的脱贫攻坚战拉开了序幕。文伟红深知父老乡亲之苦，主动给领导写了一份请战书，要求驻村扶贫。批准之后，他告别爱妻稚子，扛起行李就进了山。那些访贫问苦、东走西奔的艰辛工作不必细说了，因为他的工作卓有成效，每到一村很快就实现了"一达标两不愁三保障"，领导就专派他啃硬骨头，连年转战不休：

第一站：淇滩镇和平村顺利脱贫。

第二站：同镇的彭华村顺利脱贫。

第三站：团结乡麝香村顺利脱贫。

驻村工作一般为期3年，文伟红全心全意、生龙活虎地在山上干了5年，黎正芬在家也整整盼了5年。每逢周末只要伟红说回家，中午以后，正芬就不时到阳台上张望，期望能看到丈夫匆匆归家的身影。平时文伟红特别娇惯妻子。家住9楼，没有电梯，稍微重些的米呀菜呀，柔弱的正芬提不动，都由伟红来办。这些年伟红不在家，正芬只能提着重物走一层歇一气儿。两人视频时，伟红常开玩笑说，我不在家，你可别饿昏过去呀！

婚后全家只靠文伟红的工资生活，还要供养住校学习的儿子，生活十分拮据。正芬一直想出门打工以贴补家用，伟红坚决不同意，怕累着正芬。但他驻村后管不着了，家里也没那么多事了，黎正芬去了县城一家大商场做家电销售员，每月基本工资加提成收入4000多元，生活境况春暖花开，大大改善。

2018年，拿回很多大红奖状的文伟红再次向组织请缨要求驻村。他在申请书中重抄了自己入党申请书中的一段话："我将随时以中共党员的身份，在祖国建设的第一线冲锋陷阵，在任何艰难危机时刻绝不畏缩，挺身而出，为祖国繁荣发展发光发热……"

正芬有点幽怨，说你已经超期服役了，还继续干呀？

伟红说，单位那些上传下达的事情谁都能做，地球照样转。我是吃过苦受过穷的农家娃，让乡亲们过上好日子是我该做的呀。

他再次上山，点名来到锯齿山边的中寨镇深度贫困村——大坪村，出任驻村第一书记。

——不知为什么，大概算天下"独此一村"了：这里的农民习惯了每年只种一季庄稼，土地长期闲置，吃菜却要下山到20公里之外的镇上买。文伟红对村干部说："有地不种菜，还要花钱买。人懒地才闲，不穷才叫怪！"可积习难改，他说了好多次，村里还是没动静。于是文伟红自掏腰包，买回一包包各类蔬菜种，挨家挨户发给村民。为起到动员作用，进门他就对老乡说，你先帮我种着，以后我没菜吃了上你家来拿。后来村民们一"串供"，发现文书记对哪家都这样说，大家哈哈大笑，说文书记的心能装下锯齿山了！很快，所有人家都动了起来，当年全村就吃上了自家地的菜，既省钱又时鲜。伟红回家时高兴地对正芬说，其实扶贫工作没有想象的那么难，有时一个好点子就解决问题了。

——大坪村一代代人传下一个陋习，丧事一办就是十天半月，哭拜守孝，草木不动，请吃请喝，花费甚巨，给村民带来严重负担。但谁不办谁就觉得没面子，怕人说不孝敬。文伟红通过干部会、党员会、村民代表会，一次次倡导文明新风，宣讲厚养薄葬的道理。村民杨桦的父亲去世后，听从文书记的劝告，节俭办丧事，整整节省了4万多元，对于贫困村民来说，这简直是天文数字！

——在大坪村仅仅一年多，文伟红带领村民修筑硬化通组路18.7公里，修建7个饮水池共230立方米，铺设水管24.5公里，为发展烤烟、养蜂产业争取扶持资金30万元，帮助80户贫困户368人易地搬迁到铜仁市碧江区的新社区。

——种植烤烟收入高，但投入也高，风险较大，技术要求细腻。很多村民宁愿守着贫困日子也不愿意干，怕亏本。文伟红思量再三，做出一个罕见的决定：让妻子黎正芬辞掉商场电器部的工作，搬铺盖上山。一是当"种烤烟示范户"，黎正芬做活儿仔细，滴水不漏，容易成功；二是她性情温和，待人热情，帮着他做做村民的思想工作也容易沟通。5年来，两口子一个在山上，一个在城里，见时少别时多。这会儿儿子已去贵州大学读书，家里基本无事可做了。于是正芬同意披挂上阵，上山和丈夫一起扶贫。这在全县乃至全市全省，大概是第一例。这以后，两口子在山上，一个董永一个七仙女，"你织布来我耕田，你挑水来我浇园"，未尝不是一幅田园风光。黎正芬为人亲切温婉，很会和村民们聊天，很快深得人心，家家有什么好吃的都叫她去。种植烤烟的工作推不开，文伟红动员村支书高腾科领下40亩，黎正芬动员村民田茂所领下20亩，此后全村迅速铺开。乡亲们戏称黎正芬是"驻村第一副书记"。

"文书记来村工作是最投入最动情的，他能把妻子请上山更让我们感动。仅仅一年多，大坪村经济状况就大为改善，村风村貌也有很大变化。"中寨镇书记谭鹏飞这样评价。

2019年7月22日夜，小雨。正在村部忙着的文伟红接到电话，说一个贫困户有个创业想法，想跟他商量商量，希望他赶快去。文伟红放下手边的事情匆匆往村民家走。很不幸，在漆黑的雨夜中，他踩到一根漏电的电线遭遇电击，当即倒地，因长时间无人发现而意外身亡，以身殉职。两个多小时后被人发现时，年仅45岁的文伟红早已停止了呼吸。

有人通知了黎正芬，她疯狂地从临时的"家"里跑到现场，伟红的遗体已经搬走——好心的人们不希望她看到他。跑到那片泥泞的山坡上，纷纷飘落的夜雨中，正芬一声哭喊："伟红！我的伟红在哪里？把他给我！"以后的事情她都不知道了。

苍天有泪。

一个普通的扶贫干部，在自己的岗位上悄然去了，去得那么突然又那么静寂，甚至并无人们想象或期望中的那样壮烈。但是，他铺的路还在，他修的饮水池还在，他留给村民的爱和温暖还在。一切在，文伟红就永在！

为他送行时，老老少少很多村民到场了，在外县外省打工的闻讯回来了，搬迁到铜仁市的很多移民回来了。那一天，山路上号哭动天，群山震泣。76岁的老农崔素英拉住车不让走，哭喊着："乖哟，你郎凯（土家语：怎么）这样就走了，老天爷，要不得啊……"

黎正芬含泪在县城宣讲时，有一只小鸟飞进会场。正如她在微信里所说，那肯定是文伟红，带着他那颗温暖的心和深深的眷恋。

3. 一个人的学校

大大的眼睛，明亮的微笑。回忆像一册陈旧的小学课本哗哗翻开，她的故事从山路上向我走来。

清晨，我和德江县委宣传部副部长崔松、当地作家杨旭和市扶贫办小袁从县城出发，车在盘山路上穿云破雾转了无数圈，再乘船渡过乌江，再翻山越岭，才抵达杜典娥的家，也是她的学校。沿路的牌子上标明：桶井乡、下坪村、大屋基组——一个深山里的老村。

一座陈旧简陋的木加砖小二层建筑赫然立在半山坡上。这是学校吗？完全不像！

几十年来，这里上课不定时，学生没定数，三个年级集中在一个屋，校长、班主任、语文、算术、绘画等各科教师就她一个。孩子学到三年级就走人，另有一个杂工、厨师兼保安员是她的丈夫简光轩。孩子们集合时，杜典娥便敲响挂在门框上的一个铁盘子——已经锈成文物了（现改成电铃）。教室里挂着一块小黑板，墙上贴着一些儿童画，彩色塑料的小桌小凳摆得东一个西一个。孩子们挤在桌边，有的在写生字，有的在画画，有的在做算术题。隔壁是灶间、堂屋兼办公室，院里放着做游戏的小滑梯，等等，一切那么不正规。只有星期一在门前小院落举行升旗仪式时，气氛才变得特别郑重庄严。杜典娥用手机放着国歌，丈夫用绳子拉着冉冉升起的五星红旗，她和学生们肃立整齐，随着乐曲高唱国歌。院子围栏的前面，是一片陡坡和散落在绿树中的民居，再往前看，是云雾缭绕的群山和山后不可知的世界……

一代代附近山区的泥娃娃，就这样在杜典娥的泪眼和挥别的手势中走过。不过，不要小瞧这所不正规的学校，如今它是在县教委正式注册的一所"名校"。

杜典娥生于1967年，是家里唯一的孩子。困难年代，贵州农村很少送女孩上学，一是因为穷，块儿八毛的学费也掏不起；二是因为重男轻女的老观念：嫁出去的姑娘泼出去的水——干吗为别人家花钱培养孩子呢。典娥的父母没文化，但母亲是50年代的老党员、县妇女代表，觉悟很高也很有见识。当年去县城开会，她写不出自己名字，看不懂报告，不敢出门，因为不认识街牌。备尝了许多"睁眼瞎"之苦，她下决心砸锅卖铁也要送女儿读书——这在大屋基村是头一例，算是开一代新风。每天天不亮，母亲就催小典娥起身，揣上几个洋芋去上学。路上要翻一座大山，那时天还黑着，小典娥害怕，只好等着小伙伴会合了一起走。冬天来了，孩子们冻得瑟瑟发抖，有的提上一个小烘笼，手冻了就放在上面烘烘（我在当地"乡愁馆"看到一个展品：是竹编的小笼，里面放一个粗瓷小碗或铁盘，冬天夜里出门时装些火炭，既可照亮又可取暖）。到了乡上的小学校，上课到午休，孩子们各用3块石头搭一个小灶，用带来的米或洋芋煮一碗稀粥喝下去，下午接着上课。因为典娥家只有父亲一个劳力，在生产队拿不到多少工分，生活极为贫困，挖野菜草根是小典娥的主要差事。因为交不上学费，她几次辍学又几次复读，直到1987年才初中毕业，这一年她20岁。到这个岁数，一般农家姑娘早是孩子妈了。

杜典娥是孝顺孩子。她曾想过考高中或中专，但给家里增加负担，她不忍。又想去外地打工，那就得扔下孤独而日渐衰老的父母，她还是不忍。一直在犹豫和纠结。那些日子，上山种地放猪，和周边许多农家姑娘接触多了，大家都特别羡慕她能读报写字。她们普遍不会写自己的名字，卖米卖菜不会算钱，进县城两眼一抹黑。有的外出打工，雇主听说她们不识字，又说着一口难懂的土话，挥挥手就打发走了，只好再回到闭塞而寂寞的山村，等着嫁人生子，一代代重复着老辈儿的贫穷与忧伤。有几次，从未进过校门的年轻女孩跑到杜家，让典娥教写自己的名字，然后揣好那张字条兴冲冲地跑了。她们说，外出打工，能签上名字领到工资就行了。望着她们远去的背影，杜典娥充满同情又深感痛楚——只会写自己的名字能管什么用呢？没有文化，注定她们只是劳力，很难创造新的人生。看到那么多年轻人外出打工，母亲问，你怎么还不走呢？典娥说，舍不得你们呗！其实她有了心思。

一天，村主任来看望她的父母，说起大屋基村的贫困与落后，光棍和文盲太多，孩子上学太远太累，杜典娥突然问，我在村里办个小学，行不？

村主任吃惊地说，办学校可不是吹泡泡儿，没钱没房没老师，咋个办？

杜典娥说，我当老师，我家当教室，把孩子找来教他们认字，有啥难的？不过我只有初中文化，教不了高年级，三年级以内肯定行。

一句话像透窗而进的阳光，照亮了杜家的棚屋，也照亮了村主任的思路。

村主任和父母一起兴奋地叫："要的！"

事情操办起来，杜典娥才发现，自家局促的小地面根本无法办学，孩子们连个活动场所也没有。在老党员母亲的主持下，一家三口作出决定：用自家的田置换邻居家的地，就可以腾出20多平方米的小操场。接着要扩房、铺路，父亲便借了些民间高利贷，带人上山炸石头，雇来的人每担100斤石头、走两公里到家，给3元钱。村委会穷得尿血，没钱没物，只是送来几块木板，帮着做了一些小桌小凳。这期间，杜典娥跑遍周边各个山村，走家串户，动员所有适龄孩子来上学，说他们再不用大黑天提着小烘笼翻山越岭了。

乡亲们问，没钱咋办？

杜典娥说，每年只交6斤米，交不上的可以记账，啥时有啥时给。

没课本咋办？母亲大义凛然地说，把家里的牛卖了！

1987年9月1日，这个没名没照、只有一个无证老师的"私立"山村小学开学了。方圆十里八乡的 30 多个孩子背着空书包欢天喜地地跑来，最大的 3 个女孩 17 岁，其中两个有了未婚夫，最小的男孩 6 岁，满满登登挤了一屋子。9 时整，母亲敲响了挂在门框上的"铁盘钟"，父亲把桌凳摆整齐，杜典娥拿着自备的教学笔记走进"课堂"，宣布开课。因为有些学生读过一二年就辍学了，典娥便把学生分为三个年级，开始在一间房里"轮番作战"：给一年级小豆包上课，就安排二年级做作业，三年级做游戏。就这样，数百年沉寂无声的大屋基村，第一次响起孩子们的琅琅读书声。完全不懂"业务"的杜典娥没按小学教材来，她教的第一个字是"人"，第一个名词是"中国"。

在学生花名册上，有三分之一以上没打钩，意味着这些孩子的 6 斤米"学费"没交上。

购买每年两学期的课本，对个头儿小小的杜典娥来说是一件很难的事——只有在乌江对岸的稳坪镇才能买到。每次，杜典娥清早起身，徒步翻山再乘船过江已是夜晚，得花钱找地方住一宿。第二天去镇上买回两大包课本，又要大半天，晚上再住一夜。第三天背上死沉的课本乘船过江，再爬山过沟，晚上才能回到大屋基村。不过，她也有意外"收获"。有一次，一个学生家长说，对岸的长江村有一个姓简的农户是他亲戚，可以借住在他家，省点住宿钱。杜典娥很高兴，如约去了。户主老简早年当过 7 年兵，豪爽热情，听了典娥办学的经历，老简深为感动，第二天便命令大儿子简光轩帮着典娥背书过江，送她到村。简光轩黑黑的，老实巴交，很少说话，光会笑。这以后，杜典娥凡是过江办事就住在简家。一来二去，两个年轻人越来越亲近了，第二年典娥又去买课本，路上简光轩对她说，我看你家就缺一个帮你背书的人，这事儿就让我包了吧。杜典娥羞红着小脸，咣当给了他一拳。这一拳直把小伙子打进屋，当了上门女婿，一直住到现在，"职业"是学校敲钟人兼杂工。

杜典娥只能教到三年级。到了四年级，孩子也大了，就可以到江对岸的镇小学继续就学了。

一年又一年，一批批孩子来了又走了。杜典娥的贡献是，在山区农民生活十分艰难的条件下，在九年义务教育尚未实施的年月里，附近山村所有适龄的孩子——特别是女孩——无一"漏网"全部上学读书了，这是多么温暖、多么令人敬重的小小伟业啊！

这件事感动了德江县领导。

——7年之后（1994年），有关部门给杜典娥一个"代课教师"的名义，每月补助60元。

——21年之后（2008年），杜典娥又办了学前班，总共有100多个孩子。家里装不下，杜家只好自费请人请马，从10里之外的砖厂拉回水泥砖，加盖了小二层，每块砖到家的成本5元钱。

——22年之后（2009年），杜典娥考上正式教师，月工资3000多元，她能松口气了。

——32年之后（2019年），杜典娥已是乌发染霜，而她的微笑依然明朗。

谈到她的学生，杜典娥充满骄傲和幸福感。32年来，她总共教过1500多个孩子，三年级离开后，其中有20多个后来上了大学，当了干部。

中午在她家吃便饭时，杜老师拿来一个陈旧乌黑的本子给我看，那是登记历年"6斤米"学费的账本，名字后面打了钩的是交过的，还有少许没打钩的是至今欠着的。杜典娥笑着说，我整整教了三代人，有好些打了钩的，是后来儿子、孙子帮着还上的。这个账本我还留着，其实不是为了记账，它是我一生的记录和纪念品了。

眼下，这所"一个人的学校"有14个学生，1个一年级，4个二年级，9个学前班，还有一个城里来的姑娘——志愿者陈华玲。杜老师说，这几年来我这儿上学的孩子不多了，因为通过这几年的扶贫工程，很多村民富了，纷纷把孩子送到城里读书。那边条件好，老师教得也比我好，我当然为他们高兴。

谢谢您，杜典娥老师！在亿万人民努力奋斗、脱贫致富的伟大历史进程中，你默默为山里孩子开辟出通往梦想的一条路。没有你的艰辛付出，也许很多人的梦想已早早失落在犁杖后面了。甚至，他们不可能有梦想。

4. "蒜你狠"

这是一个山间花园吗？是。两座雕塑威风凛凛，前有盘龙腾云，后有金凤展翅。古木森森，流水潺潺，绿茵幽幽，亭榭阁台。

这是一个深山别墅区吗？是。一条条平展的道路两旁，一排排造型各异的二层白色阁楼比肩而立，钢窗玻璃门拼出各种花纹图案，窗内的纱帘五彩缤纷。沿着颇有气势的宽阔台阶拾阶而上，迎面是宏伟的橘红色凹型木建筑"农家乐大饭店"。中午时分步入其间，上百老少游客正围坐在餐桌旁对酒当歌，热闹非凡。哦，是一场婚礼，一身白色婚纱的新娘和西装革履的新郎正挨桌敬酒……

在铜仁思南县塘头镇，在蜿蜒山路的尽头，在群山怀抱之中，怎么会有如此美丽宁静的一个处所？

看墙上的老照片，恍在昨天又远若千古，和贵州所有的老村一样：枯藤、老树、昏鸦；乱石、野岗、穷家；赤脚、烂衫、灯花……

新故事是从一头大蒜开始的。

冷朝刚，苗族，塘头镇青杠坝村党支书，个子不高，黝黑，清瘦，说话有板有眼，听来很有些政治理论，谈话间也时常跟我"理论"。爷爷火线入党，一辈子活得慷慨激昂，当年参加了山里的游击队，扛一杆土枪打过"民团"剿过匪，解放后当了村支书，从土改运动到合作化运动再到包产到户运动，干了全程。"文革"中的一个大年夜，全家正在吃饭，一半玉米一半糠，一伙造反派（我奇怪，那么偏僻的山村竟然也有造反的）突然冲进来，把饭桌掀了，把粗瓷碗砸了，然后硬按着爷爷的头强迫他跪在碗碴上，让他承认自己是"叛徒""走资派"。爷爷的膝盖扎得鲜血淋漓，造反派连打带骂问了一千次，爷爷回答了一千次：我是共产党员！我是共产党员！我是共产党员！当时刚刚 4 岁的冷朝刚吓得哇哇大哭，但这血腥一幕和爷爷的刚烈让他记到如今。父亲后来也当了村干部。我问冷朝刚，你家三代村干部，家境是不是好一些啊？冷朝刚说，不，比一般村民还困难。那年代当干部要带头吃苦，公粮带头交；政府有救助要分给群众；我家住的是最残破的茅草房。记得小时候我正在喝野菜粥时，一条巴掌长的大虫子突然从草棚上掉下来，落进碗里，我吓得哇哇大哭。爷爷叹口气说，唉，它也饿了。

生活所迫，冷朝刚初中毕业后就跟随村里大人去附近的煤矿下井挖煤。为了照亮，手提一盏小马灯，跪着刨，爬着背，透水、爆炸、塌方事故经常发生，民工们死伤多多，人称"两块石头夹一块肉""吃的是阳间饭，干的是阴间活"。冷朝刚挖了近20年，侥幸活着出来了，却患了严重的尘肺病。呼吸困难，走几步就喘，晚上憋得睡不着觉，咳的全是黑痰。去医院大夫给他洗肺。我问怎么洗啊？冷朝刚说，哪里是洗啊？是硬捅！医生拿两根直直的钢管，从嘴里捅进肺部，末端有些柔软的金属细丝，医生不断用这东西撩拨他的肺，刺激他猛咳，一口口把黑痰吐出来。他连呕带吐，死去活来，生不如死，一气折腾了七八个小时。

医生擦擦汗说，你很坚强，效果不错，不过需要再来一次。

冷朝刚擦擦泪说，我死也不来了。

煤矿不敢去了，只好回村种田。死过一次的人胆儿都大。他一直觉得周边的乡亲很奇怪，好像一生一世只认识"三大件"：老婆、土地和玉米，而且一年只种一季。至于天上下的，人间造的，地里长的，世界那么大，精彩那么多，他们好像不知道，知道也没反应，宁可冬天揣着袖子蹲在土墙根儿蹭痒痒，眼神空洞无物。冷朝刚想，种粮食既不够吃也不赚钱，还交不上公粮，莫不如种"钱"。他选了两样：大蒜和西瓜。这个人很深沉，只干不说。村里人嘲笑他，种那玩意儿能填肚皮吗？冷朝刚还是不说话闷头干。眼瞅着他家的日子越过越滋润了，村民们依然空洞着眼神没反应，私下还说他种田"不正经"。估计风言风语传出去了，1999年夏，塘头镇书记到村里"视察"，看到赤脚冷朝刚挑一担粪水正在浇西瓜地，他问，你入党没有？冷朝刚说，没有，我写过5份申请书了，支部没反应。书记说，我马上安排你入党，你先当个小村组长吧。

话说给当时的村支书，这位村老大心里咯噔一声吓了一跳，镇书记亲自安排冷朝刚入党，看来很有来头啊，说不定自己的木头交椅要不保。此后他的工作一直很"忙"，没工夫理这件事，有一次还把镇书记的电话摔了。

小村组长是当上了，但入党拖了整整 4 年有余。看来"武大郎开店——比我高的不能用"，人才难以脱颖而出，是一些地方长期受困的重要原因。

2004 年，冷朝刚终于入了党，他开始在本村组大力倡导"产业调整"，号召村民种大蒜和西瓜。村民一翻白眼，说那玩意儿能顶饿吗？冷朝刚笑着说，粮食值钱还是钱值钱？金钱不是万能的，但没有钱是万万不行。有了钱，啥不能买呀？组民会上，他请来会计和常来买他的大蒜、西瓜的一位生意人，当场给村民们算了一笔账：1 亩地种一季玉米，大约能卖 400 元；我夏天种西瓜，入秋种大蒜，总共能收 2000 多元，也就是说，我干 1 年顶你们干 5 年的。村民们恍然大悟——他们很多人没上过学，没学过算术，当然不懂得这个道理。

不过村民还有些担心，咱们村山高路远，种多了能卖出去吗？他们很多人连县城都没去过，想象不到外面的世界和大中国有多少人，有多么广阔的市场，每天能消费多少大蒜和西瓜。

贫穷限制了村民的想象力。

冷朝刚当场表态：我包销！

又有人说，没钱买种子。

冷朝刚说，我替你们买，秋后再还钱。他还强调说，说实话这点儿钱我完全送得起，但要你们还，是让大家增加一点儿市场意识。

当年，大蒜和西瓜就攻占了这个小村组。数年后冷朝刚当上村支书，大蒜和西瓜又攻占了整个青杠坝村。让村民们更想不到的是，"蒜兵瓜将"们闹腾得红红火火，冷朝刚又在村里建立了大蒜深加工产业，村民收入暴增，竹席底下藏不住了，腰包装不下了，只好存银行。如今村民们个个走路腰板笔直、趾高气扬，再不到墙根儿下蹭痒痒了。

翻天覆地的变化跟着来了，很多事情走在全省全国前头。

——早在 2006 年，全村就自力更生、脱贫致富了。

——2005 年，取消家家户户的小粪坑改建公厕，雇专人打扫全村卫生，早于全国各地绝大多数农村。

——2013年，散落于石坡野林中的农户全部下山集中安置，100多亩的宅基地或恢复青山绿水，或复垦田亩，并成立了绿化公司和劳务公司。

——如前所写，新房如别墅，村貌如公园，四季花不败，这件事多年前就干成了。村里曾开展过集中饲养的蛋鸡产业，收入颇高，但发现空气中气味不好，有伤大雅，于是果断下马。村民们笑称冷书记"上管天，下管地，中间还要管空气"。

——青杠坝村有实力了，冷朝刚把邻近一些村庄的土地流转过来，建设了蔬菜基地，实行劳务工资和利润分红，让山民们皆大欢喜。

有一次，时任省委书记赵克志率领一批省里干部来青杠坝村考察，听冷朝刚汇报说，过去村里埋葬死者到处上山找风水宝地建坟墓，有大有小，有钱人建得越来越高越来越华贵，严重影响了生态环境。于是村里在一个山沟里建了一个公墓区，实施收费安葬。在场一位厅级干部说，这样不好吧？赵克志当即拦住他的话头说，你别听他的，我说了算！我们要尊重群众的首创精神，有利于保护青山绿水，有利于群众按规矩办事，很好嘛！

这些年大蒜价格暴涨，网民改称"蒜你狠"。村里年轻人就给冷朝刚改姓"蒜"，大号叫"蒜你狠书记"了。

冷朝刚笑道，你算了吧！

"蒜你狠"一招鲜，吃遍天。

5. 因绝恋出走，为扶贫归来

在德江县玉竹山，偶然碰上一位黑脸"山大王"。

我是半道上来喝茶的。大清早从县城出发，过乌江、翻大山、爬高坡，去大屋基村采访"一个人的学校"创办者杜典娥，一直谈到过中午。回程路上，当向导的德江县宣传部副部长崔松请我到玉竹山上的山庄茶室休息一下。山庄很大也很漂亮，栈道亭阁、采摘观景、儿童游乐、品茗餐饮，应有尽有。坐下后，服务员端来一杯菊花茶，我的眼前不禁霍然一亮！以往在别的地方见的菊花茶都是碎小而枯暗的，而这杯菊花茶真个是非同凡响！透明的玻璃杯中，盛开着一朵大大的金黄色菊花，花瓣细长鲜丽，婉约轻柔，犹如"千手观音"展开的纤纤玉指，明亮的水中还漂浮着几粒红红的枸杞子和几片细细的甜绿叶，看着无比地赏心悦目。我端杯轻轻呷了一口，哇，绝品！宛如饮了一杯灿烂的秋阳，让浑身乏累一扫而空！

我问，哪来的？谁种的？

崔松指指靠在远处柜台边一位瘦瘦的中年汉子说，他，山庄老板刘继权。

作家的眼光是很毒的。其实进门我就注意到他，高高的个子，一张黑脸没有表情，既不像老板也不像民工，一副完全与己无关的样子。

我说，过来坐，咱们聊聊。

这家伙大步流星走过来，腰杆笔直，动作利落，脸上仍无表情。

我说，我们一大帮人来了，还有县领导，你怎么没点儿笑模样？生意还怎么做啊？

柜台后面一位年轻女性说，他不会笑，死倔。

满屋哄堂大笑，刘继权还是规规矩矩坐着，不笑。

我蓦然觉得他一定当过兵，一问果然。

接着我像审判官一句句问，他像拍电报一样答，完全是大兵的习性。谈完，我明白他为什么没笑容了。

童年的刘继权很不幸。父亲是生产队的民兵排长，一次训练中因他人擦枪走火身亡。母亲顶不起艰难的日子，不得不扔下小继权远走他乡改嫁，继权只好跟着爷爷奶奶生活，从此再没见过母亲，也没享受过多少关爱。他说："我是在破烂儿堆里长大的，从来没穿过完整的衣服，上小学才穿上第一双鞋。"和爷爷奶奶的隔代生活代沟太大了，又没有兄弟姐妹，有时一整天没人可以说话。孤独和冷寂，像钉子一样把他钉在凄惨的草屋里。初中毕业后，刘继权主动报名当了兵，上了对越自卫反击战战场。几个月蹲在猫耳洞里，除了风雨声就是炮火的轰鸣，练就了一个钢铁般沉默的孤魂。还有一次越军打来的燃烧弹把阵地燃成一片火海，刘继权的脸受到轻微烧伤，治愈后肌肤坚硬，一黑到底再没白过，笑起来也有些困难了。3年后，刘继权退伍回到家乡，被安排到德江县物资局当科员，主要任务是为全县工程建设搞材料采购。这家伙经过战火历练，又受伤黑了脸，意志无比坚定，办事一丝不苟。外出采购时，事先局里人已经与对方谈定了价格，刘继权一去，一张黑脸能砍掉两三成，为县里省下大笔资金。领导很高兴，多次表彰他并暗示说，小伙子好好干，有前途！

后来的一件事几乎震惊了全县机关。1993年的一天，刘继权突然人间蒸发，办公桌擦得一尘不染，文件摆得整整齐齐，一切好像没人用过。本人任何原因没说，辞职信也没写，无声无息（那时县里很少有手机）就像钻进了地缝儿。问家里老人，他们也很着急，说不知去哪儿了。

一个公务员突然消失，这是大事啊！而且一个当兵出身的人怎么这样没组织性纪律性？领导大为光火，派人四处查访，无结果。后来才有风言风语传出来，说刘继权处了一个女友，已经到了谈婚论嫁的程度。但有一天刘继权突然发现，这位女友暗地里背叛了他。试想，一颗从小孤独的心，一颗从战火中归来的心，是多么渴望爱情啊！一朝心碎，性情刚烈的他不想再看她一眼，第二天便消失了。

无处安放的青春只能走人。有人猜，他是不是找个隐秘地方自杀了，同事们说，不可能！

刘继权去了广东。到处流浪，到处打工，在工地上运沙搬砖，在企业当过保安、工人，但住工棚、喝大锅清汤水的日子并没有泯灭他的钢铁意志。积攒了一点小钱之后，他便找地方学习纺织技术、机械修理、物业管理等，尽可能多地拓展自己的知识和本领。再后来，他当了工头，领一帮农民工盖摩天大楼，汗水流得哗哗响，灌满了胶靴筒子。想不开的时候就把自己灌倒一醉方休。整整11年的流浪和血战，创痛全然抹去，生活条件大为改善，更练出一副铁骨柔肠。其间刘继权多次回家探亲，在广东闯荡四方，他看惯了繁华似锦灯如海，红男绿女车如流。但老家江山依旧，穷困依旧，乡亲们依然数着粮食粒儿过日子，这让他心情十分沉重。年轻时因为失恋一跺脚走了，现在人到中年，也有些实力了，总应该为父老乡亲脱贫致富做点什么。他想，家乡除了底子薄、条件差、封闭落后，最主要的是：从未走出大山的乡亲们缺少能干事、敢干事的带头人。他决定伸把手，带头干。2004 年，39 岁的刘继权变卖了所有家产，重返家乡。他想定的一条路是，分散的小农经济只能维持生存，众人拾柴火焰高，只有通过发展产业经济，才能集中力量，彻底改变村寨的命运。

第二年即 2005 年，刘继权经过广泛考察，相中了桶井乡的玉竹山。这座山风景优美，不高不低，土质肥沃，气候温润，完全可以改造成可观景、可游玩、可采摘的"花果山"。听了他的设想，县乡领导大为高兴并给予大力支持。刘继权豁出去了，拿出自己近乎全部的积蓄，他说："不成功便成仁，这就是军人的脾气！"再加上借款和银行贷款，然后发动周边群众以现金或劳力入股，参加玉竹山果园合作社。经过 3 年苦干，共种下 2000 多亩、10 万多棵各类果树。但果树挂果慢，收入还得等几年。为按时给村民们发工资，刘继权已是债台高筑，愁得满嘴起泡，一张黑脸更黑了。有一天他独自在果园里走来走去，忽然想到，果树下的土地都空闲着，为什么不引种一些生长快捷的经济作物来尽快增加收益呢？他做出一个正确的决定：引进"金丝皇菊"——听名字就高贵得很。

迄今，从园内到园外，全乡种下 1000 多亩金丝皇菊，加工厂也在山脚拔地而起。入秋后金丝皇菊漫山遍野，一片金灿灿的风光，煞是好看。刘继权说，这东西喝着赏心悦目，又有消炎、去火、静心作用，市场上价格不菲，但颇受白领阶层和小康人家欢迎。确实，我们相谈时，就见游客们络绎不绝进来，一盒盒买走——村民们从劳务收入到入股分红，终于看到青山绿水变成金山银山了。

聊到后来，我才知道柜台里那位漂亮的年轻女性是刘继权的"压寨夫人"—— 一位勤劳的村姑娘，不叫小芳叫小霞。

6. 香烟盒上走来的苗家女

在绿的深处，在云的深处，在山的深处，在歌的深处，这个县叫松桃苗族自治县，这个村叫枇杷塘村，这个苗家女叫隆金珍。看地名就知它依偎在诗意的远方；看人名就知她昨天有过"梦想很丰满，现实很骨感"的经历。

小小的个子，镀着一层阳光的肤色，聪明的左撇子（哈，我也是！）。身段灵动，语言灵动，表情灵动，眼神灵动，舞姿灵动，歌声灵动，如今老了，按苗族习惯，黑白参半的长发在脑后盘成一个圆髻。让人想象不到的是，63岁的人啦，居然上了央视播出的电视剧《伟大的转折》——虽然只说了一句台词。我很奇怪，导演是怎么把她从铜仁绿海深处捞出来的？真正的"海底捞"。

高中毕业的隆金珍很会写。早年她在村里开了个小卖部（那时叫代销点，现在仍在开），因为家穷，没有纸，卖出一包包香烟后，剩下许多白白净净的硬纸盒。她觉得扔掉很可惜，于是忽发奇想：没事儿的时候，便把自己的前半生断断续续写在上面，积累至今，已成40多条的"回忆录"。她很有历史感，特别在开头注了一个标题《妈妈的回忆——送女儿保存》。这份独特的"香烟盒回忆录"珍藏至今，纸面已经发黄，但有一个意外的收获，那就是把女儿龙凤碧引上文学创作之路，现在是中国作协会员，出了书，在当地很有些名气。

隆金珍，就这样从香烟盒上向我们走来……带着她的前半生，带着她的忧伤和欢乐、奋斗与情怀。

隆金珍生于1956年，是地主家的女儿——其实是孙女了，这注定了她的童年和青春很不幸。50年代初的一个夏天，爷爷奶奶煎了许多麦粑饱吃了一顿。小金珍偷偷藏起一个，留给饿着肚子在坡上放牛的妈妈。晚上妈妈回来，接过小金珍留下的麦粑吃得好高兴。但没舍得吃完，剩下半块藏到箩筐里，还盖上一层牛草。哪想到爷爷晚上喂牛吃夜草时发现了那块麦粑。第二天一早，大为光火的爷爷把金珍母亲狠狠打了一顿，然后拿着那块麦粑满村叫喊说，你们大家看哦，看我家这个骗人的坏媳妇会偷吃啊！小金珍赶紧向爷爷解释，说是她偷偷藏起给妈妈的，但大人们都不信。那会儿妈妈坐在堂屋里哭，小金珍趴在妈妈的背上哭。事情发生后不久，妈妈就被撵出门了。受到严重伤害的妈妈对这个家满怀仇恨，离意已决。那天拎包离开村子，小金珍哭着喊着在后面追着叫妈妈，妈妈噔噔地大步走着一直不回头。她一定是满脸泪水。她一定怕一旦回头就走不动了。从此妈妈再没登门，没回来看女儿一眼。

香烟盒上还写有人民公社时代吃"大锅饭"的生活，这当是非常"金珍"的历史资料——现在的年轻人完全不知道这些曾经了。

"那时大家一起在大队食堂吃饭，每家的饭量按人口的多少来分，大人一天的米饭不超过1斤，小的不超过4两，饭具交给食堂里的伙食人员保管。全村的大白米饭蒸熟了，总管员便用广播叫喊大家来打饭。大家把蒸好的饭带回家，倒入锅里加上野菜和水，煮成菜菜稀饭才吃。不加野菜不行吗？不加就填不饱肚子，全家人都等着这锅救命的苦苦饭哩。最困难的时候，食堂没什么东西了，野菜和树皮都没有了，大家只好吃观音土，吃死了好几个，你们唯一的姑姑就是那几年死的。"

没了母亲，小金珍的孤独与落寞可想而知。有一天爷爷买回一头小猪崽，很快成了她时时不离身的小玩具。小猪也喜欢和她在一起，不管小金珍去哪里，小猪都会屁颠儿屁颠儿跟着。一旦把它关进猪圈，就会叫着闹着要出来，喂东西一口不吃，最后连睡觉都在一起了。小金珍去上学，小猪也要撵腿，怎么赶也赶不回。没办法，她只好把小猪带进教室。小家伙竟然也懂得遵守课堂纪律，上课时乖乖趴在小金珍凳子底下一声不吭，比"三好学生"表现还好。后来小猪长到二三十斤，自然逃不过猪类的命运，小金珍大哭一场。

金珍高中毕业后当了5年村小学代课老师，后因精简只好重归土地，家里家外，耕田喂猪，把自己忙成能顶两个半边天的农家女——因为丈夫是正规教师，天天守着三尺讲台下不来。一个农忙季节，金珍吆喝着赶牛耕地——苗族妇女干这种重活是很少见的——整整一天，她没歇牛也没歇，临到傍晚，那头老黄牛扑通一声倒地，口吐白沫再没站起来。她把牛累死了。

那些年，隆金珍火辣辣的热心肠和刚直正义的性格也显露出来，村民有事就管，有难就帮，有话就说，连村干部都敬她三分。改革开放的春风吹进80年代，隆金珍见村民采买日常用品要跑到很远的县上，太不方便了，于是办起全村第一个小卖部，价格公道，童叟无欺，既方便乡亲们购物，也能赚些小钱补贴家用。老公特别给小店写了一副对联："柴米油盐应有尽有；风霜雨雪随叫随开。"——这副对联写得对仗工整，琅琅上口，颇有水平，质朴而亲切，可以入选佳联之列，显然是先生有感而发。

金珍也确实这样做的。

她年轻时曾经受过卫校培训，懂些简单的药理，知道一些苗药土方。也是为了方便乡亲，店里备了些常用的非处方药。村里人患了小病，买点店里的药，吃几副她开的方子也就好了。

此外，隆金珍那几年还做了一件对枇杷塘村有长远意义的大事。当时她痛感村民们特别是妇女们文盲很多，知识贫乏，什么事情都做不来，连电话都不会打。没文化，贫困状况就难以改变。于是她自告奋勇帮大家扫盲，活动开展得红红火火。村民们会写自己的名字了，认识月历牌了，进县城认识路了，能琢磨发家致富的路数了，等于隆金珍做了一件文化扶贫的大事。

正直和好心的人总是有威望的。2005年，49岁的隆金珍在村委会换届时作为"备胎"上了候选人名单——事实上是差额选举中准备被"差"掉的。没想到一句老话"群众的眼睛是雪亮的"起了作用，隆金珍竟然获得最高票数，出人意料地当选了村长！

那时村干部没有一分钱补贴，白干。但金珍把家里地里和小卖部全扔给老公，全身心地投入工作。如今回头去看，隆金珍自觉自发的扶贫活动就从那时开始了。率领乡亲们一起开垦荒山种果林、栽茶树，发展畜牧和水产养殖。还号召全村妇女"突破旧观念，能顶半边天"，栽香葱，种白菜，养猪鸡鸭鹅。活钱到手，生活松手，边种边卖，一天得个七八十块钱不费劲。经过数年苦干，绝大多数村民解决了温饱问题。此外，无论白天黑夜，村民家里出了什么纠纷，金珍都要上门劝解教育，忙得一脑袋糨糊。老公不高兴地说，自从金珍当了村长，心都变"野"了，人像猴子一样，一会儿跳到这棵树上看看，一会儿又跳到那棵树上看看。金珍一笑置之，说我本来就属猴嘛。几年忙下来，虽然村民生活过了温饱线，村办产业也有所发展，但没形成大气候。隆金珍备感失落和伤心，换届时坚决辞职不干了。村民会上，她动情地说，我没本事，没能带领大家脱贫致富，对不起乡亲了！说完她流着眼泪给大家深深鞠了一躬，全场掌声响了整整一分多钟，很多村民也流泪了。

那好吧，在官位上扶不成贫，那就再搞一次文化扶贫吧——这又是她的自发和自觉。当时她脑子里装了很多村里村外家庭"不和谐"的故事。她忽发奇想，和几位老中青男女村友自编自导自演了一个苗语小品《家和万事兴》，剧情生动有趣又感人，村里演罢镇上演，轰动一方。后来被请进县城参加"正月十四"和"四月八"节，这两个节日都是松桃苗族人的传统盛会，各村各寨乃至外县的父老乡亲，甚至200多年前迁徙到广西的松桃苗族后人都赶过来参加了。金珍在小品里面扮演一位进城看儿子的乡下老人，辛辛苦苦种得点粮食和蔬菜，一片心意送到城里给儿子尝尝鲜。费了老大周折找到儿子的家，却处处遭到城市儿媳妇的嫌弃。舞台上，金珍演得活灵活现，两次摔倒三次哽咽，在场观众感动得热泪横流，演毕掌声经久不息。这就是"文艺源于生活"的道理。后来有网友把这个小品视频传到网上，命名为"黔东首部苗语小品"，收获了苗族群众不少的点赞和好评。渐渐地，苗寨枇杷塘村形成一个"游击队"式的演出小团队，排练演出时集中起来当演员，完成任务回家还是一身土一身汗的农民。所以他们扮演的农民特别像，比红透天的小鲜肉们像多了。在金珍的领导下，小团队时常编些本村节目，吹拉弹唱，倡导新风，表扬好事，批评懒惰，激励奋斗，号召脱贫致富自立自强。近几年党中央倡导在村乡地区普遍建立"新时代文明实践中心"，隆金珍以她对现实生活的直接体验和感悟，以她的强烈的责任感，在文化扶贫、文化强村的建设中，走到了前头。

舞台演出最"专业"最出效果的隆金珍不知怎么引起了影视界人士的注意。没过多久，她接到导演邀请，先后参演电影《有风在唱歌》，接着是微电影《苗岭上的法官》《咖嘎咖狩》，网络电视剧《怒晴湘西》，等等。虽然都是群众演员，但金珍很开心，笑得像一朵花。女儿龙凤碧问她有什么感受，金珍说，我喜欢演苗族老百姓，让大家知道我们苗寨的生活和变化，而且能启发观众做一个好人和勤劳的人。

女儿又问，现在脱贫攻坚战在全国开展得热火朝天，你是老村干部，你觉得这项大工程的关键是什么？

金珍的回答很中肯也很尖锐：最起码农民自己要先动起来，勤劳起来，国家只是帮一把。就像雪中送炭，炭送到你家了，你自己得生柴起火，炭才有作用。不能你去给他什么都做起，也不能让他边烤火还边发牢骚，好像都是你欠他的。依我看，农村人有出息的，肯吃苦的，差不多都进城了。现在农村剩的，除了大病户、残疾户、不识字的和穷山恶水的人家，还有不少好吃懒做的。这些人不光要帮，还得加强教育。咱们村有些人连自家田土都懒得种菜。他们享受低保有依赖性了，反正一个季度过去又要到钱了。

如今的隆金珍仍然活跃在乡村舞台上。

她老了，枇杷塘村也城市化了——改名为枇杷社区。

上海篇

心很近，光芒很远

1

上海，世界上最瑰丽最壮阔最具魅力和活力的大都市之一。

上海是一个发光体，是用光芒和流星缠绕而成的梦想。上海从诞生那天起就是用梦想砌成的城市。上海因为梦想越来越多、越来越挤而不得不向更广阔的时空发展。于是无数摩天大楼像森林一样疯狂生长，争先恐后去敲响蔚蓝色的天窗，以获得更多的阳光雨露，好似无数的"阿拉"伸出钢铁般的巨臂托起了天空。

在上海，每一朵花都为梦想而开，每一条道路都是梦想的 T 台，每个人都是拧着猫步走向梦想的模特儿。

在上海离开梦想就活不下去，因此你必须为梦想拼命奋斗。成功之后你便可以在月光梧桐下漫步，在阳台上眺望属于自己的风景，因为风景里有个你。

2

上海，是一个有千百种人生玩法，却始终能九九归一的魔方。那就是在她历史悠久、风格各异的道路上的从容前行和那些优雅的背影。

上海，是一座有千百条奋斗之路通向迷宫，最后总能找到出口的魔都，那就是从弄堂到摩天大楼的升升降降。

上海，是一个掀开盖子就有金雀鸟跳出来鸣叫的魔盒。它催你起床上路，并告诉你盒子里既有阳光明媚也有疾风暴雨，既有泪也有笑。

上海，有一种让人沉醉于风花雪月、迷失于诗和远方的魔力，那就是她不断的出发和不懈的寻找，因为每一天都会出现新的梦想。

上海，有一种千变万化但万变不离其宗的魔性，那就是她以自己的花容月貌和变幻多姿激励着每个人，把人生之海变成一粒盐。

魔方、魔都、魔盒、魔力、魔性，构成了一个万花筒般繁华而迷离的"探险者的乐园"——上海。

3

上海是伟大的。如果说北京是现当代中国的旗帜，那么上海就是近现代中国的图腾。

上海是美丽的。不仅美在她每天如花似玉、令人惊艳的晨妆，美在外滩波光月影中的爱情故事，而且美在她的温柔、她的良善、她的气质，她的光芒直抵很远很远的地方。

上海是富足的。但她的富足却来自一种"计较"的思维方式和生活方式，每一枚铜板必须花在应该花的地方。

上海是广阔的。她是一座没有城墙的城市。她的繁荣生长来自整个长江流域的滋补营养。她的街道名称，几乎囊括了全国各个省市区和名胜之地……

上海从不缺席，永远在场。从西方工业革命浪潮涌进中国的第一朵浪花，到中国共产党成立的第一面党旗；从社会主义建设时期最重要的工业生产基地，到改革开放、创新发展伟大进程中的排头兵和先行者；从海纳百川、广收博引的海派文化，到沿海地区支援中西部的滚滚热流，在中国革命、建设、改革的全过程中，上海伟岸而坚定、勇敢而从容的身影，永远站在时代潮流的前列。

上海是值得信任的。百多年来，只要是上海制造的"中国制造"，那就是高端，那就是保证，那就是高贵，那就是品牌。犹如我在北大荒当知青时吃过的一块大白兔奶糖，从此不忘，在贫瘠而劳苦的青春岁月里，它甜蜜了我的心并一直甜蜜到现在。我为它感动。

4

上海人很少激动。视野宽阔，见多识广，生活静好，让他们满街走着云淡风轻的表情。但只要一提到支援全国各地，他们就目光发亮，热血沸腾，虽然表情不变，依然从容。

上世纪 90 年代，又一场伟大的强国富民的战役在神州大地上展开。在党中央国务院决策部署的东西部扶贫协作和对口支援工作中，上海再次走到全国前列。至今上海已选派 50 余批、2000 余名干部和专业人才，到对口帮扶地区任职，涵盖了 7 个省、20 个州市、101 个县市区，其中有 98 个贫困县，包括：新疆喀什（4 县）和克拉玛依市、西藏日喀则市（5 县）、青海果洛藏族自治州（6 县）、云南 13 个州市（74 县）、贵州遵义市（9 县）、三峡坝库区（重庆万州区和湖北宜昌夷陵区），还有为实施新一轮振兴东北战略而进行对口合作的大连，等等。他们发扬"钉钉子"精神，坚持真抓实干、久久为功，为帮扶地区勾画梦想蓝图，关注帮扶当地群众的当下生活和长远发展，在精准扶贫中传递了上海温度、上海力量、上海智慧，涌现了一大批先进典型和感人事迹。

上海对口支援和扶贫工作的指导方针是智慧的、朴实的、实事求是的："中央要求、当地所需、上海所能。"这三句话绝对是上海风格：没有口号式的喧嚣，没有誓词般的铿锵，没有表态式的华彩，只有一个感人至深的"能"！

上海把工作指导方针变成了哲学。

20 多年来上海的行动是卓有成效的：迄今，他们帮扶的 98 个贫困县已有 93 个脱贫，尚未脱贫的 5 个县、40 万贫困人口将在 2020 年底前全部实现脱贫。有上海的强大推动，有当地的奋勇精进，来日可期。

2019年11月，习近平总书记赴上海考察期间，对上海的东西部扶贫协作和对口支援工作给予了高度评价。

一 "没有任何退路和弹性"

沁园春

——2020年3月8日，为抗疫前线白衣战士而作

黑云压城，桃花霜冷，神州惊绝。曾山河醉暖，春风又度，丝竹齐鸣，天下有约。怎奈几许，疫魔突至，人间处处长相别。唯听命，看白衣天使，举誓天阙！

最是肝胆如铁，为黎民燃指照长夜。为家国情怀，不论生死；亲人叮嘱，无语哽咽。但盼来日，沙场吐绿，不忘英雄共泪血。铸丰碑，哭千秋医魂，慰我凄切！

1.除了胜利，我们别无退路

激情是生命中的火炬，责任是生命中的钢铁。从贵州铜仁飞赴上海，原准备继续本书的采访与写作，不想一切戛然而止。因为新冠肺炎疫情突然暴发，我被困住了。

一切都是突如其来！

2020年，是全面建成小康社会目标实现之年，是脱贫攻坚的收官之年。正当全党奋起、全国奋起，向着伟大的胜利发起最后冲刺的时刻，我们遭遇了新中国成立以来传播速度最快、感染范围最广、防控难度最大的新冠疫情。

一声咳嗽、几星飞沫引发的疫情，瞬间袭击了神州大地的中心地带，让中华民族春节大团圆的欢乐气氛骤然降温，让湖北、武汉乃至整个国家猝不及防！

这是一场人类与病毒进行殊死搏斗的"非常规战争"和"非对称战争"：搏杀没有预警，没有硝烟，悄然进行在我们不可或缺的空气中；"战区"没有前方后方，无边无界，无所不在，关乎所有"战士"和"平民"的生死。没有谁是孤岛，没有人与此无关；"敌方"如影随形，时时在我们眼前和身边转悠，但又无影无形、无孔不入；危险和死亡的威胁看似很远却又近在咫尺，愈是充满温情的处所，袭击来得愈快愈准；交锋中不见刀光剑影、血肉模糊，倒是更多的亲情聚会、谈笑风生，殊不知瞬间你或已中"弹"。当你倒下时，已毫无还手之力，只能等待呼啸而来的救援……

类似的搏战在人类历史上已经发生过无数次。

世界上没有先知也没有天使。如此突然地大难临头，就像一场大地震，一时的震惊与恐惧、缺失与懵懂，一时的措手不及与防范不足，都是难以避免的。其间流下的所有眼泪、沉痛、失误、教训都是推进人类文明车轮前行的润滑剂。付出代价才会有所进步，这是生物圈的必然，也是人类的宿命。我以为，在人们最需要温暖、呵护、帮助的时候，那些冲着人们背影发出的愤怒吼声，有点像寒光凛凛的刀锋，只能让人更加惊慌和手足失措。真正博大的同情心，不仅包括对逝去生命的同情，也应当包括对疫情暴发之初某些知识不足、经验不足、准备不足的理解。回首地球成长史和生命进化史，灾难从来都是人类的伴娘。所有生命包括人类能够活到今天，就像骆驼穿过针眼儿一样幸运。而且，生命进化和基因突变的过程，本质上就是为应对灾难而产生的。物竞天择，优胜劣汰，绵延至今。也就是说，我们的祖先都是从瘟疫和疾病的魔爪中扛过来的强者和幸存者。我们在，我们就是强者和强者的后代！

在缺少文明认知、科学手段以对抗瘟疫的漫长岁月中，束手无策的人们只能逃难或者等死。欧洲的"黑死病"（鼠疫）曾多次横行肆虐，让整个大陆横尸遍野，腐烂发臭。因缺少士兵，第一次世界大战的交战各国不得不戛然而止。随着文明发展、思想进步、科学昌明、技术精进，人类对抗和战胜瘟疫的手段大大增强，许多疫病已被彻底扫除。但谁能说不断变种、千奇百怪的瘟疫会彻底终结呢？科学告诉我们，确实有那么一天，即地球毁灭的一天。如果地球能够流浪，病毒也将随着我们一起流浪。

再看看人类本身，自工业革命以来，我们把大量化学制剂和生活垃圾喷向天空，埋进大地，抛入海洋，以至于我们吃的粮食和飞禽走兽、山珍海味都可能带有微量毒素了。难道，人类不就是地球上的一种"病毒"吗？幸而，人类已经觉醒并开始行动。

命中注定。各种灾难周而复始，人类抗争未有穷期。对于瘟疫，除了战斗，我们别无选择；除了胜利，我们别无退路。

2020年2月23日，在统筹推进新冠疫情防控和经济社会发展工作部署会议上，习近平总书记坚定地指出，要"坚决完成脱贫攻坚任务。今年脱贫攻坚要全面收官，原本就有不少硬仗要打，现在还要努力克服疫情的影响，必须再加把劲，狠抓攻坚工作落实"。

3月6日，总书记亲自主持召开了十八大以来脱贫攻坚方面最大规模的会议，他强调指出："到2020年现在标准下的农村人口全部脱贫，是党中央向全国人民作出的郑重承诺，必须如期实现，没有任何退路和弹性。"

3月27日，习近平总书记主持召开中央政治局会议，听取脱贫攻坚战成效考核和专项巡视"回头看"情况，审定考核结果和"回头看"报告。他对前期各项工作给予充分肯定，要求清醒认识面临的困难与挑战，较真碰硬整改问题，扎实做好收官之年的各项工作。

面对空前难局、漫道雄关，中央指挥凌越高蹈，从容坚定，决战决胜；中国大局稳如泰山，拨云见日，惊艳全球！

2. 举国体制就是举国大爱

沧海横流，方显英雄本色；一方有难，更显民族品格；大灾袭来，最显国家温度。病魔之突袭，迅雷不及掩耳；疫情之严峻，犹如洪水猛兽；分分秒秒，皆为生死时速。武汉震动！北京震动！全国震动！世界震动！人民高于一切，生命重于泰山，"疫情就是命令，防控就是责任！"党中央一声令下，大江南北山呼海啸，长城内外群起响应。这一天，大年初一。960万平方公里的国土如此肃穆、安静，东方大国的 14 亿各族人民，都在倾听北京。党和国家最高领导层召开会议，做出全面部署，习近平总书记亲自领导、亲自指挥，发出强大的动员令！

立时，世界上最大的执政党——拥有 9000 多万成员的中国共产党，全党上下统一行动，排山倒海般奔向防控疫情阻击战。立时，世界上最大的发展中国家——拥有 14 亿多人口和 960 万平方公里国土的东方大国，举国上下闻风而动，从四面八方对病毒进行围追堵截！

中国科学家吹响了集结号！一夜之间，这种全然陌生、突然冒出的新型冠状病毒被准确判断出来；7 天之后，病毒元凶被分离出来。"大敌"现形，总攻开始……

中国军人和全国医务界吹响了集结号！哪怕防治物质、医疗器械一时筹备不齐，数以万计、10 万计的白衣战士以"不计代价、不论生死、舍我其谁"的英雄主义精神扑向疫区，扑向战场。上万名专家和医护人员慷慨请战，驰援湖北，驰援武汉……

中国建筑大军吹响了集结号！不过十数天，在武汉，两座大型专业医院奇迹般地拔地而起；在各地，有更多医院重新装备，接治病患的能力以几何级数迅速提升。广大人民群众渐渐为之心安和宽慰，全社会战胜疫情的决心信心日见决绝和坚定……

近 300 万中国警察和辅警吹响了集结号！他们冒着生命危险走向所有城乡、所有路口、所有街道、所有社区，维持秩序，守卫安宁，严查所有过往车辆，防止一切疑似危险危害人民群众……

山呼海啸的志愿者，成千上万的捐助者，遍及所有城镇乡村的守护者吹响了集结号！各种媒体的宣传与告诫铺天盖地，乡村大喇叭声震云天。守路、守村、守户，查验、检测、登记，空前严格、空前广阔的监督和管理，透视出大中国对生命、对人民、对国家、对世界的高度负责。此时此刻的中华大地上：

　　　　所有的脚步都在飞奔；

所有的热血都在沸腾；

所有的目标都是前线；

所有的路程都是逆行！

所有的生活都暂时停顿；

所有的欢笑都留给明天；

所有的人生都进入阵地；

所有的誓言都声若洪钟！

所有的响应，所有的集结，所有的行动，见证了中国党和政府强大的领导力、凝聚力、动员力和高度的纪律性，见证了中国举国体制的强大力量和有效性。一位西方学者因此感叹："中国是世界上最有纪律性的国家，没有之一！"欧洲一个小超市老板因此感叹："这个国家太可怕了！"

毕竟，中国太大了，突袭而来的疫情太严重了。可想而知，中国政府的行动如果不给力，如果稍有迟缓，那将是世界的灾难。世卫组织总干事谭德塞先生再三对中国表示钦敬和感谢是有道理的。令人遗憾的是，尽管中国政府在第一时间向世卫组织、向世界一些重要国家通报了新冠病毒前所未有的危险性、速度极快且隐蔽性极强的传染性以及疫情蔓延的严重后果，尽管世卫组织也在第一时间通报了世界各国，但某些西方国家将病毒和疫情当作污名化的"政治武器"，自家不做任何防备，却对中国展开了毫无根据的近乎歇斯底里的污蔑和攻击。两个月的时间过去了，在地域如此广阔、人口如此众多的中国，洪水猛兽般的疫情被有效地控制并得到根本性的扭转。在桃花盛开的季节，在我所住的上海，在我刚刚去过的贵阳，虽然人人戴着口罩，但街上车水马龙，饭店人满为患，入夜流光溢彩。伟大的中国再现活力四射的伟大生机，中国经济发动机再次发出强大的轰鸣声……

我，以及我的亿万同胞们，非常感谢西方某些政客在这次世界大疫情中的赤裸裸的表演。他们脱下了用来蒙人的白手套。他们把自己手中的所谓"人权""自由""平等"之类的旗帜撕得粉碎。最初他们对中国武汉发生的疫情幸灾乐祸，没想到后来他们成了疫情重灾区。他们的种族主义在街头横行无忌，终于引发了大规模的街头抗议，黑人们高呼："我无法呼吸！""黑人的命也是命！"他们撒谎一次后，还必须用一千次撒谎来圆谎。他们以为谎言重复一千次就会变成"事实"。他们一次次用脚踢长城，谁疼谁知道。从他们越来越疯狂的攻击和污蔑中，我没看到别的，我只看到了他们的恐惧——对伟大和强大中国的恐惧，那是一种心理病叫"恐龙症"。某些西方政客对东方大国的攻击和污蔑就像仰天吐出的唾沫，如今唾沫星子却落到自己脸上了。时至今日，一些西方国家的疫情越来越严重，死亡人数之巨令人震惊。刚刚从疫情中突围而出的中国以真正的人道主义精神，以"人类命运共同体"的伟大理念，向世界一百多个国家伸出救援之手……

事实证明并将继续证明，中国的举国体制就是举国大爱，爱自己的人民，爱全人类，因为我们是命运共同体。

历史证明，囚禁人类的不是命运而是思想。多样性是世界的本质，多种文明共存是世界的华彩，如果地球上只有一种花——哪怕是玫瑰花，那也是令人恐怖的。中国有中国的特色，中国有中国的思想。伟大的思想必然造就伟大的国家。中国力量、中国精神、中国巨变、中国奇迹，证明了中国的思想旗帜是伟大的、卓越的、管用的，并且是生机勃勃、与时俱进、不断创新发展的。也因此，中国人民完全能够把命运掌握在自己手里。

3. 回家，一个有关生命意义的主题

无数仁人志士正战斗在抗疫前线。他们不能回家。亲人日夜盼望着他们早点儿战胜疫情，早点儿回家。

为保障广大人民群众的生命安全和身体健康，政府要求公众暂时停止一切社会活动，静心宅在家里，等待疫情过去。

平平常常的家，忽然成了特殊时期人人自保的"安全岛"；回家，成了战士们凯旋的社会标识。家的意义突然变得像里程碑一样，分外重大、丰富和深刻了。其实，家的意义从它诞生那一刻就在那里，只是因为每人都来自一个

家，每人都拥有一个家，导致我们很少去深入思考家的意义了。

在我看来，家是人类史和文明史上最伟大的起点。有了家，人类才结束了"只知有母不知有父"的类兽时代；有了家，人类才有了责任感；有了家，人类才有了对未来的梦想；有了家，财富、知识、文化才得到有序的、可持续的积累与传承；有了家，才衍生出村庄、城市、国家和一切现代文明。

习近平总书记说："人民群众对美好生活的向往，就是我们的奋斗目标。"美好生活在哪里？美好生活最终落实到哪里？在家里！

因此，所有人的劳作与奋斗，所有仁人志士的奉献与牺牲，其理想与追求无论多么伟大庄严宏阔，本质上就是为了家、大家和国家，其终极目的就是"回家"——家是最小国，国是千万家！

是呵，家之不续，情何以堪？家之不存，国何以在？

是呵，一切伟大的梦想和目标，一切伟大的奋斗和进军，用一个最暖心最亲切最日常的词语来形容，就是为了"回家"，回到一个安宁美好的家！说到底，"中国梦"就是我们的"家"，勤劳勇敢智慧的中国人民，正在为创造这个伟大的"家"而砥砺前行，不息奋斗！

是呵，家不仅仅是一个小小的有限的物理存在，更是无比广大丰富的精神家园。它其实没有"墙壁"，它的外延直抵全社会，直抵整个国家，直抵世界的边缘——假如世界有边缘的话。什么叫"全球化时代"？不管你赞同不赞同，不管你欢迎还是反对，这就是全人类有福共享、有难同当的一个"家"！就像所有的墙壁和边界都挡不住空气，每个人每个家，都与他人和世界息息相关，共生共存。

2020年4月26日，武汉卫建委发布通报：武汉市肺科医院77岁新冠肺炎患者丁某，第二次核酸检测结果为阴性。至此，武汉市在院新冠肺炎患者清零。

这位77岁的老人在经历了许多险象丛生的白天和夜晚，最后一个安然回家了。老人家一定没想到，在中国全力抗击新冠肺炎疫情伟大、勇敢而又悲壮的战斗中，他会成为这场举国"大战役"取得重大阶段性、也可能是决定性胜利的标志性人物。

中国特色社会主义制度的优越性，再一次得到历史性的考验和证明！

在习近平总书记亲自指挥、直接领导下，党中央国务院决定，在保证安全有序的条件下，全面复工、启动经济、扶贫攻坚、改革创新，一切要按计划按目标重振雄风，强力推进，"没有任何退路和弹性"！

我开始工作了。工作着是多么美丽啊！

二 麻栗坡，热血激荡热泪的地方

1. 这是一片圣地

在贵州铜仁，有一支高昂的《响彻一生的军号》——对越作战老兵王明礼带着一条半腿，从当收发员到当义务邮递员，从驻村扶贫到上山种茶，他做的每件事都留下一行长长的英雄足迹。他的战友安景绪事先挖好墓坑，背着装尸袋上了战场。回乡后接过烈士委托的爱情，和妻子苦苦奋斗了一生，靠勇敢和勤劳获得成功，又因遭遇大病不幸失败，如今在铜仁市万山区移民安置社区开了一家小超市维持生计……

没想到，随着采访路程的延伸，我竟然闯进王明礼、安景绪他们曾经赴汤蹈火出生入死的战场！找到那块浸满鲜血眼泪的热土，找到闻名全国的老山、者阴山所在的地方——云南省文山州麻栗坡县。

麻栗坡县，"边、少、穷、山、战"5个字，锻铸了她的历史和今天。"边"：锻铸了她的277公里国境线；"少"：少数民族人口占总人口的40.6%；"穷"：曾有建档立卡贫困人口3万多人；"山"：全县99.9%的面积为山区，其中喀斯特地貌占70%以上；"战"：长达14年的对越自卫反击和防御作战，造成2122名青壮年劳动力因战伤残，近3亿元的直接经济损失。战时，前线一片火海，后方一切为了备战，这里不能投资，不能建房，不能办企业、办学校，而且山上山下到处是埋设的地雷……这一切意味着麻栗坡的发展比全国其他地区整整晚了 14 年以上。

当然，这里还是优美的历史文化之乡，有新石器时代神秘的大王岩崖画，有被称为"南方丝绸之路"的茶马古道，有历代守边将士留下的营盘石碣，更有当年中国人民无私支援越南人民抗法、抗美战争时打通的"丛林小道"……

1979 年，我边防部队对越发动自卫反击作战以后，越军派兵侵占了我麻栗坡县境内的扣林山、老山、者阴山和八里河东山等制高点，修筑坚固工事，埋设地雷、架设铁丝网，企图长期霸占我神圣领土，还不时向我境内开枪开炮，打死打伤我边民，炸毁许多房屋、道路、桥梁，导致良田不能正常耕种，村寨被迫内迁，一些农场、企业不能正常经营。1984 年 4 月 28 日，我边防部队在收复扣林山后，又连战皆捷，一举收复了老山、者阴山和八里河东山等被越军占领的高地。此后历经多年的"两山轮战"（因我各军区先后抽调 10 个集团军轮番上阵作战而得名），至 20 世纪 90 年代初，两国关系逐步恢复正常，陆地边界最终划定。麻栗坡因此成为被烈士鲜血染红的一方圣地。这里的乡亲们说："麻栗坡是新中国成立后遭受战争折磨时间最长、损失创伤最重、牺牲奉献最多的地方。"每年清明节，成千上万的当年参战官兵、烈士遗属、机关干部和大学生从全国各地赶来，为牺牲在这里的烈士举行隆重的祭奠仪式。那些日子，全县旅店找不到一张空着的床铺，连居民家都住进不少客人，街上到处是黄军装，胸前挂着一排排闪闪发光的功勋奖章。仪式上，国旗半垂，哀乐低回，白花如海，一个个英雄的名字横贯长空，各方代表讲话声泪俱下，会场上号哭震天。

为国捐躯的烈士，永远是一个民族、一个国家的精神高地。

麻栗坡烈士陵园位于县城北郊 4 公里处，背靠青山，面向绿水。陵园大门上书"麻栗坡烈士陵园" 7 个大字。陵园中心矗立着一座高 15.32 米的革命烈士纪念塔，正面是毛泽东的手迹"人民英雄永垂不朽" 8 个金色大字，背面是邓小平的手迹："为保卫祖国边疆英勇牺牲的烈士永垂不朽"。陵园中有共青团中央从北京中南海带来的水和土栽培的北京雪松，有济南部队送来的龙柏、撒金柏，有昆明军区司令员亲手栽种的 2 棵树苗，有全国各地送来的奇花异草。

最初，从山脚至山顶共安放着 21 排 937 名烈士遗体，其中的英雄台，安葬着被中央军委和军区授予"战斗英雄"称号的 15 位英雄。如今，随着逐年发现和增加，安葬在这里的烈士已达 960 名，正好代表了 960 万平方公里的中华国土和来自全国各地的英雄烈士。闻名全国的一级战斗英雄、被誉为中国"保尔·柯察金"的史光柱的故事发生在这里，南部战区陆军云南扫雷大队中士、被誉为"时代楷模"的排雷英雄杜富国的故事发生在这里，被评选为全国扶贫先进典型人物的残疾退伍军人王明礼的战斗故事发生在这里……

如今，中越两国已经基本恢复了正常外交关系和友好往来，边境贸易全面开放，边民的生意做得热火朝天。两国人民都饱尝过战争的苦难，对维持长远的和平友好关系充满期待。但无论历史怎样翻篇儿，时代发生怎样的变化，为国捐躯的烈士和赴死决战的英雄是我们永远不能忘记的。他们是一个国家的精神高地，是一个民族的灵魂之炬。

烈士忠魂千秋在，英雄浩气万古存！在麻栗坡，这里的每条山路、每片树林、每座墓碑都珍藏着一个感天撼地的动人故事，每个故事都激励着千千万万颗赤子之心。

2. "魔都"与边土

上海援滇干部李晟晖，1978 年生，瘦削，白皙，举止干练。从文山州抵达麻栗坡以后，他的手机计步器显示，这段路程他走了 15000 多步。其实他只挪动了几十步，从文山州一家宾馆门口出来，到登上送他前往麻栗坡县的小车。这 15000 多步是小车颠出来的。两个多小时的路程，他时而颠到九霄之上，伸手能碰到太阳的脸蛋，时而掉到万丈深谷之中，抬头只能看到一线天。一圈圈盘山路上除了石头就是坑，小车一路七上八下，七扭八拐，所有零部件好像随时都能像炮弹一样飞出去，把大山砸得七零八落。用李晟晖的话形容，一路他必须"用两手抓紧，把牙关咬紧，把身子绷紧"。否则，生命轻若鸿毛，人还没到扶贫前线就可能散架了，一肚子学问化为乌有，这可太遗憾了。到达麻栗坡县委门口，他的第一件事就是把一路的紧张全吐了出来。

李晟晖研究生毕业于华东师范大学，通过公务员考试顺利进入上海市政府办公厅。小伙子聪明能干，很有魄力，多年后被派到静安区曹家渡街道办事处任副主任。2017年9月，上海开始挑选组织第10批援外干部，李晟晖想，自己从小到大纯属"三门"子弟，即家门、校门、机关门。对于门外的大世界到底有多精彩或多无奈，他一无所知，需要锻炼需要实践需要真知。他当即把请战书送到领导办公室。领导笑眯眯地说："说实话，别人报名我还得琢磨琢磨，就等着你呢！"

领导的信任就是激励。三天后李晟晖问领导："啥时出发啊？我行李卷都捆好了。"

李晟晖奉命挂职云南文山州麻栗坡县委常委、副县长。此前，上海援滇干部都挂职于州机关以上单位。这次，李晟晖作为第10批援滇干部增派力量，直接挂职到县，算是上海援滇力量头一批下沉一层。这是上海方面和云南共商的结果：麻栗坡县是浸满烈士鲜血的一方热土，必须重点安排，强力推进，让那里的父老乡亲早日过上小康生活，让那片饱经战火创伤的山水早日画出更新更美的新时代图画！

李晟晖的心不平静了。到这里参与当地的脱贫攻坚战，到底为什么？做什么、怎么做？他进行了三个月的考察调研。我说时间太长了吧？他笑说，关键是县上领导第一次直接安排上海来的挂职干部，不知道怎么用我。分工多了吧？怕我累着；分工太专业吧？怕我不懂，分工太重吧？怕我蜻蜓点水干一阵子就走，扔下一个烂摊子别人不好接手；而且很多人见我年轻，以为我不过是来镀镀金的，干上两三年给我写个好评语就可以礼送出境了。在有些人看来，挂职就是虚职，没实权，干不了啥也不用干啥。结果我头一个月里，主要是帮各位县领导跑跑会，参加各类培训学习，有领导生病我临时顶岗。也好，这段时间我走遍了各个乡镇，给了我极大的精神激励，也知道我到底应该干什么和怎么干了。

在这片土地上，他听到看到很多让人泪目的故事：

唯一的上海籍烈士刘贵彦——

麻栗坡的烈士陵园内，960 位烈士安葬在此。每年清明，或烈士的生日或阵亡日，亲人们都会来此打扫祭奠。然而有一处烈士墓显得有些特别：墓前长了许多杂草，墓碑上积了一层厚厚的尘土。很明显，亲人已经很久没来过了。李晟晖得知，这是陵园里唯一的一位上海籍烈士刘贵彦。刘贵彦家居上海杨浦区，父亲是参加过渡江战役的老解放军战士，家里珍藏着好几枚功勋奖章。刘贵彦高中毕业后进了上海远洋运输公司当工人。一定是父亲常讲的战争年代那些悲壮经历和英雄故事，给了他极大激励。试想，在上海生活和工作是怎样地安逸静好啊，刘贵彦却于 19 岁报名参军，跟部队上了苍茫的云贵高原，一待就是 7 年。1984 年 4 月，刘贵彦所在部队开赴老山前线麻栗坡。他是雷达分队的队长，主要任务是及时侦知越军动态，使我军能尽快组织防备和对应打击，也就是说，他指挥的雷达就是我军的千里眼和顺风耳。敌军当然对我雷达恨之入骨。7 月 7 日凌晨 2 时左右，刘贵彦所在的雷达分队遭敌军炮火猛烈轰炸。排长和多名战士当场牺牲，连长因背部负伤失血过多昏迷，刘贵彦全身被弹片击中多达 32 处，腹部重伤，肠子都流了出来。但他看到多名战友负伤倒地，他咬紧牙关爬过去，把身上最后一个急救包给了战友。然后他忍着剧痛，坐在地上指挥战士抬着伤员转移。整个分队撤出后，年仅 26 岁的刘贵彦倒在阵地上再没站起来。

牺牲前的几个月，刘贵彦曾请了一次假回家，为母亲过 50 岁生日，全家难得聚在一起吃了一顿团圆饭，这是亲人见他的最后一面。

后来，因烈士父母都已年过八旬，身体不好，微薄的退休金又难以支付往返沪滇的路费，其他子女的生活条件也很一般。在刘贵彦牺牲后的 24 年里，只有落葬时父母带家人去过一次，之后再也没有能力去麻栗坡为儿子祭扫了。

听了这个故事，李晟晖特别到烈士陵园祭拜了刘贵彦烈士，仔细端详着墓碑上烈士年轻英俊的遗容，李晟晖泪流满面。不久他因公事返沪时，陪同上海市有关领导专程到刘贵彦家看望慰问双老和其他家人。李晟晖感叹说："作为在反击战和边疆保卫战中壮烈牺牲的上海籍烈士，这个老工人之家真是太不容易了，这也大大激发了我在麻栗坡扶贫的工作热情。"在烈士家里，李晟晖又得知，刘贵彦生前有一个女友张艳萍。他牺牲之后，张艳萍出于爱心和对烈士的敬重，天天过来安慰他的老父老母，帮着做家务。她说她对贵彦承诺过，无论他在部队服役多少年，她会一直好好照顾二老的。后来全国人民都知道了，中越边境发生激战之后，许多参战部队官兵的未婚妻都吹了，有姑娘这样振振有词地说："你牺牲了是烈士，可你断了一条胳膊或一条腿，我一辈子怎么照顾你呀？"可张艳萍爱心如铁，品格高尚，至死不变，一直把贵彦的父母当自己的亲人悉心照顾。烈士倘若泉下有知，也会深感欣慰的。

2009 年 4 月 6 日，经上海有关方面决定，刘贵彦烈士的衣冠冢安葬在滨海古园，社会各界纷纷出资捐助，并为烈士建造了铜像。

3. "妈妈，我等了你 20 年"

赵占英，1963 年 4 月出生，昆明嵩明县的农家娃，1982 年入伍，1984 年 4 月 28 在老山牺牲，年仅 21 岁，入葬麻栗坡烈士陵园。因为家境贫寒，掏不出路费，家人在长达 20 年的时间里没能来麻栗坡为他祭扫上香。战友们觉得这太惨了，烈士的血流尽了，献给祖国神圣的国土了，不能让他的亲人再流泪。2004 年清明节，"4·28"大捷的大日子，战友们凑了一笔钱，麻栗坡有关部门给所有烈士家属拨了一笔资助费用。占英的老母亲由侄儿侄媳陪同，从嵩明县来到麻栗坡烈士陵园，满头霜发的老人家瘫坐在儿子的墓碑旁，手抚着儿子的遗照和血红的名字哀哭不已，战友们也泪如雨下。过后，几位战友合作，为赵占英写下了一首诗《妈妈，我等了你 20 年》，并在祭奠大会上朗诵，全场震撼，号哭动天。

> 妈妈，我等了你 20 年！
> 妈妈！那一定是你，
> 我听到，你自己做的绣花布鞋，
> 踏在地上的声音。

从襁褓时开始就听着，

一直听到我穿上绿色的军装。

当我在军营的梦乡中醒来，

仿佛看到你轻轻走到我的床前，

为我盖上蹬开的军被。

当我在猫耳洞里强忍着多日的饥渴，

我多么想念，小时你端给我的那碗甜甜的汤圆。

妈妈，20年前，

当罪恶的子弹把我击倒在最前线，

在生命的最后一刻，你就是我唯一的思念！

我多想当面告诉你，

儿子倒下的时候，

我的带血枪刺，仍然指向最高的峰巅！

我多想向你证明，

儿子作为一个军人，没有给你丢脸！

妈妈，20年了，

我的弟兄们多次来看望我，

把无尽的泪水洒在我的墓前。

可是，可是，可是，

谁都代替不了妈妈的抚摸，

谁都无法排解我对妈妈的想念！

妈妈，20年了，我始终没能看到你的身影，

我多想听一声你对我的呼唤！

妈妈，20年了，我知道你好难好难，

你跨不过这千山万水，因为你没有足够的钱！

妈妈，20年了，我一直等着你，

等你对我说一句：你是妈的好儿子，

你为国尽忠，妈妈虽已把眼泪哭干，

但有一个英雄的儿子，妈妈无悔无怨！

妈妈，20年了，我一直在等你，

等一位伟大的母亲，

走到儿子身边！

李晟晖含泪把这首诗抄到工作手册上了。这首诗以及所有烈士的故事，就是他援滇扶贫的源源不绝的动力。他走进大山，走进村寨，觉得为这片滚烫的红土地要做的事情太多了，而且做什么都值得，做什么都是沉甸甸的责任和意义，做什么都是必需、必需、必需！

4. 他身后，是上海的千万只手

第一件大事不仅是扶贫，更是拯救！

经过多年的"两山轮战"，在远方、在内地、在神州大地欣欣向荣、繁华似锦、楼群高耸的宏阔背景下，麻栗坡却是遍地战争的创伤。他们不能盖房，不能修路，甚至不能正常耕种。还有漫山遍野的地雷，有越军布下的，也有我军布下的。数以万计、10万计的各种型制、各种伪装、各种触发方式的大大小小的地雷，不像老电影《地雷战》中那样人工埋下去的，而是用铲车、军车运上山，打开车厢板一放，所有地雷滴溜溜滚下山坡的树林草丛中，密密麻麻，滚到哪儿算哪儿。其中有防坦克雷、防步兵雷、松发雷、绊发雷、跳雷、诡计雷等数十种。由于埋雷时间长，地形变化大，这里成了世界上罕见的地雷密度高、难辨认的混合雷区。自1979年以来，文山州因不慎触雷致伤致残人数近万人，年龄从8岁到84岁，动物、牲畜死伤更是无法统计。其中距边境线600米的文山州富宁县沙仁寨最具代表性：87名村民只剩下78条腿！

村民杨爪骚的老家在越南，1978年在边境贸易中结识了富宁县山脚寨的一个姑娘，两人一见钟情很快结了婚，并把家安在山脚寨。后来在劳作奔波中他两次踩雷，失去了左腿。他说："我的命真大，踩雷两次还能活着，不易啊！"

村民王咪龙 16 岁就参加了民兵，积极支前，帮着部队运物资、搞情报。1984 年 2 月的一天，他和侦察兵带着收集到的情报匆匆赶回营地，没想到路上踩到地雷，左腿炸伤，残废了。那年他 19 岁，儿子才出生 5 个月。后来王咪龙当了爷爷，他抱着心爱的小孙子说："幸亏当年媳妇娶得早，不然就没人要了！"

——这么多父老乡亲受困于伤残，生活的艰难与困苦可想而知，必须把他们从战争留下的苦难中拯救出来。李晟晖向静安区领导和残联作了详细汇报，谈到那些烈士的英勇牺牲，边境人民群众对保家卫国的巨大奉献，他和领导相对无语哽咽。经过奔波联络，上海市、区两级民政、残联和公益基金会做出积极反应，一个由两地共同策划组织的慈善行动迅速展开。由上海方面全额付资，麻栗坡县 1300 多名因战伤残人员被纳入保险范围，解决了他们的后顾之忧。上海医生们专程赶到麻栗坡，为断肢群众免费安装了假肢，为村民取出身体里藏了二三十年的弹片。伤残群众终于把双拐扔了，欢天喜地地站起来了。但事情还没完，"站起来"之后还要"干起来"，李晟晖和上海市区有关部门广泛联系爱心企业，每年在麻栗坡提供 50 个以上公益性工作岗位（规定年均收入不得低于 1.2 万元）并逐步扩大，使这些难以外出打工的伤残人员得以就地就业、稳步脱贫。接着，李晟晖又组织全县展开"无障碍设施改造"，把家门槛抹平，把公厕抹平，把所有小台阶抹平。同时从着眼于伤残群众出发又扩大至全村全寨，进行了一场"厕所革命"，家家户户曾经臭气熏天的私人茅坑被取缔填平，一栋栋有专人管理打扫的整洁的水冲公厕建立起来。厕所一变，村貌大变，家家环境卫生条件大为改善。拖拖拉拉懒得做的，让村民当面说一句"你家还不如厕所干净呢"，实在太伤自尊了。为解决伤残户和贫困户孩子就学困难，上海烟草集团、民间慈善组织"萤火虫""心基金"等单位又加入援滇行动，每年捐助助学资金超百万元。就这样，为麻栗坡县医治战争遗留的创伤而形成的整个"拯救行动"，成为一套系统工程，从老人到儿童，从安居到乐业，从"站起来"到"干起来"，再到"强起来"和"富起来"，全县脱贫的脚步大大加快。

——经过调研走访和深入思考，李晟晖把他能想到的"麻栗坡所需、上海所能"的开发扶贫项目整理成一个大册子，然后回到上海，从政府到企业，从社会组织到热心人士，开始了广泛的游说、宣传和动员。试想，在国际化、高端化的大上海，成百上千的巨项目、大项目都干不过来，一个小小的街道办事处副主任，也就比弄堂里出来的居委会大妈高一层，谁会听他的？谁会在意他的那些"芝麻项目"？但是，李晟晖有一块轰然如雷的"敲门砖"，就是麻栗坡那些断腿乡亲的照片！就是麻栗坡烈士陵园里那些写着鲜红名字的墓碑和亲人哭号的留影！李晟晖所到之处，人人为之凛然，人人为之震撼，人人为之泪目！所有高端人士最后的表态是："小李，你说吧，让我们做什么？怎么做？"

这就是大写的上海，这就是暖心的上海！短短两年时间，上海投入帮扶资金落地实施项目 50 余个。麻栗坡很快形成专项扶贫、行业扶贫和社会扶贫三位一体的大扶贫格局，惠及贫困群众不可胜数。静安区内 4 个街道办事处、28 家企业与麻栗坡 11 个乡镇（涵盖所有深度贫困村）结成对子，帮扶到村；麻栗坡的云纯咖啡、祖母绿、小黄牛牛肉、茶叶、水果等摆进上海多家超市，有的设了专柜；战时的"帐篷小学"改造了，定期义诊的上海医生来了；通村通组通户的水泥路延伸上山了；上海捐助的 3000 套校服、5000 套制服、4000 床被褥运来了。被褥发给贫困户之前，李晟晖提出一个条件：你必须把家里家外的环境卫生打扫干净，才会得到一床被褥。村干部向他汇报时哈哈大笑说："你的办法比我说一千次还灵！被褥一进村，家家户户搞得灰尘爆土，鸡飞狗跳，从来不干家务的老爷们儿都拿上抹布擦窗户了！"

——连女儿和妻子都被李晟晖感动和动员起来。得知麻栗坡发生一次严重的泥石流灾害，正在读初一的女儿立即向老师报告，请求发动全校师生向灾区捐款，学校为她备好一个平台，让她向全校宣讲麻栗坡。讲着讲着，小姑娘流泪了，全校被感动了，总共捐资 3.4 万元打到灾区。妻子是医生，她联络了一批大学同学，组成志愿医疗团队，多次到麻栗坡开展口腔医疗卫生活动，并捐赠了一个村庄的饮水工程。后来，全家被评为"上海最美家庭"。

两年多时间，李晟晖在麻栗坡风里来雨里去，在上海几过家门而不入，做了太多太多的事情。很多事情很小很细碎，却要跑很多次、打无数个电话才能落实到位。他的手臂仿佛一下变得很长，变成了联络上海和云南麻栗坡的一座暖流滚滚的桥梁。李晟晖先后被授予2018年"云南省扶贫攻坚奖先进工作者"、2019年"云岭楷模"。授奖大会上，李晟晖真诚地说："并不是我做得多么优秀，而是因为我身后有上海千万只温暖的手！"

工作时间长了，麻栗坡人几乎忘了李晟晖是挂职干副县长，都把他当实职干部和自家人了。2019年7月19日，李晟晖奉命返回上海工作，那天他打理好行装，走出县机关宿舍，让他大为吃惊和感动的是，门前来了很多为他送行的当地干部和乡亲。握手、道别、感谢、拥抱、留影、深情、泪光，成为那天麻栗坡最感人的一幕。车行路上，饱含深情的微信雪片般飞来：

"县长，你好，我是李品建的家人，谢谢你给予我们这么多帮助，我们一家人都不会忘记的！"

"有你这样一位好领导，有这样一位脱贫攻坚的冲锋员，麻栗坡的发展定会更上一层楼！代表麻栗坡人民感谢你！"

"你对我们的深情厚爱，让我们无法用语言和文字来表达和感谢你。我们小寨人民永远永远记住你为我们做的每一件终身大事，除了谢谢还是谢谢！"

"如果不说感谢，我真的想不出还有什么词语可以表达我们的心情，记得常回家看看！"

"晖哥：千言万语都不足以表达我们对你的感激之情，两年来你为麻栗坡付出的太多太多，一切唯有感激感恩！！我们唯有把每一件事做好做实，才是对你所有付出最好的回报！"

"感恩遇见，感恩有你！"

"刚刚从麻栗坡回来。在那块红色的土地上所经历的、所听到的故事、所看到的田间地头的成果，依然历历在目！优秀的人就像一团光芒，和你、和他们待久了，就再也不想回到平庸……榜样的力量激励着更多的人继续前行，祝贺上海暖男！"

5. 宋"小康"，送到站

云南大山深处的少数民族乡亲们非常纯朴好客，都属于"一诺千金、两肋插刀、三碗不醉"的主儿。扶贫期间你千万别去做客。如果去了，主人认真张望一下家里，家徒四壁，灶膛空空，没有任何可以招待贵客的好吃食，于是痛下决心，挥泪把家里唯一的猪崽宰了，请你一顿好酒并且一醉方休。等清醒过来你才会发现，那只猪崽是乡政府刚发给他的"扶贫带头猪"，养大了再生猪子猪孙，一代代繁衍下去就富了。没想到你一顿豪餐把人家的致富路又堵死了。不过别怕，主人绝不会怨你。你潇潇洒洒走了，主人抽着水烟袋坐在门槛上想，粮没了，肉没了，明天吃什么呢？想定了，把烟枪往腰里一别，上山摘果子去了。反正四季如春的云南漫山遍野挂满好吃的山果，"维生素 ABCDEFG"全有，够吃一万年，万年饿不死，据说"三年困难时期"云南也没饿死过人，故而云南人再穷也不出来打工。我早就发现了，走遍全国各个城市，很少见到云南籍的农民工。他们"安贫乐道"，他们"守土有方"。

在云南大山深处扶贫，确实很难，你必须改变云南人这两个习性。

2017 年 9 月 19 日，宋杰和李晟晖同一个航班飞往昆明，他们同为上海第 10 批增派援滇干部，宋杰挂职普洱市景东彝族自治县，出任县委常委、副县长，同样为期 2 年。景东县位于云南省西南部，人口 37 万，土地肥沃，物产丰富，号称普洱市的"粮仓肉库"，著名的澜沧江和红河水系在其境内奔腾而过，滋养了景东人。

上海人普遍很白，宋杰是我见过最黑的一个，其实他是被景东的大太阳晒黑了。1976 年，宋杰生于上海一个干部家庭，大学毕业后进入金山区工作，当过多年团委书记，一手建设起金山"数字化城管"系统，没当过兵却出任过武装部长，一路干得生龙活虎。2017 年，41 岁的宋杰主动报名援滇，一路"过关斩将"终被选中。他为何如此急切？宋杰苦笑着说，实在是家里"形势逼人"啊！父亲是金山区第一任区协作办（现区政府合作交流办）主任，在人、财、物各方面组织了大量援滇工作，一直干到退休。妻子褚爱群是医生，

2016 年曾经作为上海医疗专家志愿者赴普洱市援滇半年，并多次去普洱市支援当地医疗事业，还牵头协助普洱市人民医院开创了全科医学科。有一天早晨她开始查房时，一个十三四岁的大眼睛女孩在走廊怯生生地对她说："阿姨，你能不能安排我母亲早点输液？"褚爱群问为什么，女孩说："这是我母亲最后一次输液，过后我和母亲要赶回县里，再到乡镇，再徒步走到我家寨子，一路要花十几个小时，我怕天黑前回不了家。如果在医院再住一晚，又要花一天住院费。"说着，女孩哭了，褚爱群也掉泪了。她身穿白大褂，口袋里没放钱，于是向同事借了 50 元，塞进女孩兜里，过后尽快安排女孩母亲打完点滴，目送母女俩上路。

回家说起这件事，妻子依然泪水盈盈。女儿正在读初中，听妈妈介绍了普洱贫困山区缺吃少穿的情况，于是到校向老师做了汇报，过后动员各年级同学捐助了数百件衣服，寄给当地孩子所在的那个县的一所中学。褚爱群亲自到学校为孩子们分发和换新衣，她蹲在地上，微笑着对一个女孩说："这是我女儿为你特意买的新衣服。"旁边一位同事把这个场景拍了下来，褚爱群把照片带回家给女儿和丈夫看，女儿很高兴也很骄傲。宋杰对我说："那是我妻子最美的照片，比婚礼上笑得还美。"

全家都成了扶贫排头兵，只有宋杰还"无所作为"，他就怀着这样的急切心情到了景东。临行前，父亲赠他 8 个字："用心、用情、用脑、用劲。"

相比 2016 年，2020 年上海帮扶景东县的资金翻了 6 倍，足见随着脱贫攻坚战的展开，上海扶贫力度大大加强。宋杰也开始了对全县的全面考察：看贫困户，看学校，看道路，看医务所，看乡镇地产资源，寻找脱贫支撑点。雨后在盘山路上遭遇泥石流，车子晚退 10 分钟就可能被巨石滚石砸中从而"光荣殉国"（一位当地干部因此牺牲）；进一个深山"部落"1 天才走到地方；探查一条条通组路、通户路，脚底板磨出一层大水泡；入夜无法回县，只好住在寒风瑟瑟的村部听山林呼啸……看到贫困他痛心，看到希望他高兴，落实了项目他亢奋异常，乡亲们的感谢感动让他一次次泪湿。他一手连着上海，一手托着景东，组织上海医生到景东义诊、培训数千人次；一次次组织景东贫困户到上海务工并设立了专门的"服务站"，帮助他们解决吃住等日常生活和子女就地入学等困难；引进多家上海企业在景东建厂，发展当地产业经济。一家上海投资兴建的香菇种植基地建成后，本打算输往上海销售，结果到昆明就卖光了……

一片片村寨焕然一新，一个个项目生根开花，一条条道路四通八达，当地群众送宋杰一个绰号"宋（送）小康"。

按省市原定计划，景东县应于2018年脱贫摘帽，宋杰扶贫2年的任务也到期。云南省派出检查团到景东检查工作成果、脱贫人数、台账登记等，结果发现有些地方并未完全达标。检查团生气地说："你们在我这儿就没过关，不要再上'国考'了！赶紧拾遗补缺，重干！"事后，县领导班子做了重大调整。宋杰感慨万千地说："省考比国考还严，这种对国家负责、对人民负责的严谨态度和工作态度，让我也让全县干部群众深受震动和教育。"宋杰作为挂职的县委常委、副县长，感到自己有一份责任，有一份愧疚。他毅然向上海市委组织部打了一份报告，要求继续在景东县扶贫3年。他说："当地人民群众称我是'宋小康'，我必须把小康送到站，否则无颜见江东父老！"

正在住院等着做手术的父亲说："小康不到站，你就别回家！"

在县干部大会上，宋杰和县委县政府新班子一起，当众宣了誓："如果2019年再不能达标，愿引咎辞职，以谢天下！"

2020年初，经过严格考核，全县终于全面达标摘帽。

"不过，这给我的援滇工作造成很大困难。"宋"小康"笑着说，"过去我拿着景东县破败穷困的山寨和农民危房的照片，在上海动员帮扶捐助，效果很好很成功。可惜现在再找这样的房子，一间也找不到了！"

三 天下没有远方，有爱就是故乡

1. 我们都是一个妈妈的儿女

上海实际就是海上。她建在长江口的冲积平原上，平均海拔 2.19 米，也就是说，上海人从一楼窗口跳出去，就可以畅游东海了。入夜，从窗口俯身伸手一捞，就可以捞上几条小银鱼和一轮湿漉漉的大月亮。说不定哪个暴风雨之夜，冲上岸的大白鲨会一头撞碎谁家的玻璃窗，张开血盆大口向主人问好呢。所以，酷爱文学也酷爱大海的上海师范大学附属中学副校长傅欣，在日记中写过许多关于海的感受和诗思，他觉得自己一直是在海涛的催眠曲中睡觉的，睡得特别踏实特别安详特别能入梦，梦里全是波光和星光。

日子过得平静、充实、安详。

2016 年 5 月 23 日，傅欣案头的电话响了，他拿起话筒。对方是熟悉的教委领导，没有寒暄，口气急切："上海首批组团式教育援藏的团队 40 人已经组成了，很快就要出发。没想到已经定好的队长家里出了特殊情况，不能去了。经研究，我们希望你担任这个队长。目的地是西藏日喀则市的上海实验学校，为期 3 年。事情很紧急，你考虑一下，尽快给我们回话。"

傅欣心头一震，因为他全无思想准备，因为他的工作计划和生活秩序突然间全被这个电话打乱了。

第一个反应是，援藏 3 年，时间确实不短啊！他是 80 后的排头兵，生于1980 年，那年 36 岁，3 年后回来就是近 40 岁的人了，最后一抹青春的绿色就将留在青藏高原上。怎么说这也是万万想不到的意外和突变。还有，眼下，女儿妞妞马上要上小学一年级；他的母亲去年做了肺癌手术，正在术后恢复期；岳母 3 个月前做了乳腺癌手术，前天刚刚进行了第 8 次化疗。妻子在单位也是骨干，工作很忙，家里老小要她一个人照顾，实在够难。还有，西藏与上海的生活环境落差之大，自己的身体究竟能不能适应，他心里也没底。在上海的家，他可以枕着温柔的海波睡觉；在西藏，他必须枕着大风呼啸的雪峰睡觉——天！那还睡得着吗？确实睡不着。有个同事说，入藏以后，他每天吃两片安眠药才能睡两个小时，要靠安眠药睡8个小时，几乎等于自尽。还有低氧，高寒，贫乏，空旷的荒野，人和人村和村之间一眼望不到边的距离，还有令人谈虎色变的高原反应，等等等等这些想到的困难——还有许多想不到的困难呢——像高原风一样在傅欣的脑际掠过。有过一点点犹豫吗？不能说没有，毕竟这个艰巨的使命来得太突然了。这时候，他可以找出一千条理由，甚至只要找出一条理由，就可以说一句："谢谢组织的信任，但是……"人就闪开了，然后继续在海上做他的梦。但是，这个"但是"却有了完全不同的意义：这不是一般的工作，这是使命！这是为国出力、为国献身、为国拼命的使命！就像士兵服役3年，纯义务、纯奉献，没价钱可讲，冲锋陷阵时必须上！

沉默了3分钟，思考了3分钟，傅欣想定了也决定了。在上海过惯了春风秋月的日子，去高原上过3年铁打的日子也是一种新体验新境界新收获！当一个人毅然决定了做一件事，一切迟疑和重负也就顿然冰释了。傅欣给妻子打了电话。妻子沉默了6秒钟，然后平静地说："我支持你，家里的事情我能做好。"傅欣感动得眼眶湿了。上海女人很娇柔，但骨子里其实很刚强，这样的女人更可爱，妻子就是一个。然后，傅欣报告了校长和书记，然后，他给教委领导打了电话："我同意去，什么时候出发？"然后，他开始收拾办公桌上的文件材料……就这样，总共8分钟，决定了他今后3年"青春尾巴"的走向——从海拔2.19米的上海，走向平均海拔4000米以上的"世界屋脊"，不过不能走，只能飞。飞翔，其实是人生和心灵最美的姿态。

傅欣是典型的上海知识分子，肤色白皙，谈吐儒雅，思维清晰，从容淡定。这个决定所以做得这么果断，当然首先出于一个共产党员的自觉性和担当精神，也源于他一家的本色和素质：父亲是上海重型机械厂的老工人，一辈子一身硬骨和钢铁撞得叮当作响，火花四溅。妻子的父亲是宝钢的，说话走路都像钢铁发出的回声。红通通的滚烫的铁流流进一家人的脉管，铸成风骨凛凛和一腔子爱国情怀。坐在傅欣对面听他侃侃而谈，我感慨，其实不用细问，一看就知道他少年时代是从不走样的好学生，一路读到上海师大教育学博士，之后留校工作。很快，也不用"久经考验"便出任师大附属中学副校长——不像我，必须经过党的"久经考验"才断定我是好同志，直到2019年才被评为"全国最美志愿者"——有些晚矣。

出发那天是父亲节。前一天晚上，傅欣参加完女儿妞妞的幼儿园毕业典礼，路上，妞妞拉着傅欣的手一遍又一遍地问："爸爸，你为什么要离开我？为什么要去西藏？"傅欣抱起女儿，吻着她的小脸回答："在世界最高的地方，有一群哥哥姐姐，他们渴望读书，却没有老师，他们比你更需要爸爸的帮助。"

6月18日，36岁的领队傅欣率团出发，飞赴遥远的日喀则。飞机上，副领队陈前给他看了自己手机上的一条微信，是陈前即将读高三的儿子发的："我出生的时候，你在3年援疆的棉花地里；而今，我18岁的时候，你又踏上3年援藏的青稞田。父亲，保重！"读后两人无语，都泪湿了。

另一位队员卢璐写下这样一篇日记：

今晚，是临行前在家的最后一个夜晚。明天入川，后天入藏，开始一年新的征程。数月前，接到赴藏通知的情形仍历历在目。这些年已经习惯了漫游海边，游走国外，现在，入藏已然就在明天。没有一点点担心也不是，连续几晚辗转难眠就是例证。我会记得朋友们的叮嘱：第一是保重身体，第二才是完成任务。一年弹指一挥间，望着父母斑白的两鬓，感叹陪伴他们的时间太少。临行前三天终于推掉了所有的邀约，和他们一起一日三餐。老人不忘一一关照，不忘声声唠叨，我能感受到他们的不舍和担忧。他们还特意染了发，我明白他们想用最好的状态来送别自己的儿子……一年很短，很快就会过去；但一年也很长，思念家人、记挂好友的相思之苦一定会常伴左右。不带丝毫牵绊入藏，不带半点遗憾回沪——这就是我将铭记在心的入藏誓言。

穿过层层云海，掠过座座雪峰，雄伟壮丽的西藏就在他们脚下了。

这是中国最神秘的高原雪乡，这是地球上最高的地方。在上海，朝下一伸手就可以从大海中捞出月亮，在西藏，向上一伸手就可以摸到太阳。

傅欣想起了藏族伟大的民族英雄——藏王松赞干布和美丽的文成公主。公元7世纪，英武智慧的松赞干布统一了西藏，建立了吐蕃王朝。因为见过许多从内地运来的漂亮瓷器、丝绸、衣饰、兵器，他对当时声名远播的繁华大唐十分仰慕，于634年特派使节长途跋涉到长安，向唐高祖李渊表达敬意和问候。高祖随即派特使团跟随来使入藏回访，并赠送了大量礼物，汉藏两族两地的友好往来由此从民间进入官方渠道。松赞干布深知藏地经济文化发展落后，很希望大大加强两方的情感交流以利发展，于是特派"大论"（相当于宰相）禄东赞赴长安，向大唐提出求婚请求。继位的唐太宗李世民经慎重考虑，挑选了李氏宗族的弟弟、江夏王李道宗的女儿，册封其为文成公主，于641年组成浩荡的护送队和"亲友团"，由李道宗亲自带队进入西藏，并带去大批金银财宝、绫罗绸缎和内地的生产生活用具。松赞干布显然被文成公主的花容月貌和那些辉煌灿烂的礼品惊呆了。在欢迎仪式上，他激情满怀地说："我祖我父，从未有通婚上国的先例，本王今日得到大唐公主为妻，实为难得的光荣。我要为美丽的公主修筑一座最华丽的宫殿，让公主能在这里幸福地生活，并留示后代，要永远保持和大唐的亲密往来和友好关系。为此，本王愿意以侄婿相称，以示大唐为上国。"

这座华丽的宫殿就是布达拉宫。迄今，大昭寺内依然供奉着松赞干布和文成公主的塑像，千百年来香火不断，酥油灯昼夜长明。文成公主被世代藏民尊为"绿度母"，即观音菩萨的化身、藏传佛教中地位最高的女神。

文成公主在西藏生活了30年，直至680年逝世。她一生为维护发展汉藏两族人民的友好付出努力，并把中原先进的生产技术和优秀文化大量引入西藏。藏族人民用很多富有浪漫想象力的民歌赞美文成公主的杰出贡献，其中一首是：

　　　　从汉族地方来的文成公主，

　　　　带来了各种粮食三千八百种，

　　　　让吐蕃的粮库变得丰富又充足；

　　　　从汉族地方来的文成公主，

　　　　带来神奇的工匠五千五百人，

　　　　为吐蕃的工艺打开光彩非凡的道路；

　　　　从汉族地方来的文成公主，

　　　　带来各种牲畜五千五百头，

　　　　让西藏的乳酪酥油从此香甜可口……

　　入藏工作以后，傅欣在与藏族学生交流时，时常会听到他们真诚地说道："我们藏族和汉族，和祖国所有民族，其实都是一个妈妈的儿女。"

　　藏族孩子能说出这样的话，因为他们真切地感受到来自祖国妈妈的温暖。

2. 一场来不及思考的战斗

　　党的十八大以后，全国援藏工作掀开新的一页，进入更为坚实、更为宏阔、更加贴近民生的新阶段。2015 年，中央第六次西藏工作座谈会强调，要坚持党的治藏方略，坚定不移地保障和改善民生，坚定不移地促进各民族交往交流交融，确保西藏经济社会的持续健康发展。上海的"组团式"教育援藏团队保持 40 人规模，4 名管理干部为期 3 年，36 位专任教师为期 1 年，然后轮换，这样可以有效地保证教育工作的连贯性和可持续性。

　　傅欣率领的就是改革开放以来上海派出的第八批援藏干部中的一个分队，首批带有开拓性、创新性的"组团式"教育援藏工作队。可以说，入选的都是上海教育界的人才和精英。不优秀不作为，你担不起这样大的责任，一年时间也教不出明显的成果，耽误自己更耽误孩子，等于白来。

　　他们抵达了海拔 3800 米以上的目的地：日喀则市上海实验学校。

　　日喀则是西藏自治区下辖地级市，位于青藏高原西南部，面积 18.2 万平方公里，人口 87 万余，外与尼泊尔、不丹、印度等国接壤，有国境线近 1800 公里。世界第一高峰——珠穆朗玛峰就位于日喀则定日县境内。

日喀则上海实验学校是全西藏唯一的一所 12 年一贯制学校，始建于 2004 年，是时任上海第三批援藏干部联络组组长尹弘（现为中央候补委员、河南省省委副书记、省长）亲手规划的。2017 年 9 月 8 日，时任上海市委副书记的尹弘率领市代表团入藏交流访问期间，特别来到这所学校考察指导。傅欣把当年的设计草图复印了一份送给尹弘。尹弘看着自己当年设计的蓝图，再看看如今规模宏丽、宽敞明亮、闪耀着现代化光彩的校园，十分激动。教育是薪火相传、泽被万代、决定国家前途命运的伟大事业，一所学校站起来，就是一个梦想、一个使命、一个未来站起来。显然，这所优秀学校十多年来的发展和出色贡献，把现场所有的上海和日喀则干部都感动了，尹弘把自己也感动了。他感慨地说，中国发展从"站起来"到"富起来"再到"强起来"，就是这样一砖一石垒起来的呀！

学校全部学生的吃、住、学费用，国家实行三包政策，全包全免。（仅仅这一条，西方某些政客对我西藏建设发展的恶毒攻击，显得多么无耻、多么非人道啊！）

团队队员绝大多数都没进过西藏，他们的生活方式、思维方式、工作方式都是上海化的。

这是一场来不及思考的突如其来的战斗。面临的困难之多难以想象：

——因为高原的特殊环境，校园设施折损率较大，设施陈旧，学校大门坏了，图书馆不能用了，操场坑洼不平，食堂显得特别拥挤。

——大大小小的学生文化成绩参差不齐，很多学生不会汉语，不识汉字。有 100 多个来自日喀则福利院的学生，不少是樟木地区那年地震后的孤儿。从小缺少父母关爱，性格孤傲，个个像高原上横冲直撞的小野牛。可一旦进了课堂，他们立马变得特别害羞和胆怯，面对老师的提问，他们的回答就是瞪着亮晶晶的黑眼睛，无休止地挠头。

——本校的当地汉藏教师因长期生活在较为封闭的环境中，教育观念不同，教学手段单一，工作方式一直是粉笔、黑板加上满堂灌的填鸭式教育。

——因为低氧、高寒、高原反应强烈，上海教师们天天按着脑袋喊头痛的不在少数，上吐下泻的，上楼梯摔下来的，吃安眠药也睡不着觉的，包括傅欣在内，整个儿一个"伤兵满营"。当然，最难克制的就是想家，傅欣对我说："你很难想象几个男人坐一起，说起家人说起孩子，说着说着蒙面号啕大哭。"

——上海实验学校不仅负责本市学生教育，还要帮扶全日喀则市17个县教学点的教学指导。他们不时要带上电化教学设备，乘车长途跋涉到各县培训教师，示范授课，指点学生，有时还要到乡镇走走。那次到了珠峰脚下的定日县，是傅欣他们最兴奋的时刻，仰望直插九霄的神圣雪峰，他们欢呼雀跃，差点儿把头上的毡帽甩到珠峰顶上。

总之，从吃饭到解手，从走路到睡觉，从课堂到双语教育课本，从当地传统的教学方式到现代化的更新换代，对上海"阿拉"们来说，入藏后的每件事、每一天、每一步都成了困难。所有的革新改造都不能慢慢来，每人援藏的时间是有限度的，必须"惜时如金"。秀才遇见兵，能不能做成事，就看行动了。

年轻，就意味着可以雄心勃勃。36岁的教育学博士傅欣记住了孔夫子的教导："工欲善其事，必先利其器。"他很快提出"七个出彩"的工作目标，即办学理念出彩、保障条件出彩、课程体系出彩、管理机制出彩、师资队伍出彩、文化环境出彩、教学成绩出彩。

出彩，这可是很高的指标啊！

3. 讲台立于国门，责任高于珠峰

傅欣首先率领援藏教师亲自动手，开始了一场"厕所革命"，把所有厕所都疏通开来粉刷一新，并且给每个位置都配上手纸，教会孩子们文明的习惯。学校老教师和学生们一下被感动了。接着，在上海有关部门的支持下，他们改造了食堂、操场、图书馆、师生宿舍，新建了太阳能学生浴室和一座气派的大门，安装了太阳能路灯，学校环境焕然出彩，成为日喀则最美的学校。

理念要出彩，教学要出彩，必须引入最先进的教学技术。傅欣下了决心：

"上海有的教学设备和资源，日喀则也一定要有！"为此，他在队员中组织了一个信息化建设团队，又从上海引进大量现代化教学设备，经过两年努力，过去已去，未来已来，学校全面完成了"智慧校园"平台建设。通过学校的远程教育中心，该校学生和日喀则很多县城教学点学生的作业，可以第一时间经由上海市重点学校的名师批改指点。不管海拔多高，距离多远，这些汉藏族孩子面对来自上海的远程"视频授课""专家会诊"和"资源共享"，惊喜万分地睁大了眼睛，听课分外用心了。

博士傅欣还记住了孔夫子的名言："有教无类。"他知道，当地孩子学习成绩普遍落后，完全是偏远、封闭、贫穷和长久的游牧生活方式造成的。尤其从福利院来的那些孤儿，从小缺少父母关爱和家庭温暖，更应该给予加倍的关心呵护。课堂上，老师手把手，一笔一画地教藏族孩子们写汉字，学画画，还虚心地向他们学藏语发音和对话，逗得孩子们直乐。晚上，老师们常到宿舍或操场上，和学生们一起聊天、做游戏。休息日，他们带着一班班学生，到市里各个景点参观，给孩子讲革命历史，讲爱国英雄的故事，讲祖国内地的繁荣发展，期望孩子们学好知识和本领，长大后参加建设"美丽西藏""美丽祖国"。2017年4月14日下午，一场别开生面的主题班会在初一（6）班召开。学校请来社区的老爷爷老奶奶，给同学们讲了解放前吃不饱、穿不暖、戴着枷锁干活的悲惨生活，讲了奴隶主扒人皮做鼓、不许走只许爬的残酷凶狠。六一节晚会上，傅欣对孩子们说："你们中有些同学虽然生来就不知道自己的阿妈阿爸，但从进入这所学校以后，我和这些老师就是你们的上海阿爸了。我们虽然不能陪自己的儿女在上海过儿童节，但在日喀则，我们有了更多的儿女，这是我们的光荣，也是我们的幸福！"小孩子们哗哗鼓掌，大孩子们眼中有泪。

傅欣非常注意民族团结。当地汉藏教师因为历史原因，教学水平较为落后，直接影响到学生的学习成绩。但他没有急于求成，贸然把当地老师撤下，让上海老师上去顶岗。援藏毕竟是有期限的，打造一支"带不走的优秀教师队伍"才是推动西藏教育事业发展进步的根本大计。为此，从管理岗位到教研室主任位置，乃至到学科老师，他聪明地实行了上海人和当地人的"双岗制"，主打是本地教师，辅助是上海教师。通过一对一的合作交流，上海教师把自己的先进经验和方法一点一滴、春风化雨般渗透给本地教师，短短两三年，使本地教师的教学水平获得明显提高。

上海甘泉外国语学校援藏教师葛亮，每周都会用 3 节课的时间，专门对汉语基础相对薄弱的福利院孩子进行辅导。他了解到，小学一年级刚起步学汉语的孩子，识字速度很快，但一年之后词汇量的积累速度就放缓了。经过仔细观察，他看出这与当地汉语老师的教学方法有关。为此，葛亮根据自己的教学经验，专门编写了《给藏地汉语教师的教学建议》一书，以帮助当地汉语教师掌握更多、更丰富、更有效的教学方法。这是一本可以长久留下来、可以长久起作用的书。

援藏一年期满后，有 7 位教师主动提出延期一年。其中的上海师范大学附属第二实验中学援藏教师钟颖杰老师抽出业余时间，为学生们编写了"每课一练"，希望把它作为学校的参考教材。一年结束，他已编写了初中学段的两册，计划中的高中四册，他期望在留下的一年完成。想想这几册亲自动手编写的新鲜教材，满满的都是无私的奉献和爱呀！

上海普陀区信息技术教研员郁龙老师也提出再留一年。他说："看到藏区孩子对知识渴望的眼神，就有一种责任感，要把自己的全部知识传递给他们。因为知识和教育是阻止贫困代际传递的重要途径，我希望我的援藏工作不只是来过。"

短短 3 年时间，日喀则市上海实验学校出彩了！当地老百姓领略到"上海教育"的神奇力量：高考升学率连续 3 年达到 100%，本科率达到 94% 以上，重点本科率突破 60%，名列自治区前列。中考成绩稳居自治区第一；六门单科创造历史最好成绩；两届小学六年学生考入内地西藏初中班人数在历年最高纪录基础上将近翻了一倍。

傅欣团队在来不及思考的战斗中学会了战斗，他们以"惜时如金"的紧迫感、"金石可镂"的不懈努力和"点石成金"的工作智慧，让一大批西藏学子实现了知识改变命运的飞跃。

2018年，在全国脱贫攻坚奖表彰大会上，傅欣被国务院扶贫开发领导小组授予全国脱贫攻坚奖"创新奖"。

2019年，在中宣部发布的"最美支边人物"20名先进个人和1个先进集体中，傅欣是来自上海的唯一入选者。

2019年教师节，傅欣被评为全国教育系统先进工作者。

傅欣说："这些荣誉其实属于我们整个团队，每个人都不可缺少。"

正如他在日记中写下的一句话："讲台立于国门，责任高于珠峰。"

正如陈前副校长的临别寄语："春暖花会开，奋斗才精彩！"

正如团队中最年轻的90后教师金志骏在告别会上含泪大喊的那句话："我们来了！我们干了！我们成了！"

四 新《菜根谭》：花菜"大跨越"

上海朋友，你知道一棵花菜的来历吗？

它从田间地头蹦到你的餐桌上，整整用了300年外加3年：300年前，花菜跟着丝绸之路的驼队，从地中海一带进入"舌尖上的中国"。然后，从2016年到2019年，在遵义道真县的山上山下，花菜完成了一次"大跨越"，从深山沟跑到大上海。在我看来，本篇对全国扶贫干部，对像贵州这样的老、少、边、穷地区实现经济跨越式发展，具有重要的启示意义。《菜根谭》是明朝还初道人洪应明收集编著的一部论述修养、人生、处世、出世的语录集，短短的句子像菜根一样普通却又发人深省，回味绵长。本文是一篇"新《菜根谭》"。

1. 失败的第一仗

上海是当代中国的一个绚丽窗口。白天车流滚滚，入夜华彩缤纷，每个工作间都奔流着智慧、梦想和雄心，支援全国是他们的责任和义务。

上海制定的扶贫方针非常朴实："中央要求，当地所需，上海所能。"上海排名世界前列的超大能量和能力数不胜数，所到之处，谈笑间沧海变桑田，好日子说到就到。但并不是所有上海人都有呼风唤雨的大本事。2016 年 7 月 11 日，杨浦区商务委副主任、文质彬彬的周灵背着行囊，带上一张全家福照片，来到遵义市道真仡佬族苗族自治县挂职县委副书记，任务是扶贫 3 年。上级选中他，是因为他的条件全在"框框"里：男性，大学文化，副处级，45 岁以下，平时表现优秀，兢兢业业，勤政爱民，且有主动报名之热情。但他是什么高端人才、有超凡拔俗的大学问大本事吗？看不出，就像他的办公桌一样朴实而又普通。早年他唯一的大本事就是把算盘打得直冒烟，不过现在已经过时了。1975 年，周灵生于江西一个普通教师之家，高考进了山东财政学院，毕业后到江西财大当教师。2002 年，思贤若渴的上海面向全国招聘人才，其实就是招大学生，模样斯文、老实巴交的周灵顺利通过。他说："我运气很好，现在就是海归博士也很难挤进上海了。"周灵被派到上海杨浦区一个小镇当了经济科长，主要负责招商引资。所以说到底，他就是个优秀的"会计"，因为工作认真、敬业，有业绩，后来被提拔为杨浦区商务委副主任。

　　来到遵义道真县，望着云遮雾绕的群山和炊烟袅袅的村寨，周灵两眼一片茫然。他对农业一窍不通，"四体不勤，五谷不分"说的就是他。但他还是怀着一腔热血来了，脱贫攻坚是举国大事、千秋伟业，定点定时、不可逾越，来了总要做些贡献，不能来过就是"路过"。他原以为道真作为国家扶贫开发重点县，肯定一片贫穷破烂：山寨里七扭八歪的吊脚楼和茅草房，山路上走着满脸菜色的荷锄老农和背着竹篓的农妇，山地上疯跑着泥头花脸的光腚娃娃……可现实大大出乎他的预想。从市到县是一路平展展的高速；进了县城，楼群高耸，街道宽敞，车流滚滚，商店相连，橱窗亮丽。人人过街都非常遵守红绿灯，比上海一些地方还规矩。周灵更加茫然了，这地方发展这么好，扶贫能做啥呀？他的雄心几乎折损了一半。接着再往深山沟里走，其间先后发生两次车祸，只听"咣"的一声，他两眼一黑，小命差点儿跟着车前盖飞进万丈深渊。到了那些偏远山区的村寨，千年老照片显露出来了：草房棚房土房石房，显得很苍凉；世界上本没有路，因为这里走的人不多，所以还是没路；老井薄田，缺水缺地，玉米棒棒只有巴掌长；年轻人都出去打工了，剩下的"606138 部队"过着半自然经济生活，一切自种自收自用，山外热潮涌动的市场经济和他们没有半毛钱关系。他们的日子像炊烟一样，缓慢细瘦、寂寞悠长，可眼界还没有炊烟站得高望得远。周灵的两眼不那么茫然了，他终于找到"战场"和可做的扶贫工作——那就是动员、联络自己在上海的一切人脉，通过帮扶捐助，全力支持道真早日脱贫摘帽。许多天里，周灵打开手机联络人，一遍遍查找审视每位友人，精准估算他们的"内存资源"，仔细琢磨从那人身上能榨出多少"油水"。远在上海的同事亲友都特别惦记他，可他们哪里知道，此刻藏在贵州大山里的周灵正准备对他们"下手"。

电话打飞了。很多友人慨然表示："周书记，有什么要求你就说，我肯定鼎力相助！"周灵很高兴，庆幸自己平时待人很真诚，人缘不错。

一般而言，当地领导对外来的挂职干部很尊敬，不分工或少分工，不给压力，你能干啥就干点啥，期满给个好评语就行了。周灵的心里很轻松，他开始广泛调研、研究资助项目、所需资金、落户何处，比如留守儿童啦，大病扶助啦，住房改造啦，修路架桥啦，等等。那阵子他特别像社会慈善人士，不太像县委副书记。

入秋的一天，县委书记突然给他来了电话，说一个村寨种了200多亩花菜（俗称菜花），是中间商签约的，每斤给农户7角钱，他们可以卖到1块8左右。可今年市场花菜涌入太多，挥泪大减价，中间商挣不到钱，于是找种种所谓"质量"理由不收了。眼瞅着菜要烂在地里，菜农们血本无归叫苦连天，跳崖的心都有了。书记请周灵能不能在上海找找门路，把这些花菜卖出去，帮帮老百姓。周灵一口答应。他心想，汪洋如海的大上海，自己又是区商务委的干部，这点菜还消化不了吗？一通电话打过去，友人说："周书记，不是我不帮你，你没算过账吗？从农民手里收过来每斤7角，如今上海也就卖七八角，装卸车的人工费谁付？进场费、停车费、手续费谁付？1700多公里的路途，一辆车运费1万多元谁付？再何况菜拉到上海起码烂掉三分之一，这些钱谁付？所以这个赔本的买卖没法做呀！"联系了几个人，都是同样的回答。周灵傻眼了。末了，这200多亩地的花菜十分之一养了人，十分之二喂了猪，十分之七烂在地里当了肥料。全村白干了一年，两手空空，愁云惨雾，几十个摘了帽的贫困户又规规矩矩把帽子戴上了。

扶贫第一仗失败了。县委常委会上提起此事，肤色特别白的周灵脸色特别红，觉得有愧又没面子。

2. 棉被那么一甩

垂头丧气的周灵来到这个花菜种植村。县委副书记来了，乡、村干部都到了。他们说，以往农民种菜就是为自家吃，所以从来不上化肥不打农药，顶多等到赶集日挑着担子卖几筐，挣点零花钱。因为花菜一年中的茬口多，价格也不错，中间商见道真的花菜品质好、纯绿色，便和一村一寨一家一户签了约，声称"保底收购"，没想到今年市场一掉价，菜贩子变了脸，农民亏得一塌糊涂……

周灵心里一动，脑子里像大年夜烟花一样火花四溅！第一，道真山清水秀，水质好土质好，且没有上化肥打农药的习惯，这正是城市人最喜欢的菜品，菜贩子一拥而上，证明一定很有市场；第二，一些菜贩子没诚信，不可靠，如果由政府管起来组织起来，产、供、销三方精诚合作，相互信任，肯定皆大欢喜；第三，如果通过土地流转或土地入股的方式，把道真家家户户的土地"连片化"，把种植绿色蔬菜"产业化"，把整个种植、销售过程"市场化"，道真就会凭借自身优势，开拓出一条规模巨大、产值连增、可持续发展的蔬菜产业，可以大大提升全县的"造血"功能，大量贫困户可以闯出一条脱贫路、自强路、致富路。想到这儿，周灵思路大开，兴奋异常。果然，"失败是成功之母"，200亩花菜没卖出去，却给了他这么多启示！他原来设想的那些扶贫办法，比如利用上海优势，争取更多帮扶资金啦，比如利用自身人脉，多为县里拉捐助啦，那仅仅是一种"输血"式的救助方式，虽然很必要，但很难从根本上解决全县的自立自强、稳定发展和可持续发展的大问题。

周灵明白，要办好这件大事，必须首先向市场学习，向实践学习。他要亲眼看一看，来自天南地北的一棵花菜、一根萝卜、一箱西红柿是怎样进入大上海的。他专程回到上海，半夜起身换一套蓝工装，口袋里揣上一个小本本，于凌晨1点来到浦东的一个大型批发市场。因为有规定：午夜12时之前，运输车辆不许进入上海，晨6时之前必须全部撤离。当了十多年上海市民，这是周灵第一次看到自家餐桌的蔬菜是怎么来的。2时左右，浓浓夜幕中，一辆辆蒙着防雨布的大型运输车从附近各省乃至云南、江西、河南、山东等地呼啸而至，一箱箱密封的蔬菜用搬运车卸下来。卖家报价、买家报量，堆积如山的菜箱很快席卷一空，场地上干干净净，批发商高兴地回家睡觉去了。周灵把所有细节用小本子一一记下来，这正是上海人工作的精细之处。

路径看明白了，还要找一贯制的大经销商，那些行走江湖的菜贩子只能是一锤子买卖。周灵上网查询了全国十大连锁经销商，其中，福建的永辉公司是办得最好、最具实力的国内大公司之一。周灵通过朋友关系找到总部，总部说，遵义离贵阳、重庆分公司比较近，你去找他们联系吧。但这家企业太忙，业务堆成山，物流像长河。贵阳、重庆两家分公司都觉得遵义地区山多地少，做不成大基地大产业，所以特别礼貌地推来推去。周灵不得不到贵阳"三顾茅庐"，再到重庆"五顾茅庐"。终于，重庆的年轻老总被感动了，他非常认真地和县委副书记交代："你们想做成蔬菜基地，就必须成规模、按标准长期供货，我们随要随到，这样我就可以给你们定下一个额度。不能今天有明天没了，那就把我们坑了。"

周灵连连点头，然后一脸诚恳地说："我们已经有基地了。"

年轻老总怀疑地说："光说不行，我得去看看。"

周灵吓了一跳。这还是他想象中和策划中的"道真蓝图"，哪来的大基地啊？

他回去赶紧操办。可贵州"地无三尺平"，道真"二尺半"。到处是碎片地，现组织、现流转、现拼接，三头六臂也来不及啊！周灵急匆匆到处找地方，有一天到了一个乡，登上山头一望，发现那里有2000多亩坡地已经连片，整齐地铺着一条条洁白的明晃晃的塑料地膜。一问，乡干部说，我们是发展烤烟重点乡，地膜是为移栽烟苗预备的。周灵大喜，说什么烟苗不烟苗的？暂时权充蔬菜基地吧。回头他把重庆永辉公司年轻老总请过来，站在山头骄傲地指给他看。年轻老总激动地望着阳光下海浪般一条条的雪白地膜，说："周书记，你真有魄力，这么快就干起来了。好吧，我一年给你 2000 万元的销售额度！"

哈！一个勇敢的开始就是成功的一半！

在永辉超市的帮助下，道真向上海、重庆发运花菜的"试运行"开始了。锻炼干部，熟悉业务，摸索经验是必需的。别看乡领导、村干部个个长得有模有样，说话办事气势如虹，其实大都是黑脚农民出身。一辆辆大型运输车轰隆隆开进来，干部率领村民们摩拳擦掌，寂静的山寨腾起阵阵浪花般的欢声笑语。但很快，他们不笑了，他们脸红了，因为他们用千百年来的老观念、老传统、老习性操办现代化产业，一错再错，漏洞百出。

第一车花菜运到重庆，过后好几天没动静了。周灵问乡干部："运去以后怎么样？"

乡干部一头雾水："按你的指示，我们装上车就运走了，什么怎么样？"

周灵问："车上保温效果如何？路上损耗多少？卖价多少？多长时间卖完的？"

乡干部愣了，一问三不知："我以为你帮我们卖菜，一车车拉去就完了，问那些干吗？"

周灵又气又急，但上海干部一般很温柔，不会怨天尤人。他说："搞产业化经销，是有一套严格规矩和标准的，这样才能以最低的损耗换回最大的收益。稀里糊涂运过去，不知损耗多少，卖了多少，烂菜猪都不吃，你卖给谁去？"

过后，他把乡镇村干部召来，拿出在上海批发市场记的小本子，一条条教他们：

第一，首先要确保冷藏低温：花菜摘下来要迅速放入冷库，使菜心温度降到 3 摄氏度左右。上了路更要严密保温，从道真到上海，路程 1700 多公里，这样在长途运输中才能最大限度减少损耗。"懂了吗？""懂了！"

——结果干错了。泥脚汉子们满身大汗，把收上来的花菜一筐筐搬进冷库，往地上一倒，然后大门一锁万事大吉。两天后一测温，一堆堆花菜外面的冷了，里面的还发热呢，更不必说菜心已经"柔情似水"了。周灵叮嘱他们，菜要轻拿轻放，不得受损，要一排排码整齐，留有一定空隙，这样冷藏受温才均等。周灵还特意派人给他们买来一批蔬菜温度计，可以插进菜心测试温度。"懂了吗？""懂了！"大家信心百倍高声回答。

第二，菜品要保证标准化。现在人们生活质量普遍提高了，讲究吃好不吃多。周灵要求，一个标准塑料包装箱只能放30斤，不能多也不能少。每棵菜大小均等，2斤左右，保留两片绿叶、两厘米根茎。根茎长了顾客不高兴，短了菜花就散了。

——又干错了。按农民的老观念，菜长得越大越重越好，装箱时为了多卖，也显得遵义人民热情实诚，大黑手使劲往里按，结果压得越实，升温越高，损耗越大。周灵喊了起来："蔬菜物流都是走计件，谁有时间给你一箱箱论斤称？你们塞得越多，赔得越多！"乡亲们这才明白，一箱装50斤是干赔。

第三，为了在长途运输中保持低温，装箱时里面要放一瓶冰冻水，然后密封。装车时，车厢底板铺一层棉被，四周捆一层棉被，装完后上面再盖一层棉被。过后用防雨布将整个车厢裹严捆紧。按此严格操作，花菜运抵重庆或上海时不仅保持着新鲜的花容月貌，损耗也可降至5%左右。

——乡亲们又出问题了。那天周灵有点感冒，运输车下半夜2时出发，他跟大家搬箱装车干到1时许，实在挺不住了，说你们把车装好就出发吧，我先走一步，回去吃点药。就这一步，当地同志为加快速度早点休息，车装完后，把大棉被像渔民撒网一样往高高的车上一甩，然后捆上防雨布，然后冲司机挥挥手，潇洒有力地喊一声"走人"！就这么一个不起眼的小动作——盖在菜箱上的棉被一甩，运抵上海后花菜损耗达到25%，少卖了很多钱。当地同志这才明白，大冬天人少不了棉被，大夏天菜也少不得棉被啊！

后来，周灵专门带一批当地干部到上海、重庆的批发市场参观，看其他各省运来的菜是怎么标准化挑选、怎么标准化冷藏保温运输的，当地干部脑洞大开，感叹"外面的世界真难弄"。

第四，当地农民种菜，以往都是大把撒种子。尤其山寨里的少数民族姑娘们个个貌若天仙，在田里斜扭纤腰，轻移莲步，一手挎竹篮，一手撒种子，姿态比舞台表演还美，至于一把把菜种撒出去能冒出多少芽，只有天知道。周灵只好现学现卖，教农民先起垄、铺地膜，用以提升地温和保持水分。同时在温室大棚里提前育苗，品种分为早、中、晚、更晚数期，以便压茬种植，让花菜一年四季成批次源源不断进入市场，避免旺期堆积如山，价格跳楼。

周灵作为挂职县委副书记，要开会，要走访，尤其要策划建设若干个前所未有的大型蔬菜基地，土地流转连片，安排贫困户就业，起草签署各方面协议合同，拓展上海、重庆、贵阳等地市场超市，事情千头万绪，忙得不可开交，他不可能天天跟着大家搬箱装车。一天，一位女副乡长走进周灵的办公室，坐那儿就哭了。周灵惊问怎么了，女干部说："从书记发动外销蔬菜以后，按照乡政府领导班子的行政分工，这件事由我负责。因为每天都是夜里装车，下半夜发车，几个月下来都是我一个人顶着。白天还要正常上班。丈夫也忙，家里孩子病了，老人病了，没人照顾，我连衣服都没时间洗，累得实在支撑不住了，真想不干了。可你为全县老百姓脱贫致富着想，好不容易张罗起这摊事业，我不能眼瞅着干到半截就散摊子了，可我实在干不动了……"说着她又掩面哭起来。

这是文质彬彬的周灵有生以来第一次发大火。他把全乡领导干部召集起来，说："建设一个面向各大城市的大型蔬菜基地，是关系道真脱贫致富、可持续发展的大事业，不是一个单纯的行政命令、工作分工。整个班子都要动起来，积极参与、敢于担当。我发一个令，你书记乡长也发一个令，就由一个女副乡长单打独斗，白天上班，晚上装车连轴转，就是铁人也支撑不住啊！你们这些男子汉连一点儿同情心都没有吗？不能当个顶梁柱把这项事业顶起来吗？"

书记乡长脸红了，做了检讨，说自己认识没到位，就按一般行政分工办了。"现在我们明白了，"乡书记诚恳地说，"我们愿意向周书记立军令状，从此全力以赴！"然后他紧紧握了握那位女副乡长的手，表示道歉和慰问，在场很多干部掉泪了。

从此，乡领导班子实行了轮流值班制。

3. 让花菜带着"故事"走

现代化事业、云数据时代，说到根儿上就是越来越科学化和精密化。曾经的"大帮哄"劳动方式、"萝卜快了不洗泥"的装运方式，成麻袋拉到市场上的销售方式，已经并将继续被新时代新生活淘汰。谁还这么干，谁就将和满筐的白菜大葱泥萝卜一块被淘汰。不是生活太无情，而是你太"埋汰"。

"道真历史上的第一车外销蔬菜，是我推出去的。"周灵微笑着对我说，眼里闪着上海干部特有的那种很有"腔调"很有风度的光彩。

"现在，我们的白花菜、紫花菜、宝塔花菜，进入高端超市的都有'户口'了。"他说。那是挂在菜茎上的一个广告小牌牌，顾客用手机一扫上面的二维码，就可以看到一段视频，一个有关这棵花菜的"故事"：白胡子爷爷或漂亮的山寨姑娘穿着绚丽的民族服装，正在挥汗劳作、精心侍候（说明它没见过化肥农药）；成熟了，把这棵花菜从坡田上摘下来（证明它出生于青山绿水而非大棚）；然后修叶剪茎，轻轻放进洁白的塑料包装箱，就像小新娘进了轿子，再放进一瓶晶莹的冰冻水（证明它身份高贵、不染凡尘）……

就这样，道真大山中数以万计、10万计的品质优良的花菜，实现了胜利"大跨越"：从老乡的菜篮子和吱嘎作响的饭桌上跳下来，从山沟沟里成千上万地涌出来，然后舞动着两片绿叶，飞向磅礴万里的上海，飞向高楼入云的重庆，飞向繁花似海的贵阳，飞向沉醉春风的成都，承载着"中国梦"……

为了使道真蔬菜产业实现健康有序、稳固可靠的可持续发展，周灵提议成立了县级层面的国有总公司，负责牵头抓总、主攻销售市场；14个乡镇分公司对接销售并向村集体下订单；83个村寨成立集体合作社，组织群众专门种菜并负责质量监管；所有贫困户纳入合作社并成为股东。周灵深刻地意识到，这样的一个遍及全县的大基地大系统，靠纯粹的官方运作和行政管理很容易丧失发展动力和个人活力。他建议，国家和集体占股51%，剩下的49%作为股本分给上上下下的管理者和股东，利润与绩效挂钩，干了不白干，熬夜不白熬，积极性创造性都出来了并越干越好，实现了良性运行。

3 年不辞辛劳的奋斗，周灵把它概括为简单的三件事：第一年卖菜，第二年种菜，第三年搞标准化。在周灵和道真县委县政府的共同努力下，当地碎片田合成大基地，来自农家田园的花菜、辣椒、香菇等汇流成大产业，个体户成了"集团军"。如今全县基地拥有菜田 14 万亩，形成相关产业链 7 条，达到规模化后销售蔬菜 6000 余吨，帮助贫困户增加纯收入 1800 多万元，惠及贫困群众 8000 多人，实现产值 1 个多亿——而过去仅仅是一张白纸。当地山里老百姓记不住他的姓名，一提"卖菜书记"，妇孺皆知。上海的亲朋好友也很奇怪，周灵这个白面书生，四体不勤五谷不分，3 年未见竟然成了有鼻子有眼的"蔬菜专家"。周灵说："我没有别的本事，只有一个本事，就是'认真'。"为这件事，他 3 年跑了 16 万多公里，等于绕地球 4 圈以上。国务院扶贫办派团来道真县考核扶贫成果，那是当今中国官员最严格、最难过关的"大考"。周灵汇报说："通过建设发展蔬菜基地，在全县总共惠及贫困人口 8147 人。"考核组客气地说："我们抽查一下好吗？"他们通过实地调查或随机电话访谈，问你叫什么名？家中几口人？都在干什么？年收入是多少？参加蔬菜基地劳动和入股分红多少？农民一一做了回答。他们总共抽查了 11 户，再对照底单，分毫不差！

在上海帮扶的地方，当然要按"当地所需、上海所能"的方针，积极吸纳上海强大的人、财、物资源，实现借势发展、借船出海，全力打造本地"2.0版"的发展新模式新态势。但是我以为，把上海的"科学、精细、认真、坚持"的工作精神和创新精神学到手，是最重要最根本的。世界上怕就怕"认真"二字。

2019 年秋，周灵援黔 3 年到期。临走前，他花 3 个月时间，连写带画，精心制作了一幅长长的蔬菜产业产供销一体化标准"战略图"，折起来就是一本小册子。有关蔬菜产业基地健康有序、持续发展的全部流程，从最初的选种到最后的销售，所有环节、技术、标准、质量要求，都写得清清楚楚。他把这幅"战略图"送给了当地干部。

这是周灵 3 年扶贫创业的心血和经验，也是他对遵义人民、道真人民满满的深情。

五 每个人都是历史结成的种子

——"银龄行动"

他们创造了自己的"第三青春"。

他们都是老人。他们的童年和少年时代是在积贫积弱的旧中国度过的，听妈妈讲过许多悲伤的"过去的故事"。他们都在新中国创立时期经历过"把一切献给党"的激情燃烧的青春岁月。他们也经历过"政治运动"的冲击和三年困难时期的苦难，饿着肚子发愤图强，埋头奉献。改革开放的大潮到来了，他们的"第二青春"也到来了。跨世纪的"中国奇迹""上海奇迹"，到处闪耀着他们挥汗劳作的身影。他们把自己活成了铺路石，让中华民族伟岸的身姿崛起于世界东方。退休后，他们奋斗了一生，真是累了，本该好好享受岁月静好、富足快乐、儿孙绕膝的晚年生活。但是，那颗赤子之心仍在强烈地跳动，那一腔激情仍在血脉中奔腾。于是，白发苍苍的他们毅然告别儿孙、告别亲友，告别窗台上的花草和绿荫下的漫步，像祖国一代新兵一样挺起胸膛，重新集结在党的旗帜下。带着积累一生的全部知识、智慧、本领，向着大漠戈壁，向着无尽无休的沙尘暴，向着新疆各族人民的渴盼与向往，坚强地高昂地出发了。

在那里，他们创造了自己的"第三青春"。

也许，只有中国有这样一支老年"志愿军"。

他们是历史结成的种子。

1. 那时的美丽如此忧伤

那个时代到处贴着补丁。人们的衣裤鞋子上缝着补丁，破碎的马路上拼接着补丁，有裂纹的教室玻璃窗用纸条贴成补丁，所有人的思想、生活和命运都伤痕累累，补丁累累。

那时的水好大，水很清，水路很多，像一挂巨大的渔网，编织在江南水乡。水深流长，刘红娣和自己的祖国一样，找寻前途和梦想。

一只乌篷船从历史深处轻轻摇来。春天，风还很紧，她坐在船头，坐在自己的行李上。身上裹一件带补丁的蓝花棉袄，那是妈妈年轻时留下来的。一双大眼睛，两条小辫子。想起爸妈送别时的泪水，想起自己告别时的泪水，小脸上依然泪水涟涟。18 岁，一朵多美的青春之花啊！初一小女生，一个多么柔弱的上海女孩啊！她不得不离开学校、老师、课本，到一个遥远的地方插队落户。同一时刻，同一命运，我作为高中生，背着行囊从哈尔滨去了北大荒，刘红娣从上海去了江南水乡。都是 8 年的艰辛历程，风霜雨雪和毒日头把我们的青春涂抹得黑黑的，像一块块钢铁，说话走路铿锵作响，像砸在大地上。刘红娣当了 3 年乡村代课教师，一个茅草屋装进 3 个年级拖着鼻涕的小孩子，轮番作业。于今回忆，刘红娣笑说："我一个初一学生来教小学生，真是误人子弟啊。""不！"我说，"那时还有人努力教孩子们识字，这就是中华民族文化血脉的延续，中华民族精神的薪火相传，看似不值一提却意义伟大！"这里我必须举一个国外的例子。我去保加利亚访问时，那里的人们告诉我，保加利亚历史上曾被奥斯曼帝国（土耳其前身）侵占了 500 年，为达到长期霸占和灭绝保加利亚的目的，奥斯曼帝国严禁保加利亚人使用自己的语言和文字，甚至在孩子刚刚到读书年龄时就全部运到奥斯曼本土的学校去接受教育。一代接一代，这样的殖民教育整整进行了 500 年啊！但是，保加利亚人冒着被杀头的危险，秘密组织了无数个"地下读书会"，也是一代接一代，悄悄延续着自己的语言和文化。最终，奥斯曼帝国崩溃了，保加利亚人民完美地保存了自己的民族文化和民族品格。同样，抗战时期，日本侵略者在所谓"满洲国"进行了 14 年的殖民教育，到 1945 年抗战胜利，中华民族文化一夜之间又恢复了她的尊严和勃勃生机。

历史证明，每个人都是历史结下的种子，他们和她们长大后，播下的还是同样的种子。上山下乡的年代，多少知青当了乡村教师，仅此一项，他们居功至伟。

1976 年，由当地乡亲们举手"推荐"，1977 年下乡 8 年的刘红娣进入上海中医学院医疗系读大学——工农兵大学生。这是哪儿跟哪儿啊？她从来没对医生这个职业有过丝毫兴趣！但终于从乡下回到上海了，这就是一切！没想到欢喜的眼泪还没擦干呢，第二年国家便恢复了正规高考。刘红娣的肠子都悔青了，她很想退学重考，选一个自己热爱的职业，做一个正规的大学生。但如此一来，她必须把户口再迁回插队的地方，父母说："你一个小初中生，要是考不上呢？"就认了吧——好好努力学习！1980年毕业进入上海市眼病防治所工作，2006年退休。刘红娣就这样成长为一位眼科主任医师，多次获得科研成果奖。少女时代那双清澈明亮的大眼睛变得有些昏花了，她却让无数眼疾患者"拨开云雾""重见天日"。

进入新世纪，随着西部大开发启幕，全国各地各行业纷纷行动起来。当时全国离退休科技人员500多万人，无疑是一个有学识、有能力、充满爱国热忱的庞大科技"集团军"。全国老龄办随即发起一个以老年知识分子为主体、以援助西部为主旨的"银龄行动"。从2003年开始，上海正式组织老年科技人员对新疆展开沪疆对口、志愿服务的"银龄行动"，至2019年，已经进行了18次，参与行动的老专家380多人次，行业覆盖医疗、教育、农业、畜牧、绿化、文化、旅游规划等十几个领域。这些老专家在行内和单位都有着"技术权威"的响亮名号，在家都是爷爷奶奶的辈分了，本该可以静享儿孙绕膝的晚年幸福了，但他们一次次踊跃报名，一次次奔赴天山脚下、大漠戈壁，在喀什地区、阿克苏地区、克拉玛依市等5个地州市、16个县、151家单位留下艰辛的脚印。他们一头如银的白发，在雪峰的映照下闪耀着令人感动的光彩。

18年来，上海一直在坚持。没有随着时光流远、人事已非，渐渐归于沉寂。成功在于坚持，奉献在于坚持，品格在于坚持，这就是上海的城市基因之一。他们不需要口号，他们一直默默用功。

刘红娣退休后，一直在眼病防治中心开"专家门诊"，慕名前来求医的患者络绎不绝。2010年，得知上海民政部门在医务界组织援疆"银龄行动"，她当即报了名。这意味着她的个人收入将明显减少，她的病号资源也将大批流失。但刘红娣义无反顾，老伴和孩子也都支持她。刘红娣说，我18岁上山下乡，在农村整整干了 8 年，我忘不了我在老照片上留下的忧伤的眼神，更忘不了当地老乡缺吃少穿、缺医少药的那些忧伤无助的眼神。现在我有能力了，为什么不去帮帮新疆人民呢？

自此她年年报名，到 2019 年先后赴疆 8 次，每次两个半月。每到一地，各族群众听说"上海专家"来义诊了，都排起长队等着，一是他们相信上海医生的技术，二是可以省下很多医疗费用。每每看到医院门厅处排着的长队，少女时代那忧伤的眼神，那一腔浓浓的乡愁又回到刘红娣的眼中，尽管此时她两鬓白发已显现，尽自己一切所能，让眼病患者重见光明，在光明行西部复明活动中，成了她从早忙到晚的最热切的愿望。从眼部受伤的孩子到 79 岁的老奶奶做白内障手术，她指导当地医生精心操作，协助手术医生工作（主要是培训队伍），都是手到病除。那位老奶奶做完手术，视力恢复得非常好。数天后，家人按照老奶奶的意愿，特意扶着老人家到医院来看看刘红娣，说这就是让你重见天日的上海医生！老奶奶热烈拥抱了刘红娣，并塞给她一筐新疆大枣，口中喃喃地说："努尔鲁克帕热西塔！"刘红娣听不懂，跟来的小孙子翻译说："奶奶说你是'光明女神'！"

行医期间，刘红娣的热情细心和对病人无微不至的关照，深深感动了一个维吾尔族小女孩哈什耶提，她是泽普县的六年级学生，因中耳炎住院。那天刘红娣正在查房，小女孩突然跑过来往她的白衣口袋里塞了一张字条，然后害羞地迅速跑开了。刘红娣打开一看，上面用汉文写着："上海阿姨：您读完这张字条后，请不要讥笑我，因为我爱你们！我请求明天早晨您和我照一张相，好吗？"

刘红娣的眼睛顿时湿了。第二天早晨，她和哈什耶提在医院门口合了影，并且打印照片留作纪念。从此女孩成了刘红娣的"维族女儿"，刘红娣成了哈什耶提的"上海妈妈"。后来刘红娣数次赴疆，不管多远，哈什耶提都坐火车或长途汽车来看她。在刘红娣多年的帮助指导下，如今，哈什耶提已经是一名大学生了。

2. 被英雄染成的英雄

姚梅芳，网名叫"姚奶奶"，一个很多人知道的军队老护士，一个很少人知道的女英雄。1943年生，今年77岁，聊起来她的笑声比我还响亮！

——姚梅芳说，她和父母加在一起正好是"工农兵相结合"。父亲早年从家乡流浪到上海，以拉黄包车为生，解放后当了制鞋工人。母亲是农家姑娘，一边种地一边给地主家干零活儿，两口子在旧社会受了很多欺负。土改后全家分了4.3亩耕地，9岁的姚梅芳才得以上了学，父母和她先后入党。所以全家对党和国家爱得入骨亲，谁要敢当面说一句不中听的话，父亲能拿着擀面杖追出三里地。

——姚梅芳说，父亲一辈子"左"得可爱。她找对象的时候，父亲提了一个不可逾越的红线：成分高的绝不能进家门，因为"坐不到一起吃饭"！那时梅芳周围全是穿着西服的风度翩翩的知识分子，旧社会能一路读书上大学，门第显然都很高。她只能热情相待，冷心相背。60年代末，一位小孩患者的父亲是部队干部，听说了这位护士长的相亲条件，于是说："我手下有个连长和她很像！我让他休个假来认识认识！"说到做到，这位河北保定的"贫下中农"王连长来了，人高马大，土得直掉渣，黑得掉地上找不着，走路咚咚响。相亲时王连长低着头红着脸一声不吭，因为在部队上他根本没见过大姑娘，更别说上海姑娘了。听说王连长7年没回家了，姚梅芳像"首长"一样指示他说："你先回家看看老人，说不定家里已经给你找了媳妇，如果没有，再回来找我。"过些天王连长回信了："家里除了爹妈和兄弟姐妹，还有一头猪几只鸡。"就这样，两人订了婚。不过父亲却说话不算数了，有点后悔，嫌老王家太穷，说："你怎么能找个拿大葱大蒜当菜吃的人呢？"梅芳说："你不是要我找个贫下中农吗？两家穷对穷，谁也别说谁了。"就这样，两人过到现在。

——姚梅芳说，我和爹妈一样，打骨子里爱党爱国。父母都大字不识，没有新中国我根本上不了学。因为底下还有5个弟妹，生活艰难，学费全免，放了学或放了假，回家就帮母亲种地干活儿。有时累得能挂在水车上睡着了。但我的功课门门优秀，还当过大队长、班干部，因为我知道有文化有本领才能报答国家。1961年，梅芳高中毕业，根红苗正、品学兼优的她本可以保送上海外国语学院。但班主任很为她发愁，因为老师知道她家供不起，很难坚持到毕业。恰在这时，上海第二军医大学护士学校来招女兵，梅芳顺利过关，进校就当了三排长。这正是国家三年困难时期，老百姓普遍挨饿，梅芳在高中也饿成一根豆芽菜。还好，部队单位是个大熔炉，梅芳三个月后，1.59米的小个头有120斤，战友们笑她"五大三粗，像一口水缸了"。但吃饱了就是有力气，全校举办学员大比武，梅芳获"抢救伤员"项目第一名，名字上了1967年11月11日的《解放日报》。

——姚梅芳说，她还喊过一个响亮的口号："让毛主席睡好觉！"当时为"反帝反修、备战备荒"，大西南开始了三线建设，铁道兵、工程兵也上去了。部队首长在动员会上说，毛主席特别关心三线建设，说三线建设不好，我睡不着觉。参加铁道兵医疗队的梅芳和战友们振臂高喊："一定让毛主席睡好觉！"为了这个决心，梅芳真是拼了，一个上海姑娘晒成了黑球球。那时施工设备不行，半机械半原始，拖拉机加锹镐，战士们病伤很多。为练好静脉扎针输液技术，她没黑没白地练，最后针头技术也第一了。有一次在海拔3000多米的云贵高原上施工，山洞塌方，毒气弥漫，十几个战士昏倒在里面。指挥员赶紧组织担架往里冲，可一副担架要两个人抬，梅芳高喊："还要什么担架？往里冲吧！"她第一个冲进山洞，1000多米的距离，漆黑无比石块成堆，她第一个背出一位昏迷的战士。战士得救了，她一头昏倒了。首长夸她是英雄，梅芳直来直去，不会谦虚，说："我是被英雄染成的英雄！"还有为伤员主动献血，在非标准环境下帮医生为伤员做紧急手术，有着丰富护理经验的梅芳提出很多救人一命的创见和办法。归来后，部队给了她一个三等功。"文革"期间，派性大战也卷进部队医院，有人拉她去北京串联。梅芳在走廊里高声怒喊："你们怎么能把病人扔下？我不去！！！"

——姚梅芳说，干护理时间长了，其实就是半个医生了。有同事劝她转当医生，年龄大了还当护士，待遇上不去，叫着也不好听。她说，我不是专科出身，当医生永远是个"二百五"医生，当护士才有可能做一个让人放心的护士。在军内护理界奋斗 40 余年，姚梅芳三次荣立三等功，后来出任长海医院护理部主任、硕士生导师，一直干到退休。2009 年春，她听说上海正在组织新一轮援疆的"银龄行动"，立即报了名，她说"我一生最喜欢志愿者这个称号"。7 月 5 日，她和队友们正在喀什医院为当地各族群众进行义诊，临近傍晚，乌鲁木齐传来一群暴徒在街头疯狂打砸抢烧杀的消息。一时间局势十分紧张，当地一度停网停电，但上海医生们还是坚持完成了这次义诊任务。

从 2009 年到 2014 年，姚梅芳连续 5 年赴疆参加了"银龄行动"。我问，2014 年以后你怎么不去了？姚梅芳笑说："我年龄大了，他们不要我了！"

不过，2019 年经过百般争取，76 岁的姚梅芳又去了老区遵义。

这样一位根红苗正、品格高尚的老军人，她的援疆故事似乎不必细说了。我们都能想象到。所有人都相信她一定会做得非常优秀、非常感人。确实，她参与抢救的急重病患难以计数，包括一个出生时仅重 860 克、皮肤尚未长全的婴儿；她伸手帮扶的贫困乡亲处处都有，包括在她资助下顺利上了大学的两个维吾尔族姑娘和一个汉族姑娘。在全国范围评选的"最美老有所为人物"表彰大会上，主持人借用姚梅芳的名字给她的评语是："梅骨知春，医护援疆多硕果；芳华不老，城乡携手援边陲。"

现在，77 岁的"姚奶奶"还活跃在长海医院医护第一线，笑声响亮，英风不减。

3. 白发变绿荫，向大漠延伸

上海"银龄行动"启动 18 年来，参与其中的老专家们都是带着责任去，带着故事回的人。

——林大为，上海林业总站花卉质检科老科长、擅长林木花卉育种和种苗繁育的园林专家。2013 年首次参加"银龄行动"前，他在网上做足了功课，发现新疆泽普县是戈壁中的绿洲，大部分是盐碱地，且气候干旱，一般草木很难扎根生长。他特意自费采购了 60 多棵速生白榆和美国红枫，抵达泽普县后栽种下去。两个半月后离开时，原本15厘米高的树苗，已经长到2米高！两年后再去，已经高达5米、郁郁成林了。当地老乡从未见过长得这么快的树木，连喊奇迹！好树种有了，大面积推广势在必行，大批量培植树苗是基础工程。很快，林大为把自己的科研成果"植物组织培养技术"带到泽普县，经双方商定，由上海援建一个科研基地，每年可培育生产300万株种苗，其中的核心机构叫"植物组织培养室"。2013年，听说基地已经动工，林大为和老同事、高级工程师徐立忠兴冲冲来到泽普县工地，拿过图纸一看，脸色大变。因为建筑设计单位完全不懂植物组织培养生产技术，更不明白从灭菌、接种、培养到试管苗移栽等各个环节都有严格的特殊要求，整个工程就按一般的生物实验室设计的。林大为立即大喊："停工！停工！一切重来！"人们都傻眼了，机声隆隆的工地即刻静如死水。赶紧与设计单位交涉，对方两手一摊："我们不懂，也不会画。"林大为不得不亲自上阵，用一周时间画出了各个培养室草图，让施工单位按新的图纸重新施工。隔年，他再次来到泽普县，下车直奔"植物组织培养基地"。按要求建造的培养室都有了，可室内空空荡荡，灰尘遍地。因为没有设施设备，没有药品试剂，没有技术人员，基地建起来就是一个空壳子。林大为十分痛心，他当即向县领导做了汇报。第三天，县委书记亲自率领各有关部门负责人到现场办公，对有关事项一一当场落实。一些技术人员和大学生调来了，一批瓶苗和药剂从上海空运过来了，许多设备进来了。两个月后，经林大为辛勤指导培训，这个"植物组织培养基地"全面运行起来。多年后的今天，数千棵瓶苗已经移栽大地，化为一片阔大的绿荫。

　　2012年，泽普县有260多棵刚刚引进的法国梧桐因为运送途中根系包扎不严，栽种不久又遭遇夏季干热天气，一棵棵蔫头耷脑，叶子枯黄，眼瞅着快要死了。当地人心急如焚，请来了林大为的老朋友、上海园林规划专家、高级工程师徐立忠。徐立忠拿来了自己多年研制的"树木营养液"，按一定比例调配后，一瓶瓶挂在树身上，像给病人输液一样，将药水滴入事先凿开的洞眼里。半个月后，这批法国梧桐重新扬起了绿油油的叶子，成活率达到98%。

　　如今，生长在盐碱地上的泽普县，被评为"全国绿化模范县""自治区园林县城"。两位上海老人的苍苍白发，化为大漠上的一片绿洲。

——执子之手，与子偕老，这是多么令人动情的画面啊。更令人动情和感佩的是，上海一对对老夫妻，携手加入了千里迢迢的"银龄行动"。

2009年，上海杨浦区军休中心的外科医生杨腊青退休后，要求参加援疆志愿者队伍。她征求老伴卢世秋的意见，卢世秋大笑："没想到我老伴年纪越大觉悟越高，你去吧，在那儿等我！"那一年，杨腊青来到库尔勒县医院，专门开设了一个乳腺外科诊室，门外挂上"男士免进"的牌子，消息传开，诊室外面排起了长队，都是身着艳丽民族服装的维吾尔族妇女。很多早期乳腺癌患者被她发现，得到及时医治。三年后即2012年，耳鼻喉科副主任医师卢世秋也退休了，他立即报名参加了"银龄行动"，和老伴杨腊青携手共赴新疆的克拉玛依市医院、叶城县人民医院。那里的条件和生活显然比上海艰苦多了，但他们说："这叫老有所为，也叫老有所值。无论多大岁数，做一个对人民对社会有用的人，是最大的快乐。"

同样，在库车县医院，一对援疆的老医生成了"同事"，丈夫包雪英在放射科工作，妻子袁伦平在病理科工作。中午，两人在食堂见面，两人像刚认识的朋友一样，这个说："老包，你好，近来身体好吗？"那个说："老袁，你好，新疆工作能适应吗？"逗得当地同事们大笑。没谁知道，参加"银龄活动"前，浙江一家规模很大的民营医院已经向他们发出高薪聘用的邀请，但他们婉言谢绝了，双双来到新疆大地……

还有张俊发，同济大学教授、附属医院妇产科主任医师，2003年，67岁的他参加了第一期"银龄行动"。2008年，同为同济大学教授、眼科主任医师的妻子李锦文也退休了，两人共同成为援疆医疗队志愿者。2012年，这对老夫妻创造了"银龄行动"中年龄最高的志愿者，张俊发76岁，李锦文70岁。

在老医师的队伍里，还有韦朝生、沈扬，心理学专家徐金尧、滕美文、辛桢华、申燕萍，老新闻达人罗克平，同济大学高级经济师岳鲁，歌唱家叶茵（被新疆群众誉为"夜莺"），教育界人士富丹江、吴洪健、黄立新、张敬海、陆国伟、金南、刘弘、陈国富，等等等等。

在前往新疆的路上，他们白发飘飘，激情满怀，共同高唱着"银龄行动"的队歌：

　　　　白发如银，奉献是金，

　　　　银龄志愿者大爱无垠。

　　　　薪火传承，智力相授，

　　　　挥洒才华，晚霞似锦……

在高高雪峰的映照下，这些上海老人的白发闪闪发光。

从 2003 年启动"银龄行动"，一直坚持到今天的，大概只有上海。这就是上海。她不仅美丽辉煌，还有一颗金子般的心。

龙江篇

热血向南奔流

1

咣当一声，红艳艳的夕阳掉进屯子的土烟囱！

蓝色炊烟随之升起，挂满清脆的鸟鸣。

黑龙江，曾被誉为"天下粥棚"，现在应叫"中国粮仓"。

此刻，我像一滴汗珠，再次滑过龙江大地黝黑而宽厚的脊背。

21 岁时，时为高中生的我穿上黄棉袄，扛起行李卷，高喊着"反帝反修、屯垦戍边"的口号，从哈尔滨出发，和一群同学奔赴黑龙江畔的嘉荫农场（时称"黑龙江生产建设兵团独立一团"），开始了长达 8 年的知青生涯。劳作之余的傍晚，我常常用树枝穿上三四个馒头（最累时一顿吃了 9 个），捧一盒清汤寡水的白菜汤，坐在江边石岸上，默默眺望对岸辽阔而寂静的俄罗斯大地。夏日，我常常游到江中的无名岛上晒太阳，并且巧遇从对岸游来的一位俄罗斯姑娘娜塔莎，她父亲是对岸红旗集体农庄的农机工程师，我用俄语给她背诵过普希金的诗《假如生活欺骗了你》，我们还谈过屠格涅夫和契诃夫。20 多年后，已经成为诗人的她带着女儿造访哈尔滨，我以哈尔滨市文联主席的身份带上一束玫瑰花前往机场迎接。她用草帽遮住脸，给了我一个深深的吻，让全场欢声雷动，让她 16 岁的女儿目瞪口呆。有趣的是，1969 年珍宝岛之战的那个夏天，两岸陈兵百万，气氛极为紧张，眼见一艘苏军巡逻艇突突驶过无名岛，我突然心血来潮，蹦起来用俄语喊了一声："同志们，你们好！"艇上苏军官兵大吃一惊，然后也喊了一声："中国小伙子，你好！"我绝对相信，这是战云密布的中苏边境上两国军民之间喊出的第一声友好问候！当时我忽然萌发出一个美丽的思想：国境两边的人们为什么要打仗呢？如果人类学会和平友好相处，国境线不再是导火线，而像女人裙子的花边一样美丽，这个世界该多么美好啊！过后我写出了我的处女作——短篇小说《地球的花边》，后来发表在《漓江》杂志上。就这样，我在北大荒的油灯下和篝火旁，点燃了自己的文学梦想。

感谢北大荒，她锻铸了一代知青的血色青春，她让我知道了与书本教育完全不同的真实的国情与民情，她让我选择了一种激昂而坚忍的歌哭，那就是："人民的每一滴眼泪都是国家的伤痕。"如今，我全身心投入本书的田野调查与写作，这份对乡村大地的亲情和拳拳之心，其实就是从黑龙江畔、小兴安岭的山路上开始的。那时我雄赳赳地站在满载麦捆的马车上，头戴一顶狗皮帽子，身披翻花羊皮袄，手握丈八长矛一样的红缨长鞭，朝苍茫群山甩一声响脆的鞭花，大喝一声"驾"！

于是群山疾退，金浪纷涌，我就这样来了。

2

从北大荒到北大仓，再到新中国的重工业基地，是刻写在黑土地上的一部悲壮史诗。

这里，高天之下，沃野千里，一望无际。抓一把泥土攥在手里，黑油油热腾腾，插根筷子都发芽。这里的爷们儿天生杠杠硬，这里的娘们儿天生火辣辣，这里降生的"小王八犊子"都像炮弹一样轰到人间。我见过这样的场景：土屋厚墙之内，灶膛高烧，红红烈烈，水雾缭绕，火炕滚烫。挺着大肚子的娘觉出时辰已到，放下三尺长的铜烟袋，甩开大脚纵身上炕。随着几声厉叫，一个红嘟嘟的炮弹一样的肉团子便轰出子宫，哇的一声啼叫便喊醒了整个世界。蹲在外屋的爹一听，顿生满脸英雄气，将短杆烟袋锅像刀子一样别在棉裤腰上，招呼老少爷们儿烫酒去了——还是"生荒子"的我也在其中。就这样，龙江人世世代代落生时，吸的第一口是关东烟，第二口是高粱酒，第三口才是雪一样白、花一样香、蜜一样甜的娘的奶水。

这三样，构成了龙江人的血液和血性。

从茹毛饮血、屠虎猎豹的远古土著，到呼啸来去的少数民族扯旗称王，搅得中原大地不得安宁；再到内地治服不了的乱臣贼子、江洋大盗、绿林好汉、杀人越货乃至鸡鸣狗盗之徒，通通发配到黑龙江荒野"劳动改造"；再往后，清王朝"龙兴地"开禁，一代代不肯在本乡本土饿死的大胆流民，拉家带口成帮结伙闯关东；到最后，十万雄兵落地生根，铸剑为犁；百万知青一腔热血，奋战大荒。总之，一拨拨乱世枭雄、草莽英雄、侠士狂徒、硬汉烈女、卸甲将士、热血青年乃至浑人鸟人们的基因，造就了龙江这一方满血族群。放眼一望，皆是一诺千金、两肋插刀、三碗不醉、四肢发达、五官堂堂、六神有主、七窍通光、八面威风、万事万物都能九九归一的爷们儿和娘们儿。

他们成了事自称"东北虎"，败了事自嘲"二虎吧唧"。

横扫千军如卷席的解放战争，最早从东北开打。没有大东北的粮草、棉布、军鞋和血性汉子和火辣娘们儿，百万雄师过大江和抗美援朝不会那么所向披靡。新中国成立后，苏联老大哥伸出援手，在哈尔滨、齐齐哈尔、佳木斯乃至辽宁、吉林各大城市，一大批重工业厂矿拔地而起，为一穷二白的新中国建立起强大的工业基础——这样的历史性功勋与奉献，是我们永远不可忘记的。那时，工业化机械化热潮席卷而来，东北大地到处都在招工，农民一夜之间变工人的故事比比皆是。你瞧，在海洋般的红高粱地里，王铁柱堵住村里的姑娘小芳，虎着一双眼说："俺明个儿要进城当工人去了，你收拾收拾，跟我走！"

小芳瞪一双大杏眼说："城里漂亮姑娘那么多，你去了再反悔，俺咋办？"

王铁柱说："王八犊子才反悔！"

小芳说："说定了，一辈子？"

王铁柱说："嗯哪，一辈子！"

高粱地里一阵山呼海啸，三刻钟后，王铁柱欢乐地举起一个大胖小子，像举起一个灿烂的梦想。第二天小芳跟上铁柱私奔了，她爹瞅瞅女儿空空的闺房，长叹一声："这丫头，真是二虎吧唧！"

铁柱们和小芳们就这样献了青春献终身，献了终身献子孙，用一生汗水建起浓烟滚滚的东北大工业基地，白天机声隆隆，入夜焊花如海。千千万万个王铁柱中，有一位就是中国工人阶级的优秀代表王铁人。誓师大会上，他把柳条帽往桌上狠狠一摔，高喊："石油工人一声吼，地球也要抖三抖！"

他吼出东北产业工人半个多世纪的热血和热泪。

从那时开始，大东北敞开黑亮的胸膛，慷慨无私地向全国各地输出自己的一切。他们被誉为"共和国的长子"，鞍钢被称为"钢都"，大庆被称为"油都"，鹤岗被称为"煤都"，北大荒被称为"北大仓"。遍及大小兴安岭的大森林一声声高喊着"顺山倒"，一棵棵千年古松像烈士一样轰然倒下，化为全国各地的高楼、桥梁和万里枕木……

记得，学生时代的我每天背着书包，走过哈尔滨的霁虹桥，时常手握铁花桥栏向下望，一列列拉着煤炭、原木、原油、原粮的火车喷吐着白色蒸汽和滚滚浓烟，顺着一对对闪亮钢轨驶向南方，驶向祖国各地，年年月月，日夜不息……

记得，知青时代路过大庆，看到一片片白花花的盐碱地，一排排的干打垒宿舍，一座座默默劳作的"磕头机"（采油机），一个个满脸油污、穿着扎线棉袄的石油工人。他们用"艰苦奋斗，无私奉献"创造了英雄的"大庆精神"，换来了祖国大地的呼啸进军和万家灯火……

返城后回到哈尔滨当了记者，我走遍著名的"三大动力"和"十大军工"，个个都是上万人的大厂，巨大的车间机声震耳欲聋，一台台豪迈的"中国制造"运往关内，运往部队，运往大江南北……

从新中国成立之初到改革开放中期，大东北三代产业工人为支援国家建设，毫无保留地向全国人民贡献了一切。他们的热血一直向南流。他们的大红报捷喜报一直向南飞。他们把风雪严寒、艰难困苦留给自己，而把无穷的光热送往南方，送往全国各地。

王铁柱们，无愧为共和国的"顶梁柱"。

3

呜呼，半个多世纪过去，大东北老了，黑龙江老了，王铁柱们老了。如今，大庆油田近乎干涸了，原始森林所剩不多了，老煤矿基本成地下空城了，黑土地不再肥得流油了，各类资源大部枯竭了，一些国有大企业风光不再了。到 90 年代中后期，随着新一轮科技革命浪潮的到来，老旧而疲惫的制造业沦为所谓"夕阳产业"，上千万产业工人——有的是一家两代或三代，同时被淘汰下岗。曾经那么激动人心的高大明亮的厂房，一夜之间沉寂下来，变得空空荡荡，满地尘土。

安排老工人的生活，组织青壮年工人再就业，一度成为黑龙江省和哈尔滨市等各大城市沉重如山的使命。多年以后，很多闲置的老厂区成了房地产开发商赚大钱的地方。

历史必须前进，代价总要付出，生活仍在继续。时代之巨变，科技之猛进，让东北人一时有些无所适从。改革之阵痛，发展之艰难，正痛在他们身上。但是，没有任何人有权利嘲笑东北，没有任何人有权利忘记东北人曾经激情燃烧的岁月。党中央国务院决定采取一切必要措施，重振东北老工业基地雄风，正合民心，正当其时！

我们必须擦亮"生锈的东北"，让它重现光辉！

为写作本书，我绕全国一圈，最后一站到了老家黑龙江。望着滚滚东去的松花江和春风浩荡一马平川的绿野，我觉得，这里的月亮都比别处圆，这里的炊烟都比别处香。

一　桦川—张犁

初心，仍在这里鲜活而强劲地跳动。

每天早晨，有一道美丽而温暖的目光和朝阳一起升起，照耀着这片广袤的黑土地。目光来自她，一位年轻的女战士。她穿着灰蓝色的军装，含笑走进晨练的人群中，走进欢舞的人群中，走进江畔的风景中，她也成为风景中最美的风景。抚今追昔，她感慨万千，她深情地对我们说，九一八事变后，那个万村悲号的血色黎明，她悄悄出发了。她出身于富裕农民之家，就读于女子师范，本可以走向关内，走向大后方。但她不，她毅然走向决死战斗的抗联队伍，走向枪林弹雨，直到走进被鲜血染红的乌斯浑河。她是一个会吹口琴爱唱歌的姑娘，但那一刻她振臂高呼，发出生命最后的绝响："决不投降！决不当俘虏！"然后和7名战友自沉于滚滚波涛。如今的她已魂归故里，在佳木斯市桦川县的松花江之畔，她化身为一尊巨大的半身白色雕像，身迎怒涛，手执钢枪，神情坚毅。她就是"八女投江"中的指导员冷云。23岁，那是多么美丽的花季啊，像一轮朝阳天天照耀着我们。

1. "二齿钩子挠痒痒——硬手"

2015年5月，新一任桦川县委书记、45岁的郭广福踏上这片土地。听说这里有个冷云村，到任不久，他轻车简从来到村里。他想寻找一种追忆、一种崇高、一种激励，这对他以及全县干部群众都是一柄永不熄灭的精神火炬。进到村部，他沉默了，他的心情有些悲怆。这里找不到村支书和村主任，找不到有关冷云的任何痕迹。不，门后的墙上发现一张小画，小得像儿童画。屋里屋外一片破败，地上满是尘土纸屑，一群村民正闹闹吵吵围着会计上访告状，索要拖欠工钱的，为土地征用讨价还价的，和邻居吵嚷着什么纠纷的。他们吼叫着吵骂着，那气势像一张犁，能把村干部的十八代祖坟一路掘到底。

村干部哪儿去了？跑了。多年的积怨，层出不穷的纠纷，还有一堆谁也说不清的烂账，搞得冷云村近一半村民成了上访户，村干部不得不扔下这副烂摊子远走他乡。郭广福明白，冷云村支部垮了，人心散了。回程路上，他沉默良久，对陪同来的同志也对自己说了一句狠话："如果冷云活到今天，我们都是罪人啊！"而在她投身抗战的时刻，油灯下秘密集会的一个党支部，是多么神圣啊！

郭广福是农村娃出身，大学毕业后当了干部，后来一直做到佳木斯市团委书记。他深知，冷云村的现状，或许代表了桦川县部分农村基层党组织软弱涣散的状况。中国农村改革经历了40多年的壮阔历程，亿万农民的劳动积极性和创造性像火山爆发一样，喷发出无尽的光和热。但是，随着两三代青年农民进城打工，农村的空巢化、老龄化日益严重，基层党建受到很大冲击，村委会门可罗雀，支部战斗堡垒作用受到严重削弱……

此后两年间，郭广福走遍全县105个行政村，对村两委一个个调查摸底，边调查边调整，那些跟不上时代的无作为、懒作为、难作为的老爷子解甲归田了，一大批雄心勃勃的年轻人登上舞台。其中有大学生、小老板、店小二、粮贩子、被召回的农民工，总之五行八作，哪来的都有，唯一的要求就是敢想敢干敢立军令状。在县城开咖啡厅的大学生刘子玉就被吓住了，他说："我先签半年，当个代理村支书行不行？"

2017年，黑龙江省扶贫工作进入"精准识别、精准扶贫"新阶段。县委县政府决定，通过这场空前的伟大战役，要从精神、政治、经济、文化等方面对桦川大地进行一次"深耕"，不仅要完全彻底完成扶贫任务，还要对105个行政村的基层党建进行一次全面的"升级换代"，用郭广福的话说，就是"选硬人干硬活儿"。他们认为，党的执政基础在基层，基础打好了，才能"好画最新最美的图画"。非此，一切都是空话，扶贫成果也难以巩固和发展，部分人返贫也是有可能的。

一张新时代的钢铁大犁，在桦川大地哗哗启动。

2017年5月19日，全县召开了扶贫攻坚动员大会。与会的有省市下派的驻村工作队45人，县里选派的253人，同时还确定了2609名下村结对的帮扶干部（包括郭广福和所有县级领导在内）。

郭广福文质彬彬，从容淡定，很少大声说话更很少发火，这次讲话也同样。但人们听来却觉得凛凛然有刀锋感，有舍我其谁的慷慨气，有壮士断腕的决绝意志。讲话中宣布了几条独创性的举措和铁律，令人耳目一新又大感振奋！

第一条，别无选择，尽锐而出。他说，这次从全县各单位选拔出来的253名扶贫工作队队员，标准就是优秀干部、后备干部！一个县能有多少优秀人才？可以说你们就是桦川县的半壁江山和未来了。有的局开始报来一些老弱病残，我要求坚决退回重选。有的单位叫苦说没有合适人选，我说，好吧，这证明你们单位没有优秀干部，三年内任何人不得提拔！

第二条，血战到底，提倡"两年到期不轮换"。他说，从现在开始到2020年扶贫收官，也就不到4年时间，两年后再换一批人，工作、设想很难贯通，而且新选的人属于"第二梯队"，不一定比你们优秀，你们是桦川人才库里的"独生子"，该你们回报父老乡亲了，你们不干谁干？（全场大笑）当然，身体有病，家庭有困难的，我们会充分考虑充分照顾。但是大家要做好思想准备，一气干到底，一直干到小康社会。这是千年等一回的伟大事业，对你们来说是一生的光荣啊！

第三条，坚决做到"一个不落"。上级要求，每个贫困村派驻一支工作队。我们想，即使不是贫困村，也有一些贫困户。为全面落实"精准扶贫""一个不落"的要求，我们决定，全县105个行政村，每村派驻一个工作队，实现全覆盖。

第四条，干了不白干。对于能够坚决听党指挥、圆满完成扶贫任务的干部，我们一定提拔重用，说到做到！

会后，干部说，别看郭书记平日文质彬彬的，动起真格来，真是"二齿钩子挠痒痒——硬手"！

战斗打响了，近3000名干部奔向前线。桦川县有22万人口，经过繁复、细致、准确的精准识别，此前争当"贫困户"的乱象一扫而空，建档立卡的贫困人口共计 5804 户 11710 人。下村的干部来自五行八作，有机关干部、医生、教师、银行职员、大学生、警察等等，他们大多不熟悉农村工作，虽然经过培训，但对扶贫政策、识别界限，以及如何统计农民收入和来源更是不摸门。一时间全县电话打爆了，县扶贫办的电话更是冒烟了。县委为此专设了一个"张常委"张雨喜，郭广福给他的任务是，天塌下来你也不要管，专管扶贫。那阵子张雨喜天天对着电话喊，后来把嗓子吼出血了，对方还是听不到他的声音，彻底哑了。副主任高志伟从 2010 年就从事扶贫工作，对相关政策和实际情况研究很深，全县数据库都在他的电脑里，人送绰号"高制表"。他每天接电话上百次，有驻村干部打来的，有贫困户打来的，问的问题千奇百怪，比如：

"子女给老人家的赡养费每月有多有少，怎么界定？"

"一个农户的土地去年被征用，收入怎么计算？"

"我老公一个月前出车祸死了，我一个寡妇是不是贫困户？"

"我家果树前年死了 8 棵，去年死了 5 棵，怎么计算我的收入？"

高志伟根据政策一一给予解答，还要苦口婆心说服对方。每通电话如果 5 分钟，100 多个电话就是 500 多分钟，等于一天 8 小时都在不停地接电话。有一次参加会议他静音了 20 分钟，下来一看有 48 个未接电话。高志伟说："一天忙下来脑袋嗡嗡响，人都魔怔了，老婆孩子说话都听不明白了。"

为完成这一千秋伟业，桦川全县上下真是下了大力气。西大村有贫困人口 197 户 358 人，进入该村的驻村工作队 3 人，包村干部 3 人，结对帮扶人 88 人，再加上村两委 6 人，总计正好 100 人。他们分别来自文化广电旅游局、发改局、交警队、桦川四中、水产总站、融兴银行、创业乡政府。我的天哪！各行各业的百名精英骨干集中在这个村，出力出智出人财物，不要说扶贫了，就是把西大村翻个个儿也不是难事啊！

这就是桦川县的决绝意志。

历经三年多奋战，时至今日，桦川县立下的目标、举措和铁律都办到了：

——所有驻村工作队提前完成了扶贫任务，2019 年 5 月，45 个贫困村全部出列，桦川县正式摘帽，现在尚有极少贫困户的收官工作在加快进行。在全省扶贫绩效考核中，桦川县连续 3 年位居 A 级前列，同年获得全省脱贫攻坚组织创新奖。

——两年为期的驻村工作队像钉钉子一样，一直坚持在原村工作到今天，因病、因家庭困难、因工作需要轮换的队员只有 10 余人。他们长年远离家人，久居乡村，访贫问苦，战风雨斗严寒，付出的艰辛劳苦是可以想见的。

——村班子普遍进行了"升级换代"，一大批年轻有为、作风正派的新干部走马上任，天天坐班办公。过去公章放家里，村民办事到家里找村干部的涣散现象彻底改变。

——253 名工作队员中，获得提拔重用的工作队员迄今达到 45%（大部分仍坚持战斗在扶贫一线）。县扶贫办主任、"拼命三郎"高忠良就是因为表现优秀、熟知政策，从驻村工作队队长位置上火线提拔的。为全面采写中国扶贫工程的进展与成果，自 2019 年 10 月以来我绕全国走了一圈，黑龙江是我的最后一站。在提拔重用优秀扶贫干部方面，桦川县是动作最大、实现承诺最多的一个。

——我在桦川待了 10 天，每天从省市下来的明察暗访持续不断（为严控疫情，各村口都有"哨卡"，所有来人不得不亮明身份），张常委告诉我，暗访组随机进村选户，"所到之处，从台账到当面核对，没有一家掉链子！"

一切证明，选择"硬人干硬活儿"，党高兴，人民高兴，本人也高兴，还有几分骄傲。

2. 英雄不问出处

桦川县党风清，民风正。一个并不富裕的县，连续 10 多年没发生一起恶性案件，连续 3 届获评国家级"安全城市"称号，已经近乎"路不拾遗、夜不闭户"的程度，铁锁把门的时代一去不复返了。

一切源于英雄的基因、初心的基因、传统美德的基因。

——出生于鹤岗市的袁艳敏模样俊秀，性情温柔，胆子很小。师范毕业后，因人才市场竞争太激烈了，她暗暗定了一个心愿：谁要能给我落实编制，我就嫁给谁。2006年，国家制定了支教农村的相关优惠政策。21岁的艳敏没那么高的觉悟，她想，这条道也许可以"曲线救国"，好好干就能混入编制吧，于是特别热血沸腾地报了名。通过层层选拔考试，在最后的面试中获得第一名，于是来到佳木斯城郊的万发村小学支教，为期两年。

一进学校，面对哗哗作响的大铁门，心里就瓦凉瓦凉了。一栋破三楼，满园荒草萋萋，七八个老教师白发苍苍，长条木头桌凳七扭八歪，泥头花脸的小学生坐不稳，一倒倒一排。校长让小袁当了四年级的班主任，第一天打扫卫生没拖布，袁艳敏只好把自己的一件旧衣撕成条条。上课以后，学生的姓名还没记全呢，却不断换了一批又一批，因为他们都是农民工的孩子，爹妈走了，孩子就得跟着走。晚间住在孤零零的宿舍时，常能听到猫头鹰凄厉的叫声。学校食堂只有午餐，早晚餐就靠面包方便面解决。宿舍没厕所，夜里要走到操场一角的学生公厕，她害怕，所以下午就极少喝水。小袁说："人的精神有时是逼出来的，所有这些困难熬过去了，当我一次次走上三尺讲台，我想，不管怎样，不管自己对未来做什么打算，但一定要对得起孩子，不能误了他们的前程。"

渐渐，因为学生的进步，她懂得了教师的快乐；因为学生的天真质朴，她爱上了这些孩子。她的工作精神获得学校、同事和学生家长的高度评价，她从中看到了自己的人生价值和意义。两年支教时间转眼就到，她的学生该上六年级了。不知怎么，她要离开的消息传到班里，那天她走进课堂，全班学生照例全体起立，她让大家坐下，可所有孩子一动不动，眼泪哗哗流。小袁惊问怎么了，孩子们七嘴八舌地说："听说老师要走了，我们不想让你走。""你答应我们，我们才坐下……"

小袁完全没想到学生对她如此留恋，她也流泪了，解释说："这是国家规定，支教期限只能是两年。"但她没进一步解释：支教期间，国家每月支付工资600元，期满之后就得离开，另寻出路。但是，孩子们的眼泪和呼唤深深地打动了她，她也舍不得离开这些孩子，思来想去，她决定再留一年，期望在学生小学毕业前的关键一年，助他们一臂之力。

整整一年，袁艳敏没有分文收入。她没告诉远在鹤岗的父母，怕父母惦记她，阻拦她的决心。父母照例每月寄给她一点生活补贴，可吃饭都不够，只好三餐变两餐或一餐，晚上吃点黄瓜西红柿完事。同事们想支援她一点，小袁坚决拒绝，谎称父母寄来的钱足够了。这一年她瘦了10多斤。终于挺到学生小学毕业，毕业典礼上，家长们听说袁老师整整一年没收入，一拥而上把小袁团团围住，这个掏100，那个掏50，纷纷把钱塞进小袁口袋里。这一刻让她深深体味到，教师是世界上最美好的职业，为了爱，为了孩子，为了未来，一切奉献都是值得的。过后，小袁通过学校把钱如数退还家长，转年以优异成绩考入桦川县横头山镇中心校，任班主任，这回有了正式编制，小袁很高兴：个人的生活前途有了确定的方向，她能把满腔的爱献给乡村孩子了！

爱，是一切事业的基础。

——小达，沉默寡言的孩子。有一天她在课堂上检查作业，发现小达一道题也没完成。她很生气，把小达叫起来问为什么。小达低着头一声不吭，连问3遍，还是不吭声。袁艳敏火了，大声问："你为什么不回答老师的问题？"小达猛然抬起头喊道："放牛！"袁艳敏被震动了，心里隐隐作痛，孩子是因为生活所迫而不得不放弃了学习啊！事后她了解到，小达父母在很远的地方包了上百亩地，长期不能回家，在家的爷爷还养了几头牛，因为腿脚不便，常叫放学归来的小达去放牛。等牛吃饱喝足了，天已经黑了。后来，袁艳敏几次去做小达父母的工作，期望他们能轮流回家照顾小达，给孩子更多的关爱。小达父母接受了袁老师的意见，从此小达开朗活泼了许多，学习成绩也明显提高。

——文秋，农民工的女儿，性格孤僻，父母一直在深圳打工，把她寄养在本地亲戚家。小袁多次给他们打电话，期望多给小文秋一些关爱。电话打多了，父母烦了，说我们打工很忙，你当老师的多关心一些就行了呗。后来连电话都不接了。一次批阅学生作文《幸福是什么？》，孩子们有的写"幸福就是100分"，有的写"幸福就是一件新衣服"。看到小文秋的作文时，小袁顿时泪如泉涌。时已深夜，她立即拨通了文秋父母的电话，说请你们听听女儿的作文："幸福是什么？幸福就是一家人能够在一起！我每天都在盼望爸爸妈妈回来，我做梦都在想他们，可我都记不得他们长什么模样了……"电话那边先是沉默，后来哭了。两天后，风尘仆仆的文秋父母来到学校告诉袁艳敏，他们决定回乡打工，再不离开女儿。小文秋从此爱笑了，毕业时获得全校"学习标兵"。在乡村学校，留守儿童、单亲孩子、辍学再回来的学生很多，袁艳敏用她那颗温暖的心，抚慰了很多很多的孩子和家庭。

——佳华，男孩，原本在班级里很活跃，成绩也很优秀。但期中考试后成绩大幅下滑，人也变得沉默寡言。小袁找他谈话，佳华什么也不说，只是流泪。经过了解，才知道佳华的父亲下岗后心情郁闷，渐渐成了"酒魔"，醉后不是打老婆就是骂孩子。几个月前，佳华母亲终于挺不住了，跑回娘家坚决要求离婚。家庭濒临破碎，孩子无人关心，那颗幼小的心灵显然无法承受。袁艳敏找个机会把佳华的父亲请到学校，从佳华的变化说起，苦口婆心整整劝了这位父亲一下午，说得他痛哭流涕，他表示一定改，一定不再喝酒。但七尺高汉子有点要面子，对主动去接媳妇有点为难。第二天下班后，小袁陪佳华父亲去了妻子娘家，当面让他向妻子赔礼道歉，做出承诺。就这样，两口子和好如初。秋收后，两口子一起开着三轮摩托来学校接孩子，看到这个温馨的画面，小袁也感到深深的温暖。一年后，佳华以优异成绩考入桦川一中……

县委书记郭广福前往横头山镇中心校调研，听到小袁的故事，他掉泪了，亲自请她到全县教育会议上作一次演讲。他说，扶贫"三保障"有一条教育保障，你去给我们大家鼓鼓劲吧。袁艳敏登台一讲，全场泪如雨下，掌声雷动。教育部称，特岗教师是乡村教育"换血的一代"。连续数年，小袁在全国75万特岗教师中被遴选为优秀代表，两次参加全国巡讲团，是黑龙江省唯一的入选者，并受到习总书记的亲切接见。

刘子玉，黑西服白衬衣，一看就是小老板模样。1985年生于桦川县朱家村，大学毕业后在县城开了一家冷饮店和西餐店，小潮人小情侣们蜂拥而去，他成了全县知名的最年轻的成功人士。2014年春，他忽然接到镇领导的电话，说朱家村班子该换届了，我们期望你回村，把这个担子挑起来。刘子玉吓了一跳，连回了七八个"不"字。第一，他的两个店火得不得了，天天大把赚钱，坐吃"山"都不空，何苦操那个心；第二，朱家村是他的家，他深知村班子软弱无力，经济极度落后，村集体欠债累累，连村委会房子都押给私人了。卫生环境就是个"大酱缸"，县城出租车都不愿去。大批村民以上访告状为"职业"，有一年竟把县政府围了两天，成为震动全省的群体性事件。县镇干部去了就被围遭骂，不得不躲着走。哪有瞅着火坑还往里跳的？领导的电话天天打来劝，刘子玉天天回话说"不"。有一天回家说起此事，老爸说："都是乡亲的事，你看着办。我唯一的要求是，不能给家里丢脸！"

刘子玉听明白了，但他还是胆突突的，于是回话对镇领导说："让我先试半年吧，干不明白你们赶紧另选高明。"上级也不放心，给了他一个"代理村支书"的名义，是骡子是马上场走两步再看。没想到上任第三天他就和村民干起来了。那天他陪镇领导沿村转转，路边坐着几个懒洋洋的村民，说小子你想来镀金可选错地方了，这地方人人老子天下第一，你能干个啥？纯粹瞎耽误工夫！

当着镇领导的面，这些话太打脸了。刘子玉登时火了，说大叔大爷，我原打算就干半年，听你这话我还不走了，非干满三年！看看朱家村到底能不能变！

天下难事万万千，怕啥？就怕决心，就怕血性，就怕豁出去。

第一步，刘子玉先自掏3万元，把外欠电费还了，把停了一年多的自来水开通了，把洼地的排水泵开动了。

第二步，朱家村集体上访告状的核心问题是，大多数村民认为，前村干部隐瞒耕地数量据为己有。刘子玉决心查个明白，他请来县有关部门、镇村干部、村民代表和上访领头人共同参加，分成三个组全面测量，连地头地脑都不放过。测量结果和台账一对，半亩不差！上千村民恍然大悟，这些年呼呼啦啦不断上市进省入京上访告状，原来都被那些领头人忽悠了！

第三步，改变朱家村的恶劣环境。刘子玉通过大喇叭号召全体村民清理自家厕所、打扫门前屋后垃圾，没有一家动。刘子玉率3个村干部出来了，卷起裤腿光着脚，跳进路沟里一锹锹把淤泥垃圾挖出来甩到四轮子上，再一车车拉出村外，直到天黑收工。第二天、第三天照样，还是4个人。挖到一户村民家前，半大爷们儿就坐在院门前抽烟瞅着，一动不动。不多时，屋里70多岁的老党员拄棍出来了，对儿子吼："你个王八犊子良心让狗吃了？书记扫到家门前了，你没看见啊？"这是第一家出来打扫卫生的，接着是十多家老党员，然后是几十家党员亲戚，然后是上百家、所有家。每天早晨大喇叭也不用响了，半个多月，全村垃圾、厕所、院落、路面打扫得干干净净，所有人都觉得，喘气清新舒坦多了！

第四步，美丽乡村建设。工程设计、政府投资、物资材料、绿化树苗都齐了，县委书记郭广福特来督战。因为朱家村人上访告状"威名远扬"了，两口子吵架也上村委会门前踢一脚，谁家通户路有一刀没抹平，那就是县政府惊天动地的大事了。郭广福三问刘子玉：你保证没人告状？村民能义务出工？全村匹配资金到位（每位成年村民交100元）？刘子玉说，我保证！终于，全村齐心合力，"大酱缸"变成了歌舞升平的大广场，"水泥路"响起了姑娘的高跟鞋声，烂草垛变成了绿化带，土坯房变成了大瓦房。

第五步，全村25个贫困户49人，刘子玉通过发展庭院经济、产业经济、职业专训，于2017年全部脱贫，成为全县第一批摘帽的先进村之一。过去自家耕地发生内涝，村民根本不管不问，好像淹的是遥远的海南岛，就等着喊着跟政府要救济。2019年朱家村再次发生严重内涝，水漫金山，需要开动泵房日夜排水，油耗巨大。那天早晨刘子玉去村委会上班，走到广场上他愣了，满广场摆着数百个塑料桶，桶里装满柴油，桶上写着一家一户的名字，全是村民自觉自愿捐的，那一刻他热泪盈眶。

整个村风，让这位年轻的村支书改变了，带正了。第一届三年他干满了，"告状村"成了先进村，县城里自家的西餐厅却干黄了。妻子让他撤，村民们却不让，一位70多岁的病老人对考核组"以死相逼"："反正在我死之前，还得让小刘书记继续干。"

结果刘子玉一直干到现在，党支部成了全体村民最拥戴最信任的领导核心，朱家村成了全县一面旗帜。

同样，曾经一盘散沙的"城中村"冷云村，在驻村工作队队长、团县委副书记付红的带领下——当初她是抱着哺乳孩子进村的——如今这里变成全县的红色教育基地，贫困户全部摘帽，村史画廊、烈士事迹沿街排立，他们的健身操表演队名震全县……

3. 让红星红旗照耀全县

苏苏村的名声很响亮。因为它是桦川县著名的软弱涣散村、贫困村、闹事村，村支书长期空缺，老百姓怨气冲天。债务纠纷、土地纠纷、人际纠纷多如牛毛，人见人经常眼珠子血红，都像"苦大仇深"，动不动扁担铁锹抡起来，打得满脸是血，鸡飞狗跳。

2017年5月19日，驻村工作队队长、第一书记吕维彬率领他的队员到了。他是省农发银行的副经理，人很瘦，年近六旬，半头白发，举止儒雅，笑容似乎是他唯一的表情。进村第一天，迎接他的是村委会门上的铁锁，第二天是村干部的愁眉苦脸，第三天是党员们的七零八落。直到老吕挨家"三顾茅庐"，才把党员凑起大半。6月30日，老吕把39名党员全部请进村部，墙上挂着鲜红党旗，每人发一本《党章》、一张誓词、一枚党徽，然后整齐肃立，由他带领重温入党誓词。一些老党员眼睛湿润了，许多年轻党员热血激荡了。老吕也激动得声音有些发抖，他说："当初冷云就是念着这篇誓词入党的，她未能走完的道路，我们难道不应该坚定不移地走下去吗？"所有人都在沉默，所有人都在反思。

很快，老吕创造性地展开一项"10星级党员"评选活动：家门挂党员名牌，胸口戴党徽，党员工作和义务分成10项，其中有"学习示范""组织纪律""遵纪守法""带头扶贫"等，每一项做好了给一颗红星，张榜公布。村里中心街叫"党员一条街"，扶贫、卫生、调解、思想工作，全由党员分工负责。星多的党员觉得脸上特别有光，走路都像踢正步了——没个正形那还叫党员吗？星少的党员不用说了，哪怕村民投来客气含笑的目光，他们都觉得有点羞愧。不过半年，苏苏村大为改观。精准扶贫一个不多、一个不落地有序进行，环境卫生干干净净，谁家夫妻、父子有点吵架声，附近几个党员立马威风凛凛冲进去摆平了。

郭广福听说了老吕的创举，随即带来几个秀才来总结经验。眼看这个老大难村让老吕"点石成金"模样大变，他很激动也很兴奋，于是也来了灵感，说"10星评选"把党员激发起来了，我们还应该搞个"5旗评选"，把党支部发动起来，即把支部工作分成5项，其中有"基层党建""美丽乡村""集体经济"等，每项做好了发一面小红旗。他还当场拍板，说硬人干了硬活儿不能白干，好人办了好事也不能白干，给奖励！

2018年，"夺旗争星"活动在全县105个行政村轰轰烈烈开展起来。党支部奋勇发力，百舸争流；党员们争先恐后，万马奔腾，各村公示板上红旗飘飘，红星闪闪。到年底，县委拿出194万元奖励"5旗10星"中的先进。表现最好、奉献最大的党员获得奖金近万元！

党，从来都是实现伟大"中国梦"的中流砥柱。"夺旗争星"活动成为桦川县胜利完成扶贫伟业的强大动力。黑龙江地大物博，交通发达，粮产巨大，基本生活不是问题，90%的贫困户是因病因残致贫，故而健康扶贫成为全省重中之重。如今，住房、医疗、教育"三保障"在桦川县获得全面落实：

——3396户草、泥、危、差住房全部改造更新完毕，通村通户道路全部硬化，村村有文化广场。

——巡回医疗队与贫困户一对一签约包保，建档立卡，每户配备一个"爱心药箱"，每两月巡查一次。小病有家庭医生，大病有绿色通道，所有手续和报销由村卫生室负责，迄今为贫困户减少医疗支出近3000万元。

——九年制义务教育内的农村孩子无一辍学。

——通过发展产业、安排就业、吸纳社会力量扶贫，2019年建档立卡贫困户户均增收4216元。

——每年组织两次水质检测，全县农村居民用水全部达标……

新时代的桦川犹如一张大犁。它钢铧闪闪，勇猛向前，让千年贫弱、曾经泪血和枯枝乱草大片倒地，让伟大而温暖的"中国梦"深情拥抱着每一个村庄、每一缕炊烟、每一个梦想。

党就是扶犁人！

二 "天下第一傻"

黑龙江有这样一个村。半个世纪以来，前任村支书干了28年，现任村支书干了22年，他们创造了两次巨变，全国大概唯此一家。也巧，从改革开放初期到新时代，我前后两次访问了这个村——"傻子屯"。

1. "阎王爷给小鬼派活儿——专门收人"

正月十五云遮月，天黑如漆，寒风呼啸，拥挤的雪花好似凝冻在夜色中，一队鬼影似的队伍不时发出凄怆的呼号，举着火把走在雪野上。

领头人是大队陈支书，花白胡子，裹一件烂棉袄，一边敲小锣一边喊："老天爷，行行好吧！"跟在他身后的数百名褴褛村民一脸畏怯，跟着喊："送孽龙，快点走吧！"他们人手一盆洋油拌谷糠，一边走一边沿着村道撒谷糠。行到一里地之外，陈支书暴叫一声："点路灯，送孽龙！"那些举着火把的人赶紧点燃长长的谷糠堆，不多时路面腾起一条数百米长的火龙，村民们匍匐在地，朝着远方砰砰磕头。

几乎每年正月十五半夜时分，桦川县集贤大队（村）都会秘密搞一次"送孽龙"活动。公社领导知道了，就装模作样批评几句，其实不当事儿。他们知道陈支书"豁出不要党票了"也要搞，因为老天爷把这个村折腾傻了也逼疯了。陈支书叫天天不应，叫地地不灵，没路可走了。

集贤村，与其说是养人的地方，不如说是埋人的地方。1938年，日本鬼子为防备抗联游击队的活动，强行合村并屯，一把火烧光了四野的乡村，用刺刀和铁丝网把一群老百姓圈到这个原叫"东八围子"的荒甸子里，人们睡了多年的窝棚地窖子。解放后，这里改名集贤村，村民忙于春种秋收，拿病不当事儿。临到 50 年代末，乡亲们才发现这屯子有点蹊跷：日子越过越穷倒也罢了，可咱屯子的娘们儿怎么尽生些傻孩子？男男女女怎么尽长大粗脖根儿呢？

老张家生了 5 个孩子，不是傻子就是聋哑。独眼木匠老李头，当年从鬼子万人坑里爬出来存下一条命，50 岁时哑巴媳妇给他生了一个儿子。老李头高兴地说："当年鬼子没能埋死我，如今五十得子，儿子又是甲午年五月初五午时生，就是真龙天子也占不上 5 个'五'！"于是给儿子

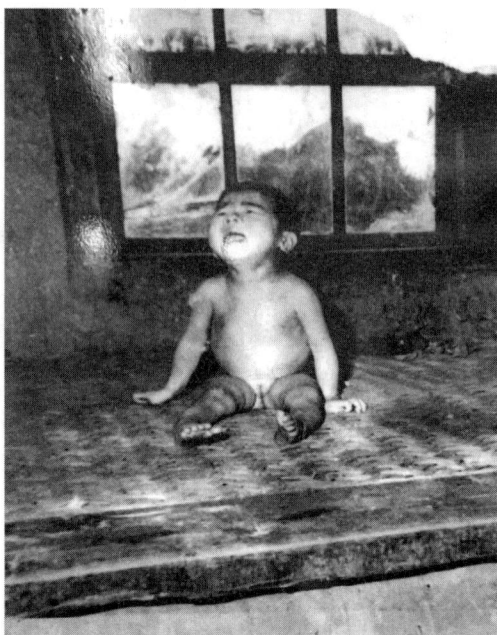

集贤村重度克汀病患者，外号"大美人"

起名叫宝玉。两年后，发现儿子是只会哇哇叫的傻孩子。何止张家李家。凄风苦雨，冷月寒星，神秘而可怕的命运死死勒住了集贤村的喉咙，集贤大队成了远近有名的傻子屯。一首民谣远远传布开去："痴愚呆傻满屯走，聋子哑巴比划手，大粗脖人人有，大气瘿像柳罐斗。"据 1978 年统计，全村 255 户 1313人，地方性甲状腺肿大患者 859 人，克汀病（痴呆）患者 150 人。一组浸透血泪的数据，一幅悲惨恐怖的图景，在这里汇集成一个错乱的"黑土部落"。进村一看，大姑娘赤身裸体泡猪圈的，傻小子嘿嘿笑着啃死鸡的，七八岁孩子满地爬的，姑娘嫁不出去，小子娶不来媳妇。贫穷、呆傻、眼泪、死亡，一起在这片土地上疯长。老支书找来一个风水先生，说集贤大队村口地下埋着一条孽龙，都是它作的妖，正月十五必须给它喂谷糠将它引走。可年年送孽龙，傻孩子还是年年有。又有人说，村东边有一块模样像猴的大石头，坏了本村的风水。老支书一气带人把猴石炸飞了，可傻孩子照样挡不住。过年过节，外面的亲戚没有敢进来的，傻子屯成了人人唯恐避之不远的"孤岛"。

1970年，老支书撂挑子了。傻子屯群傻无首，乱套了。

公社领导很着急，赶紧选人。书记说，看那个初中生许振忠精神很正常，就选他吧。风声很快传出来，许振忠决定逃跑。大清早他背上行李卷，棉袄里揣上两个玉米饼子，坐上稀里哗啦的乡村大客，从县城直奔佳木斯市火车站。火车站街对面有一栋壮观的黄色大楼，时称"黑龙江生产建设兵团司令部"，下乡一年半后我从独立一团（嘉荫农场）调到这里的秘书处。倘若天机巧合，我当时从窗口往外一望，一定能看到一个黑瘦青年农民被两个戴红袖标的民兵逮住了，这家伙就是许振忠。他的心机早被公社书记算到了——想逃出如来佛掌心儿？猴子都不行，何况傻子屯的人！

许振忠垂头丧气被"押"回村里，公社书记早坐等在那儿了。他苦口婆心劝许振忠接下大队书记这个担子，许振忠就是不吐口，问急了，他脱口给了一句："领导，傻子屯的情况你不是不知道，今天生个新傻子，明天抬出个老傻子。你这是阎王爷给小鬼派活儿——让我专门收人哪！"书记勃然大怒，一拍桌子："你敢说公社书记是阎王爷，小命还要不要了？"那正是"文革"时期，扣上"反党"的帽子人就完了。可许振忠梗着脖子说："你赶紧给我送大牢去吧，省得在屯子里遭社员骂，遭傻子打。"整整一下午，晚上书记还管了他一顿猪肉炖粉条，意思是哄哄他，可谈到半夜许振忠还是一块死倔的石头。书记终于火了："给你好脸不听是不是？小王八犊子，站起来！"说着他从上衣口袋里掏出一个小红本本，举起来问："这是什么？"许振忠规规矩矩站着说："《党章》。"书记说："今晚到此结束。《党章》里说，个人服从组织，明天你就上班吧。"接着门咣当一响，许振忠被扔那儿了。茫茫夜色中，远处传来几声傻子凄厉的号叫……

许振忠的命很苦。老爹绰号"许老倔"，是村里有名的血性汉子。1946年秋，东北大地战火纷飞，一绺绺胡子乘机烧杀抢掠，无恶不作。东八围子屯（集贤村）一个当过抗联交通员的年轻妇女被附近一绺胡子李大麻子绑走了，声言不交100块大洋就撕票，全家号哭动天。许老倔说："我去要人。"然后揣上一把短杆土枪腾腾走了。上山找到李大麻子，两人一言不合，许老倔假装回身要走，猛然间掏枪轰掉李大麻子一只耳朵，几个匪徒扑上来，把许老倔捅了一身血窟窿，拖进高粱地埋了。两个月后，共产党土改工作队把李大麻子灭了，乡亲们挖出许老倔的遗体，脑袋上有5个窟窿。这一年许振忠3岁。娘支撑不下去，只好领着许振忠改嫁他乡。可继父那边日子也难，容不下小振忠，3年后他离开母亲，只身返回集贤村伯父家。不久松花江两岸解放，许振忠上了学，但因家境困难，交不起学费，念到初中二年级只好退学，回家埋头种地。因为出身根红苗正，干活儿肯出力，3年后入了党。1971年，鹤岗市一位亲戚来信说，他那边又开了一个国营煤矿，正在招工，让许振忠尽快前往。没想到就在这时，公社书记把他扣下了……

许振忠和他爹一样，血性。公社领导点名让他当大队书记，他明白这是个人的光荣和组织的信任。但是，集贤村窝着一大帮聋哑傻子，健康劳动力不多，地种得稀里糊涂，亩产比外村少三分之一，领头人就是活神仙也没辙呀。他闷闷不乐回到家，一推门，呛人的烟雾中，炕上炕下坐了五六位乡亲。老支书陈大爷劈头就问："接没接？"许振忠不吭声。老爷子长叹一声："说实话，让你当大队书记就是俺向公社举荐的。这些年傻子屯像遭了鬼神的诅咒，猴石也抠了，孽龙也送了，啥招儿也不中用啊。你好歹有点文化，还是把担子接了吧，乡亲们就拜托你了……"

奶奶把烟袋锅在炕沿上磕磕，说："你爹英雄了一辈子，末了单枪匹马闯胡子窝，让胡子捅死在高粱地，你可别当孬种。"

妻子宁桂珍是佳木斯师范学校毕业生，早年在公社当过几年小学代课老师，她说："你从小生活在大伯家，苦啊难啊，乡亲们没少拉扯你，和大家绑一块儿干吧。"

许振忠闷声说："大半屯子都是傻子，咋干？"

妻子说："我琢磨着，一定得先弄清病根。方圆几十里好几个屯子都很正常，就咱们集贤一窝窝生傻孩子，我不信封建迷信那一套，但病根不去，谁干都是白扯。"

这一晚上公社书记把许振忠逼得满脑袋糨糊，乱糟糟的啥都想不清楚。妻子的文化就是高，一句话点醒了他：对！先查病根，病根去了，啥都好干了！

2. 木槭子开花

28 岁的许振忠上任了。有几个在外乡工作的初中同学春节回家探亲，拉许振忠喝酒。酒过三巡，有个家伙喝高了，说："振忠啊振忠，你真是聪明一世糊涂一时，当了傻子屯的傻子头儿，就是天下第一傻！你要能把傻子屯整治好了，我头朝下倒着绕县城走一圈，看我现在就给你走一圈！"说着他一个倒立，双手撑地在屋里走了小半圈，然后咣当一声栽倒了。许振忠和同学们哈哈大笑，许振忠说："你半圈都没走到，看来可以进我们傻子屯当个半傻了！"

这以后，每逢到公社或县里开会，无论"学大寨"还是"学大庆"，许振忠不管不顾，碰上文化人就问："同志，啥原因能让人生大粗脖子，生孩子是聋子哑巴傻子？"问得对方一愣一愣的，没人能答。再去问县政府卫生科、县医院，要么答不出，要么不理他。那年月的中国正忙着搞"文革"，人人火冒三丈又缩头缩脑，多一事不如少一事，谁有心思顾得上傻子屯呢。半年后，许振忠终于撞上一个热心人——县防疫站的周玉甫。他说："一方水土养一方人，周围屯子都没事，就你们屯子有这个病，我看得化验一下水，不是多了什么就是少了什么。"许振忠一怔，回身就跑。第二天他揣上本村一瓶子井水赶到佳木斯，东打听西打听找到地方病防治所，花钱求人家帮着化验一下。两个小时后，一位穿白大褂的长者拿着化验单出来了，他让许振忠坐下，然后耐心地跟他解释说，你们村的水严重缺碘，正常的饮用水每升应含碘 10—200 微克，低于 5 微克就会患地方性甲状腺肿大，也就是大粗脖子。低于 1 微克就会发展成克汀病，也就是痴呆或者聋哑，并且骨骼变形，难于行走，完全丧失劳动能力。你们村的水每升含碘不足 1 微克，连牲畜都不宜饮用。

我的天哪！许振忠恍然大悟。几十年来的谜底终于揭开了：怪不得集贤村很多老住户第一代都长粗脖根，但智力还算正常；到第二代、第三代就变傻变聋哑，因为缺碘越来越严重。而他没变成这样，是因为小时跟着改嫁的母亲去外地生活了数年，中学又在公社所在地住宿两年，躲过了人生一劫。他愣愣瞅着瓶中剩下的发黄的半瓶水，原来就是这玩意儿造的孽，几十年生生喝出一个傻子屯！

这哪是水，是断魂汤啊！

许振忠问怎么办。周玉甫说，第一，打深水井；第二，迁屯。上千人的大屯不可能迁，也没地方迁。出路只有一条：打深水井。可上哪儿找钱啊？

这以后，许振忠用复写纸写了几十份上百份求援报告，指头都染蓝了，然后从桦川县到佳木斯，从省会哈尔滨到中南海，漫天寄。村里连 8 分钱邮票都买不起，只好用自家钱。每逢去县、市开会，许振忠拦住领导就递一份，散会后便跟在领导屁股后面一个劲儿"磨叽"。年复一年，报告雪片似的撒出去，鞋子磨破一双又一双，小傻子一个接一个向人间"报到"，没有任何反响。"文革"年代人心惶惶，谁有心思干正事儿？所有回答都不乏同情，最后的结语都是："没钱。"更有"造反派"出身的领导黑着脸要他回去"抓革命"，许振忠说："我们一窝傻子，谁革谁的命！"

1975 年，黑云压城的桦川县终于露出一角蓝天，县水利局在极为困难的条件下，给集贤村拨款 9000 元用于打井。整整奔走呼号了 4 年啊，终于看到了希望！水利局请来的钻井队开着车，拉着设备，呼啦啦开进村，村民们密密匝匝围住工地，看高高的打井架怎样擎起透明的希望，听隆隆作响的钻机怎样呼唤着甜美的甘泉。钻机突突掘进，30 米、50 米、70 米……

"许书记，抓紧转款吧，得马上去买材料……"

"别忙，9000 元马上就到。"

"我的天哪！"钻井队长一拍大腿，"这点儿钱连钻井费都不够，还要下管道，安水泵，建水塔，赶快给我停钻！"

刹那间全村一片死寂，许振忠呆若木鸡。钻机停了，就像他的呼吸停了。他死死扯住队长的袖子说："这不是打井，这是救命啊！"

队长说："救不救命我管不着，我只管打井！"

许振忠怒了，一挥手朝村民们喊："去！把你们家的傻子都放出来！"钻井队进屯这些天，许振忠怕丢人，怕吓着这些城里小伙子，千叮万嘱让乡亲们把傻孩子圈到家里不许出门。此刻，他决定把傻子屯的所有苦难都摊开给钻井队看！

老乡们领着自家的大小傻子纷纷出来了。赤身裸体的，七扭八歪的，哇哇叫着比划手的……天底下最惨的一幕！

钻井队员们惊呆了。他们走南闯北，从没见过这样的畸形生命和人间悲剧！

队长被震撼了。"行啊，就这 9000 块钱吧。"他喑哑地说，"我们负责把井打好，把管子下去，欠款不要了。不过买水泵、建水塔，你们还得找上头要钱。"

水管打下去了，钻井队撤走了。许振忠所能做的，就是将一根木橛子插在管口上。为防止堵塞，他撮了一小堆土把木橛埋上。是夜，他在土堆旁坐了很久很久，像守着一座亲骨肉的坟冢，心里泛着无尽的悲凉。

傻子屯的活路就在这根木橛子底下。他还得奔走、呼吁、要钱！不死的黑土地，铸就了一颗不死的魂灵，他又跑了 3 年喊了 3 年，没有反应。省有关部门拨给集贤村的一台深水泵，还被县里一个领导批给防疫站了。

1978 年春，一个改变中国、震动世界的伟大构想正在中南海悄悄酝酿。那是炎天流火的一天，一架军机穿云破雾，降落在黑龙江省佳木斯市的机场。舱门打开，老红军出身的李德生将军匆匆走下舷梯。李德生时任中共中央政治局常委、沈阳军区司令员，他刚刚在牡丹江市参加了一个民兵工作会议，归途专门转道佳木斯落脚。将军究竟有什么事要办？他何以眉峰紧锁，神情冷峻？所有来迎接的地方党政军要员，心里都惴惴不安地猜度着。将军步入候机厅，立即召开了一个紧急会议。他拿着一份材料，沉重地说："我是专程为你们的一个傻子屯在此落脚的。大家知道，我兼任中共中央北方防治地方病领导小组组长，今天把诸公请来，我是想问，桦川县有个集贤村，地方病非常严重，这个情况你们知道不知道？"

没有回音，沉默。

"同志们，你们都是父母官啊！"将军有些愤怒了，"老百姓有了难处找谁呀？只能找你们啊。一家有一个地方病患者就不得了，如果再有两三个不能劳动，一家人的日子怎么过呀！我们的革命是老百姓用小米养大的，如果我们对人民的疾苦不管不问，还有什么资格叫共产党！这件事必须抓紧办，结果报我！"一个月后，即 1978 年 8 月 28 日，中共中央派出的防治地方病慰问组，千里迢迢来到集贤村。他们挨家挨户视察了病情，当晚全村集合，举行"送瘟神誓师大会"。慰问组负责同志登上讲台，第一句话就是："乡亲们，我们来晚了！"他流泪了，许振忠流泪了，台上台下全哭了……

经过许振忠长达 8 年的奔走呼号，1979 年 9 月 8 日，集贤村深水井终于建成，一座高 10 米、蓄水达 42 吨的水塔披红挂绿，高高耸起，上面镌刻着许振忠亲拟的两行鲜红大字："感谢党赐甘露水，病乡枯木喜逢春。"在鞭炮锣鼓的震天轰鸣中，在乡亲们的欢声笑语中，许振忠一推电闸，分布在全村各处的 40 个自来水龙头流淌出清澈的水流。那是给生命以灵性、给大地以希望的甘泉啊！全村男女老少笑呵，哭呵，叫呵，欢跳呵，狂饮呵，连傻子们都受了感染，手舞足蹈满地打滚。自此，9 月 8 日成为集贤村一年一度的改水节。

那根木橛子终于开出灿烂的水花。荒诞不经的历史上，站起一个亮闪闪的希望。

许振忠完全没想到，他和傻子屯为全国人民做出一项重大贡献。因为傻子屯的惨痛教训，后来国务院有关部门做出一项规定，所有进入市场的食盐必须适量加碘。

3. "上帝的笔误"

好水有了，可 79 个傻孩子怎么办？总不能眼瞅着他们混吃等死啊。他们不能正常生长，不能上学读书，不能自食其力，成为家中的沉重负担，也成为集贤村的沉重压力。有一天许振忠听说国外有办"智障教育"的，他心里一动，太好了！村里完全可以办一个育智班，一方面请县里派医疗队对傻孩子进行治疗，一方面请老师教他们读书认字，学一些自食其力的本事，集贤村的面貌一定会有很大的改观。许振忠很兴奋，村里村外到处请老师，结果可想而知：每扇门都摔得咣咣响。

没出路了，他想到了妻子宁桂珍。宁桂珍的家是从外地移民来的，她毕业于佳木斯师范学校。她本可以留在市内工作，但因为她上头死了5个男孩，姐姐又出嫁了，母亲逼着唯一的心肝宝贝回村小学当了老师。当时桂珍家闲着半间草房，身为孤儿的许振忠长大了，长年在伯父家住着不方便。桂珍家没男孩，母亲见许振忠忠厚老实，干活勤快，又有文化，便自作主张让许振忠当了"上门女婿"。这是一种"双赢"选择：宁家增加了一个壮劳力，许振忠娶了个好媳妇。年轻时候的宁桂珍很秀气，一双大辫子甩来甩去，她说："行了，就你吧，白马王子我也不想了。"许振忠说："行吧，白天鹅我也不想了。"日子过到"文革"，村小学被冲垮了，宁桂珍成了纯粹的家庭主妇。许振忠思来想去，决定请桂珍出山，把育智班办起来。可一想到那些泥头花脸、满身屎尿的傻孩子，桂珍就吓住了，不想干。许振忠说："其实我也不愿让你去遭这份儿罪，可那些傻孩子哪个不是爹妈的骨血？要是咱家摊上一个还能掐死吗？你当初支持我接下大队书记这个担子，就得干好！千委屈万委屈，你就帮我这一回吧。"

宁桂珍是明事理的人。1979年秋，一个智障孩子"育智班"办起来了，它肯定是全国农村地区第一个。每天早晨，家长把傻孩子一个个抓猪崽似的拽来。最小的9岁，最大的17岁，个个鼻涕成河，衣衫破烂，3分钟都坐不住，不时滚成一团。一会儿这个尿了，一会儿那个拉了，铅笔使劲扎进自己腿里还呵呵笑，动不动扯开裤子向女生抖露动物性的本能……没几天，从外村请来的一个小青年撂耙子不干了。桂珍一个人哪管得了这么多小傻子！许振忠狠狠心，又让在村小学教书的女儿小凤过来当妈的帮手。为了让智障孩子记住一个字或一个动作，必须千百次地重复。仅仅为了让他们记住门外厕所的位置，母女俩几百次地拽他们进去，帮着解腰带、搭屁股、擦裤子。过后娘俩对着墙角哇哇吐，恨不能把五脏六腑倒出来。要他们记住1、2、3，娘俩连说带写，手把手教上几百遍上千遍，累得口干舌燥，胳膊都抬不起来了。与此同时，每天还要给他们梳头、洗脸、一天3次喂药，要亲眼看着他们把药咽下去。冬天来了，外面滴水成冰，母女两个还要关注他们别冻伤，为他们缝补棉衣棉裤——因为傻孩子根本不知冷热……

日复一日，年复一年，娘俩成了傻孩子中亲密无间的一员，懂得了他们的手势，学会了他们含混的语言和特殊的情感表达方式。爱是一种伟大而神奇的力量，在傻子心中也能唤起同样的反应。为育智班上山打柴，几个傻孩子不许宁老师干活儿，一窝蜂把她压在身下，差点把她憋昏过去。小凤外出开会两天，傻孩子们在路口盼了两天。等她下了车，傻孩儿们欢叫着围上来，十几只手把攥了两天的糖块硬塞进她嘴里……

大部分智障与生俱来，犹如"上帝的笔误"，好好的孩子尚未设计好就落到人间了。母女俩辛辛苦苦干了 6 年，育智班中很多傻孩子被改变了。其中有28 人后来能认写千字左右，能做 4 位数加减法，先后进入正规小学和聋哑学校读书，其余大多数能够生活自理并可以参加生产队劳动了。通过新闻报道，傻子屯的事情引起联合国教科文组织的关注，有一年，他们派出一个国际专家团前来考察，那些老外看到育智班上一个哑巴傻孩当堂解出一道一元方程式数学题，有些怀疑。来自澳大利亚的贺特泽博士走上前，在黑板上又写出一道新的一元方程式，请那个傻孩解出答案。傻孩愣住了，呆呆瞧着黑板不动。在座的中方陪同人士包括许振忠、宁桂珍等都捏了一把汗。少顷，那个傻孩想明白了，脸上显出很生气的样子。他拿起黑板擦，把博士写得潦草的字母 X 擦掉，又很规整地重写了一个，然后拿眼睛狠狠白了洋博士一眼。那意思是说，你怎么这样弱智？连 X 都不会写！接着他迅速做出这道题的正解。所有在场人都笑了，考察团团长说："感谢宁桂珍女士以杰出的人道主义精神修正了'上帝的笔误'。"贺特泽博士惊叹："中国的集贤村创造了智障教育的奇迹！"

全国召开特殊教育先进工作者表彰大会，宁桂珍迎着海潮般的掌声登上领奖台。

4. 雄起傻子屯

治水完成了，治愚正在进行，治穷应该大张旗鼓开干了。

1981 年，许振忠领着村民干得汗巴流水儿，全村却倒吃了 30 万斤返销粮，一个工分分值只有 4 分钱。那时安徽、四川等有些农村地区正热火朝天地开展家庭承包、分田到户，但政界、思想界争论很多，黑龙江省迟迟未动。集贤村到底怎么搞？能不能闯出一条治穷路子？许振忠这些年走南闯北，眼界开阔了。他对村民说，咱们忙一年连公粮都交不上，还得靠国家救济，看来单靠种粮翻不了身了。他提议办工业，通过贷款和集资 20 万元办个砖厂，他说现在全国搞改革开放，日子越来越好过了，以后老百姓扒草房盖砖房的越来越多，红砖一定好销。

傻子屯的人历来很少出屯，农忙时下地干活，农闲时揣着袄袖子蹲墙根儿晒太阳，主要是人人拖着一个粗脖根怕丢脸，外加不识字看不懂路牌。他们不知道中国正在发生巨变，听许振忠说要贷款、集资 20 万元——这对他们来说简直是一座顶不起来的大山！所有干部和村民都激烈反对，怕手里的一点余钱赔进去，赞成的只有许振忠自己。许振忠逼到老支书家里："算你一个！当初你推荐我当大队书记，你就得支持我！"老支书说："那才百分之二。"许振忠说："你再动员儿子女儿进来，我再拉两户进来，这就 6 个了。你放心，赔了钱拿我祭窑！"

就这样通过"滚雪球"方式，乡亲们准备给孩子结婚的钱，准备修房的钱，准备过年过节走亲戚的钱，哆哆嗦嗦全集上来了。银行贷款到位后开始动工建窑，没钱发劳务费，党员带头组织了一个"白干队"。

许振忠没黑没白全身心投入村里工作，家里的事情都扔给妻子宁桂珍了。那年春天他陪上级领导检查苗情，发现一块地断垄少苗，荒草很多，这太打脸了！他怒气冲冲喝问："查查这是谁家的地？肯定不是正经种庄稼的，明年不包给他了！"旁边的队干部赶紧扯扯他的袖子，许振忠一缩脖子明白了，这是他自家包的地。还有一回，他半夜忙完工作回到家，推开院门一看，一头 200来斤重的大花猪正在拱园子里的大白菜，他边轰边朝屋里喊："谁家猪跑到咱家吃白食儿了？"宁桂珍闻声出来笑说："谁家的猪？你家的呗！"

180 天后，雄伟的 24 孔砖窑拔地而起，当年盈利近 13 万元。

过后，许振忠又借势生力，创办了"傻子酒厂"。他亲自拟定的广告词是："天下第一傻，贵在不掺假。""傻得实，傻得帅，傻向人间都是爱！"因为傻子屯治傻的事迹传遍天下，再加上广告词写得好，"傻子白酒"很快风行大江南北，集贤村经济状况大幅跃升，成为桦川县"脱贫致富第一村"。1998年，55岁的许振忠被提拔为县委副书记，他穿着农田鞋到办公楼坐了几天，除了开会就是看文件。他很不习惯，一个农民不干活儿不接地气，这哪儿行？脚都捂臭了。没过10天，许振忠挂印封金不辞而别，又回到集贤村。县委书记几次打电话催他回去上班。许振忠说，你们定吧，啥事儿我都赞成。电话来多了，许振忠干脆不接了。

20岁出头的王喜林接任村支书。他当众宣布："老支书当年领着大家治愚治穷，被称为'天下第一傻'，我坚决保证，今后'贵在不掺假'！"全场大笑。王喜林意识到，随着时代进步，低水平的维持性的发展远远满足不了群众愿望了。他定下"新世纪三大步"，党的十八大之后又改成"新时代三大举措"——很有与时俱进的敏锐眼光。

第一，傻子屯名声在外，来参观学习的人越来越多，一定要建设一个"美丽家园"展示给世人。

第二，大力推进村民的"企业化"——这可是个胆大包天的新创意。他的意思是：改变农民只会种地的传统形象，让他们或者进企业当工人，或者闯进市场做生意。

第三，利用"傻子屯"的名片，大力招商引资。

村民们齐声反对，说你不让我们埋头种地了，吃啥？

王喜林说，你们过去吃的是"口粮"，种啥吃啥；做生意赚大钱了，今后吃的就是"商品粮"，想啥来啥！

乡亲们大笑，说是个理！

历史的跃升是要等待时机的。以往，这三大举措靠本村自己的力量推进，进展有些缓慢。党的十八大以后，"乡村振兴"政策下来了，"建设美丽乡村"政策下来了，"扶贫攻坚"政策下来了，"第一书记"和驻村工作队下来了，从黑龙江省、佳木斯市到桦川县，数百万投资滚滚而来。王喜林高兴地说："这叫'大河涨水小河满'，啥都有了，就差干了！"他发挥老支书的光荣传统，组织起以村干部和党员为核心的傻子屯历史上第二个"白干队"。拓宽硬化道路，绕村绕路种植绿化带，推进企业改制，引进光伏产业，全力扩大村民就业，至 2019 年，村民人均收入突破万元。2020 年 5 月底，我再次来到傻子屯，77 岁的老书记许振忠和现任支书王喜林接待了我。四下一望，四通八达的水泥公路，道路两边的美丽花坛，珠串般的太阳能路灯，平整开阔的中心广场，一排排粉墙红瓦的村民新居……哇，我 30 多年前来此采访留下的老旧印象已经一扫而光！

在座的镇领导告诉我，许振忠老书记干了 28 年，解决了傻子屯的"治病治愚治穷"问题；王喜林至今干了 22 年，基本解决了全村"致富致美致强"问题，两人合起来整整半个世纪。村民对两任书记感恩戴德，特别编了一副大对联写在村委会大院墙上："半个世纪脱贫路，薪火相传两代人。"王喜林赶紧摆手说："主要是老书记打下的好基础！当年许书记住的那半间草房，我们特意保留下来，为的是让后代永远记住许书记的贡献。不过他还活着，我们不能搞得太大发了。"全场哄堂大笑。

许振忠说："现在最令村民骄傲的是他们的孩子！"据悉，中央防治地方病小组每隔几年来村里检测村小学学生的智商指数，结果高居全县小学第一。迄今村里出了 70 名大学生，为全县最多，还出了 3 名硕士、3 名博士，多人成为国内知名大企业的高管或智囊。

我感慨万千，从傻子屯到集贤村——终于名至实归！

三 哈尔滨，雪花里的火焰

1. 提前一年

在黑龙江，千里冰封、万里雪飘的季节，是农村讲故事的日子。
掀开家家户户挂满白霜的棉布帘子，故事装满整整一屋子！
在哈尔滨，著名的中央大街是地球人必去的地方。每逢夏天，那是世界上最长的 T 台。有网评称，走遍全国，哈尔滨姑娘最美。美了不能白美，必须嘚瑟出来让世界瞻仰！于是从中央大街一路望去，端的是美时美刻，佳丽逶迤，姹紫嫣红，风情万种。我在哈尔滨任文联主席时曾笑称，没来过哈尔滨的画家，只能学毕加索，把美女画成管子和几何图形；没来过哈尔滨的作家，只能学卡夫卡写《变形记》，把人写成虫子；没来过哈尔滨的诗人，只能学艾略特写朦胧诗，人人看不懂，自己也看不懂。

这就是哈尔滨的杀伤力。

哈尔滨创造了中国第一个交响乐团、第一个芭蕾舞团和学校、第一所电影院、第一座啤酒厂、第一个音乐节"哈尔滨之夏"、第一台大型发电机组、第一架直升机……

这就是哈尔滨的创造力。

但是，哈尔滨并没有忘记自己的乡村。透过一座座巍峨教堂和一片片高耸入云的楼群远望，便是这座城市赖以存身立世的丰沃广阔、生机勃勃的松嫩平原。哈尔滨城区原来并不很大，早年穿过太阳岛上的白桦林，就是一望无际的乡村地带。改革开放以后，雄心勃勃的哈尔滨张开怀抱收拢了 9 区 9 县，带动它们获得更强动力和更快发展。如今的松花江北岸，已经成为繁华的市政中心、大学园区和以太阳岛为中心的旅游胜地。党的十八大以后，扶贫攻坚战全面展开。作为老工业基地中心城市之一的哈尔滨尽管财力有限，依然投入巨额资金，尽锐出战，精准扶贫，取得决定性胜利。

2018 年，两个省级贫困县木兰县、巴彦县摘帽出列，2019 年，国家级扶贫开发重点县延寿县摘帽出列。全市总计 163 个贫困村全部清零。在延寿县，市扶贫办主任董绍涛告诉我："目前仅有未脱贫的 514 户 847 人，都在延寿县，而且正在动态脱贫过程中。全市脱贫任务接近完成，提前一年基本消除绝对贫困。"我注意到，在我一路转县访村的过程中，董绍涛一个人开着车，像独行侠一样正在一个个县明察暗访。他长得很黑，特别像村干部，估计没谁防着他。

哈尔滨是冷艳的，又是火热的，因为每朵雪花里都飘着一缕火焰。只要你用雪花搓搓脑袋，一定满头冒着乳白的"蒸汽"。一路走来，访村入户，我真切地感受到这种热度。这种热度在村庄的炊烟里，在老乡的火炉上，在一汪汪绿油油的稻田里，在扶贫干部、脱贫农户和广场大妈的笑脸上，在杯撞杯的高粱烧里……黑龙江扶贫办的同志告诉我，这里广大农民群众的"两不愁、三保障"已经基本解决。我笑说，这不完全靠干部群众的奋斗，而且奋斗也不那么"艰苦"。毕竟，与贵州、新疆、甘肃和中原、江南等诸省区不同，黑龙江地大物博，土地肥沃，人均耕地 8 亩以上，列全国之首！只要政策到位、工作到位、勤劳到位，绝大多数农家都会赚得盆满钵满仓满，幸福生活全印在他们阳光般的黑脸上。值得注意的一个地域现象是：历史上存下来的贫困户，因自然人文环境等客观因素造成的极少，大多为因病、因残致贫，群众说："救护车一响，一年猪白养；住上一次院，三年活白干。"因此，医疗保障成为黑龙江省及哈尔滨市扶贫工作的重中之重。也因此，我所到的各县（市），全面开通了从医院到贫困户的"绿色通道"，医生下乡入村治病送药成为常态，保险、报销等手续由村卫生室办理，患病村民省下的路费、挂号费、药费和住宿、吃饭钱，绝不是一个小数！

我很少生病，即便在疫情期间也经常冒着"病毒"的枪林弹雨，戴着口罩奋勇前进，故而我对医疗医保方面的各项政策以及它给人民群众带来的呵护和温暖了解不多。为此，2020 年 6 月 5 日，我特别去哈尔滨市最大的药店——新药特药商店做了调查，那是我小时常去给父母买药的地方。哈尔滨因时有境外输入病例，防疫措施愈来愈严。进入宽敞的店堂，扫码测温是必须的，无一"漏网"。所有柜台前都挂着垂地的隔离透明塑料布。零售经理程秀云以为我是来买药的，热情地迎了上来。她说，按照市委市政府和企业领导要求，防范疫情和用好国家政策帮扶病患，是药店两大重点工作。她给我举了自己经历的两个例子：

来自铁力市（县级市）的一位李姓患者，胃肠道发现肿瘤，需要服用一种特效药，每月两盒，每盒 7.182 万元。要买这么贵重的药，自然引起她的注意。经仔细攀谈了解，对方说，根据国家医保政策和单位规定，他总共可以报销 70%，个人承担 30%，即每盒花费 2154.60 元，这对他来说负担已经大大减轻了。程秀云不愧是零售经理，对国家相关政策和医药界情况了如指掌。她立即向李先生提供了一个重要信息：你购买该药时一定把相关票据保存好，连续服用 4 个月后，可向中国癌症基金会提出申请。获得批准援助后，从第 5 个月开始，可以获得连续 8 个月的免费药品。程秀云的几句话，让药店的利润减少了，李先生却可以省下 3.4 万多元的个人开销！他一蹦而起，乐呵呵地说："我这就给你们做锦旗去！"两天后，李先生拿着锦旗来了。

方正县老农民、特困户吕先生，每月领取 100 多元的低保费，老伴儿是二级残疾。数年前他发现自己患了癌症，根据医生建议，服用一种特效药每盒 13100 元，一盒吃 7 天，每月 4 盒，总计一个月花费 52400 元。3 年多的时间里，他一直抬钱买药，外债达 30 多万元，但停药就是等死。幸而两个在外打工的孩子每月能接济他 2000 多元，日子才挺下去。前不久吕先生来新药特药店买药，程秀云告诉他，只要你连续购买 8 盒这种药，就可以终生享受免费赠药。药店的利润又丢了一些，而吕老汉看到了活下去的希望。这以后，吕老汉凡是进城办事，都要拎着一袋新鲜蔬菜来看看他的"好闺女"程秀云。

国家的"生命至上、人民至上"的一系列爱民政策，大大减轻了群众负担，切切实实进入了每一个家庭每一个农户。

2020 年 6 月 4 日，据黑龙江省扶贫开发办负责人介绍，作为农业大省的黑龙江，共有 20 个国家级贫困县和 8 个省级贫困县，其中深度贫困县 3 个。至今年 2 月，延寿、拜泉、林甸、海伦、青冈 5 个贫困县市最后摘帽退出，黑龙江省贫困县全部"清零"。

一个伟大的历史丰碑，矗立在这个值得纪念的时间节点上。

2. 延寿县，曾有一位伟大的县长

延寿县，哈尔滨唯一的国家级扶贫开发重点县。

抵达当天，在他们的自助食堂吃饭，我抓起一把把小青葱，连吃了 3 碗鸡蛋酱，可以想见我是怎样地眷恋家乡口味了！大厨对我的贪吃模样很感兴趣，坐下来和我聊天。听说我是北京来的，他于是很骄傲地说："别看我是个'屯

迷糊'，还上过央视《新闻联播》呢！不过一闪就过去了，我老婆都没看清！"坐一旁的县委宣传部部长张凤平哈哈大笑说："你把一张大胖脸裹得严严实实，谁能认出你呀！"我和这位部长认识不过两小时，她已经叫我"大姐夫"了——我都不知怎么论的。

原来，扶贫攻坚战开展以来，为凝聚人心、鼓舞士气，张凤平和她的副手张红梅、阚金玲——全是风风火火、东北性格的女士，在县城发起一个一年一度的"包饺子运动"，每年春节号召志愿者自愿参加。滴水成冰的大年夜，广场上笑声喧哗，人人穿得像大棉球，大家聚在一起，冻手冻脚地比赛包饺子，唯一的要求就是快快快——否则面皮、肉馅和人就分别冻硬了。眼见一个个饺子犹如天女散花纷飞而出，不多时两三万个饺子白花花铺满整个广场，那叫一个浩瀚如海，蔚为壮观！当然不用说——过后所有这些饺子都分头送进贫困户和老乡家。这个活动已经成为延寿县连续多年的传统节目，上过央视的《新闻联播》，那个大厨就这样趁机挤进去了。

特别值得一说的是，在延寿县的松江省史迹陈列馆，我认识了一位伟大的却似乎默默无闻的解放初期老县长梁明德。照片上的他双目凛凛，短发苍苍，耸然陡立，石雕般仁立在历史深处。如果不去仔细探究他的来路，我们很难知道，他的一次惊心动魄的衔命之举，在很大程度上决定了中央苏区党中央和红军的命运。历史不能假设，但没有他，中国革命史和长征史就肯定重写了。

梁明德，原名项廷椿、项与年，1894 年出生于福建连城县朋口乡一个富裕农家，1925 年秘密加入中国共产党，1927 年大革命失败后，他转入周恩来在上海创办和领导的中央特科，1933 年化名梁明德潜入国民党政府内部，任江西省第四保安司令部机要秘书。正是在这一年，蒋介石调动 100 万大军对江西中央苏区发动了第五次大"围剿"。此时王明"左"倾教条主义在红军中占据了统治地位，主张用阵地战代替游击战和运动战，毛泽东的正确建议被完全排斥，使红军遭受重大损失，陷于被动地位。1934 年 10 月初，志在必得的蒋介石在庐山召开绝密军事会议，制定了对中央苏区实施"铁桶围剿计划"，企图一举彻底消灭中国共产党和红军力量。会后，时任江西德安地区专员兼保安司令莫雄将这份绝密文件交给机要秘书梁明德，由他进一步制定相关行动和部署。莫雄，广东人，少年时加入中国同盟会，参加过黄花岗起义、护国讨袁运动、讨伐陈炯明和北伐战争，从士兵升到将军，在国民党军界素有"莫大哥"之称。他私下与共产党十分亲近，因此一直不得蒋介石信任，解放后闲居香港，1956 年应邀入京参加了国庆典礼，从此定居大陆。梁明德看到莫雄交给他的"铁桶围剿计划"后深为震动，立即通过组织将该计划要点急电党中央，但当地党组织觉得如此还是不能全面说明事态之危急，于是派 40 岁的梁明德火速赶往瑞金将密件直送党中央。梁明德连夜把这份文件用加密方式写到一本学生字典上，第二天便扮成教书先生上路了。但此时江西战云密布烽烟滚滚，从德安去往瑞金的路上，国民党军处处设卡，检查甚严，教书先生的形象很难不被注意，常被拦住盘查，查得梁明德心惊肉跳。第三天夜里，他决定改换形象，用砖头敲掉自己的 4 颗门牙，把头发剪乱，把衣服撕碎并在泥塘里泡脏，再把脸上涂黑，装扮成又傻又哑的乞丐，这以后再没哨卡拦他了。6 天 6 夜之后，梁明德穿越重重封锁线，途经 8 个县市，终于抵达瑞金，把这份密件交到老上级周恩来手上。党中央迅即调整撤退部署，在各路国民党军形成"铁桶围剿"态势之前成功跳出了包围圈，开始了举世闻名的二万五千里长征，此时的毛泽东因重病在身，不得不躺在担架上。突破乌江天险之后，被围追堵截的红军压力大为减轻，毛泽东感慨地说，我们这些人能活着出来，搞情报的同志是立了功的！

　　长征途中，梁明德又被派往香港从事地下活动。完成任务后返回延安，出任绥德地委常委兼统战部长，地委书记便是习仲勋。1996 年 7 月，习仲勋同志在《山路漫漫》一书序言中回忆了梁明德的卓越贡献："他最为辉煌的一页，是他和战友在获得庐山会议'剿共计划'这一重要情报后，为了及时送到中央苏区，敲掉门牙，扮成乞丐，穿越重重封锁线，日夜兼程，把这一关系到革命全局的重要情报及时送到瑞金，亲自交到周恩来手中。其时，正处在红军实行战略大转移的前夜。"

　　那真是中国革命大业命悬一线、危在旦夕、关乎存亡、决定未来的 6 天

6 夜！梁明德为此付出了 4 颗门牙的代价。细想那个夜晚，他在小客栈里对着镜子用砖头猛砸门牙的那一幕，拧眉瞪眼，强忍疼痛，满嘴是血，真是英勇无比的一拼，和挨敌人枪子儿差不多。

抗战胜利后，梁明德和妻子吴健跟随 10 万大军奔赴东北。1946 年 1 月 24 日随 359 旅先头部队攻下国民党军残部占领的松江省延寿县，4 月成为经过民主选举的第一任县长。由于该县在剿匪、土改、组建新政权、发动群众支援前线等各项工作中业绩突出，局势稳定，松江省委一度迁到延寿县办公。至今延寿人还不忘那时的风光，说梁明德主政时那叫一个"大大的延寿县，小小的哈尔滨"！1947 年 4 月梁明德调入省政府，再后进入辽宁省工作，1978 年逝世于福建龙岩，享年 84 岁。

时至今日，老县长梁明德当年在全县农业大会上喊出的两句口号，依然闪耀在陈列馆的一面纪念墙上："灭匪根，挖穷根！"

2020 年 2 月，经全面检查考核，延寿县宣布摘帽出列。

3. 坚决把木讷进行到底

为采写本书，在西北、西南、江南，我进入数十个依山傍水、花红柳绿的村庄。抵达黑龙江省之后，一个个春风绿遍、瓦房成排的屯子像跳棋一样跳到我面前。"屯"非土话，乃是大清王朝在东北"龙兴地"实行屯兵之策留下的称谓，一个屯大概相当于现今的一个民兵连，战时骑马上阵，战后解甲归田。以往，这里的汉子们五大三粗，老娘们儿高声大嗓，大姑娘扭起秧歌小蛮腰一拧那叫一个浪里个儿浪！一别家乡近 30 年，如今龙江确实大变样了。曾经铺满小麦玉米大豆高粱的大平原，现今大都改为一块块亮晶晶水汪汪绿油油的稻田，香喷喷的东北大米成了全国人民的最爱。走进屯子，个个大路大房大广场，家家大锅大灶大火炕。这一切对于出身满族正黄旗的我，太亲切了！不过眼下人人戴着口罩，姑娘们只露一对脉脉含情的柳眉杏眼，好似"犹抱琵琶半遮面"，显着更迷人了。

从哈尔滨驱车来到延寿县，县扶贫办向我推荐了一个身患残疾、靠自我奋斗成功脱贫的典型：青川乡新民村村民李延喜。我去了，李延喜高兴地迎出来，他很黑很瘦，患有强直性脊椎炎，身体僵直，不能深度弯腰，一条腿有些短，走路一颠一颠。进了屋，我像老村长一样盘腿坐在炕上，李延喜不能坐，只能挺着身子靠在一张特制的高背木凳上。一上午谈完了，一切都很一般，平平淡淡，没有故事，没有波折，没有激动，没有典型的"大事迹""大作为"，完全是一个普通农民的日常、流水账。但是我却有一种强烈的愿望要把他写下来，为什么？答案在后面。

第一笔流水账：从存款 1 万元到债台高筑。

1973 年，李延喜出生在宾县一个屯子，上面一哥一姐。因为当地水质不好，患大骨节病的人很多，1984 年全家搬迁到延寿县新民村（在这里，自然村被称为屯）。父亲有一手养蜂技艺，提取的蜂蜜又纯又甜，卖价很高，故而那时父亲很牛气，喝酒时论斤不论两，眼神里有一股睥睨四方的英雄气，一般人不在他眼里，因为老爷子腰里掖着 1 万元存折，是当时农村少见的"万元户"了。李延喜一路无忧无虑地读到初中毕业。备考高中期间，他天天骑自行车去 10 公里之外的学校，一次天降暴雨，他发烧感冒了，开始没当回事，就是吃点药，但后来病情越来越重，腰都直不起来了。家人送他到哈尔滨大医院一看，诊断为强直性脊椎炎。医生说，你不用再花钱治了，因为这种病治不好，只能慢慢恢复，你自己要加强锻炼，多活动，不然就瘫了。17 岁的李延喜一病不起，全家一下沦为债台高筑的贫困户。在全国各地，很多贫困户是因病致贫的，其实也是因贫致病的——毕竟，风里雨里雪里打拼生活养家糊口实在太劳累了。李延喜从此变得沉默寡言，但他很懂事，拄着双拐无法下地，便在家养了几口猪，尽量减少父母的负担。数年后，依靠自己默默的勤劳和坚忍，他的身体慢慢恢复了，也到了娶媳妇的年龄了。

第二笔流水账：从还债 10 多万元到欠债 26 万元。

1998 年冬，李延喜和邻村姑娘马淑凤结婚了，一辆拖拉机把穿着一身红棉袄的新娘子拉进一间土房，门窗挂满冰霜，只有火炕是热的。为此父母和他抬钱 5 万元（民间高利贷），加上以前的"饥荒"（债务），总共外欠 20 多万元。对于一个普通农户来说，这简直是头上压着一座大山啊！中国农民有一个伟大的品质，就是无论多苦多难，能熬能忍能扛。李延喜就是这样。大病之后他好像有点木讷了，整天没笑容也没愁容，表情平淡得像脚下那片大地，黑得单纯，厚得呆板，没谁知道他脑子里转什么点子，怎样才能还上利滚利的"饥荒"。村民们看到，这个细瘦的李延喜扛着砍刀上山了，然后租一辆马车拉回一捆捆胳膊粗的木杆子——这是用新抬来的钱从林业部门买的。然后把一根根木杆立在自家地里，然后又买回大捆塑料布，一个大棚扣成了。这是新民村第一个大棚，在那个年代还很新鲜。两口子开始在里面种菜。我问，你算过账吗？仅靠卖菜能还上外债吗？李延喜淡淡地说，没算过，就是找一条活路呗。其实他的目光很贼很刁，看得很准。周边村民的地都种粮食了，吃菜就靠自家的小园子，吃不多久，节气一过就罢园了。大棚里的菜可以跨季节，啥时要啥时有，而且他一直坚持绿色种植，不上化肥不打农药，乡亲们看得清清楚楚，很放心。清晨，两口子醒得比鸡早，立马踏着露水进大棚摘菜。太阳出来的时候，周边几个屯子的乡亲们在大棚外已经排起了长队，茄子甜椒西红柿，土豆萝卜大白菜，一手交钱一手拎菜。有的说没带钱，先欠着吧，马淑凤说一声"嗯哪"，一上午足不出屯菜就卖光了。有些欠钱百八十元的，都是乡里乡亲，时间长了也不计较了。整整3年汗巴流水儿，两口子还上10多万元，还欠着10多万元，不过小日子终究有缓了。李延喜的表情还是那样，默默来去，没笑容也没愁容，一副坚决把木讷进行到底的样子。大冬天风雪呼啸，冰冻三尺，地硬如钢，村民们都坐在热烘烘的炕头上"猫冬"扯老婆舌。这是一年闲半年的东北农民的习惯，就这样侃出了赵本山、范伟等一帮笑星，逗得全国人民哈哈大笑。而李延喜坐不住也坐不下，天天颠着腿进大棚摆弄菜，常常一整天不说一句话，老婆马淑凤在家忙活孩子照顾老人，也没人和李延喜说话。

他成了青川乡一带第一个大棚菜农。

2011年入冬一算账，"饥荒"已经还上过半，两口子信心倍增，准备明年再扩一个大棚。那天，李延喜开着农用三轮子，拉上妻子去办货。公路上一辆满载的大货车急驰而来，后挂车厢有一扇门没锁，呼呼啦啦一会儿开一会儿合。李延喜没看到也没防备，靠路边驶过时，被这扇门咣当一声拍在身上，整个三轮子轰隆一声翻进路沟，妻子被甩了出去，李延喜被压在车头底下动弹不了。那辆大货车见事不好，加大油门跑了，马淑凤大喊"救命"，两个骑摩托的路人很好心，下来帮着把三轮子掀起一条缝，把李延喜拉出来。马淑凤拦住一辆出租车，把满脸流血的李延喜送到医院。经查，他断了锁骨、一条腿骨和7根肋骨，但幸运的是小命保住了。

多灾多难的李延喜整整躺了一年，骨头渐渐长拢了，但强直性脊椎炎又找上身，严重到两腿一长一短，腰杆僵直，不能坐也不能平躺，人几乎废了。大棚没人侍候，不得不撂荒了。没了进项，再加上疗伤吃药，又欠下26万元"饥荒"。要是一般人，连人带家就一块垮了，而李延喜是比一般人还惨的一般人，最后沦落到连菜也吃不上了，一碗鸡蛋酱就是全家一天的菜。但他不叫苦，也不对老婆孩子喊立志的口号，只是咬牙默默熬着，挺着，等着自己恢复。读到初二的儿子为了帮父母一把，含泪退学去哈尔滨打工，每月把一沓血汗钱送回家，不在多少，能让父母感受到儿子的孝顺和惦记就好。这一家，真纯朴，纯朴到不向任何人伸手，除了借债。

第三笔流水账：从清债到新民村首富。

慢慢地，李延喜能拄着双拐站起来了，能走动了。他逼着自己必须做点什么，否则没法还债也没法支撑这个家。那会儿，正是全国城乡风行录像厅的时候，李延喜灵机一动，买回一台播放机和一堆影碟，每天晚上在家里放，每位乡亲收个三五角钱。再后来，很多人家都有了播放机，但还得去镇上县上租影碟，加上来去路费就太不值了。李延喜下决心买了一辆摩托，每天把双拐甩在家里，然后背上一大包影碟，骑着摩托把周围十几个屯子挨家挨户转个遍，先租碟，再收费，三天后来取。四野八乡的"家庭大影院"，从香港武打片到美国惊悚片，就这样让李延喜包了下来，每月可收入300元左右。有一个冬夜大雪纷飞，他连人带车"英勇"地飞过路沟，越过对面的篱笆墙，咣当一声摔进农家院，好在厚厚的雪被救了他，只是脸上手上擦破了一点皮。回到家里，妻子惊问他怎么了，李延喜淡淡地说："×，看来美国飞车大盗的戏都是假的！"

就这样，李延喜一次次倒下爬起来，再倒下再爬起来，又一次默默实现了自救。不过那张瘦脸还是老模样，没笑容也没愁容，千年不变。

随着电视机在农村的普及，影碟风潮很快过去了。身体僵直、无法下地的李延喜又琢磨出一条活命的道：养鹅。2012 年，他买进 300 只雏鹅。我又一次问，你算过账吗？能挣钱吗？万一染上疫病死了呢？李延喜还是一脸木讷，说没算，养大了卖一只算一只，全家能活命就行。不过我也不用算，我再笨也懂得，大鹅总比雏鹅值钱，散养的大鹅总比流水线饲养和圈养的值钱，鹅蛋也比鸡蛋鸭蛋值钱。这以后，李延喜挥动双拐，马淑凤挥动一根竹竿，每天黎明即起，赶上一群鹅走向广阔天地。黑土地水丰草密，这样可以省下一大笔饲料钱，而且属于天然纯绿养殖，两全其美，何乐而不为。入秋后，一只只雪白的大肥鹅昂首而立，叫得嘎嘎响，成了新民村又一道风景线。大鹅论斤，每斤10 元以上。母鹅两天下一个蛋，每个蛋 3—5 元，这下收入海了！这一年，李延喜挣了 2 万多元。2013 年，他养了 500 只，2014 年 800 只，2015 年 1200 只，2016 年 2000 只……每年不用出门，除了他留下的下蛋鹅，其余全部被一抢而空。2019 年他养了 3500 只，到年底年头，因发生疫情销售出现困难。黑龙江省委办公厅派出的驻村扶贫工作队队长董子健率队帮他四处销售了 1000 多只（由此可见驻村工作队真管用也真干事），李延喜的黑脸上终于露出难得一见的笑容！

生活如此艰难，命运如此坎坷，让李延喜展颜一笑真是难上加难啊！

由于李延喜天天拄着拐，跟不上数千只大鹅的进军步伐，雄壮而愤怒的鹅们不断仰天嘎嘎大叫，一再发出群体性"抗议"，逼得他不得不把双拐甩了。

李延喜的生意火了，天天门庭若市。周围很多养鸡养鸭的乡亲搬来成箱的鸡蛋鸭蛋，托他帮着卖，李延喜满口答应，而且分文不取。搬运中有破碎的，他就挑小鹅蛋给补齐，发运时还要买纸箱、付运费，一切都由他包了。妻子马淑凤很不高兴，说你操那份儿心干啥呀？天底下哪有你这样干做赔本买卖的！李延喜平平淡淡地说，乡亲们互相帮助嘛，再说帮着大家卖鸡蛋鸭蛋，也能带着卖些鹅蛋，对咱家也有好处。马淑凤一听是个理儿，不吭声了。

2017年，国家扶贫大业全面展开。村支书韩凤歧原是乡领导，敬业爱民，威望很高，退休后主动要求下村当支书，愿意把扶贫工作做到全面小康。他了解李延喜的苦难历程，也知道李延喜外债累累，于是主动找上门，说给他留了一个贫困户名额。李延喜说，我现在还行，不用了，把名额给更困难的乡亲吧。两个人都把对方感动了。

到2019年，李延喜依靠自己的苦干，全部清还了20多万元外债，还将两间土房改造成红砖大瓦房。步入其家，窗明几净，地板锃亮，需要换鞋才能进屋，所有现代家用电器应有尽有。哪像我家——《北京晚报》都登过我家的惨状——如我所称："小偷进门不知道偷啥，小偷走了我们不知道丢啥。"墙上还挂着一些金属片做成的亮晶晶的装饰品，有金凤凰、骏马图、乡村景物等等，都是李延喜用易拉罐剪成镶制的。可以想见那木讷的表情后面，内心其实活力四射，极为丰富。去年，李延喜带上6家贫困户成立了合作社，每年还主动帮扶14个残疾户。这些是我一句句抠出来的，不问他不说，平平淡淡，没愁容也没笑容，像在说别人的事情，一副坚决把木讷进行到底的样子——就像那僵直的身子不会弯腰，也从未向困难低头。

这就是我一定要把李延喜写下来的原因。一个极普通、极朴实、没有任何"事迹"、一生极为劳苦的农民，中华民族用5000年时间养育的农民。

在中国，李延喜的品质具有极其广大的代表性，我必须以此文向他表示敬意。

县里没给我提供有关李延喜的任何材料。他没有材料。回程路上，我才知道他是哈尔滨市劳动模范。

李延喜一直没说。

4. 心在哪儿，家就在哪儿

历史上的黑龙江没文化，因为早年大清王朝发配来的江洋大盗和后来闯关东的"山东棒子"都没文化。这从地名就看得出来。听听人家广州的越秀山，云南的丽江、楚雄，贵阳的花溪，浙江的仙居，广西的漓江等等，那么富有诗情画意！再看看黑龙江的地名：黑瞎子岛、张广才岭、大石砬子，哈尔滨早年的杨马架子、偏面子、三棵树、道外区的裤裆街等等，太难听了！但没文化也是一种文化，就像不分前后的抿裆棉裤一样生机勃勃，独具特色。

我到了木兰县新民镇新华村。这名称一看就是新社会起的，属下3个屯：杨树林屯、月牙泡屯和于师长屯。我问"于师长"是怎么个来历，村民们没人说得清。

驻村工作队队长兼第一书记蒋胜，今年49岁，能看出来青年时代模样很帅气。1971年出生于重庆郊区一个农民家庭，父亲当过7年铁道兵，回乡后当了几十年村支书。蒋胜高中毕业后也报名参了军，一列闷罐火车把他和战友们从大西南送到大东北。部队领导看他模样文气，做事细心，便让他当了卫生兵。复员后他留在哈尔滨学医，业务学得一般，却把唯一的女同学——一位出身巨商之家的漂亮姑娘拿下。这件事遭到女方家庭和所有亲戚激烈反对，说一个重庆农村的穷小子要啥没啥，咱家的"家花"插在什么上，那不行！四川小伙儿天生犟，蒋胜一气之下不联系了；哈尔滨姑娘天生虎，揣着一颗芳心找来了。数年后，蒋胜以他的勤劳和孝顺，赢得了整个大家族的欢心，也赢得了哈尔滨市卫健委领导的欣赏与信任，后来升为市120急救中心副主任。

2017年5月，单位接到扶贫任务，上级领导找46岁的蒋胜谈话，开门见山，指出他的三大优势：一是出身农村，二是懂得医务，三是年富力强。然后郑重地提出，期望他出任驻村第一书记，带队下乡扶贫，为期3年。蒋胜表情很深沉，不激动也不踊跃，淡然说，我家有些困难，最好请领导另选他人。至于有什么具体困难，他没说，走了。

估计领导认真考察了一圈，蒋胜的"三大优势"还是不可替代。半个月后领导又把他找来，态度很和蔼，立场很坚定，说你还是最合适的人选！蒋胜没再说什么，换下老岳丈给他的高级西装和意大利皮鞋，拉上行李卷，带着两个年轻下属到了木兰县新民镇新华村。很久以后，机关上下才知道，蒋胜第一次婉拒了领导的意愿并非怕苦怕累。他的妻子患了癌症，刚刚动过大手术，年及弱冠的儿子也患了一种难以医治的病，一家就他一个健康人，里里外外真的离不开他。但是，战士上了战场就必须不计代价，义无反顾。几个月后，蒋胜干脆把病弱的妻子接到新华村，一边工作一边照料妻子，这样爱心和忠诚就可以兼顾了。从此，蒋胜的心完全放在新华村，心在这儿，家也在这儿，两人一起驻村生活。妻子病情稍有缓解时，也和他一起走屯串户，做做村民思想工作。蒋胜劝她别累着自己，妻子说："就当散步了。"这件事感动了市卫健委机关，也感动了全村老百姓。

一晃近 4 年过去了，蒋胜夫妇还在村里。脸晒得黑黑的，大葱大蒜大酱吃得香香的，大冬天大火炕睡得热乎乎的，和村民伙在一起说这说那，完全分不出你我他。时间长了，重庆人蒋胜学了一口地道的东北土话，满嘴"嗯哪""干哈""这疙瘩那疙瘩"。座谈会上忆起刚进村那会儿，他说："村里好多年没有村支书了，村民全散花了。3 个屯子到处是垃圾柴垛，埋了吧汰，大风一刮，满村皮了片了的，墙上魂了画了的，看着那个闹腾！进村 3 天我看到 3 起村民打架，一个个武了豪疯，眼珠子血红，没几句就支吧起来，摔得满地乱滚。我心想，这个破村子咋整啊？到党员家唠扯唠扯，做做思想工作吧，一个个老眉咔啦眼，说话吭哧瘪肚，都说这个村子没救了。有的老娘们儿坐一旁还尽整些三七嘎啦话，说来村的干部都是想镀金升官的，在新华村你可别想了，赶紧走吧。整个突撸反仗的，回去咋跟上头交代呀！"

听蒋胜把一口土话说得嘎嘣脆，但尾音不时甩出川话唱歌似的长调，我不禁哈哈大笑。

中国农民历来讲究眼见为实。啥叫幸福生活、美好向往、中国梦？对他们来说，就是锅里的肉、缸里的米、村里的路、保暖的房子！蒋胜的"三把火"点着了：一是收垃圾，铺新路；二是扒危房，建新房；三是帮贫困，创新业。当然这不是一个人的力量能完成的，大笔资金和坚定信心跟着"四大力量"集中发力滚滚而来：一是党和政府的扶贫政策，二是市卫健委的大力支持，三是木兰县的决战意志，四是结对干部的倾心帮助。所有能量集中于蒋胜的决心和行动，死气沉沉的新华村很快变成轰鸣的工地，戴着安全帽的蒋胜用一口土话把全村喊得人心激荡，热火朝天。大规模的村民出义工，是新华村近半个世纪以来的第一次，证明团结就是力量……

3 年多的时间过去了，曾经的新华村成了新时代的新华村。放眼一望，处处是新房新路新风光，医务室、图书室、党群活动室、投影仪应有尽有。村民们各显其能，参加光伏产业建设的，加工"新华香米"和当地特产蒲公英茶（其根部有"小山参"之称）的，还有开豆腐坊、小饭店、小超市的。好季节的晚上，广场上的大妈舞跳得热热闹闹的。

2019 年，新华村贫困户全部脱贫摘帽。

座谈会上，蓄着一把花白胡子的村民林福友说，工作队进村前，身患癌症的他抬钱治病债台高筑，老伴也体弱多病，老两口已经近乎绝望了。蒋胜听说他有一手祖传的酿酒手艺，多次上门劝他重操旧业，并帮他筹资建起一个酿酒作坊。半年后，注册为"林氏大胡子"的小罐白酒很快风行开来，当地"酒磨子"们普遍评价，这酒"不醉不过瘾，高了不上头。"当年老爷子赚了 2 万多元。第二年还清贷款还赚了 4 万多元。如今的林福友红光满脸，身强体壮，完全看不出有病的样子。

3 年多来，除了新华村村风村貌焕然一新，蒋胜还有一个重大贡献：在市卫健委的支持下，他为村里安装了一个 100 吨计量的大电子秤。以往秋后粮贩子进村收粮，都让村民把粮拉到他们带来的大秤上称分量，一车上去，少算个百八十斤甚至几百斤很正常，村民们打掉牙往肚里咽，不敢说，因为惹不起也说不明白。自从村里安了公平秤，事情反转过来了，粮贩子啥话不说，只能认。仅此一项，蒋胜每年就让 2000 多名村民减少近百万元损失，老百姓能不高兴吗？

驻村扶贫 3 年早已期满，蒋胜两口子的家还在村里。每有大事要开会，蒋胜通过大喇叭一喊，在家的村民听到他的东北话加重庆音儿，齐刷刷必到，满广场欢声笑语。

四 马旭，走进本书的铿锵尾声

屋里很暗，她却光芒四射。

她是用火焰做成的战士，她是用钢铁做成的女人，她是用奇迹做成的故事。不过，在她被武汉一家银行和警察"扣押劝告"了数小时之前，几乎没谁知道她。时光翻篇儿太快，遥远的历史已经远去，都市之夜正华灯齐放。半个多世纪前的一摞获奖证书褪色发皱了，登过她的事迹的报纸早就发黄并搬进历史档案库了，早年获得的几项国家专利，不知今日高度现代化的空降部队还用不用了，所有熟悉她的老战友所剩无几了。她悄悄退居在武汉一个偏远的小角落里，默默忙着自己的事情。偶尔出门，老伴儿总是和她十指相扣，像领着孩子。

1. 被"扣押劝阻"后的轰动

2018 年 3 月的一天，木兰县委副书记徐向峰的手机响了，是陌生人——一位老兵金长福，抗美援朝时与英雄黄继光一个部队，这让徐向峰肃然起敬。金长福说，我好不容易才打听到你的电话，我想说的是，解放战争初期，你们木兰县有个叫马旭的小姑娘当兵了，后来一直在军中服役直到离休，今年 85 岁，现居武汉黄陂区，我曾经当过老人家的教官。几十年来她存下一笔钱，想捐给家乡，于是拜托我和县里领导联系，商量一下这件事怎么办，捐款到了以后打算用在哪里。

徐向峰很高兴也很感动，问捐款有多少。金长福说，马老没说，我也不知道。

徐向峰是年轻干部，黑龙江农业大学毕业，本硕博连读，对教育事业满怀热情和感恩之心。木兰县是省级贫困县，此时全县正在全面落实"两不愁、三保障"目标，发展提升教育事业是重中之重。徐向峰立即表了态：谢谢马老对家乡的热爱和关心，捐款将全部投入木兰文化教育事业。过后，他安排县教育局局长季德三具体操办此事，直接与马老联系。

9月12日，季德三受县委县政府委派，带着两位下属赴武汉接受马旭老人的捐款。路上，他一直在想马老的捐款究竟有多少，他估计不会很少，否则不会这么郑重其事；但也不会太多，一个老军人就是那点工资，再省吃俭用也不会存多少。下了飞机，金长福和黄继光的侄女来接他，把他带到马老的家。面对眼前的一切，季德三惊呆了。那是黄陂郊区一个村庄边角上的小房，老砖破瓦，低矮灰暗。有人说，老早以前村民曾把这间无人居住的破房子当过停尸房，也有人说，更早以前这是民国时候荒废的老军营，大都被村民拆了，只剩下这一间。季德三走进小院，院内有几棵橘树，空地上种了些茄子青椒之类的蔬菜，仓房外的墙壁上立着锄头、铁锹、粪叉几样农用工具。显见，这个家太贫困了。听院子里有了动静，一位身材矮小、满头银发的老太太迎了出来。金长福把季德三拉到老人面前介绍说，这位是木兰县教育局局长季德三，然后又介绍了老人："这位就是木兰出身的老兵马旭老人，天天念叨你们什么时候来呢。"

跟着，马老的老伴儿颜学庸也迎了出来。

看样子，马老身高不足1.5米，小小的样子。上身穿一件草绿色短袖军装，下身是迷彩军裤，一双人造革皮鞋多处掉皮，鞋面还裂着几道口子。老人家热情地拉住季德三的手对老伴儿说："太好了！我的家乡来人了，几十年了，这是家乡人第一次到我家……"季德三完全想不到，马老85岁了，这会儿却高兴得像个孩子似的手舞足蹈，而且说话响亮爽朗，思维灵动敏捷，一举一动依然透着军人的风采。

走进房间，借助昏暗的光线，季德三仔细环顾着四周的一切。破旧的沙发露着发黑的棉絮，斑驳的墙壁掉了很多墙皮，陈旧的几样家具磨损得露出木纹，小木桌上放着两只碗，里面是没喝完的土豆地瓜稀饭。靠墙而立的旧书柜塞进了书，地上堆着一摞摞报纸杂志。最让季德三惊异的是，屋里到处贴着写满日语单词的小纸片，显见老人家还在学习日语……

瞧着这一切，季德三有些蒙了。这就是副师级老干部居住的家宅吗？马老看出了他的诧异，笑着解释说："前几年干休所搞装修，我们临时搬到这里。等装修好了，我家这一堆东西也懒得搬了，反正就我们老两口，也图个清净……"

季德三心里不禁犯起了嘀咕，这个又瘦又小的老同志看起来穷困潦倒，能有多少存款啊？捐赠资金如果微乎其微，老人的精神虽然很值得崇敬，但整个事情只能当一般化工作处理了。

寒暄一会儿，老人言归正传，表情也变得特别郑重。她戴上老花镜，提出要看看季德三的身份证、工作证以及带来的公函和事先打印好的空白提款协议书。协议书上各项条款凡有不明白不明确的地方，老人提出问题，季德三一一做了解释。一切审查通过，老人摘下花镜，平静地说："就这样吧，我很满意。我总共向家乡捐款 1000 万元，这是我的全部积蓄……"

季德三几乎不相信自己的耳朵了，如此巨大的数目太出乎他的想象了！陪坐一旁的金长福深知马老一生走来的艰难，闻此数目也受了极大震动，眼泪一下涌了出来。马老接着说："明天有一笔 300 万元的理财产品到期，先给家乡打过去。明年 5 月还有 700 万元到期，到时再打过去。"

季德三激动得热血沸腾。昏暗的光线中，坐在对面的马老又瘦又小，脸上皱纹深布，如果不是穿着一身军装，完全像一个普普通通的农村老奶奶。此刻，他觉得，那是一尊神，一尊军魂，一尊丰碑，而且光芒四射！

出了门，季德三立即用手机报告了县委副书记徐向峰。县领导很快都知道了。他们并没有兴高采烈，他们的眼睛湿润了。县委决定，马老的全部捐款，用于建设一座"马旭文博艺术中心"。

第二天早晨，按照约定，季德三和同事先行一步来到武汉工商银行机场河支行，等候马老夫妇。9 时许，马老夫妇赶到。他们共同向银行工作人员说明了来意。可听着听着，银行人员觉得这件事太稀罕也太蹊跷了，老人肯定是上当受骗了，一辈子攒下 1000 万元多不容易啊！于是再三劝马老不要轻信一些人的花言巧语。季德三当即出示了木兰县政府的公函、教育局的介绍信以及自己的身份证等，但银行人员还是不信，坚决拒绝转款，还派保安把季德三等人控制起来，并向当地派出所报了警，要求他进一步"配合调查"。

案涉 300 万元巨款，这可是惊天大案啊！所长亲率 4 名剽悍的警察火速赶到，不仅将季德三及下属隔离审查，还把马旭、颜学庸和金长福 3 位老人也隔离起来细加盘问。过后，民警分别给武汉市第七干休所、木兰县政府、县公安局、县教育局打电话进行了核查，并反复询问马老 1000 万元存款的来历、捐款的理由，等等。事情越搞越复杂，马老终于忍不住火了，大声说："存款是我一辈子当兵攒下来的，捐款给家乡是我自愿的，你们有什么理由怀疑我？"说到动情处，老人家甚至蹦起来，双手捶着脑袋大喊："我为家乡捐款，就是上当受骗了也愿意，不用你们管！不要难为我家乡的人！"

马老对家乡的赤子之心和绵绵深情，在她的嘶喊和怒火中表露得那样赤诚那样激烈，一次次让季德三泪目。直至下午 4 时 47 分，银行和警察把一切核对清楚，终于相信了马老的慷慨义举，300 万元转入木兰县教育局账户。整整近 8 个小时，事情办完，马老已疲惫不堪，被折腾得站不起来了。

木兰县沸腾了。宣传部的王雪菲和姜元一第一时间写出了新闻稿，《哈尔滨日报》——我曾经工作过的地方，紧接着发出《马旭老人为家乡捐款 1000万元，支持家乡文化教育事业》的报道，消息很快轰动全国，各大媒体蜂拥而上……

2. "军中之花"

"九一八"事变那个悲惨的夜晚之后，30 万东北军受命"不得抵抗"，全部撤入关内，东三省各级国民政府官员如惊弓之鸟，纷纷卷款潜逃，扔下老百姓不管了，东北人民从此陷入血海。1933 年，马旭落生在木兰县李宝国屯一个贫苦农民家庭，两年后有了弟弟，不久父亲因病饿去世。生活没了着落，母亲不得不把襁褓中的儿子委托给老人照顾，领着小马旭走遍周围十里八乡，一边乞讨，一边靠唱大鼓书挣点高粱米玉米面。但是，在日寇的铁蹄刺刀和严密封锁下，哪有什么人有心情听大鼓书啊？回家后，娘儿俩只好到别人家地里，挖点残留的土豆或玉米粒充饥。饥饿中的小马旭个子长到 1.4 米多，再没长起来。有时，母女俩走到一个熟悉的屯子，发现那里只剩一大片黑乎乎的废墟和灰烬，因为鬼子烧杀抢掠和强行合村并屯，村民死的死逃的逃，这个屯子从此消失了。小马旭吓哭了，再转到别的村时，母亲敲着小鼓唱话本时，唱到木兰从军、岳母刺字、杨家将抗金的故事，就特别用情用力，慷慨激昂，把自己和女儿还有那些听书人唱得热泪横流。这是不死的声音。1945 年抗战胜利，日本无条件投降，举国欢腾。李宝国屯村民集体请母亲唱了一回大鼓书，头两句是："鬼子滚蛋了，中国胜利了！"这是母亲现编的词儿。过后村民请客，12岁的小马旭有生以来吃上第一顿饱饭，母女俩吃得眼泪哗哗。

1946 年，四野（当时叫东北民主联军）打到黑龙江，哈尔滨等各大城市和所有县城相继解放，土改随即开始，穷人笑逐颜开。小马旭家里分得几亩地和几件衣物，她看到母亲脸上终于露出舒心的笑容，从此死心塌地爱上共产党和解放军。1947 年 3 月，听说四野要扩军南下，解放全中国。马旭蹦着高儿跑到招兵处，要求参军入伍。招兵干部说："瞧你长得像豆芽菜似的，还没枪高，还是个小丫蛋儿，回家去吧！"

马旭倔强地说："我才 14 岁，还会长个儿的！"

招兵干部哈哈大笑："可部队不能等着你长个儿啊！"

正在后屋办公的科长走出来瞅瞅马旭，问："上战场要流血牺牲的，你不怕吗？"

"怕死我就不来了！而且我还会自己疗伤，我家是祖传中医。"

科长眼睛一亮："部队南下要打大仗了，就收你当个卫生兵吧。"

小丫头穿上肥大的灰蓝色军装，经过半年培训，跟着滚滚铁流一头闯进炮火连天的辽沈战役，又跟随黄继光所在部队——中国人民志愿军第十五军闯进抗美援朝的战场。她人小鬼机灵，在枪林弹雨中穿来穿去，为伤员包扎，为上甘岭战士送食送水。敌军一发炮弹把她埋进土里，她使劲活动活动，小脑袋钻出来了，接着把军帽抠出来了……1952 年 10 月 19 日晚，上甘岭战役打得极为惨烈十分胶着，冲锋在前的四川娃黄继光身负重伤，几枚手雷也已用光。为阻止敌军碉堡的疯狂扫射，他奋身扑上，用身体挡住碉堡枪口，壮烈牺牲，年仅 21 岁。志愿军官兵跃出战壕，高喊着"为黄继光报仇！"漫山遍野向敌军阵地冲去，小小的马旭就在这支决一死战的队伍里。战后，她获得抗美援朝纪念章、保卫和平纪念章和朝鲜政府授予的三等功勋章。归国后，马旭被保送到第一军医大学深造，从文化知识到医疗水平获得全面提升。晚年忆起出生入死的战争岁月，她激动地说："和我那些牺牲在战场上的战友相比，我能活着就是最大的幸福！"

1956年，23岁的马旭被分配到武汉军区总医院。经过多年的战火洗礼，又经过学习深造和病床边的实践磨炼，当年的"军中一小丫"翻然成为一位医术高超的外科军医。虽然个子小小的，还梳着两条小辫，但说话高声大嗓，工作雷厉风行，手术台边经常一站就是十几个小时。她被同事们誉为"军中一把刀"，老红军出身的陈再道将军有一次做手术，特别点名由马旭主刀。

1961年，中央军委命令，由黄继光所在英雄部队为主体，组建中国人民解放军空降兵。这是我军一个全新的兵种，一切从零开始。马旭是出身这支部队的"老兵"，遂奉命随队参加医疗保障工作。严酷的训练开始了，中国军人第一次飞上天空，学习飞翔与降落。天空中风云变幻，降落点地形地貌难以预测、危险重重。最初的训练从地面开始，所有科目完成过关后再登机练习。战士们携带武器弹药，挂着降落伞从天而降，不少人挂到树上，滚到坡下，落进河里，头朝下摔在地上，头破血流的，鼻青脸肿的，胳膊、踝骨、肋骨骨折的，不在少数。大山深谷密林中把他们找到，再紧急送往战地医疗队驻地，要花费很多时间，伤处因此延误治疗，造成许多减员。马旭急了，找到部队首长强烈要求："我要跟着战士一块学习跳伞！他们到哪儿我到哪儿，这样伤员才能得到及时治疗！"首长连连摇头："跳伞是高难动作，何况中国还没有女兵跳伞的先例。再瞧你个头儿那么小，体重不足70斤，在空中遇到大风，还不把你吹跑了？"

马旭吼起来："作为空降兵的军医，要是不能跟着战士跳伞上战场，在第一时间抢救伤员，我就等于一个废物！"

回到战地宿舍，马旭用两天时间在屋后挖了一个近两米深的大坑，底下垫一层细沙，一处斜坡还挖出几层台阶——否则她跳下去就爬不出来了。接着她把桌子椅子都搬出来，垒成一个高台。此后她每天在战地医疗站坚持工作医治伤员，晚上回来练习跳伞，一次次从高台上一跃而下。摔倒爬起来再来，注意体会落地瞬间的动作和感觉，身体高度绷紧又充分放松，以保持腰部腿部的弹性……然后，她再背上行李卷跳，再背上医药包跳，一次次给自己加重……

半年后，部队举行落地动作大考核，马旭再三要求参加。首长考虑到危险性不大，勉强同意了。战士们跳完后，轮到马旭，在数百名官兵的围观下，只见小小马旭从高台上一跃而下，像一只燕子轻轻落在沙坑上，动作标准利索！首长蒙了，不相信她会跳得这么好，说："你是不是蒙的呀？"马旭笑说："那就让我再蒙两次！"

马旭又跳了两次，一次比一次轻盈，而且准确落在沙坑中心，周围官兵纷纷叫好，掌声雷动。

1962年秋，马旭随部队进行了首次登机跳伞，为了达到一定体重以保持稳定降落，她必须加大自身负载，除了武器弹药，还有加量的医药箱、加重的衣物等等。那一刻，蓝天下数百朵绽放的伞花中，只有她一个女兵。此后20多年间，马旭跳伞140多次，从20多岁跳到50多岁。因她跳伞技术高超，还被选入难度最大、风险最高的"试风跳"尖兵分队。就这样，马旭以"不怕苦、不怕难、不怕死"的精神，在空降兵的历史上创造了3项中国军人之最：第一个跳伞女兵、跳伞次数最多的女兵、空降年龄最大的女兵。

马旭被誉为"中国空降兵一枝花"。她的个头儿太小了，确实像一枝花。

3. 彻底无私的决绝选择

在练习跳伞的过程中，马旭认识了个子高高、温文尔雅的教官颜学庸。颜学庸与马旭同岁，重庆人。他显然被英气逼人、勇敢爽朗的马旭折服了，马旭也被他的儒雅气质吸引了，两人很快相爱并结婚。眼瞅着中国空降兵部队正在发展壮大，马旭思考许多，做出一个重大决定，她对颜学庸说："我身材瘦小，生育孩子一定很困难。再说我一旦有了孩子，起码3年不能工作，不能和战士一起坚持训练，作为军医我就废了，伞兵部队也不会要我了。我不想离开战士，不想因为孩子放弃自己的职责，因此我不想要孩子……"

颜学庸对妻子的爱是绝对的、无条件的，对部队的爱也是绝对的、无条件的。中国军人以服从国家利益为最高职责，个人的一切在所不惜。他慨然同意。那是一个宁静的夜晚，夫妻两个犯了一生中唯一"向组织隐瞒个人重大事项"的"错误"——他们怕领导不同意。在家里，马旭拉上窗帘，紧锁房门，偷偷为丈夫做了绝育手术。两人相约，从此与子同行，一生偕老。这是怎样忠诚无私、坚定崇高的爱情啊！

马老在电话中对我说："这没什么，因为我们是中国军人。"

1983 年，经过多年研究和反复试验改进，马旭夫妇研制发明了轻便结实的"充气护踝"，大大降低了伞兵着陆时的冲击力，使战士受伤率几乎降为零。经中央军委有关部门检验批准，该用品在空降部队广泛使用并获得国家专利。此为中国首创。

1996 年，年过六旬的马旭夫妇又发明研制出"单兵跳伞高原供氧背心"，《解放军报》对此做了专门报道，产品再次获得国家专利。夫妻两个的巨额积蓄中，很大一部分就是这样来的。此外，数十年间，马旭深入发掘家传中医药方，再通过多年实践，独创性地配制了许多医治胃肠道疾病的良药，受到广大患者欢迎。每天在她坐诊的医室外，总是排着长长的队。数十年间，马旭还先后发表 100 多篇学术论文，填补了多项国家和军队科研空白，因此获得"爱迪生国际发明金奖""紫荆花国际发明金奖"等多项国内外奖项。

一生学习、一生拼搏、一生创造，马旭从未停止过自己的脚步。2011 年，78 岁的马旭又做出一个惊人的决定——考研！华中科技大学同济医学院看到老人的简历和贡献，深为感动，破格录取了她。经过多年刻苦治学，大多数学科考试都顺利通过，只有日语尚未过关，所以时至今日，她家中到处贴着日语小字条，有一阵子连鞋面都贴上了。有一次通话，老颜笑着对我说，有一次马旭出门买菜，忘了把鞋面上的小字条揭下来，"老太太穿一身军装走在街上，回头率那个高啊……"

1976 年 3 月，为祭奠父母，马旭回到阔别 30 年的家乡木兰县。她特意树立了一块新碑，前面刻上父母的名字，后面刻上自己的一句座右铭："为人类贡献一切，为革命万古长青。"那次回乡，经历过十年"文革"的动乱，死气沉沉的村庄和穷困潦倒的乡亲，给她留下难以忘怀的创痛。或许就在那一刻，她萌发了尽自己的一切力量帮助家乡父老乡亲的愿望。从那以后，几十年一直保持着艰苦朴素作风的马旭夫妇，对自己更加苛刻了。马老再没买过一件新衣服。一件绒衣的右袖口破了（伏案写字磨的），她就把它剪掉，以至于两个袖口一长一短。家里的电视、冰箱、沙发、办公桌，一切都是老的，看着比她还老，只有一天一份的报纸和院子里生长的蔬菜是新的……

就这样，永远穿着一身军装的老两口从牙缝里，从漫漫时光的缝隙里，挤出了 1000 万元。

2017 年 9 月，驻武汉的空降军 15 军 45 师举行纪念黄继光烈士牺牲 65 周年系列活动，马老应邀与会，与原部队跳伞教练员金长福意外相逢。她向金长福表达了想为家乡捐款的意愿，金长福深受感动，主动表示愿意帮她联系家乡。

2018 年 3 月，代表县委县政府的教育局长季德三一行，抵达武汉，走进马老那简陋的住房，一个伟大、无私的善举和壮举，自此感动木兰 20 多万人民群众，并迅速传遍全国。

2019 年 6 月 28 日，身穿蓝色迷彩服的马旭、颜学庸二老应邀飞赴哈尔滨，受到省委书记张庆伟等领导同志的亲切接见。在驶往木兰的车上，马老凝望着窗外飞掠而过的家乡大地，久久无语，不断抬手揩拭着滚滚而下的泪水，似在寻觅儿时的记忆。路过松花江大桥，她特意要求下车，凭栏远眺良久，口中喃喃说："这是我的母亲江，我认识她，记得她，只是两岸风光变得太大了，太美了……"

抵达县城内的"马旭文博艺术中心"建设现场，马老一下车就张开手臂，向欢迎她的当地群众和建设者激情高喊："乡亲们，木兰县的女儿回来了！"现场齐声欢呼："欢迎马老回家！"但很多妇女只是哭个不停，一句话也喊不出。接着，马老有力地挥动手臂，指挥大家一起高唱《没有共产党就没有新中国》，嘹亮的歌声响彻天地……

　　回到老家李宝国屯，这里住着她的数十位亲戚。从马旭父亲马永山算起，族谱上已繁衍至第6代，最小的刚上小学。听乡亲说，全村在县委县政府的关怀支持下，在驻村工作队的帮助下已经全数脱贫，过上舒心的新生活，老人流下欣慰的泪水。

　　2019年2月，马旭老人被央视评为"2018年度感动中国人物"。

　　有幸，英雄一生的马旭老人，成为本书的光彩尾声！

感 言

比较与思考

如果世界上只有一种花，哪怕是玫瑰花，那也是极其恐怖的。

故而，宇宙间有一把寒光闪闪、无所不在、无形无色的刀，那就是比较。有了比较，宇宙才拥有并呈现出瑰丽无比的万千气象。每一颗星辰、每一个生物、每一片叶子、每一粒沙子都各不相同。有了比较，从星云到黑洞，从大自然到人类社会，从文明到人生，才有冷暖之分。有了比较，人类才学会思考，悟得真理，懂得选择，从而不断开辟自己前进的道路，创造出绚丽多彩的文明之花。比较，出真理，出文明，出道路，出情感。

每颗心都是在比较中跳动的。

近一年来，我全身心投入本书的采访写作，来自历史、世界、国家、制度、文化的观察与比较，给了我源源不断的激情和强大动力。眼泪是一种温度，感动是一种温度，幸福是一种温度，饥寒与饱暖、草房与新居、泥路与大道，各有各的温度。因此所到之处，我的心紧贴着那些村庄和农家，倾听泪目的过去，倾听暖心的现在，倾听巨变的脚步。一个曾经积贫积弱、饱受宰割、哀号遍野的东方大国，一个从站起来到富起来再到强起来的社会主义大国，如今能够张开温暖的怀抱，深情拥抱着自己的人民，能够带领全体人民，一个不落，阔步迈进小康社会，这难道不是世界文明史上的奇迹吗？

这就是中国的国家温度！

温度是国家文明程度的标尺，是价值观的温度计。写出温度，比较自在，真实自在，真理自在。写出中国的温度，全世界就能看到，中国就在这儿，中国就这样，除了那些永远叫不醒的人，除了那些一直在冷战思维里冬眠的人。

撒谎、欺骗、攻击、抹黑，是另一种温度，冷酷卑劣下流的温度。放在阳光下就暴露无遗，化为乌有，剩下的只有"皇帝的新衣"，太难看了！

踏入中国扶贫攻坚战的战场，一路走来，一路感动，一路激动，一路骄傲。

在我看来，这一史无前例的中国"第一民生工程"具有多重性、创造性、建构性的深刻而长远的意义：

第一，它以最大的决心、最大的力量、最快的速度，全面消除了中国历史上长期存在的绝对贫困现象，使改革开放以来遗留的最后一部分贫困群众全部脱贫，中华民族千百年来吃不饱、穿不暖的问题得以彻底解决。收入持续快速增长，"三保障"全面落实，生活水平普遍提高。最令人高兴的是，几十年来我行走全国各地和广大乡村地带，发现一代接一代的孩子普遍长高了，而且普遍超过父母的身高。中国女排平均身高居世界第一，就是有力的证明，故而网友们戏称她们"脖子以下全是腿"。孩子决定着国家和民族的未来，这是伟大中的伟大，怎么估计都不过分。

第二，新农村建设获得强劲快速发展，千百年来中国农村脏乱差的面貌为之一变，泥房草房棚房扫荡一空，农村基础设施全面提升，"新房宽路大广场、种植养殖合作社、通水通气通网络、田园超市农家乐"，正在成为乡村的普遍景观。新家园新生活新气象的浪潮确实到来了，正如移民搬迁到贵州铜仁新社区的一口刀村民所说："没想到幸福生活来得这么快！"

第三，"一方水土养不起一方人"的地方，居住在深山远谷中的零星散户，绝大部分搬迁到移民新区，实现了农民变市民。中华大地的山河面貌、生态环境为之一变。"绿水青山就是金山银山"的伟大思想，已经成为全国人民的共识，我们的祖国变得越来越美丽。

第四，扶贫干部入村入户，与农民同吃同住同劳动，使广大党员干部的思想感情受到深刻洗礼。从开始"当任务"到后来"成亲戚",使党心民心愈加密切亲近,党群关系、干群关系得到极大改善。来时干部带肉,走时农民送菜,两家亲如一家。一路上我走进每一个村庄,陪同的驻村干部、扶贫干部叫得出每位乡亲的名字,路边干活或聊天的村民们亲切地叫着"王书记""李队长""赵队员",都是满满的亲情真情。干部说,战争年代的军民"鱼水关系"回来了;老乡说"老八路"的作风回来了。贵州省委宣传部长卢雍政对我说,自扶贫工程开展以来,党群关系进入"最好时期",意味着中国共产党的执政基础更加牢固和坚强,基层管理水平、治理能力显著提升。

第五,在以习近平新时代中国特色社会主义思想伟大旗帜指引下,在习近平总书记的亲自领导、亲自指挥下,扶贫攻坚战取得全面的决定性胜利,通过严防严控战胜新冠肺炎疫情的全国统一行动,再次印证了中国特色社会主义制度的优越性,可以集中力量办大事的举国体制的优越性,大大增强了全党和全国人民的"道路自信、理论自信、制度自信、文化自信",大大增强了党的领导核心地位和战斗力、凝聚力、号召力。一位西方学者惊叹:"中国是最有纪律性的国家,没有之一。"

第六,世界银行数据显示,中国减贫对世界减贫的贡献率超过70%。到2020年,中国有组织有计划大规模的精准扶贫、精准脱贫,不仅使全体人民同步进入全面小康社会,同时也为世界减贫提供了中国方案、中国经验、中国读本。中国对扶贫体制、政策、方式进行的全方位改革创新,无疑对促进世界文明进步发展、共建人类命运共同体做出了重大贡献。

绕行全国一圈,深入村庄采访,也有些值得思考和警觉的工作环节需要特别引起注意:

第一,治懒。懒汉自古以来就有,"因懒致贫"的现象在现今中国农村也普遍存在,虽属百分之二三之内的问题,却不容小觑。如何"治懒",应当是全国扶贫工作中的一个重要专题。必须依法依规采取行政、管理、治理、激励、奖罚等各种措施,必须有一套"逼上梁山"的办法,坚决改变"懒汉"的生活习性,激发其内生动力,让他们成为能够自食其力的劳动者。仅仅一味靠政策解决他们的"两不愁三保障"，那是永远填不满的"坑"，同时也会在人民群众中造成不平衡、不服气的负面影响。

第二，防止"同质化、一窝蜂"现象。这是将长期困扰我们的一个大难题。从北到南，我走过的很多地方，为扶贫解困，当地都在鼓励扶持发展产业，比如苹果、核桃、红枣、茶叶等等。我想，市场容量毕竟是有限的，多年以后，这些农副产品堆积如山、供大于求的危机将是非常现实的威胁与挑战。农民的投劳和合作社的大笔资金投进去了，产品却难以推销甚至烂在地里，导致已经脱贫的农户又返贫，怎么办？

第三，建立扶贫长效机制，按照市场经济规律办事。对于贫困户，按照政策法规坚定不移地解决他们的"两不愁、三保障"问题，这是"以人民为中心"的党的宗旨决定的，是社会主义中国的国家性质和制度决定的。为实现党的百年奋斗目标，让全体人民共享改革发展成果，到2020年全国各族人民同步进小康，必须做到完全彻底，一个不落！有人把这些政策举措称为"填鸭"，该填就得填，该给就得给。同时我以为，高度重视建立扶贫的长效机制，在扶植农民发展产业方面注意按市场经济规律办事，是扶贫工作中特别值得研究的大事情、大道理。尤其值得注意的是，下乡扶贫的干部多是城市出身，且多是党政机关干部，他们对农村较为陌生，对市场经济运行及其规律不很熟悉。"填鸭"谁都会，但让他们把农民群众推上市场经济轨道，从而获得强大的自生动力，就需要一定的智慧和本事。本书"新《菜根谭》：花菜'大跨越'"就是一个成功的范例。再举一个生动的事例：在某省的扶贫工作座谈会上，一位扶贫干部汇报了他的一个正在积极推进的大项目，因其帮扶村庄邻近省会，他号召全村农民大举种植蔬菜，然后在市里租一大间门市房，将那里作为村民蔬菜的"出口"，听起来很美妙，却当场遭到一位农民的反驳：门市房一年16万元租金能不能挣回来？农民租车开车送菜费用能不能挣回来？蔬菜淡季没菜卖怎么办？如果亏了，等于留下一堆后患。这位农民当场出了一个主意：可联络联合几个大企业大公司食堂，和这个村合作社共办一个电商平台，双方共养一辆车，每天各单位需要什么菜、多少菜，在平台发布，由专用车辆送菜上门，村民不出门就可以把菜卖掉了。

全场皆表赞同。这就是一位城市机关干部和懂市场规律的农民之间的差距。由此可见，在扶贫工作中，学会运用市场经济规律，才能激发内生动力，成为长效机制。

大战决胜，举国同欢。未来已来，梦想成真。

时常，在大江南北的村庄里，我和扶贫干部和村民坐一起喝点小酒，议论古今，畅谈变化，倾诉心声，喝到兴起，大家一声声"干杯"，叫得那个欢啊，因为新时代新生活，每一天都值得庆祝！

今天，没有谁能阻挡壮丽"中国梦"的磅礴进军，就像没有谁能阻挡太阳从东方升起！

今天，没有谁能阻挡中华民族实现伟大复兴，就像没有谁能阻挡长江黄河浩荡东去！

党、祖国、人民，三位一体，这就是共和国钢铁铸就的统一意志和惊天伟力！

厉害了，我的国！

2020 年 6 月 10 日于哈尔滨

后 记

来自"五力"

从 2019 年 9 月开始，我从北京出发，先后到了陕西省榆林市、新疆维吾尔自治区乌鲁木齐市和和田市、贵州省铜仁市、上海、黑龙江省佳木斯市和哈尔滨市。到 2020 年 6 月，我用了整整 10 个月的时间，基本绕了中国一圈。所到之处，深入诸多县、乡、村，翻山越岭，入组入户，访问那里的扶贫干部、驻村干部、结对干部和村民，聊聊村里家里的变化，听听他们的故事，看看新建的漂亮的移民新区、村庄和新办的产业、企业、学校、幼儿园等等，然后在当地埋头写作，稿子大体完成后再去下一站。累吗？有点累。苦吗？有点苦。快乐吗？很快乐。因为我每天都面对新的环境新的生活新的人物新的故事，面对崇高与大爱、激情与感动，面对贫困乡亲们舒心的笑容，从中细细感受和体味党的温度、国家的温度、人民生活的温度。谁的生活有如此广阔的视野和丰富的信息含量呢？只有作家，而且必须是勤奋的作家，我就是。

有一个小遗憾。在贵州铜仁，当地朋友送了我一小盆花草叫碰碰香，闻着很香，碰一碰更香，写作累了就碰一碰，很温慰。试想，孤独的我每天在孤独的房间里，面对孤独的电脑，不停地敲击键盘，有时一整天没人说话，只有这盆孤独的碰碰香陪伴着我，可以想见，我是怎样地喜爱它呀！后来我转战各地，坐汽车乘高铁搭飞机，都小心翼翼拎着它。太太得知，笑称它是我的"二姑娘"——这话说到我心坎里了。后来在上海，我把它放到宾馆外面的花坛上晒晒太阳，每天散步时都去看看它。三天后，它被偷走了，搞得我好些天有些凄伤。

2020年6月，本书终于完稿。党中央和中国作协提倡，要靠"脚力、眼力、脑力、笔力"写出精品力作，我必须再加一个力——体力，才得以完成本书。它肯定是"力作"了——"五力"都使出来了还不算"力作"吗？至于算不算"精品"，只能交给读者去评判了。但不管怎样，本书记录了人类史上前所未有的最伟大、最广泛、最具实效的民生工程，千百年的绝对贫困在我们这一代历史性地解决。这是中国政府的创举，是中国共产党"人民至上"伟大宗旨的生动体现，我为此感到骄傲。

感谢国务院扶贫办和中国作协给予我的信任，让我有幸参与了这个重大的写作项目，使我在精神上和思想上得到一次洗礼。

感谢榆林市扶贫办的刘利虹，和田市扶贫办的胡旭东，铜仁市扶贫办的袁明，上海市扶贫办的张军，黑龙江省桦川县扶贫办的多位同志，哈尔滨市扶贫办的董绍涛，市文联的齐燕、唐飚、关景涛等同志，为我写作本书提供了多方面的帮助。

感谢作家出版社的史佳丽和颜慧女士，对我的采访写作一直给予热情的关注和支持。她们常常以非常温柔的方式问我在哪儿，其中的意思，我懂。

2020年6月12日

历史的进程再雄伟，也是靠人推的

——答《文艺报》记者问

记者： 看您的采访行程计划，从南到北，从东到西，采访的地方多，跨度大，感觉将是一次全面深入、全景式展现脱贫攻坚这一伟大民生工程的采访。能不能简单介绍下您的采访计划和创作构想？

蒋巍： 请允许我用一些文学性和情感性的描绘：放眼壮阔激荡的中国扶贫大业海面，千帆竞发，惊涛拍岸，其间有一些作家的独木舟进来了，跟着擂鼓呐喊，这是很光荣的担当，也是必须的历史角色。2019 年 9 月，中国作协和国务院扶贫办共同发起组织了一项以扶贫攻坚战为主题的报告文学创作工程，有 25 位各地作家参加，每人一本书。生活与映象总是比翼齐飞的，中国扶贫是世界文明史上前所未有的壮举，作家以集群方式写扶贫也当是中国文学史上前所未有的壮举，非常适时，也非常有意义、有温度。大概因为我是中国作协的"老兵"，跑起来比较方便吧，给我的任务是写一部接近"全景式"的纪实作品，今年秋完成。天哪，中国这样大，时间又很紧，只有孙大圣那猴儿拔几十根毫毛才能完成，因此我实在无法"全景"，只能选择东西南北绕行全国一圈，各选一地，如陕西榆林、新疆和田、贵州铜仁、上海（援助西部）以及黑龙江佳木斯桦川县、哈尔滨下面各县等。我想这大概有些代表性了，也算一种"全景"吧。整个计划跑完用了 10 个月，到今年 6 月在哈尔滨写完《后记》，全稿近 30 万字，交给作家出版社。晶晶，你也是界中人，10 个月连跑路、采访加写作，这是何等的紧张劳累啊！搞得我连吃饭都觉得是浪费时间。幸亏路上一位扶贫干部送我一小盆植物"碰碰香"，芳香扑鼻，一碰更香。从此我拎着它走遍全程，日夜相伴，写累了就瞧瞧它碰碰它。我太太因此形容它成了我的"二姑娘"。

作家一生写作其实就为两件事：一是有意思，二是有意义。前者是生命的歌哭，后者是历史的价值。过程中我翻山越岭，进村入户，采写了大量感人至深的人物故事和扶贫攻坚带来的巨变。所有这一切所包含的意义是什么呢？"一枝一叶总关情"——它的宗旨、它的目标、它的感动、它的力量，都指向一个伟大的结论：那就是国家温度！当成千上万愤怒的美国人走上街头高喊："我无法呼吸"——听来多么令人沉痛——的时候，当西方一些反华政客像没有底线的怨妇，以撒谎和欺骗的方式喋喋不休攻击抹黑中国的时候，我想，我的这部有关中国扶贫伟业的长篇报告文学的书名必须叫"国家温度"！

其厚度恰好相当于一板砖——不过它比板砖硬多了——它是用铁的事实铸成的，可以把谎言击得粉碎。世界上的事物就怕比较。真实、真理、温度，都是比较出来的。

记者：经过这一段时间的深入采访，有没有一些人和事是特别触动您的？

蒋巍：所经历的一切都是感动。整个扶贫事业就是一个伟大的感动。到2020年底，"绝对贫困"的标签将从我们民族的历史上彻底撕去，曾达数亿的贫困农民将过上有基本保障的生活。最重要的是，当"大手拉小手"，把所有贫困孩子送进学校并让他们吃上营养餐时，谁都能想象到，这一举措对这个家族的命运和国家的未来将产生何等深刻的影响。被贵州沿河县丈夫花言巧语骗到一口刀村的河南妇女袁新芝和全家易地搬迁到铜仁市新区旺家花园时，她对我说："没想到幸福生活来得这么快！"在新疆和田墨玉县的繁华夜市，我看到一位胖胖的维吾尔族大师傅胸前挂着一件大围裙，围裙上绣着一幅中国版图和五个红星。在上海，一位教育学博士带领他的团队进藏援教，把日喀则一所落后学校办成全藏最优秀的中学。遵义一位 50 多岁的女检察官谢佳清曾做过重病手术，在芝麻镇竹元村当第一书记五年了，现在还在那里。村貌发生了巨大变化，她的病也奇迹般地好了。那个村有 41 个村民组，她堪称中国最大的驻村第一书记……面对这一切，我怎么能不受到深深的感动呢？我由此写下这样的感悟："历史的进程再雄伟，也是靠人推的。"正是党领导全体人民创造了这样奋进的中国、繁荣的中国、安定的中国、当下的中国，我的任务就是要把这个伟大的历史进程和仁人志士们的事迹记录下来。没有任何人任何势力能改变中国，只有我们自己——那就是让我们的祖国变得更加繁荣富强！

记者： 在采访和创作过程中，有遇到什么困难吗？

蒋巍： 整个扶贫工作就是攻坚克难的过程，尤其到最后阶段，剩下的全是最难啃的硬骨头。广大扶贫干部是正规军，我不过是个民兵，或者是站在路边唱快板的。所有的困难恰好是文学的着眼点，寻找困难也正是我的乐趣。

记者： 您觉得作家深入脱贫攻坚主战场，讲述脱贫攻坚故事，记录脱贫攻坚实践，会带来怎样不一样的呈现和思考？

蒋巍： 你所说的"不一样"归根结底来源于"一样"，即与生活的原生态一样，唯此才能发现和反映出真实鲜活、生机勃勃的当下，让你的情感和思想就像风进入风、水进入水，一起激荡一起奔流一起歌哭。无数科学艺术的独特发现，都因为他们进入了事物内部真实的原生态，从而才萌发了形而上的创造与思考。文学艺术是很宽容的，你可以靠"听说"行走江湖，编出和创作出很多故事。而科学则是极为严酷的，凡是靠"听说"工作的所谓科学家一定都是骗子。而靠"听说"发表意见的政治家（比如西方那些）有一半是骗子，另一半是猪脑子。中国扶贫伟业使数亿人口脱离绝对贫困，全国 14 亿人民将在 2021 年同步迈入全面小康社会，这在世界文明史上和人道主义事业中是何其伟大而感人的壮举啊！但有些西方人就是假装看不到，因为你无法叫醒装睡的人。那么好，因为我不是"听说"而是看到了并且参与了，我就必须说出事实和真相，这就是本书定名"国家温度"的缘由。如果说我的思考有什么"不一样"，那就是我作为一个记者出身的非虚构文学作家，必须对"撒谎、欺骗"者进行反击！在西方，很多有良知的记者和作家也是这样做的。

记者：这些年来，已经涌现出了一批描写和反映脱贫攻坚题材的文学作品，有的产生了很好的社会反响。但是，从总体上看，这方面的文学创作无论在数量上还是质量上都还远远不够。您觉得这类题材的创作如何才能不流于表面化或者变成简单的宣传，成为真正有文学意义的作品？

蒋巍：很多作家奔赴前线，采写这样一个国家级的浩大工程，事实上面临一个巨大的挑战，那就是同质化。因为国家扶贫政策是一样的，扶贫目标"一达标两不愁三保障"是一样的，扶贫工作大体上也是一样的，无非修路改房、精准施策、引进资金、发展产业、安排就业、易地搬迁等等。我在避免同质化方面也做得不那么好，照那些鬼机灵的总在刨我的活儿的同行差多了。但我有一个准则，那就是感动。真正的艺术一定是让人感动的，没有感染力甚至是震撼力的艺术一定是塑料花。也因此，我永远记住了罗丹的《思想者》。当我进村入户，走进生活，走进扶贫干部和村民的人生与命运，有些不会说或很一般，但总会撞上一些仁人志士、奇人奇事，让我震撼不已，泪湿或大笑。比如上山健步如飞的贵州老兵王明礼，你完全看不出他是在战争中断了两条腿的残疾军人。从扶贫八个村到现在创办茶山安排乡亲和贫困战友就业，他的手机铃就是军号声，每天在大山中吹响。"因为他，我把自己的手机铃也改为军号声"——这是我含泪成文中的最后一句（此文《人民日报》已发）。当然，还有其他一些理念上和技术上的问题，这里就不多说了。

记者：您觉得在写作过程中有没有什么东西是必须坚持的？

蒋巍：重要的问题说三遍：相信生活，相信生活，还是相信生活。我去写新疆兵团和高铁的时候，有关领导怀疑地瞅着我的平庸之辈的模样，说，有关报导、纪实、回忆录已经能堆满一间大屋子了……意思是你还能写出什么呢？我只回答了一句话："我相信生活会给我新的启发。"歌德说过："生活是上帝的作坊，它比所有的作家都伟大和富有想象力。"别看我等俗类的生活差不多，扶贫工作也都千篇一律，但只要走进时代、生活与人生的原生态，作家的血就一定是热的！

图书在版编目（CIP）数据

国家温度／蒋巍著．-- 北京：作家出版社，2020.9（2022.11 重印）
（脱贫攻坚题材报告文学创作工程）

ISBN 978 – 7 – 5212 – 1088 – 0

Ⅰ.①国…　Ⅱ.①蒋…　Ⅲ.①报告文学 – 中国 – 当代
Ⅳ.①I25

中国版本图书馆 CIP 数据核字（2020）第 147681 号

国家温度

作　　者：蒋　巍
责任编辑：史佳丽　李亚梓
封面题字：蒋　巍
装帧设计：意匠文化·丁奔亮
出版发行：作家出版社有限公司
社　　址：北京农展馆南里 10 号　　邮　　编：100125
电话传真：86 – 10 – 65067186（发行中心及邮购部）
　　　　　86 – 10 – 65004079（总编室）
E – mail: zuojia@zuojia. net. cn
http: // www. zuojiachubanshe. com
印　　刷：唐山玺诚印务有限公司
成品尺寸：170 × 240
字　　数：290 千
印　　张：20
版　　次：2020 年 9 月第 1 版
印　　次：2022 年 11 月第 3 次印刷
ISBN 978 – 7 – 5212 – 1088 – 0
定　　价：39.00 元